L'ANNONCE FAITE À GOERING

JEAN-PIERRE CABANES

L'ANNONCE FAITE À GOERING

roman

ALBIN MICHEL

1938

Berlin

À l'Anhalter Bahnhof, l'ancienne gare de la ville, Hildi se hâte vers le train en brandissant sa carte d'interprète. C'est le troisième contrôle depuis son arrivée. Mais les SS lui renvoient à chaque fois son salut en souriant. Il faut dire qu'elle est très belle, dans son uniforme, le brassard au bras gauche, et son calot réglementaire. Sa longue natte blonde danse dans son dos tandis qu'elle se dépêche de rejoindre le chef des traducteurs, qui est aussi l'interprète personnel du Führer. Le docteur Schmidt lui désigne le wagon qui leur est réservé, juste derrière celui d'Hitler.

– Par ici, *Fräulein* Burckhardt. Nos collègues sont déjà avec la presse étrangère.

Avec son blindage en acier à l'épreuve des bombes, le train ne dépasse pas les cinquante-cinq kilomètres-heure. Sur les flancs des wagons, un aigle stylisé.

Le Führer passe devant eux, le visage renfrogné. Derrière lui, le *Reichsmarschall* Goering, numéro deux du Reich. Un de ses plus vieux compagnons. Celui du putsch de 1923 à la

Bürgerbräukeller, la brasserie historique. Suit Ribbentrop, ministre des Affaires étrangères.

Le train s'ébranle lentement. Sur le quai, SS et employés de la garde se figent le bras levé.

– On ne va plus à Munich ? demande Hildi, qui vient d'apprendre leur changement de destination.

– On va à Klessheim pour accueillir Mussolini. C'est lui qui est à l'origine de la conférence. Ensuite, on rentre à Munich avec le Duce et sa suite.

– Bien, docteur, répond Hildi.

– À Klessheim, poursuit-il, vous prendrez en charge le comte Ciano.

– Le ministre italien des Affaires étrangères ?

– Oui, mais c'est surtout le gendre de Mussolini, rétorque Schmidt avec un sourire ambigu.

Paris

Dès sa première rencontre avec Werner, Claire est sous le charme. Ce grand blond à l'air terriblement sérieux lui plaît. Et cette mèche qui ne cesse de lui tomber sur les yeux le rend si attendrissant. Depuis plusieurs jours, elle le croise tout le temps à l'université. Le hasard ? Elle n'y croit pas. Elle voit dans son regard un intérêt, une curiosité pour elle. Claire finit par lui sourire, lui, par la saluer de loin, et par lui proposer enfin d'aller se promener dans les allées du Luxembourg. Elle accepte en rougissant. Au début, un peu intimidée, elle l'écoute se raconter. Il est étudiant, comme elle. Mais si elle est inscrite à l'école du Louvre, lui achève une thèse sur les faux dans la peinture européenne. Il est d'une modestie étonnante, songe-t-elle en l'écoutant développer son sujet, multiplier les anecdotes. Ils finissent par s'asseoir sur un banc. Il lui montre la photo d'un tableau qui doit illustrer un chapitre de sa thèse. Elle est fascinée par son érudition, sa capacité à trouver le détail qui trahit le faux.

– Que vous êtes savant ! s'exclame-t-elle.

– Savant ? demande-t-il avec surprise. Mais non, pas du tout ! Je n'ai aucun mérite, cela fait si longtemps que je suis plongé dans ce sujet... Regardez.

Il exhibe une autre photo du même tableau. Cette fois, c'est l'original. Les commentaires sont en allemand.

– Vous parlez allemand ?

– Je le suis à moitié. Par mon père. Ma mère, elle, était française.

– Mais votre thèse, devant quelle université la soutiendrez-vous ?

– Celle de Berlin.

Elle voudrait lui demander ce qu'il fait à Paris, mais il la devance.

– J'ai été élevé à Paris par ma mère jusqu'à sa mort. Puis j'ai fait mes études à Berlin.

Berlin. Le mot résonne dans sa tête. Elle se demande à quoi cette ville peut ressembler.

– Je suis revenu pour ma thèse, poursuit-il. Vos musées et vos galeries sont incomparables.

– Vous préférez Paris ou Berlin ?

Il hésite.

– Difficile à dire. J'aime beaucoup les deux.

Autour d'eux, les vendeurs de journaux envahissent les allées. Encore les titres sur Munich, c'est le premier jour de la conférence. Partout, on ne parle que de ça. Werner s'assombrit. Il pousse un soupir. Claire lui jette un regard interrogateur.

– Ma sœur est sans doute à Munich en ce moment. Elle est interprète d'italien au ministère des Affaires étrangères.

– Et vous, vous êtes donc étudiant ?

– Je fais mon service militaire dans la Kriegsmarine, mais on m'a permis de venir ici achever ma thèse.

Elle trouve qu'avec son costume gris et sa cravate à pois, il n'a rien d'un militaire. Elle regarde sa montre.

– Je dois partir, dit-elle en se levant, mais j'espère vous revoir.

– Retournerez-vous à la bibliothèque demain ?

– Oui, répond-elle dans un sourire.

– Alors, à demain.

Elle s'éloigne de quelques pas, puis fait soudain volte-face.

– Vous connaissez la galerie Wildenstein, rue de Seine ?

– Bien sûr.

– C'est celle de mon père. On est juifs, annonce-t-elle.

– Tous mes compliments, répond-il de sa voix calme.

C'est peut-être à cet instant qu'entre eux se produit une étincelle, puis une flammèche, qui est le premier frémissement de l'amour. Jusqu'à présent, Werner, qui vit à Paris, ne s'est pas vraiment inquiété du sort des Juifs en Allemagne, même si à cette date, les persécutions s'accélèrent. Claire, évidemment, n'en ignore rien. C'est la raison pour laquelle ce compliment qu'il lui décerne, lui l'Allemand, ressemble fort au craquement d'une allumette.

Klessheim

– *Signorina* Hildegarde Burckhardt, ma belle interprète… Puis-je vous appeler Hildi ?

– Comme vous voudrez, comte Ciano.

Elle lui répond avec une courtoisie un peu froide. Ciano s'incline en séducteur qui bat en retraite avant de revenir mieux placé. Il sait un peu d'allemand.

– *Wie Sie wollen, Fräulein Burckhardt*[1].

Le Duce et son équipe sont invités dans le wagon d'Hitler. Il est secondé par le docteur Schmidt, l'allemand de Mussolini est un peu défaillant. Les Italiens bavardent, Ciano avec Attolico, l'ambassadeur à Berlin. Ils disent que la conférence ne se tient que pour la forme et n'aura pour effet que de retarder l'invasion de la Tchécoslovaquie. Mais il ne déplaît pas au Duce d'apparaître comme l'artisan de la paix. C'est ce qu'écrivent les journaux romains, encore plus laudateurs que d'habitude. Cette affaire de la minorité allemande des Sudètes n'est qu'un prétexte pour les démocraties, toujours aveugles sur les véritables desseins du Führer.

Le pire, c'est que les Tchèques ne participent pas à la conférence qui va décider de leur sort. Ils n'y sont invités qu'en qualité d'observateurs[2]. Attolico estime que la guerre est inévitable et n'en sera retardée que de peu. Le véritable problème avec les Français et les Anglais, c'est qu'ils sont liés à la Tchécoslovaquie par un traité d'assistance. Attolico, qui parle parfaitement allemand, surveille Hildi du coin de l'œil. Mais elle feint l'indifférence. De temps à autre, elle tourne la tête et son regard croise celui de Ciano.

---

1. Comme vous voudrez, mademoiselle Burckhardt.
2. La conférence de Munich, les 29 et 30 septembre 1938, signe le recul des démocraties. Seuls Daladier et Chamberlain ont été conviés à débattre avec Hitler et Mussolini. Le but officiel, l'annexion par l'Allemagne du territoire des Sudètes, où réside une forte minorité allemande, annonce en réalité l'annexion de la Tchécoslovaquie.

Paris

Claire et Werner se retrouvent à la bibliothèque le lendemain. Ils décident de retourner s'asseoir sur le même banc au Luxembourg. Claire aime les rituels. L'idée d'en partager un avec cet étrange étudiant l'enchante. Cette fois-ci, c'est elle qui parle de peinture. L'art, elle y a été immergée depuis sa plus tendre enfance. Elle évoque son père et la galerie, cette familiarité qu'elle ressent avec les tableaux qui y sont exposés, et sa tristesse lorsqu'ils sont vendus. Il l'écoute avec attention. Il connaît bien la galerie de la rue de Seine. Wildenstein est l'un des plus grands marchands d'art de Paris. On a souvent recours à lui pour des expertises. Pendant qu'elle se raconte, il contemple ses traits. Jamais il n'en a vu auparavant d'aussi expressifs et d'aussi changeants. Elle a plusieurs visages, songe-t-il avec ravissement.

– Vous n'avez jamais demandé à un peintre de faire votre portrait ? l'interrompt-il.

Elle rougit.

– Vous plaisantez ! Mon visage n'a rien d'intéressant et il y a tellement de filles plus belles que moi…

Le regard de Werner s'accroche à celui de Claire. Elle est d'une beauté cristalline. Ses traits sont comme dessinés au pinceau, mais ce qui est le plus frappant, se dit-il, c'est qu'elle semble l'ignorer.

– C'est faux, vous êtes très belle.

Et sans lui laisser le temps de réagir, il poursuit :

– Si dans une exposition je tombais sur votre portrait, je l'achèterais aussitôt.

– Vous êtes fou !

– Non, vous êtes magnifique. Et votre beauté mérite un portrait.

– Je détesterais ça. C'est comme si… comme si je me déshabillais en public !

– Ce ne serait que pour moi puisque je l'aurais aussitôt acheté ! Et, promis, je le couvrirais devant mes visiteurs.

Ils éclatent de rire et Werner l'entraîne par la main faire le tour du bassin. On entend au loin les crieurs de journaux.

– Ça ne vous fait pas peur, cette guerre qui gronde ? demande Claire.

– La politique ne m'intéresse pas et je n'y comprends pas grand-chose. Je ne m'occupe que de peinture.

– Et votre service dans la marine ?

– Il fallait bien choisir. J'adore la mer, mais je préfère la peinture.

Elle se rapproche de lui, glisse son bras sous le sien.

– Je n'ai jamais rencontré de garçon comme vous.

– Tant mieux.

Ainsi font-ils un nouveau tour de bassin, puis un autre et un autre encore, mais arrimés l'un à l'autre, comme deux navires qui croisent de conserve. Les mots ne leur manquent pas. La peinture, puis la vie, celle de Claire, celle de Werner. Tout y passe. Les mères qui tricotent sur des pliants tout en surveillant leurs enfants courant après un ballon ou un cerceau les remarquent. Elles pouffent et échangent des regards. Elles ont compris avant eux qu'ils sont en train de glisser sur le toboggan de l'amour, avec ses étapes et ses codes. Tout ce qui mène à la passion.

Munich

À l'intérieur du *Führerbau*, bel exemple d'architecture nazie avec ses colonnes carrées, ses tapis rouges et ses galeries à colonnades, les officiers SS claquent des talons devant Ciano. Hoffmann multiplie les clichés du gratin réuni. Des jeunes filles en tenue traditionnelle bavaroise proposent des rafraîchissements, et sans doute plus pour qui sait y faire. Hitler fait les honneurs des lieux aux délégations françaises et anglaises. Hildi ne lâche pas Ciano d'un pouce, traduisant salutations et propos échangés. Elle le suit dans le bureau du Führer. Ciano demande quels sont les observateurs tchèques. Ribbentrop répond qu'ils sont deux, confinés dans une chambre au *Regina Palast Hotel*, où Chamberlain a une suite. Il a un mauvais sourire. Ciano ne commente pas, mais se penche à l'oreille d'Hildi.

– On aurait pu au moins faire semblant de les faire participer.

Elle garde le silence, mais approuve d'un bref mouvement de tête. Elle découvre un autre Ciano, elle le préfère quand il délaisse ses manières de séducteur. Chamberlain tente d'obtenir des compensations pour les Tchèques dont on ampute les territoires. Que deviendra le bétail sur les zones d'occupation ? Hitler hausse le ton, il veut en finir et crie :

– Nous n'avons pas de temps à perdre avec de pareilles futilités !

Paris

Werner raccompagne Claire en bas de chez elle, ils ne cessent de parler. Elle, du programme de ses études pour devenir conservatrice, lui de sa thèse, mais il n'a qu'une envie, saisir sa main. Il ose enfin et ils avancent ainsi, troublés par la sensation nouvelle de la peau de l'autre, de sa douceur. Autour d'eux, les passants se hâtent, tête baissée, pour écouter la radio. On annonce qu'à Londres des sacs de sable ont été mis en place devant les ministères. La famille royale a quitté Buckingham Palace pour Windsor ou même Balmoral. En France, il se dit que les troupes sont en alerte sur la ligne Maginot. Bref, la guerre s'approche à grands pas. Mais ni Werner ni Claire n'y prêtent la moindre attention. Ils se laissent bercer par leurs voix respectives, leurs souffles. Quand ils arrivent devant la galerie, ils aperçoivent à travers la vitrine la silhouette du père Wildenstein et leurs mains se séparent aussitôt. La nuit est tombée, il ne reste que l'éclairage des lampadaires.

– À demain, murmure Claire en reculant dans l'ombre pour ne pas être vue par son père.

Werner se rapproche. Elle peut sentir son parfum, la chaleur qui émane de son corps. Il l'enlace et pose un baiser sur ses lèvres. Un baiser timide auquel elle répond avec une ardeur qui la surprend elle-même.

Munich

Chamberlain tente encore d'obtenir davantage pour les Tchèques, mais devant la fureur d'Hitler, il n'insiste pas. Daladier menace de s'en aller, mais n'en fait rien. Mussolini, sanglé dans son uniforme, alterne sourires et bouderies. En sortant du bureau, Daladier réclame une bière. C'est tout ce qu'il obtient. Goering lui propose de le rencontrer à Paris pour une visite officielle. Le président français bredouille une réponse qui n'en est pas une. La conférence dure toute la journée. Durant les pauses, Ciano discute avec Ribbentrop. Les deux hommes ne s'apprécient pas, mais Hildi admire les efforts faits par Ciano pour surmonter son aversion au nom de leur alliance. Vers deux heures du matin, c'est la signature, mais l'encrier d'Hitler est vide. Un officier SS se précipite pour le remplir. Mussolini sourit, amusé, Hitler, lui, ne l'est pas du tout. Enfin c'est signé. Goering applaudit, le Duce multiplie les plaisanteries, Ciano ne dit rien.

– Voilà comment la France traite les seuls alliés qui lui restent, grommelle Daladier.

– Vous serez applaudi à votre retour en France, le console Mussolini.

Schmidt traduit. Il ne répond pas. Chamberlain, pour le valoriser, lui propose de porter lui-même l'accord à Prague. Il secoue la tête. Tout juste accepte-t-il d'accompagner la délégation qui présente l'accord aux observateurs tchèques. Tout le monde se retrouve au *Regina Palast* dans la suite de Chamberlain. Le Duce a disparu. Seul reste Ciano, qui observe la scène. On remet aux Tchèques une copie de l'accord. L'observateur Masaryk veut faire une déclaration, mais on lui rétorque que c'est inutile puisque tout est déjà signé. Lorsqu'il tente d'obtenir un éclaircissement sur un point de détail, on ne lui répond même pas. Il éclate en sanglots. L'atmosphère est irrespirable.

À la sortie de l'hôtel, Ciano prend le bras d'Hildi.

– J'ai été très heureux de vous avoir à mes côtés, dit-il doucement.

– Moi aussi, souffle-t-elle.

La voiture officielle les suit à quelques mètres.

– Je dois bientôt revenir en Allemagne. J'espère vous revoir.

Il lâche son bras et se tourne vers elle. L'intensité de son regard trouble Hildi.

– Je suis fiancée avec le général Beetz.

– Dommage, murmure-t-il en l'embrassant sur les joues. Elles sont chaudes.
– Oui, dommage, répète-t-il.

Paris

Claire, c'est une rêveuse. Son esprit s'égare, flotte, s'envole vers Werner. La nuit, elle s'imagine dans ses bras, avec des dialogues chuchotés et des scènes un peu osées, puisées dans les plus scandaleux tableaux. Puis elle revient à la réalité. Est-ce cela, l'amour ? se demande-t-elle. Peut-être. Sûrement, même.

Ils sont inséparables, retournent se promener dans le jardin du Luxembourg, parler du monde et d'eux-mêmes. Et lorsque Daladier rentre de Munich, ils vont au Bourget l'acclamer, se réjouissent de voir sa voiture couverte de bouquets de fleurs, mais ne l'entendent pas commenter : « Quels cons ! Ils n'ont rien compris ! » Pour eux, comme pour tous, l'homme est un héros. Il a gagné, puisque la guerre n'aura pas lieu ! L'euphorie est générale. Werner attire Claire dans ses bras et l'embrasse fougueusement. À son oreille, il murmure qu'il aimerait tant l'inviter chez lui. Son souffle dans son cou, ses mots qui résonnent dans son esprit, tout chez lui trouble Claire. Elle acquiesce.

À peine la porte de son appartement poussée, il l'embrasse encore et encore, puis il la déshabille lentement. Elle se laisse faire. Nue, elle le regarde.

– Dieu que tu es belle !

C'est sa première fois. Elle s'était toujours dit qu'elle attendrait. Elle n'a que vingt ans. Mais l'envie est si forte, si violente. Il la prend dans ses bras et l'attire doucement vers le lit. À travers la cloison, la radio des voisins en sourdine raconte qu'à Londres Chamberlain a reçu un accueil encore plus triomphal que Daladier, de même que Mussolini, qualifié d'artisan de la paix. On lui a élevé des arcs de triomphe. Les deux amants n'écoutent pas. Ils ne s'occupent que d'eux-mêmes. C'est la découverte du corps, les sensations neuves pour Claire. Elle en est grisée.

Quelques heures plus tard, elle veut tout savoir de lui. Il sourit en effleurant ses lèvres, lui parle de sa beauté qui lui fait penser à celle que l'on peut trouver dans la peinture allemande. Comme chez Lochner, Cranach ou Dürer. Elle éclate de rire et affirme préférer celles des tableaux des impressionnistes français.

Le lendemain, à Barbizon et à Giverny, ils arpentent les bords de Seine. Le dimanche, ils vont jusqu'à Étretat pour admirer les falaises de Monet. Il lui parle du flou, de la couleur, de l'instant saisi au vol par le peintre.

– C'est la vie, dit-il.

Elle lui raconte un peu la sienne. Des quelques garçons croisés qui ne lui déplaisaient pas mais dont aucun n'a réellement retenu son attention. Werner, c'est la rencontre magique.

Le dimanche suivant, elle l'invite chez ses parents dans le bel appartement au-dessus de la galerie. Il apporte des fleurs, arrangées comme un bouquet impressionniste. À table, on ne parle que de peinture. Les parents de Claire sont ravis, son père surtout. Leur fille ne pouvait mieux choisir. Enfin quelqu'un avec qui on peut discuter. Dans l'après-midi, on lui fait visiter la galerie. Ils font le tour des tableaux. Le père trouve les observations du jeune homme originales, tandis que Claire se délecte de leur échange. Puis son père prend un air mystérieux et les conduit au sous-sol. Des grilles, des serrures, il ouvre une porte, éclaire la pièce. *La Jeune Fille au verre de vin*. Werner identifie aussitôt le Vermeer. Wildenstein n'en revient pas. Il a investi une partie de sa fortune dans cet achat.

– Quand je ne serai plus là, il ira à ma fille.

Rome

Pendant l'amour, la peau d'Ornella dégage un puissant parfum de musc qui enivre Ciano. Quand elle le rejoint dans son appartement au *palazzo* Chigi, le ministère des Affaires étrangères, et qu'elle se déshabille, c'est cette odeur qu'il guette, celle qui parle déjà de l'étreinte. Ornella n'est pas vraiment jolie. Ses traits sont irréguliers, mais elle a un très beau corps. Des jambes longues, la taille fine et des seins ronds. Et surtout elle aime l'amour. Est-elle amoureuse de lui ? Il ne le pense pas. Ce n'est pas une femme qui rêve. Un jour, elle lui a confié qu'il lui plaisait et cela lui suffit amplement. Aux grands sentiments, Ciano préfère la diversité, l'exploration sensuelle. Passer d'une maîtresse à une autre. Son terrain de chasse : le golf de l'Acquasanta. La plupart de ses amantes ont appris à se défaire de lui pour ne pas sombrer dans l'enfer de ses « veuves », selon la formule en vogue. Ornella est sa préférée, la chair brûlante et l'esprit froid. Elle a gratifié son financier de mari de deux enfants, élevés dans la dévotion fasciste, et leur a apporté ses titres de noblesse qui remontent au pape Léon X, le fils de Laurent le Magnifique. Lui a fourni son argent. C'est une alliance gagnante. Le financier n'est pas jaloux, pas plus qu'Edda Mussolini, l'épouse de Ciano. Bref, Ornella est une maîtresse discrète. L'amour fait et refait, ils bavardent dans la nuit.

– C'était comment Munich ? demande-t-elle.

– Sans la moindre surprise…, soupire-t-il. Une formalité

sinistre. Quand Hitler en aura fini avec la Tchécoslovaquie, il n'en restera rien. Tout sera nazifié.

Il ferme un instant les yeux. Derrière ses paupières, le visage d'Hildi passe. La voix d'Ornella le tire de ses pensées.

– Il paraît que le Duce n'a pas aimé les arcs de triomphe que les Romains lui ont réservés pour son retour.

– Il les a trouvés excessifs et déplacés, murmure Ciano en lui caressant les seins. Surtout en ne rentrant pas victorieux.

– Pourtant, c'était une vraie victoire, une victoire diplomatique. Artisan de la paix, souffle-t-elle, c'est un beau titre.

Il ne répond pas. L'amour est en train de revenir, c'est le musc qui l'annonce.

Rome

La même nuit, Edda Ciano, la fille du Duce, dépose une forte somme sur le tapis. Les autres joueurs en font autant. En face d'elle, le marquis Emilio Pucci. Le tas de billets est impressionnant. Pucci sourit. Il connaît ses habitudes. Elle aime les défis.

Edda réclame une carte. Pucci fait signe qu'il est servi. Les autres hésitent. Elle fouille dans son sac et rajoute les billets qu'il lui reste. Du coup, les autres renoncent, sauf Pucci. Il ne sont plus que deux. Maintenant, il faut retourner les cartes, montrer son jeu. Edda a un full, trois reines et deux valets. Les joueurs sifflent discrètement. Elle a gagné, sauf si… Pucci retourne ses cartes. Un carré de rois ! Tout le monde applaudit. Il glisse l'argent dans une enveloppe aimablement fournie par le club. On apporte whisky et champagne. Pucci trempe ses lèvres. Cet officier d'aviation multidécoré, ambitieux et intelligent boit très peu, contrairement à Edda.

Elle se lève en titubant. On lui tend son manteau, elle se dirige vers la sortie. Pucci se lève à son tour, la rejoint et prend son bras pour lui éviter de basculer. Elle a perdu gros ce soir, plus que d'habitude. Ils passent la porte ensemble. La voiture de Pucci est en bas, une belle Alfa dans son genre. Elle ne dit pas un mot. Le jeu, l'alcool, elle n'en sort pas. Galeazzo, son mari, lui a plusieurs fois enjoint de partir en cure, mais en vain. Sur le trottoir, Pucci plonge sa main dans sa poche et en ressort l'enveloppe.

– Reprends-les.

Elle secoue la tête. Il ouvre son sac et dépose l'enveloppe à l'intérieur.

– Tu es fou, tu as vu combien ça fait ?

Il sourit.

– Moi, je ne te les aurais pas rendus, poursuit-elle.

– Je sais.

Elle prend son bras. L'air frais la réveille. Il ouvre la portière et s'installe au volant.

– On va chez toi ? murmure-t-elle de sa voix râpeuse d'alcoolique et de fumeuse.

Il acquiesce et elle pose sa tête sur son épaule. Pucci, c'est un bel homme, fin d'esprit et de manières. Le meilleur amant d'Edda.

Berlin

Le mariage de Hildegarde Burckhardt et Gerhardt Beetz, major de la Luftwaffe, est un événement national-socialiste, et il a lieu à l'*Adlon*. Pour ce général qui est l'un de ses préférés, Goering s'est fendu d'un immense calice or et argent du genre

Graal. Richthofen, qui n'est pas encore maréchal, est venu avec sa cour personnelle. Le reste est à l'avenant.

Dans son uniforme d'aspirant de la Kriegsmarine, Werner craint de faire pâle figure parmi toutes ces célébrités galonnées. Médusé, il contemple ce spectacle où les talons claquent parmi les robes longues et les exhalaisons de parfums. À plusieurs reprises, présenté par sa sœur, l'héroïne de la soirée, il s'est incliné sur des mains baguées. Hildi se garde d'évoquer sa situation d'étudiant en histoire de l'art, préférant la formule « mon frère Werner, future gloire de notre chère marine ». Naissent aussitôt des sourires d'approbation. Elle maîtrise les codes, n'ignore rien de ce qu'il faut dire, et surtout de ce qu'il faut taire. Il n'y a que le docteur Schmidt qui soit au courant. Le chef des interprètes s'est aussitôt montré intéressé par le sujet de sa thèse.

– J'en parlerai à Goering, s'enthousiasme-t-il. À Carinhall[1], il a une collection spectaculaire ! Et une seule crainte, celle de se faire avoir en récupérant des faux !

Dans un rayon de trois cents mètres autour du palace, les Juifs ont nettoyé les dégâts de la Nuit de cristal[2]. Des hordes nazies ont brisé les vitrines des magasins avec la bénédiction des autorités. À son arrivée, Werner a découvert ce spectacle de désolation. Après un séjour de trois ans à Paris, l'Allemagne nazie lui est renvoyée en pleine figure. Dans sa famille occupée par le mariage, personne ne lui en a parlé. Seule Hildi, sa sœur dont il est très proche, lui fait part de son effroi. Quand il lui

1. Le somptueux domaine de Goering, à soixante kilomètres de Berlin dans la forêt de Schorfheide.

2. Après l'assassinat de vom Rath, un attaché culturel à l'ambassade de Paris, par un jeune Juif, d'effroyables manifestations antisémites ont eu lieu. Toutes les vitrines des magasins juifs ont été brisées. Goebbels a interdit aux compagnies d'assurances d'indemniser les propriétaires.

demande : « C'est ça, les nazis ? », elle pose aussitôt un doigt sur sa bouche.

– Pas un mot, Werner. Surtout en présence de Gerhardt. L'année dernière, il a reçu la croix de fer avec feuilles de chêne pour le bombardement de Guernica. Tout ce qu'il attend, c'est la prochaine guerre.

– Que fiches-tu avec un type pareil ?

Elle hausse les épaules.

– Quand je l'ai connu, il n'était pas comme ça. Il a changé. Il m'aime et notre mariage est prévu depuis si longtemps.

– Tu l'aimes ?

– C'est le seul homme que je connaisse. Et toi, tu as rencontré quelqu'un ?

– Oui. Elle est merveilleuse, intelligente et belle. Elle te ressemble.

Elle l'interrompt.

– Il fallait nous l'amener.

– Impossible…

Hildi comprend aussitôt.

– Tu veux dire qu'elle est…

– Oui.

– Tu me la présenteras si je viens à Paris ? Tu sais que je fais partie de l'équipe d'interprètes du docteur Schmidt. En septembre, j'étais à Munich. D'ailleurs, j'ai rencontré un Italien.

Il a un rire.

– Un beau séducteur ?

– Le comte Ciano, le gendre du Duce. Au début, il m'agaçait avec ses manières de Casanova, et…

– Tu as trompé Gerhardt avec Ciano ? l'interrompt-il.

– Pas du tout ! réplique-t-elle. Je me demande comment nous aurions fait avec tout ce monde !

Elle éclate de rire.

– Non, il savait que j'étais fiancée avec un général allemand et ça ne l'a pas impressionné.

– Belle histoire, murmure Werner.

– Aussi dangereuse que la tienne.

Arrive Beetz, resplendissant. La décoration de Guernica flamboie au milieu des autres. Il claque des talons, lève le bras avant d'étreindre Werner.

– Cher beau-frère, que dis-tu de la nouvelle Allemagne ?

– Je m'habitue, répond Werner prudemment.

Gerhardt l'attire à l'écart et chuchote :

– Prochain objectif, la Bohême-Moravie. Ne le répète pas, c'est encore confidentiel. Nous y serons en mars.

– Un an tout juste après l'annexion de l'Autriche, six mois après Munich.

Beetz hoche la tête.

– C'est la technique du Führer. Et elle fonctionne à chaque fois. Les démocraties s'inclinent, l'avenir est entre nos mains. La marine y participera. La Baltique est déjà allemande. La Manche et l'Atlantique vont suivre. Tu as vu ? On construit le *Bismarck* et le *Tirpitz* en même temps. Les plus gros cuirassés du monde ! Qui sait, tu serviras peut-être à bord de l'un des deux !

– D'après ce que m'ont écrit les camarades, ce serait plutôt les sous-marins.

Beetz hoche la tête.

– Félicitations ! C'est la doctrine de Dönitz : construire des U-Boote à la chaîne. Le Führer hésite, cela coûte une fortune mais il cédera. Surtout depuis qu'il a vu ceux de Mussolini à Naples[1].

Beetz s'éloigne, suivi de sa cour et d'Hildi qui tient son bras. Werner aimerait s'en aller, mais son père et sa belle-mère l'entraînent vers leur table. Il y rencontre de vieux amis qui ont

1. En mai 1938, Mussolini lui a montré le spectacle de quatre-vingts sous-marins italiens faisant surface au même moment dans la baie de Naples.

connu sa mère. Au début, la conversation est plutôt enjouée. La mariée vient quelques instants se joindre à eux, avec sa belle humeur habituelle. La conversation évolue. Le succès de Munich n'est pas loin, et la Nuit de cristal fraîche dans les esprits. Hildi s'en va vers une autre table. On parle du Führer et de ses hommes, de sa *Weltanschauung*[1] partagée par un nombre croissant d'Allemands, de ce *Lebensraum*[2] qu'il va bien falloir conquérir un jour. On en vient à l'inégalité des races, ces cent cinquante ans d'erreurs depuis 1789 selon Rosenberg, cette nécessité, cette urgence du combat pour survivre.

Werner observe les visages autour de lui, ces vieux aux traits tremblants. Leurs voix autrefois charmeuses ont bercé son enfance, mais eux et leurs enfants devenus adultes versent maintenant dans ce que la nouvelle doctrine appelle le darwinisme social, et qui le heurte profondément. Seul le vainqueur a le droit d'exister. Il voudrait intervenir, mais sa belle-mère pose une main sur son bras. Elle le connaît bien. Et ce n'est ni le lieu ni le moment d'une discussion qui ne peut que mal finir. On en vient aux Juifs, ce mal absolu qu'il faut éradiquer pour sauver le sort du peuple allemand.

– Alors, Werner, lui demande soudain un vieil ami de son père, quand nous amèneras-tu une fiancée aussi belle que ta sœur ? Une beauté qui te fera de beaux enfants, poursuit-il hilare, qui ira à l'église et préparera une bonne cuisine allemande, les trois K[3] !

– Je ne l'ai pas encore rencontrée.

1. Vision du monde.

2. L'« espace vital » que doit occuper le peuple allemand pour se développer.

3. *Kinder, Kirche, Küche*, « les enfants, l'église, la cuisine » : les trois piliers de la femme allemande en ce temps.

Sa belle-mère se penche à son oreille et lui demande en chuchotant :

– Est-elle à Paris ?

– Elle y est, elle y restera, et moi avec. Personne ici n'en saura jamais rien.

– Tu as raison, murmure-t-elle.

Avant de partir, il jette un dernier coup d'œil aux convives. C'est eux la nouvelle Allemagne, compacte, impitoyable. Une Allemagne de pierre et d'acier. Une Allemagne qu'il ne reconnaît pas et qu'il n'aime pas.

La semaine suivante, il soutient sa thèse sur le faux à la *Kunstschule* de Berlin. Un travail colossal qui lui a pris trois ans de recherches. Précis, complet, effarant parfois, amusant souvent. Le jury le félicite et lui annonce que sa thèse sera publiée dans les *Annales de l'histoire de l'art*, qu'un livre sera bientôt sous presse en allemand et en français. On lui remet une bourse de dix mille Reichsmarks.

Le lendemain, il dépense toute la somme dans la plus belle bijouterie de la capitale pour acheter une bague. Le soir même, il prend le train pour Paris.

Paris

Dès que Claire aperçoit Werner sur le quai, elle se précipite. Cela fait plus d'un mois qu'elle ne l'a pas vu. Ils s'enlacent longuement au milieu d'un torrent de voyageurs. Dans le taxi, il lui tend l'écrin. Stupéfaite, elle le garde un instant dans sa main avant de l'ouvrir.

– Veux-tu devenir ma femme ?

Elle éclate de rire.

– Une demande en mariage dans un taxi, ce n'est pas ordinaire !

– Rien ne l'est plus, rétorque-t-il en songeant à ce qu'il a vu et entendu la veille.

– Tu es sérieux ?

– Je le crains, sourit-il.

Émue, elle l'embrasse.

– Dès que j'aurai démissionné de l'armée. Sinon je n'obtiendrai jamais l'autorisation de mon chef de corps.

– Tu vas vraiment démissionner ?

– Oui.

Les images de la Nuit de cristal passent sous ses yeux. Il les chasse. Rien ne doit entacher ce moment.

– Et dès que nous serons mariés, poursuit-il, j'engagerai des démarches pour m'installer définitivement à Paris. Avec toi.

Claire serre très fort sa main. Elle est bouleversée, heureuse. Un peu inquiète aussi. À cause d'elle, il va tout abandonner. Son pays, sa nationalité.

– Si tu veux, propose-t-elle, ne nous marions pas, et vivons simplement ensemble.

– Pas question. Je veux que tu sois légalement ma femme. L'Allemagne nazie, ce n'est plus mon Allemagne.

Claire tend sa main et Werner glisse l'anneau à son doigt avant de l'embrasser fiévreusement.

Quelques heures plus tard, il rédige une lettre destinée à son chef de corps pour demander une prolongation de son séjour pour des raisons professionnelles. Ne vient-il pas d'obtenir son diplôme ? N'est-il pas en train de se lancer dans une carrière d'historien de l'art ? Confiant, il dépose le lendemain sa lettre à l'ambassade d'Allemagne. L'attaché militaire secoue la tête en la lisant.

– Avec la guerre qui vient et votre nouveau grade de lieutenant de vaisseau, je ne me ferais pas trop d'illusions à votre place…

– Pourquoi ? demande Werner, surpris.

– Le Führer a donné de nouvelles instructions. Je ne peux rien vous dire de plus.

Trois jours plus tard, il reçoit un courrier de l'ambassade.

« La demande de prolongation de séjour à l'étranger du lieutenant de vaisseau Werner Burckhardt est refusée. Elle fait partie de la catégorie des actes interdits aux officiers de toutes les armes par ordre du Führer. Par ailleurs, le lieutenant est convoqué à la base des sous-marins de Wilhelmshaven pour participer à bord du U47 à l'entraînement de combat. Il devra avoir rejoint son poste dans un délai de huit jours maximum sous peine d'être déclaré déserteur.

Grand Amiral Erich Raeder »

1939

Berlin

Le 21 mai, Ciano signe le pacte d'acier entre l'Italie et l'Allemagne. Il trouve Hitler un peu vieilli, avec ses yeux enfoncés dans les orbites et ses traits brouillés. Tous les hiérarques nazis sont là. Magda Goebbels, l'épouse du ministre de la Propagande, lui confie qu'Hitler dort peu, qu'il passe ses nuits entouré de collaborateurs et d'amis. Elle-même a été très honorée d'être conviée.

– Mais quel ennui, avoue-t-elle, de devoir l'entendre ressasser les mêmes propos.

Ciano l'écoute, amusé. Soudain, il repère une très belle femme. Il se penche vers Magda Goebbels et chuchote :

– Cette déesse est-elle pour le Führer ?

Elle lève les yeux au ciel.

– Personne n'en sait rien, mais Sigrid von Laffert est souvent invitée, et reste bien après tout le monde. La régulière est à Berchtesgaden, dans les Alpes bavaroises, elle s'occupe de la tenue de la maison. Elle est silencieuse, discrète, efficace.

– Il y a donc une régulière ? demande-t-il, surpris.

– Cher ami, l'Allemagne croit que son Führer est un pur

esprit, mais celle dont je vous parle est dans la place depuis longtemps. Elle s'appelle Eva Braun. C'est quasiment un secret d'État. Seuls les initiés sont au courant.

– Vous en faites partie ?

– Évidemment, sinon je ne serais pas là ! Hitler est le parrain de nos enfants.

Goering surgit, le visage décomposé, une larme au coin de l'œil. Il vient de remarquer que Ribbentrop porte le grand collier de l'Annonciade, cadeau du roi Victor-Emmanuel. Il est flanqué de Mackensen, l'ambassadeur allemand en Italie.

– Ne pensez-vous pas, comte Ciano, que ce collier aurait dû me revenir ? Enfin, tout le monde sait que je suis le véritable promoteur du traité, et pas cet abruti de Ribbentrop.

– Il a été plus rapide que vous, *Herr Reichsmarschall.* Mais dès mon retour à Rome, je vous promets d'en parler au roi.

– Je compte sur vous.

Il lui tend sa grosse patte. Les larmes sont effacées. À cet instant, Schmidt cesse de traduire entre les deux hommes.

– Je vous abandonne, mais madame Beetz me remplacera avantageusement.

Ciano se retourne, Hildi est là. Ils ne se sont pas vus depuis Munich.

– Vous avez changé de nom ?

– C'est celui de mon mari.

Ils s'isolent dans un coin de l'immense bureau.

– J'espère que vous êtes heureuse avec votre général.

– Parlons d'autre chose que de mon mari.

Paris

Plus que huit jours. Pour Claire et Werner, c'est un déchirement. Aucun des deux n'évoque la séparation, mais ils ne pensent qu'à ça. Les parents de Claire invitent leur futur gendre à dîner pour fêter leur projet de mariage. Pour Wildenstein, Werner est un gendre idéal. Avoir trouvé un spécialiste en histoire de l'art est une bénédiction. Claire restera dans un milieu qu'elle connaît. Et quelle fierté, songe le vieil homme, de se dire que sa thèse vient d'être traduite en français ! C'est leur grand sujet de conversation. Wildenstein est fasciné par les faux en peinture, bien entendu. Il présente Werner à un peintre hollandais. Han Van Meegeren est aussi savant que chaleureux. Il félicite Werner pour leur futur mariage et pour son livre. Tous deux s'engagent dans une discussion sur les différentes techniques de falsification. Werner soutient qu'un véritable expert détectera toujours un faux quelles que soient les qualités du faussaire. Van Meegeren l'écoute avec attention, Wildenstein sourit. La discussion s'échauffe.

– Personne ne peut reproduire l'huile qui recouvre une peinture, poursuit le jeune homme. Il lui faut plus d'un siècle pour sécher !

– Vous croyez ? demande Van Meegeren en jetant un regard amusé à Wildenstein.

– Je ne le crois pas, j'en suis sûr. C'est grâce à ça que la plupart des faux tableaux ont été découverts.

On sert le dessert et le champagne. Soudain, Wildenstein s'éclaircit la gorge avant de prendre la parole.

– Cher Werner, je vous confie ce que j'ai de plus cher. Ma fille, ma beauté. Mon enfant chérie et son avenir. Je ne pouvais espérer meilleur gendre que vous. Je vous souhaite donc la bienvenue dans notre famille. Sachez qu'elle vous accueille avec une immense affection. Ainsi qu'une confiance absolue.

Il laisse passer un instant avant de poursuivre :

– C'est aussi la raison pour laquelle je vais vous confier autre chose, ce soir. Un secret. Un secret que vous ne révélerez jamais à quiconque. Jamais.

Surpris, Werner jette un coup d'œil à Claire, qui lui fait signe d'accepter.

– Bien entendu, je m'y engage.

– Alors suivez-moi.

Tous descendent au rez-de-chaussée, puis empruntent un escalier en colimaçon. Au sous-sol, une pièce aveugle. Dans un coin, un four, des pinceaux, des pigments et des bols. Au fond, sur des chevalets, deux tableaux recouverts de draps. Wildenstein dévoile le premier. Apparaît *La Jeune Fille au verre de vin*, dans sa robe rouge, avec l'homme penché sur elle. À côté, la cruche sur la table et le napperon qui pend. Derrière, un buveur s'endort.

– Vous le reconnaissez ? demande Wildenstein.

Werner acquiesce. Wildenstein fait un signe discret à son ami, qui ôte le linge du second tableau. Sidéré, Werner les détaille l'un après l'autre. Ils sont absolument identiques.

– Alors, demande Van Meegeren, lequel est le vrai ?

Werner retient son souffle. Il sent son cœur tambouriner dans sa poitrine. Ce n'est pas possible, ces deux Vermeer, là sous ses yeux. Il jette un coup d'œil aux deux hommes avant de souffler :

– Je… Je ne peux pas vous répondre là maintenant. Il faut… Il faut examiner tous les détails, et cela prend des heures, si ce n'est des jours. Pour ensuite prélever les pigments et l'huile, analyser le support et le dater.

– Les pigments sont d'époque, l'interrompt Van Meegeren. La toile et les panneaux datent du XVIIe siècle. Il n'y a pas eu besoin de la gratter, j'en ai trouvé des vierges.

– Et l'huile ? demande Werner.

– De la résine synthétique que j'ai mélangée avec les pigments. Elle a chauffé dans ce four.

Werner recule pour mieux contempler les deux toiles, puis s'approche de la première, se penche sur la seconde, les renifle, effleure les cadres.

– Ils ont été confectionnés par le beau-frère de Vermeer, un encadreur célèbre à l'époque.

– Anthony Van Der Wiel ? Le maître encadreur qui avait épousé Geertruyt, l'unique sœur de Vermeer ?

Van Meegeren sourit en hochant la tête.

– Vous connaissez Bredius, le spécialiste du peintre ?

Werner acquiesce. Van Meegeren poursuit sans lui laisser le temps de répondre :

– Mais avez-vous lu son étude consacrée aux *Pèlerins d'Emmaüs* dans le *Burlington Magazine* ?

– Bien sûr ! répond Werner avec enthousiasme. Le tableau est inspiré de celui du Caravage, et s'est vendu une fortune.

– C'est moi qui l'ai peint, rétorque modestement Van Meegeren.

En remontant au salon, Werner prend la main de Claire, qui lui souffle à l'oreille :

– C'était un pari entre eux, ces deux tableaux. Van Meegeren m'a fait cadeau du faux.

Livourne

Costanzo Ciano meurt soudainement. Il se raconte qu'avant d'expirer, il a embrassé son médecin en lui disant : « Maintenant il faut mourir. » Ce sont ses derniers mots. L'anecdote court dans toute la ville. Galeazzo est effondré. Ce père, c'était un roc. Héros de la Première Guerre, compagnon de D'Annunzio avec lequel il avait réalisé une audacieuse mission de commando dans le port autrichien de Trieste, président de la Chambre, ami personnel de Mussolini, l'homme avait accumulé les titres de gloire.

Galeazzo embrasse sa dépouille. Le roi fait le salut militaire, le Duce aussi. Il confie à la veuve et à sa fille que seule la mort de son propre frère, Arnaldo, l'a ému au même point. Starace, le secrétaire général du parti, vient apporter les insignes fascistes. Les drapeaux de Livourne sont en berne. Sur le passage du convoi funèbre, les bras se tendent pour le salut romain, des femmes s'agenouillent en pleurs. La famille Ciano suit le cercueil à pied. Après la cérémonie à la cathédrale, le cercueil est déposé sur un affût de canon, suit l'appel fasciste. Au prononcé de son nom, chaque hiérarque répond « *Presente !* » La voix de Galeazzo retentit plus fort que les autres. Le Duce lui remet le double de la lettre qu'il avait adressée à son père en 1926 et dans laquelle il le désignait comme son successeur et lui transmettait ses instructions sur les mesures à prendre si lui-même venait à disparaître. Les doigts de Galeazzo se referment sur l'enveloppe. Il est très ému.

Le lendemain, de retour à Rome, il dépouille le monceau de lettres de condoléances qui l'attendent. Il en a reçu du monde entier. Tous les dirigeants allemands, de Goering, qui guette toujours son collier, à Ribbentrop, qui l'a déjà obtenu, ont écrit. Les collaborateurs de Ciano veulent lui parler de Dantzig. La crise est en cours à propos du corridor enfoncé en terre allemande. Les revendications d'Hitler sont virulentes. Pourtant il avait juré qu'après Munich il n'y en aurait plus. Si aucun accord n'intervient, ce sera la guerre avec la Pologne, et même la guerre générale, car cette fois-ci les Anglais et les Français ne laisseront pas passer. Ciano hoche la tête, il doit parler avec Mussolini. Avant de partir, il décachette une dernière enveloppe.

« Cher Galeazzo, cher comte, sachez que dans le malheur qui vous frappe, je suis fidèlement à vos côtés.
Je vous embrasse.

Hildi »

Paris

Werner doit rejoindre la base de Wilhelmshaven. Claire l'accompagne à la gare de l'Est. Ils se parlent à toute vitesse, s'interrompent, les mots se bousculent de crainte d'oublier l'essentiel. Un sanglot serre la gorge de Claire, mais elle refoule ses larmes. Werner l'enlace. C'est leur dernière étreinte devant le marchepied du wagon. Après, le train partira et ils ne se reverront peut-être jamais. Aura-t-il une permission pour revenir la voir ? Il n'en sait rien. Combien de temps dureront ces séances d'entraînement ? Y aura-t-il une guerre ? Il demande à Claire d'être patiente, elle sera dans toutes ses pensées, il lui écrira dès qu'il le pourra, mais qu'elle n'oublie jamais que la censure ouvre les lettres, surtout lorsqu'elles émanent d'un militaire vers l'étranger. Il faut donc s'exprimer en termes prudents. Claire fait un signe de tête. Elle sait tout ça, elle y a déjà pensé. Et a tout prévu. Elle lui a donné l'adresse d'une camarade de l'école du Louvre qui ne porte pas un nom juif. Il lui a promis d'apprendre le nom et l'adresse par cœur. Werner la regarde avec amour, et attendrissement. Elle est vraiment étonnante, se dit-il. On est au début de l'été. La question polonaise se pose en des termes de plus en plus aigus. Comment tout cela va-t-il se terminer ? Si la guerre éclate, l'Angleterre et la France y participeront évidemment, et Werner ne pourra pas revoir Claire. Il tait ses inquiétudes. Son optimisme sonne faux, Claire fait semblant de le croire. Le départ du train est imminent. Il monte dans le wagon. Elle lui tend un paquet.

– Tu l'ouvriras quand tu seras parti.

Le train s'ébranle. Elle court sur le quai, il se penche à la fenêtre, elle n'est plus qu'une silhouette. Pour chasser le chagrin, il s'installe sur la banquette et ouvre le paquet. Un mot. « C'est un cadeau de Van Meegeren. Il me l'a donné à ton intention. Garde-le et pense à moi dans ton sous-marin. »

Une enveloppe qu'il défait. Apparaît un tableau de petites dimensions, on dirait la célèbre *Jeune Fille à la perle* de Vermeer, mais le visage est celui de Claire.

Berlin, 10 juillet 1939

Cher frère,

Je suis très émue de la confiance que tu me fais en me confiant le portrait de ton amie Claire. Ne te fais aucun souci, je l'ai déposé dans mon coffre à la banque, où il sera plus à l'abri qu'à tes côtés. Claire est ravissante. Son visage laisse deviner à la fois un esprit paisible et un caractère déterminé. C'est ce qu'on appelle un esprit fort. Je suis heureuse que tu aies rencontré une telle jeune femme. Tu me dis dans ta lettre que ses connaissances dans le domaine artistique valent les tiennes, et qu'entre vous règne une parfaite entente. Tu m'en vois ravie. Je me doutais bien que ton choix s'arrêterait sur une personne de qualité, et j'espère que le temps viendra où je pourrai te rejoindre à Paris et où tu me la présenteras.

L'affaire de Dantzig m'inquiète, même si je n'ai aucun doute sur le fait que le Führer accomplit pour notre Allemagne ce qu'il y a de mieux. Je travaille à la Wilhelmstrasse, où je traduis la presse italienne pour Ribbentrop qui en adresse un résumé à la chancellerie du Reich. Je penserai à toi, à bord de ton sous-marin, à ton entraînement. Je suis soulagée de lire que tu t'entends bien avec l'équipage ainsi qu'avec le commandant, et que tu as été nommé son second. Tu ne m'en dis pas plus, et tu as raison. Ces missions sont aussi secrètes que si elles se déroulaient en temps de guerre. De même en est-il pour mon cher Gerhardt, qui passe son temps à tester les nouveaux appareils que Goering vient d'offrir à la Luftwaffe. Je le vois peu, mais l'intérêt de la patrie passe avant nos convenances personnelles. C'est ce que je me répète, mais pour être tout à fait honnête, je t'envie d'avoir trouvé un tel amour. Nous n'éprouvons pas les mêmes sentiments que ceux qui vous lient, Claire et toi.

J'en profite pour te conter une anecdote. Comme tu le sais, j'ai été amenée à traduire les conversations au bénéfice du comte Ciano, le ministre italien des Affaires étrangères. Il y a quelque temps son père, un proche du Duce, est décédé. Je l'ai appris au ministère en rédigeant à son intention un télégramme de condoléances. J'ai joint une lettre pour lui faire part de ma sympathie. À ma surprise, il m'a répondu longuement pour me parler de son père, puis de lui-même. Depuis, nous entretenons une correspondance régulière. L'homme est bien loin du séducteur frivole trop italien que j'imaginais. En réalité, c'est quelqu'un de profond, de réfléchi. Il se pose beaucoup de questions sur lui-même, sur son rôle de ministre, de gendre du Duce, et de père. Je t'en parlerai quand je te verrai. Et j'espère que je te verrai bientôt.

Ta bien affectionnée Hildi

P.-S. : Je t'adresse ma lettre sous enveloppe ouverte ainsi que l'exige le règlement.

Rome, 10 octobre 1939

Cara Hildi,

C'est le temps des malheurs. Ils nous recouvrent comme un linge sombre. La guerre déclarée par l'Angleterre et la France à l'Allemagne. Une guerre que j'appréhende et dont rien de bon ne peut sortir. L'Italie hésite, recule, mais ne bronche pas. J'y suis pour quelque chose. Le Duce, tel le sphinx, donne l'impression de réfléchir, de peser le pour et le contre, mais en réalité, il attend, et comme d'habitude, le pays ira du côté des plus forts. Voilà pour le malheur commun. Mais il en existe d'autres. Ma sœur adorée vient de s'éteindre. Elle était si fine, si intelligente. Mais malheureusement, elle était phtisique aussi. Nous nous aimions depuis l'enfance. À l'époque, nous partagions tout. Notre chambre, nos livres, nos chocolats. La dernière fois que je l'ai vue, c'était derrière le cercueil de notre père. Hier, j'ai suivi à mon tour le sien. Seul, derrière son mari, le comte Magistrati. Un ami que vous connaissez, puisqu'il est notre premier secrétaire à l'ambassade d'Italie, et qu'il permet, comme vous le savez, à nos lettres de circuler sans censure. Il avait épousé Maria par convenance peut-être, par amour sûrement, mais il m'avait confié, six mois après la cérémonie, que le mariage n'était toujours pas consommé. Après, je ne sais pas. La perte d'une sœur comme Maria est de l'ordre de l'intime, mais je sais que votre cœur généreux saura accueillir ma confidence. J'ai appris que le général Beetz a perdu la vie en Pologne, à bord de son bombardier, dans les premiers jours de la guerre. Soyez donc assurée de mes condoléances. Je ne sais que vous dire de plus. Vous l'aimiez peut-

être, sans doute, puisque vous l'aviez épousé. Vous voici veuve, vous voici libre. Je n'insiste pas, je ne voudrais pas être inconvenant. Mais écrivez-moi, Hildi, et je vous répondrai. Votre pensée m'est si précieuse. Le fait que nous soyons parvenus, vous et moi, à cette qualité de rapports me rassure sur moi-même.

Affectueusement,

Galeazzo

Écosse

Quand le nez de l'U47 crève la surface, la guerre est déclarée depuis six semaines. Les vagues s'écrasent sur le pont. En haut, sur le kiosque déverrouillé, on tient à peine à deux. Prien commande le navire. Le *Kapitänleutnant* a trente et un ans, et a commencé en mer, tout en bas de l'échelle, à l'âge de quinze ans. La mer, c'est sa vie, son jardin, et l'U47, sa maison. Il balaie l'horizon à l'aide de jumelles Leitz. Il cherche un point de repère, qu'il trouve enfin, avant de les passer à son second, trempé comme lui par les assauts de cette mer grisâtre. L'homme scrute lentement l'horizon, puis s'arrête sur un point minuscule.

– Les îles Orkney selon mes calculs.

– Bravo, répond Prien.

– Scapa Flow, je suppose.

– Bien vu.

Scapa Flow est la plus grande base de la Royal Navy, un mouillage de deux cent soixante kilomètres carrés, entouré d'îles rocheuses. Des batteries côtières, des filets anti-sous-marins, des champs de mines. Seuls les bombardiers allemands peuvent s'y attaquer, et encore. La mission de l'U47 est archi-secrète. Prien n'en a rien dit à personne, selon les ordres du contre-amiral Dönitz qui commande les forces sous-marines. C'est lui, le père des U-Boote. Celui-là est le dernier modèle, le type VII, soixante mètres de long, sept cent soixante-neuf tonnes, deux réservoirs externes qui doublent la capacité d'emport de carburant, quatre tubes de torpilles à l'avant, un à l'arrière, treize mille sept cents kilomètres de rayon d'action, trente et un kilomètres-heure en surface, quatorze en plongée. Le vaisseau de guerre le plus perfectionné au monde, le plus redoutable.

Les deux hommes restent encore un moment à l'intérieur du kiosque, ils attendent la nuit. Enfin, Prien donne l'ordre de plonger que répercute aussitôt son second. Il faut descendre et expliquer la mission à l'équipage. L'écoutille se rabat dans un claquement étouffé. Les hommes préposés à cette tâche appuient en même temps sur les leviers pour chasser l'air des ballasts. La mer se précipite à l'intérieur, l'U47 disparaît de la surface, légèrement incliné sur l'avant. Dans les oreilles de tous, le changement de pression. Le bruit du diesel s'estompe, remplacé par le discret ronronnement du moteur électrique. Silence. La descente s'effectue lentement jusqu'à ce que la coque se pose sur le fond. Prien explique la mission à l'équipage : pénétrer à l'intérieur de la base pour couler un maximum de navires. Une mission extrêmement périlleuse avec au bout, la mort ou la gloire. Mais ce sont des hommes de guerre, ils ne vivent que pour le combat, qui est leur honneur.

– En attendant, je vous conseille de dormir, conclut le second.

Prien approuve. Il apprécie cet homme. C'est lui qui est à l'origine de sa promotion. Un garçon précis, méticuleux, qui peu à peu a pris goût à la guerre, même si dans son parcours rien ne le laissait prévoir. Un homme de confiance. Le second, c'est Werner.

Paris

La lettre est arrivée ce matin. Claire la lit et la relit. Elle comprend qu'elle est passée par la Suisse d'où elle a été réexpédiée. Elle n'est pas signée et aucun élément ne permet d'identifier l'expéditeur.

« Ma chérie, ma femme…

On te dira qu'Hitler n'a conquis qu'une partie du peuple, que les Allemands sont opposés à la guerre, qu'ils sont pacifistes, mais c'est faux. Les Allemands aiment le nazisme, il rachète la défaite de 1918. Le nouveau maître est très populaire, et ses disciples, Goering, Himmler, Goebbels, pour n'en citer que quelques-uns, sont adulés comme des vedettes de cinéma. Quant à l'antisémitisme du régime, la majorité s'en accommode, puisque l'accusation des Juifs d'être responsables de tous les malheurs exonère le reste de la population. On te dira encore qu'il n'y a plus de démocratie. C'est vrai, sauf que les Allemands ne s'en plaignent pas. Au contraire, l'idée d'obéir à un chef qui énonce des vérités qu'ils veulent entendre les séduit. Je suis dévasté par cette Allemagne qui n'est plus mon Allemagne, mais que faire ? Il reste quelques opposants, désormais silencieux et obéissants depuis que ceux qui ont exprimé leur désaccord se sont retrouvés au camp de Dachau. Il ne me reste plus qu'à prier pour que cela change, alors que je suis athée. Mais si la guerre devait se poursuivre par une victoire allemande et une invasion, il est indispensable que toi et ta famille, vous quittiez la France pour l'Espagne, l'Angleterre, ou mieux encore les États-Unis en emportant vos biens les plus précieux... et en vendant les immeubles ! Je t'en conjure, ne l'oublie pas. »

Werner n'a pas participé à la conquête de la Pologne, mais les rumeurs sont effrayantes, surtout sur le traitement des Juifs. La lettre se poursuit par le seul élément qui lui mette du baume au cœur, la vie militaire. Il a trouvé dans la Kriegsmarine les moins nazis de tous les Allemands, y compris chez ceux qui ont été contraints de s'inscrire au parti. Le quotidien à bord n'est pas toujours facile, mais il apprécie la solidarité et l'esprit de camaraderie qui y règnent.

« Cette lettre, je l'espère, sera suivie d'autres, mais je ne peux rien te promettre. Je sais que notre sous-marin a été choisi pour une mission périlleuse, mais j'ignore encore laquelle. Peut-être n'en reviendrai-je pas. Ma sœur Hildi te fera connaître ma situation ou mon sort.

Salue tes parents pour moi. Mets les Vermeer à l'abri. Et n'oublie jamais que je t'aime.

Werner »

En repliant la lettre, Claire entre en enfer.

Scapa Flow

Le périscope émerge au-dessus des vagues et pivote à trois cent soixante degrés. Rien. Prien ne voit rien. Werner observe à son tour. Aucun signe de vie, la mer seulement, toujours rageuse.

– Surface, ordonne Prien.

L'U47 s'élève davantage. Prien et Werner remontent dans le kiosque. Pas un mot, pour guetter les bruits d'hélice. Ils n'entendent que les cris du vent et de la mer. En revanche, les cieux sont clairs, alors qu'à cette heure, il devrait faire nuit noire. Prien fronce les sourcils.

– C'est l'aurore boréale, explique Werner. Beaucoup d'artistes ont peint ces lumières étranges du Nord qui persistent dans la nuit.

– Il y a toujours un avantage à compter à bord un historien de l'art, rétorque Prien en souriant.

Il faut franchir le chenal étroit du Kirk Sound tout en restant en surface, ce qui revient à se faufiler entre les blockships, ces navires de blocage prévus pour interdire l'accès et la côte rocheuse. On distingue les bruits de la terre. Soudain, un rayon de phare balaie le pont du sous-marin et le kiosque. Instinctivement, Prien et Werner se courbent, mais pas de rafales de mitrailleuses ni de cris d'alerte accompagnés de projecteurs. Le rayon s'éloigne. Ce n'était qu'une voiture sur la route côtière. Les deux hommes poussent un soupir de soulagement et se redressent. Le pilote suit les instructions de Prien par l'écoutille. Enfin, l'U-Boot se trouve maintenant dans la fameuse baie de Scapa Flow.

– Nous sommes entrés, dit Werner.

L'U47 progresse à petite vitesse, il va bientôt être minuit. Des silhouettes de pétroliers se détachent, mais Prien secoue la tête. Il lui faut mieux. Il dirige le sous-marin vers le fond du mouillage où, selon les renseignements de la reconnaissance aérienne, sont ancrées les grosses unités.

C'est Werner qui l'aperçoit le premier et tend le bras. Sa

silhouette se découpe sur fond du littoral. Un cuirassé de la Navy.

– Nette et distincte comme peinte dans le ciel à l'encre noire, commente à mi-voix Prien. Regarde sur les dessins, dit-il plus fort.

Werner obéit et redescend feuilleter le cahier. Celui que tous les commandants de la Kriegsmarine possèdent, avec les silhouettes des navires ennemis. Il remonte en brandissant le croquis sélectionné.

– C'est le *Royal Oak*, regarde.

Prien se penche et compare la silhouette du cahier à celle qu'il contemple au bout de ses jumelles à quatre kilomètres. Il acquiesce.

– Trente mille tonnes, énonce-t-il, mille hommes d'équipage, quatre tourelles de tir de 381 mm, deux affûts avec des canons de 152 et deux autres de 76. Un seul de ces obus suffirait à nous couler.

Werner retient son souffle. À cet instant, il n'y a plus que la mission qui compte, le chasseur et le chassé. Il découvre au fond de lui cet instinct de combattant, il aime cette sensation extrême.

– Leur Asdic ne leur sert à rien, commente Prien. Nous sommes en surface.

L'Asdic[1] envoie des ondes sous l'eau qui signalent la présence des sous-marins. Les deux hommes ont du mal à respirer. L'U47 se rapproche du *Royal Oak*. Prien ordonne par l'écoutille que l'on arme les quatre tubes avant du lance-torpille. On entend le sifflement de l'air comprimé, puis le bruit sec des leviers qui s'enclenchent. Prien sourit en se tournant vers Werner.

– À toi l'honneur, tu l'as repéré le premier.

---

1. L'ancêtre du sonar.

Werner se penche vers l'écoutille qui débouche dans la chambre de tir où se tient l'officier torpilleur.

– Tubes 1, 2, 3 et 4. Feu !

Paris

La même nuit, Claire se réveille à plusieurs reprises. Dans son sommeil, les mots de Werner défilent devant ses yeux. C'est une lettre écrite rapidement, sur un coin de table. Il devait n'avoir que peu de temps, d'où cette écriture un peu hachée, ces mots commencés en allemand, puis réécrits en français. Elle devine que pour une fois, Werner n'a pas la crainte de la censure. Il s'est donc empressé de lui dire tout ce qui lui paraissait essentiel. C'est une lettre de vive voix, quand elle la lit, elle l'entend. Et cette recommandation de partir. De fuir à l'étranger. Werner semble n'avoir aucun doute sur les événements à venir. Le Reich sortira vainqueur d'une confrontation avec la France et l'occupation s'ensuivra. Mais qu'en sait-il ? Après tout, l'Allemagne n'a pas encore gagné. Werner est convaincu par la détermination allemande. La Pologne est tombée en trois semaines, et Claire revoit les articles des journaux. Les Polonais se sont battus avec ardeur. Ils savaient qu'en cas de défaite, aucune grâce ne leur serait accordée. En revanche, il paraît que contre les Panzers allemands, ces monstres d'acier hérissés de canons, ils ont employé leur cavalerie, et que les cuirassiers ont chargé les chars, la lance en avant. Aucun n'a survécu. Ces chenilles ont écrasé hommes et chevaux en une effroyable bouillie. Mais le pire, c'est le destin des Juifs. On dit que les actualités nazies en ont fait un film abominable, avec des images vraies. Ce documentaire, toute l'Europe en parle. Claire frémit. Elle a l'intuition que Werner a raison. Le Reich sortira vainqueur. Mais comment convaincre son père ? Quand elle lui en a parlé, il s'est mis en colère. « Qu'en sait-il, Werner d'une bataille entre Allemands et Français ? » a-t-il martelé, rappelant que lui-même, capitaine de réserve, décoré de la croix de guerre et rescapé de Verdun, a une confiance absolue dans l'armée française, son général Gamelin et les fortifications de la ligne Maginot. Et les amis de son père l'ont approuvé. Ils sont français avant d'être juifs, ont-ils proclamé, ils aiment la France et la France les aime. « Quant aux Allemands et à leurs Panzers, ils seront rejetés au-delà du Rhin ! s'est écrié son père. Je me suis déjà présenté à la caserne malgré mon âge. Les militaires m'ont remercié en me disant qu'ils n'avaient aucun besoin d'un vieux bonhomme comme moi. C'était vexant et rassurant en même temps. Aucun de nous ne bougera d'ici ! Nous n'avons rien à craindre. » Pourtant, la recommandation de Werner résonne dans la nuit. Et cette mission qu'il évoque, sa crainte de ne pas en revenir, empêche Claire de dormir. Elle a peur.

Scapa Flow

Les trois premières torpilles jaillissent de leurs tubes à deux secondes d'intervalle. La dernière est défaillante[1]. À partir de cet instant, à l'intérieur de l'U47, chaque homme compte les secondes à voix haute. Trois minutes et demie s'écoulent. Enfin

1. À cette époque de la guerre, un quart des torpilles allemandes sont inutilisables dans les eaux septentrionales à cause de la température glacée. Dönitz organisera à plusieurs reprises la construction de nouveaux modèles jusqu'à obtenir satisfaction, mais cela prendra plusieurs mois.

une explosion étouffée sur la proue du *Royal Oak*, mais aucune réaction. Depuis le sous-marin, on aperçoit la chaîne d'ancre d'étrave qui pend, sectionnée au milieu. C'est tout.

– Que se passe-t-il ? demande Werner.

– Les torpilles 1 et 2 se sont égarées, répond Prien en secouant la tête. La troisième a heurté le câble de l'ancre. Comme ils n'entendent aucun moteur d'avion, l'équipage ne réagit pas. Il croit à une explosion mineure.

– On continue ?

– Évidemment.

L'U47 pivote à cent quatre-vingts degrés. Cette fois, Prien fait tirer le tube arrière, mais là encore il ne se passe rien. La torpille a manqué son but ou n'a pas explosé. Aussitôt, l'U47 s'éloigne vers l'autre côté de la baie pour recharger les quatre tubes avant.

– Prêt ? demande Prien.

– Prêt.

– Alors on y retourne.

L'U47 reprend sa position initiale et se rapproche du cuirassé, à quelques centaines de mètres maintenant. L'officier torpilleur guette les ordres. Werner regarde Prien, qui fait signe en élevant trois doigts.

– Tubes 1, 2 et 3, feu ! commande Werner.

Cette fois le résultat ne se fait pas attendre. Un immense panache d'eau s'élève au-dessus du *Royal Oak*, puis deux autres là où le cuirassé a été touché. Des flammes jaillissent, des bleues, des rouges et des jaunes, puis des volutes de fumée noire. Le navire blessé gîte à tribord avant de basculer. On entend les cris des hommes qui sautent à l'eau, puis les cris de ceux qui sont bloqués par les cloisons étanches et tentent de s'échapper par les ponts inférieurs. Un bruit qui ressemble à un soupir de désespoir tandis que le bâtiment se couche sur le flanc, avant de sombrer au fond des eaux glaciales.

– On file ! ordonne Prien.

Déjà des projecteurs sur les autres bateaux à l'ancre trouent la nuit. Deux cuirassés commencent à appareiller. L'U47 reste en surface pour filer dix-sept nœuds.

– Plus vite ! ordonne Prien.

– On est déjà au maximum, répond l'officier marinier.

Un destroyer est sur le point de rattraper le sous-marin, mais l'aurore boréale brouille la vue et les veilleurs sont impuissants à repérer l'U47 qui fonce vers le chenal de sortie. À cette heure, la marée est descendante, et les eaux de la côte nord sont peu profondes. Il faut serrer la côte sud. Werner a pris la barre, il conduit le bateau au ras des rochers, il frôle un blockship avant de découvrir soudain un promontoire et de le contourner en catastrophe. En arrière, le fracas du *Royal Oak* qui se disloque, puis plus rien. Enfin la haute mer. Les Anglais ne lâchent pas prise. Ils sont tenaces. Dans le Moray Firth, près de la côte est de l'Écosse, deux patrouilleurs prennent l'U47 en chasse. Prien ordonne la plongée rapide pour leur échapper. Rien n'y fait. Les patrouilleurs, équipés de l'Asdic, suivent leur proie à la trace. La coque résonne des *ping ping* de l'appareil, aussitôt suivis de l'explosion de grenades sous-marines. Les ampoules électriques du sous-marin s'éteignent. Dans la pénombre des lampes de secours, Prien et Werner se regardent.

– On est comme un rat entre les mâchoires d'un fox-terrier, observe Werner.

– Tout dépend du rat, répond Prien qui fait signe de descendre encore plus bas pour se poser au fond de la mer.

À partir de cet instant, alors même qu'un arbre d'entraînement vient de se rompre, les hommes ne prononcent plus le moindre mot. Ils marchent en chaussons. On entend sur la coque les échos de l'Asdic, et le bruit des hélices en surface. Les heures s'écoulent. Silence. L'air se raréfie et les batteries sont presque à plat. Il faut remonter en vitesse. Parvenu au niveau d'immersion périscopique, Prien découvre une mer vide. L'officier mécanicien annonce que l'arbre de transmission, provisoirement réparé, tiendra bien jusqu'à Wilhelmshaven.

– On rentre à la maison ! s'écrie Prien.

Paris

Un matin de la même semaine, à l'heure du thé, de la confiture et des croissants, Claire trouve, replié près de son bol, le dernier numéro de la *Gazette de Lausanne*, à laquelle son père est abonné. Elle ouvre le journal et la photo de Werner lui saute aux yeux. Il porte le grand uniforme de *Kapitänleutnant* de la Kriegsmarine avec la croix de fer de première classe qui resplendit sur la cravate. À côté, celle du commandant Prien. Ce dernier n'a pas voulu recevoir seul les récompenses de l'exploit, raconte le journal. Puis suit l'affaire de bout en bout. La nuit, dans la baie de Scapa Flow, les premières torpilles qui laissent les Anglais indifférents, puis les trois dernières en plein tribord du *Royal Oak*, les hommes qui sautent à l'eau. Huit cents noyés et trois cent soixante-dix survivants. Churchill, paraît-il, ne décolère pas. Il craint une interpellation à la Chambre, et a ordonné que la sécurité de la base de Scapa Flow soit revue de fond en comble. En Allemagne, c'est l'euphorie. Le grand amiral Raeder, chef de la Kriegsmarine, et Dönitz, le maître des sous-marins, sont montés à bord pour féliciter l'équipage. Hitler a envoyé son avion personnel pour ramener le commandant Prien et lui offrir une parade entre l'aéroport de Tempelhof et le *Kaiserhotel*. Claire lit tout cela avec un mélange d'avidité et de désolation, elle découpe l'article pour l'afficher dans sa chambre.

– Te voici fiancée à un héros nazi, grince son père. Il ne manquait plus que ça !

– En tout cas, il a la loyauté de nous alerter sur notre sort en cas de victoire allemande !

– Les informations communiquées par un nazi ne sont que de la propagande. Retire-moi immédiatement cette photo ! Je ne veux pas de ça sous mon toit !

– Samuel, ça suffit, intervient Esther. Werner n'est pas un héros nazi, mais un héros militaire. Ne confond pas les deux.

– Et sa photo restera où elle est, conclut Claire.

Le surlendemain, Claire reçoit une nouvelle lettre de Werner.

« Mon amour,

Je ne te parle pas de cette mission dont tu as peut-être lu des échos dans la presse. Peu importe. Je suis sain et sauf. L'amiral Dönitz me confie mon propre sous-marin. Je suis assez fier, je le confesse, de cette marque de confiance. Mes convictions restent inchangées, mais je ne peux délaisser mon devoir d'officier quelle que soit ma réprobation envers le régime, d'ailleurs partagée par la majorité des gens de la Kriegsmarine.

J'espère que tu as réussi à convaincre ton père de partir. Tu dois y arriver. Votre sort en dépend.

J'ai peu de temps avant de reprendre la mer. Je cherche un moyen pour te communiquer une adresse où m'écrire sans risque.

J'attends avec impatience de tes nouvelles.

Je t'aime.

Ton Werner »

Cher Galeazzo,

Je viens de vivre une expérience inouïe, incroyable ! Je ne peux pas ne pas vous la raconter.

Figurez-vous que la semaine dernière, j'ai été choisie comme interprète au service du Führer ! Je n'en reviens toujours pas. Je vous explique. Le docteur Schmidt a été terrassé par la fièvre, il fallait donc un autre interprète en italien, et j'ai eu la chance d'être désignée. C'est ainsi que je suis entrée à l'intérieur de la chancellerie du Reich pour la première fois de ma vie. Je n'avais, jusqu'alors, que longé l'immense façade du ministère des Affaires étrangères. J'ai donc pu découvrir le bureau du Führer, où j'étais attendue. Et j'ai éprouvé l'une des émotions les plus fortes de mon existence.

Pour accéder à son cabinet, il faut traverser ce qui ressemble à un décor de cinéma ! Du marbre partout ! Des galeries qui se succèdent, plus vastes et glaciales que les précédentes, d'immenses portes surmontées de sculptures d'Arno Breker (des géants, le guerrier menaçant et le génie). Quant à la galerie dite « des glaces », elle est, m'a-t-on expliqué, deux fois plus longue que celle de Versailles. Tout est très impressionnant. Partout des tapisseries montrant des scènes de batailles de la Prusse sous Frédéric le Grand. Le sol en marbre est tellement poli qu'il ressemble à la surface glacée d'un lac, dans lequel se reflètent plafond et murs. J'ai même eu peur de glisser ! Tout au bout, après avoir parcouru cent quarante-six mètres (toujours selon mes accompagnateurs), une porte monumentale surmontée d'un cartouche aux initiales du Führer, gardée par des SS en grand uniforme et ostensiblement armés. Bref, quand on ouvre ces portes, on ne peut ignorer où l'on se trouve. Le bureau enfin, la salle du trône plutôt. Encore des tapisseries du sol au plafond, des allégories où les personnages héroïques ont les traits d'Hitler, sans compter les femmes aux seins nus portant des gerbes de blé, des éphèbes chevauchant des dauphins, les déesses de l'Olympe, tous ces personnages entourés de croix gammées, de cornes d'abondance et de couronnes de laurier. Au fond, table en marbre, fauteuils massifs, etc. Derrière, l'homme auquel on doit tout cela. Charmant avec moi, il ne m'avait pas oubliée depuis Munich.

Il m'a fallu traduire ses conversations avec je ne sais plus quel hiérarque italien, prolixe, gluant, dévoué, prêt à tout pour plaire à mon maître. Je suis repartie une heure plus tard, flageolante. Ce soir, j'ai eu envie de vous raconter cette incroyable expérience, même si je me dis que vous connaissez sans doute déjà les lieux, et que le bureau du Duce ressemble peut-être à celui d'Hitler. Mais c'est aussi pour partager avec vous une interrogation. À quoi sert tout ce décorum ? L'Allemagne en est-elle plus riche, plus puissante ? Ou est-ce moi qui ne comprends rien ? J'ai hâte de lire votre réponse.

Affectueusement,

Hildi

Délicieuse Hildi,

Votre lettre me ravit. Elle témoigne de cette ingénuité qui fait partie de votre charme et qui m'émeut si fort. Vous êtes si différente des femmes que je fréquente. Des audacieuses, des mondaines qui n'ignorent rien des codes et des rôles de chacun. Qui connaissent l'utilité de chaque lieu de pouvoir, sa fonction, de même que la manière dont il faut s'adresser à celui qui le détient. En un mot, que ce soit au palais Chigi où je règne en tant que ministre des Affaires étrangères, au palais Venezia où trône Mussolini, ou encore (plus subtil) dans les salons de la princesse Colonna, haut lieu de l'aristocratie romaine, succursale du Vatican, ces femmes-là déambulent d'un pas assuré, les yeux aux aguets, l'un vif et acéré, l'autre charmeur. Tout ceci pour vous avouer que tout chez vous me charme, me séduit. Mais je n'irai pas plus loin sur ce terrain. C'est trop tôt, et impossible dans la situation où nous sommes aujourd'hui. Vous à Rome, moi à Berlin. Vous dans un pays en guerre, moi dans un pays qui le sera bientôt[1]*. Car pour ne rien vous cacher, même si j'ai œuvré en septembre pour que l'Italie n'entre pas dans le conflit, je reste persuadé que le Duce n'hésitera pas dès que la situation aura évolué. La drôle de guerre, comme disent les Français, selon André François-Poncet leur ambassadeur, n'est qu'un état provisoire qui ne convient ni à votre dictateur ni au mien, même si l'Italie n'a devant elle que les moyens matériels de se battre pour trois mois. Mais revenons aux lieux de pouvoir.*

Je connais à peu près le décor de votre nouvelle chancellerie, immense et glacée, chargée de cet art allemand tout entier dédié aux gloires nationales, vaguement menaçant et que vous me décrivez. Notre palais Venezia ne vaut guère mieux, même s'il est évidemment plus ancien et orné d'œuvres de meilleure qualité. Il ressemble néanmoins à la chancellerie nazie. À commencer par le bureau du Duce, conçu pour impressionner le visiteur, avec ses lions en pierre qui soutiennent la table et cette énorme mappemonde qui démontre l'ambition universelle du fascisme, sans parler de cette lampe près de la fenêtre, censée prouver au peuple que son maître œuvre jour et nuit à son bonheur. Sur les murs, des fresques représentant les combats

1. L'Italie ne déclarera la guerre à la France et à l'Angleterre que le 10 juin 1940.

victorieux de la Première Guerre mondiale. À côté, la salle dite du Perroquet, où se tiennent les séances du Grand Conseil.

Tous ces lieux sont faits pour impressionner, pour rassurer tout en inspirant de la crainte. Dans le monde où nous vivons, le décor ne peut être laissé au hasard. Nous aurons sans doute l'occasion d'en reparler.

Je vous embrasse avec ferveur,

Galeazzo

Rome

– À qui écris-tu ? demande Ornella, étendue, nue, sur le lit.

– À une femme, répond Galeazzo.

– Je m'en doutais. Cette frénésie de gratter le papier est le signe d'une passion. Une lettre d'amour, peut-être ?

– Pas encore. C'est une Allemande.

– Je l'imagine d'ici. Grande, hiératique, blonde de la tête aux pieds, le genre Walkyrie, impérieuse, à la sensualité ardente et glacée.

Ciano sourit.

– Pas du tout. Elle est de taille moyenne, le visage doux et la voix tout autant. Pour le reste, je n'en sais rien.

Ornella le regarde plier sa lettre et la glisser dans une enveloppe sans suscription ni adresse. Encore l'un de ses mystères. L'homme use des mêmes procédés en diplomatie et en amour. Est-elle la seule à fréquenter cet appartement du palais Chigi ? Elle en doute, se dit qu'elle s'en moque, mais c'est faux. Elle a beau savoir que Ciano multiplie les aventures, elle a fini par tomber amoureuse de lui et ressent déjà la morsure de la jalousie envers les femmes qui l'entourent.

– Et Edda, que pense-t-elle de toutes tes maîtresses ?

En réalité, c'est d'elle seule qu'elle parle. Elle se méfie des coups tordus, et cette petite Allemande pourrait en être un.

– Elle est allée se plaindre à son père, qui l'a renvoyée. À partir du moment où je la nourris et que j'élève les enfants sans jamais la battre, il trouve que je remplis mes devoirs de mari.

– Comment le sais-tu ?

– C'est Edda qui me l'a raconté.

Ornella a un petit rire sec. Serait-elle capable de cette franchise cynique ? Son mari doit être au courant de ses incartades, mais ne lui demande jamais rien. Il parle de ses coups financiers, et elle de ses pérégrinations mondaines. Les enfants écoutent sagement. Cela leur suffit à tous.

– Notre monde est curieux, ajoute-t-elle. Il paraît que la Sarfatti s'est installée en Argentine où elle dit pis que pendre du régime, elle la grande égérie du Duce. On dit qu'il est furieux. Il a tenté de la faire rentrer, mais elle ne veut rien entendre.

– Elle a raison, ce serait une folie de revenir, à cause des lois antisémites.

– Mussolini ne savait pas qu'elle était juive ?

– Il le savait, mais ignorait qu'il était antisémite. C'est Hitler qui le lui a appris quand il est venu en 1938.

Encore son rire sec. Elle demande si c'est vrai, cette liaison de Mussolini avec la fille du médecin du pape.

– Comment s'appelle-t-elle déjà ? Ah oui, la Petacci. Clara Petacci. Tout Rome en parle.

Cette fois, il ne répond pas. Bien sûr qu'il est au courant pour la Petacci et l'appartement Cibo, derrière le bureau. Le Duce reçoit ses visiteurs officiels et elle dessine des modèles de vêtements à partir des gravures de mode. Puis elle les fait réaliser par les couturiers de la via dei Condotti. Entre deux visites, il va boire le thé avec elle, plus sans doute. Mais ce ne sont pas des choses qu'il raconte. On ne sait jamais, même avec Ornella.

Berlin

Dans la semaine qui précède le départ en campagne du nouveau sous-marin, la Kriegsmarine organise un immense bal. Tous les hommes sont conviés. Les officiers, surtout les titulaires de la croix de fer de première classe, c'est-à-dire les héros officiels de la nouvelle Allemagne. Champagne, bière et schnaps coulent à flots. Werner commence par refuser, mais les camarades l'entraînent en argumentant que la campagne sera longue et dure. Ils risquent de ne pas en revenir. Et puis, n'est-il pas temps que les équipages, qui pour la plupart n'ont pas encore navigué ensemble, fassent connaissance ? « Ne méprise pas ceux qui demain te sauveront peut-être la vie », lui répète-t-on.

Werner s'incline. Il revêt pour l'occasion l'uniforme de soirée avec la croix de fer et la dragonne, l'épée de parade et les bottes étincelantes. Un orchestre joue sans discontinuer, l'ambiance est chaleureuse. Il s'installe à une table et des filles apparaissent en costume traditionnel. Toutes blondes, les cheveux tressés, enroulés en couronne. Grandes et belles avec leurs yeux bleus et leurs longues jambes fines. Elles sont joyeuses, refusent que l'un d'entre eux reste assis. Sur certaines, l'insigne de l'organisation Kraft durch Freude[1] ou encore Bund Deutscher Mädel[2].

Werner se retrouve sur la piste avec une jolie blonde.

1. La force par la joie, association de loisirs créée par le parti nazi.

2. La Ligue des jeunes filles allemandes, branche féminine des Jeunesses hitlériennes.

Lisbeth, lui dit-elle avec un sourire engageant. La valse d'abord, elle lui apprend à danser en scandant : un, deux, trois. Et il se débrouille pour suivre sans lui écraser les pieds. Puis le rock et le foxtrot. La concentration que Werner y met lui fait un bien fou. Pour une fois, il pense à autre chose qu'à la guerre, qu'à Claire qui lui manque, qu'à la vie qu'il aurait dû avoir s'il n'y avait pas eu ce conflit. Il rit en essayant d'imiter sa partenaire, il rit quand il la voit se mordre les lèvres pour ne pas se moquer de sa maladresse. Il est ravi qu'Himmler ait exceptionnellement autorisé ces musiques « dégénérées ». Vient le tango. Il secoue la tête, mais Lisbeth l'enlace et l'encourage à arrondir son bras autour d'elle. Il faut avancer, tourner et reculer. C'est encore plus amusant que les danses précédentes. Il ne regrette plus d'être venu. La joie de Lisbeth est communicative. Son bonheur de vivre aussi. Il se rend compte que pour la première fois depuis des mois, il se sent léger. Cette belle Allemande au visage radieux ne semble connaître aucune angoisse, aucune inquiétude. Elle éclate d'un rire franc et il caresse sa joue, son regard se voile. Il est troublé par son désir. Par ce désir qu'il n'a provoqué chez personne depuis si longtemps. À plusieurs reprises, elle le frôle, avant de l'entraîner à une table. Assis côte à côte, il sent sa jambe contre la sienne. On leur sert à boire. Ils vident des coupes, elle enlace aussitôt son bras au sien. Elle le tutoie, lui raconte qu'elle est secrétaire dans un service de l'État, sans dire lequel.

– Et toi ?

– Je suis dans les sous-marins.

Elle hoche la tête, approche sa main de son uniforme et caresse la médaille obtenue à Scapa Flow. Son visage est très près du sien.

– Qu'est-ce que tu fais dans ton bateau ?

– Je commande l'équipage.

– Tu as déjà coulé des bateaux anglais ?

– Oui.

Il n'en dit pas plus, il n'est pas du genre à se vanter. Tout dans son corps évoque la jeune femme sportive. Elle lui explique qu'elle appartient à une équipe de gymnastes qui s'entraîne en ce moment pour un spectacle devant l'*Obergruppenführer* Bormann. Quand elle se penche, il devine ses petits seins fermes, et cela attise son désir. Un peu ivre, il lui en fait le compliment et elle éclate de rire. L'orchestre attaque un slow maintenant. Ils se lèvent ensemble. Elle se colle à lui, les lumières diminuent. Il remarque les camarades qui tournent à côté, chacun bien accompagné. L'un d'eux lui décoche un clin d'œil complice. Maintenant, c'est lui qui resserre son étreinte.

– Si tu veux, on s'en va, murmure-t-elle à son oreille.

Son souffle dans son cou, le parfum de sa nuque. Il murmure oui, sans penser un instant à Claire.

*

Le même soir, à l'heure où Hildi range son bureau avant de rentrer chez elle, la porte s'ouvre. Deux hommes, manteau de cuir et chapeau.

– *Frau Hildegarde Beetz ?*

– *Ja.*

– *Folgen sie uns, bitte*[1].

Les deux hommes ont les yeux froids, le ton est courtois, mais impératif. Elle n'a d'autre choix que d'obéir. Ils l'escortent dans le corridor, puis l'ascenseur jusqu'au parking. Une voiture les attend, noire, les vitres teintées. Sur l'aile, le fanion avec la croix gammée. Dehors, il fait nuit, la voiture glisse dans Berlin. Au carrefour, les agents ouvrent le passage et font le salut nazi.

---

1. Madame Hildegarde Beetz ? – Oui. – Veuillez nous suivre, s'il vous plaît.

– Mais enfin, demande Hildi, que me voulez-vous ?

Silence.

– Répondez-moi au moins..., insiste-t-elle d'une voix moins assurée.

– Vous verrez bien.

Défilé des immeubles officiels du centre-ville, la voiture passe un porche, elle a le temps de remarquer les initiales sur la plaque à l'entrée. RSHA[1].

Un escalier, des gardes SS à l'entrée, d'autres au sommet. Le trio gravit les marches. Un long couloir, puis une porte à double battant sans inscription. On l'ouvre et Hildi se retrouve dans une antichambre avec des sièges. Une deuxième porte s'ouvre. On la pousse à l'intérieur. Un homme derrière un bureau parcourt un dossier. Elle l'a déjà vu à la Wilhelmstrasse. C'est Reinhard Heydrich, le chef du RSHA. Le visage est fin, séduisant. Il parle d'une voix douce.

– Vous êtes interprète au ministère des Affaires étrangères, diplômée de l'école de Leipzig, n'est-ce pas ?

– Oui.

– Quelles langues parlez-vous ?

– Je suis bilingue en italien, je parle aussi l'anglais et le français, mais avec moins d'aisance.

Heydrich la fixe sans un mot. Son regard se glace. Il ouvre la chemise devant lui et en extrait plusieurs feuillets. Elle reconnaît aussitôt les photos de sa correspondance avec Ciano. Il y en a toute une liasse depuis la première en octobre jusqu'à la dernière où il décrit le bureau de Mussolini.

– Vous savez ce que c'est ?

Elle acquiesce.

– Ces lettres peuvent être considérées comme les preuves

1. Reichssicherheitshauptamt. Le service de renseignement de la sûreté du Reich, l'*alter ego* de la Gestapo pour l'espionnage et le contre-espionnage.

d'intelligence avec une puissance étrangère, d'autant plus que les locaux de la chancellerie, comme le bureau du Führer, font partie des secrets d'État.

– Mais le comte Ciano s'y est rendu à plusieurs reprises.

– Ce n'est pas à vous de décider de ce qui est secret ou ne l'est pas !

– Personne ne m'a prévenue.

– Il fallait y penser vous-même, d'autant que vous travaillez dans un ministère d'État.

Elle pâlit, ses lèvres tremblent.

– Je m'excuse, balbutie-t-elle, ce sont des lettres privées entre le comte et moi, je n'aurais jamais pensé… Je regrette…

– Il est un peu tard pour les regrets.

*

Lisbeth aime avec ardeur et gourmandise. Werner, un peu surpris, se laisse emporter par son désir. Quand ils ont fini de s'aimer, elle se lève, le drap entortillé autour de son corps, et lui dit en riant :

– Tu fais mieux l'amour que tu ne danses.

– Tu m'apprendras si on se revoit, répond-il du tac au tac.

Un instant l'image de Claire le traverse, mais il la chasse de son esprit. Il ne veut pas penser à elle, ni s'attarder sur cette culpabilité qu'il devine déjà. Non, il veut profiter de l'instant, de la délicieuse joie de vivre de Lisbeth.

– Tu ne pars pas en campagne ?

– Comment tu le sais ?

– On a été prévenues. On nous l'a dit au Bund Deutscher Mädel et on nous a demandé d'être gentilles avec vous.

Il se redresse sur un coude.

– C'est pour cela que tu as couché avec moi ?

– Pas du tout ! Pour qui me prends-tu ? Une pute ? Si tu ne m'avais pas plu, je ne t'aurais jamais invité à danser.

– Viens, dit-il en attrapant sa main et l'attirant vers le lit.

Elle s'écroule en riant à ses côtés, ses cheveux défaits inondent son visage. Il pose la main sur sa hanche. Le désir revient. Ils recommencent, puis s'endorment. Encore une fois, le matin. Puis elle lui prépare un petit déjeuner. Elle ne lui demande pas quand il part. C'est un secret militaire. Mais quand il reviendra, il pourra l'appeler ou passer la voir dans son bureau au parti, elle saura se rendre disponible. Elle l'embrasse sur le pas de la porte de son petit studio, avant de lancer, joyeuse :

– Tu connais la blague sur les lettres BDM, WHW et NSU ?

– Non, qu'est-ce que c'est ?

– *Bin Deutsche Mutter, wie Hitler will, nun suche Vater*[1].

– C'est cela ta fonction ? Faire des enfants pour le Reich, peu importe le père ?

– Oui, c'est cela, dit-elle en posant un baiser sur ses lèvres.

*

Hildi est pétrifiée. Au mieux c'est un camp de concentration, au pire la corde à Plötzensee, où est dressé un gibet permanent.

– Évidemment, susurre Heydrich, votre mari était un héros de la campagne de Pologne, votre frère, de Scapa Flow, comme tout le monde le sait. Tout cela joue en votre faveur. Votre bonne foi, votre loyauté envers le Reich sont acquises.

– Elles sont totales, affirme Hildi.

Il hoche la tête.

– Et Ciano, vous le connaissez bien ?

1. « Je suis une mère allemande, comme le veut Hitler, maintenant je cherche un père. » La doxa nazie était opposée au mariage, les femmes devaient faire des enfants avec les meilleurs géniteurs possibles, c'est-à-dire de pure race. Le mariage était considéré comme une tartufferie juive ou chrétienne.

– Plutôt, oui. Disons que nous nous comprenons.

– C'est ce qui ressort des lettres, remarque-t-il, une sorte d'entente intellectuelle sur beaucoup de sujets. C'est très ironique de sa part comme de la vôtre.

Il s'adosse à son fauteuil sans la quitter des yeux.

– Vous avez couché avec lui ?

– Non !

Il sourit. Au moins c'est clair, c'est franc. Il fait signe aux gardes de sortir et se penche en avant.

– Vous le feriez si je vous le demandais ?

– Oui, souffle-t-elle.

Il range les lettres et exhibe un formulaire.

– Voici votre demande d'intégration dans la SS. Vous allez effectuer un stage de plusieurs semaines, puis j'approuverai votre entrée chez nous. Vous partirez pour Rome à notre ambassade. Là, vous entrerez en contact avec Ciano. Je veux tout savoir. Ce qu'il pense, qui il voit, ce qu'il écrit. Tout. Vous aurez le grade de major SS et vous serez sous les ordres du colonel Höttl qui me rendra compte. Vous y êtes prête ?

– Oui, répète-t-elle avec l'impression qu'un piège vient de se refermer sur elle.

– Je vous informe également que votre père vit à Berlin avec sa femme, et que nous connaissons son adresse.

1940

Atlantique Nord

Le 22 août 1940, deux mois après l'armistice français, à 8 h 03 du matin, l'U65 coule en deux torpilles le *HMS Cromwell*, transport de troupes à destination de Gibraltar. Les torpilles allemandes sont redoutables. Nouveau modèle calqué sur le britannique avec un déclenchement par choc : la capacité de destruction des sous-marins allemands est en constante progression. Cette époque débute celle des *glückliche Zeit* (les jours heureux) comme on dit dans le monde des sous-mariniers de l'amiral Dönitz. Les U-Boote agissent le plus souvent en meutes, jusqu'à sept en même temps lorsque le convoi est d'importance. Werner, héros de Scapa Flow, auteur de trente et un torpillages réussis à bord de l'U65, dirige l'une de ces meutes.

Cinq U-Boote font surface au moment précis où le *HMS Cromwell* achève de s'enfoncer dans les eaux de l'Atlantique. La mer est alors constellée de barques de sauvetage et de radeaux pneumatiques, chargés à ras bord de naufragés qui ont provisoirement sauvé leur peau. Werner note sur le journal de bord l'heure exacte du torpillage, le naufrage du transport anglais et la présence de nombreuses embarcations de sauvetage. Les autres U-Boote encerclent la flottille de naufragés. Le radio transmet par l'écoutille le message à Werner, installé dans le kiosque avec son second.

– L'U72 demande la permission d'ouvrir le feu.

Sur le pont de l'U72, des mitrailleuses sont braquées sur les naufragés qui se mettent à pousser des cris et à lancer des injures. Il se précipite dans les entrailles vers le compartiment radio.

– Passez-moi le commandant de l'U72.

Il connaît mal cet officier qu'on lui a présenté la veille du départ.

– Commandant, retirez les mitrailleuses. Il est interdit d'abattre des naufragés.

– Ce sont les instructions, commandant.

– De quelles instructions s'agit-il ? rugit Werner. Il n'y en a qu'un qui commande ici, et c'est moi ! J'interdis que l'on fasse feu sur ces hommes, ils ne sont pas en état de combattre, c'est clair ?

– Ces ordres ont été transmis par l'état-major de la marine.

– Avez-vous un écrit ?

– Non, répond avec hésitation l'officier. Seulement verbal.

– Je réitère mon interdiction ! C'est un ordre.

– Entendu, commandant, mais je serai obligé de consigner cette conversation dans mon rapport.

– Ne vous gênez pas. Je n'ai pas l'habitude de me dédire.

Il se tourne vers le second.

– Avez-vous la fréquence du convoi anglais ?

– Je peux la trouver.

– Appelez.

Le radio se livre à ses manipulations, cela dure quelques minutes, puis on entend :

– J'écoute. Qui êtes-vous ?

– Ici l'U-Boot 65 de la Kriegsmarine. Je viens de couler votre navire *HMS Cromwell*. Nous sommes au milieu de l'Atlantique, je vais vous donner les coordonnées pour que vous puissiez récupérer vos hommes, répond Werner en anglais.

On entend des crachotements, puis :

– Ici, le commandant de l'*HMS Marlborough*. Je ne tomberai pas dans le piège.

– Il n'y a pas de piège. Je suis officier de marine comme vous. Souhaitez-vous recevoir les coordonnées du naufrage ?

Un silence, puis :

– Je vous écoute, commandant. Le *Cromwell* a lancé le signal de détresse. Il ne répond plus.

– Voici les coordonnées.

Werner lit la longitude et la latitude sur le document qu'on vient de lui remettre.

– Puis-je avoir votre identité ?

– Je suis le *Kapitänleutnant* Werner Burckhardt à bord de l'U65. Dans le civil, je suis professeur d'histoire de l'art. Je suppose que notre conversation est enregistrée.

– En effet. Vous étiez à Scapa Flow en octobre 39, n'est-ce pas ?

– Oui. J'étais le second du commandant Günther Prien.

– Je suis Timothy Minchinton, commandant du *HMS Marlborough*. Et dans le civil, enseignant à l'Oxford Art Institut.

Un nouveau silence, puis :

– C'est vous l'auteur de l'essai sur les faux en Europe ? Je l'ai lu juste avant la guerre et je l'ai donné en exemple à mes étudiants.

– Merci, cela me fait plaisir.

– Bonne chance, commandant. Vive Cranach ! Vive Holbein !

– Bonne chance à vous. Vive Turner et tous les préraphaélites !

Paris

La fin de l'été est brûlante. Tous les panneaux indicateurs des boulevards et des avenues sont désormais écrits en allemand. Ils sont bien gentils, ces soldats installés aux terrasses des cafés, aux meilleures tables des restaurants et dans les boîtes de nuit, ils payent rubis sur l'ongle, et s'ils arrêtent les passants, c'est pour demander leur chemin dans un français hésitant. Pas de quoi se plaindre, vraiment. À cette heure matinale, Claire se hâte vers la galerie. Elle revient de Deauville, où sa famille s'est réfugiée. Dans sa poche, la dernière lettre de Werner à peine rentré de mission.

Il lui dit qu'il a été convoqué par l'amiral Dönitz, et s'en inquiète. Il lui explique avoir refusé de tirer sur des naufragés ennemis, selon la tradition marine. Mais avec Dönitz, on ne sait jamais. Il interroge Claire sur leur situation, à elle et à sa famille. L'Occupation se passerait plutôt bien, selon ce qu'il a entendu des camarades qui ont été à Paris en permission. Lui-même va en solliciter une sans être sûr de rien.

Claire presse le pas, elle a un mauvais pressentiment. Il a fallu insister pour convaincre son père de quitter la capitale. Sa confiance en Pétain est absolue. « C'est lui qui m'a décoré personnellement après Verdun. Il ne peut l'avoir oublié », ne cesse-t-il de répéter. « Va voir à Paris ce que devient la galerie, lui a-t-il demandé ensuite. Depuis hier, le téléphone ne répond plus. »

Évidemment, elle a obtempéré. Mais son premier élan a été de récupérer la lettre de Werner. Pas très rassurante. Maintenant, la galerie. Il n'est pas sûr que ce soit mieux. Elle marche de plus en plus vite. La rue de Seine, enfin. Sur la porte, une affiche en français annonce que les lieux sont sous la protection des troupes d'occupation. Les scellés sont apposés avec les cachets des polices française et allemande. Heureusement, elle a un double des clés de la porte à l'arrière. Elle jette un œil derrière elle. Personne.

– Mademoiselle Wildenstein ?

Claire se retourne. Une femme est devant elle. Son visage ne lui est pas inconnu. Elle l'a déjà vue, mais où ?

– Bonjour, Claire, je suis Rose Valland. Je vous attendais.

Claire ne comprend pas qui est cette inconnue, ce qu'elle lui veut. Tout à coup, elle se souvient. C'était à l'école du Louvre ! Elle faisait une intervention auprès des étudiants.

– Toutes les œuvres les plus précieuses de la galerie ont été déménagées hier en vue de leur protection à l'ambassade d'Allemagne, poursuit-elle. Parmi ces œuvres, *La Jeune Fille au verre de vin*. Les policiers l'ont retrouvée non sans peine au sous-sol.

Claire est sidérée.

– Que me voulez-vous ? demande-t-elle sèchement.

– Je suis attachée à la conservation des musées. Voici le numéro d'identification de l'œuvre au catalogue franco-allemand qui vous permettra de suivre son destin.

Claire est pétrifiée. Rose Valland lui adresse un sourire timide.

– Je suis là pour vous aider, vous savez.

Rome

– Comment va le Duce ? demande Massimo Magistrati.

Galeazzo lève les yeux au ciel.

– Comme un chef de guerre qui n'a jamais dirigé la moindre armée. Tous les avertissements lui ont été prodigués, à commencer par les miens, mais je n'ai aucune autorité dans le domaine militaire, même si je pilote avec le grade de lieutenant-colonel. D'autres que moi lui ont fourni le même avis. Il n'a rien voulu entendre. À partir du moment où les Allemands ont vaincu la France, il fallait se ranger à leurs côtés. Résultat, j'ai signé avec les Français la convention d'armistice qui faisait de nous des vainqueurs au même titre que les Allemands. J'ai honte.

Magistrati sent que le terrain devient glissant. Son ministre est aussi son supérieur, ainsi que son ancien beau-frère, et surtout un ami. Il ne veut pas que Galeazzo en dise trop sur son opposition aux Allemands et à la guerre. Ses positions sont connues, même s'il ne s'exprime pas en public. Un silence s'installe entre eux. Les traits de Massimo sont tirés, la mort de Maria, sa femme et la sœur de Galeazzo, en sont évidemment la cause. Il l'a plus aimée que l'inverse, même si elle avait de l'affection pour lui.

– Elle me manque tellement…, finit-il par avouer. Maria et moi, on commençait à s'entendre. Et voilà.

Ému, Galeazzo se lève et l'étreint. À moi aussi, songe-t-il. Son chagrin, il a tout fait pour le tenir éloigné, et pourtant il l'envahit soudain. Ciano se recule, se racle la gorge avant de demander pour faire diversion :

– Que dit-on de moi à Berlin ?

– Rien et c'est le pire. Ribbentrop te hait, c'est clair, même si tu lui as obtenu le collier du roi. Mais il ne parle jamais de toi autrement qu'en t'appelant « le ministre italien des Affaires étrangères », même quand il s'adresse à moi alors qu'il connaît nos liens. Le personnage manque de finesse. Sa seule qualité aux yeux d'Hitler est de lui être dévoué jusqu'au ridicule.

Un silence encore.

– Tu as une lettre d'Hildi ?

– Non. Cela fait plusieurs semaines que je ne l'ai pas vue à la Wilhelmstrasse. Quelqu'un d'autre occupe son bureau.

– Qu'est-ce que ça signifie ? demande Galeazzo avec une pointe d'inquiétude.

– Aucune idée, personne n'en sait rien. On l'a vue monter dans une voiture officielle avec deux hommes du RSHA, mais c'est tout. Tu connais l'ambiance chez les nazis. Chacun feint de se désintéresser des gens qui disparaissent du jour au lendemain. Mais… il y a autre chose.

Galeazzo sent sa gorge se serrer.

– J'ai dû licencier un employé allemand de l'ambassade. On l'a pris avec un appareil photo miniature.

– Il avait accès à la valise diplomatique ? s'enquiert Ciano, qui pense au moyen utilisé pour faire passer leur correspondance.

– Ce n'est pas impossible. Tes lettres et celles d'Hildi sont peut-être entre les mains d'Heydrich.

– Elles sont personnelles, ne révèlent rien de particulier. Rien de politique…

– Justement, répond Massimo. Si c'est le cas, pourquoi s'y intéresser au point d'aller chercher Hildi ?

Berlin

– Cher camarade, annonce l'amiral Dönitz, j'ai évidemment lu votre rapport ainsi que celui du commandant de l'U72. Ils concordent. Mais sachez que les instructions évoquées par votre subordonné existaient bel et bien. Je vous précise évidemment que je n'en étais pas l'auteur.

– Je n'exécute que les instructions écrites, rétorque Werner sur la défensive. Mais si je les avais reçues, j'aurais aussitôt démissionné de mes fonctions. De telles instructions sont radicalement contraires aux conventions internationales qui régissent le droit de la guerre, et il m'est impossible de les mettre en œuvre.

– Aucune convention internationale ne vous contraignait à appeler les Anglais pour donner la position du naufrage.

– Abandonner huit cents hommes au milieu de l'Atlantique revenait à les condamner à mort.

– Des ennemis, insiste Dönitz. Des hommes qui risquent de nous être opposés dans un autre combat…

– Des hommes à la mer ne sont plus des ennemis. En revanche, quand je me retrouverai face à eux, je n'hésiterai pas à les abattre car ils seront redevenus des ennemis.

Dönitz garde un instant le silence.

– Je suis obligé de nommer un *Kapitänleutnant* à votre place.

Werner ne cille pas, pourtant le choc est rude. Il attend la suite.

– Votre commandement n'est pas en cause, poursuit Dönitz. D'ailleurs, le succès de votre dernière mission en est la preuve, et sachez que j'ai détruit ces documents. Je vous élève au grade de chevalier et vous ferai remettre l'ordre de la croix de fer.

Surpris, Werner ne dit rien.

– Vous serez le premier commandant de sous-marin à recevoir une pareille distinction, poursuit son supérieur. Le grand amiral Raeder vous décorera personnellement sur le front des troupes et vous ferez l'objet d'une citation à l'ordre de la marine.

Il attend quelques instants.

– Cher ami, le *Reichsmarschall* Goering veut absolument vous rencontrer. Il a une mission spéciale pour vous.

– Mais j'ignore tout des avions, monsieur…

Dönitz ouvre un sous-main sur son bureau et retire une enveloppe cartonnée qu'il lui tend.

– Vous êtes convoqué après-demain à dix heures. Le

Reichsmarschall n'est pas un homme qui se lève tôt. Il vous attend à Carinhall, au « château Goering ».

Paris

Wildenstein est effondré. Dès qu'il a appris la saisie de sa collection, il s'est précipité à Vichy. Mais rien ne s'est déroulé comme il l'espérait. Rattrapé par la réalité, il est rentré chez lui et s'est laissé tomber sur un fauteuil, face à sa fille. Des larmes coulent de ses yeux.

– On m'a expliqué que cette affaire n'était pas du ressort du gouvernement, car elle se situait hors de la compétence de la zone sud. On m'a renvoyé en me conseillant de m'adresser à l'ambassade de France auprès des autorités d'occupation. Le conseil m'a paru bon, d'autant plus que j'avais été en relation d'affaires plusieurs fois avec Brinon.

– Et alors ? demande Claire, exaspérée.

– On a refusé de me recevoir. Les affaires d'œuvres d'art sont du ressort de l'ambassade d'Allemagne auprès de l'État français.

Claire lève les yeux au ciel.

– Tu t'es humilié au point d'aller voir les Allemands…

– J'étais prêt à tout pour récupérer le tableau. On m'a enfin reçu, et…

– Et on t'a annoncé que les œuvres d'art qui appartiennent aux Israélites sont mises sous la protection du grand Reich allemand ! l'interrompt Claire.

Son père ne répond rien. Il est voûté, a le regard dans le vague. Tout à coup, c'est un vieillard devant elle. Où est passé l'homme plein d'allant et d'énergie ? Le marchand d'art rusé et sûr de lui ? Elle se reproche sa brusquerie. Elle lui saisit la main. Il tremble.

– Papa, qu'est-ce qui se passe ?

– On n'a plus rien…

– Comment ça ?

– J'avais mis tous mes avoirs pour acheter ce tableau, j'avais même vendu des actions. Les œuvres qu'on nous a laissées n'ont aucune valeur. Un confrère me les a reprises au tiers de leur prix, et encore, par amitié. Il ne nous reste que cet appartement et la villa de Deauville.

Elle s'abstient de lui faire remarquer que tôt ou tard, les Allemands les prendront.

– Il paraît que le gouvernement de Vichy prépare un premier statut des Juifs qui sera suivi d'un autre, et encore d'un autre… C'est ce qu'on m'a dit à l'ambassade d'Allemagne. Celui qui me l'a raconté rigolait… J'aurais dû t'écouter et partir lorsqu'il était encore temps.

– Ne t'inquiète pas, papa. On va s'en tirer.

– Cette fois, c'est toi qui te trompes, répond-il en secouant la tête. On est foutus.

Rome

Edda sonne à la porte du *marchese* Pucci. Son dernier et seul amant du moment. L'homme sort de l'ordinaire. Membre de l'équipe olympique de ski en 1932, docteur en économie, capitaine de l'armée de l'air… Jusqu'à présent, elle les collectionnait au hasard. Des séducteurs mondains, rencontrés le plus souvent dans les cercles de jeu ou les salons du fascisme. Des hommes croisés au fil de l'eau, légers, drôles, mais dépourvus de fond.

Des hommes comme elle. Se glisser entre les draps de la fille du Duce est grisant, se réveiller dans ceux d'Edda, beaucoup moins. Ils finissent tous par la quitter, ou c'est elle qui met fin à une histoire qui n'en est pas une. J'aurais dû me montrer plus exigeante, songe-t-elle. On ne peut demander à l'autre ce qu'il ne peut offrir. Quant à Galeazzo, elle a compris depuis bien longtemps qu'elle ne l'intéresse plus. Il lui a fait trois enfants et ils font encore l'amour de temps à autre, avant qu'il rejoigne le lit d'une de ses maîtresses. Il ne le nie pas. Pour le punir, elle s'est débrouillée pour qu'il apprenne ses infidélités, mais il ne lui en a jamais fait le moindre reproche. Au fond, cela l'arrange. Galeazzo ressemble à mes amants, se dit-elle, c'est un homme-papillon. Entre nous, il ne reste plus que nos enfants, notre dernier lien. On peut nous reprocher, à Ciano et à moi-même, notre légèreté, notre inconstance, mais aucun de mes trois enfants n'en souffre. Elle chasse ces pensées sur le seuil du *palazzo* Pucci. Elle sait qu'il est en permission.

Un valet la conduit à l'appartement. Médusée, elle reste un instant figée sur le pas de la porte. Le décor est inattendu. Les lieux ont été transformés en un atelier de couture. Des tissus sont étalés sur des tables, partout des épingles, des ciseaux et des agrafes. Trois ouvrières travaillent sur des machines. Les étoffes sont colorées, vives et belles. Les couturières la saluent sans quitter des yeux leur ouvrage. Il l'embrasse.

– Chère Edda, je t'attendais.

Il la conduit dans un salon et referme la porte. Plusieurs tenues sont suspendues à des cintres.

– Essaie-les.

Elle se souvient que la dernière fois qu'ils se sont vus, il a noté ses mensurations. Quand elle lui a demandé à quoi il jouait, il a répondu : « Tu verras » avec un petit air mystérieux. Elle sourit en passant les tenues les unes après les autres. Elle se regarde dans la glace, c'est magnifique. Elle tourne sur elle-même, se délecte de son reflet tandis qu'Emilio Pucci ajuste un pli encore ici et là. Il prend des marques, puis ressort donner les tenues aux ouvrières pour qu'elles fassent les retouches. Edda se rhabille. Quand il revient, elle l'interroge du regard. Il pose un doigt sur sa bouche et va fermer la porte.

– Tu te souviens de nos conversations sur la mode ? Je m'y suis toujours beaucoup intéressé.

Elle acquiesce, se rappelle soudain qu'il remarquait tout, n'ignorait rien de la manière de sublimer une silhouette. Il avait d'ailleurs fait évoluer ses propres tenues, lui répétant que ce qu'elle portait ne lui allait pas.

– Emilio, qui a dessiné ces tenues ?

– Moi, bien sûr. Tu me sers de mannequin.

– Toi ? répète-t-elle, abasourdie.

– Oui.

Il sourit, ravi. C'est un homme qui aime surprendre. Là, c'est réussi.

– Je te promets de nouveaux essayages, de nouveaux vêtements.

– Mais…

– Edda, quand cette guerre sera terminée, je créerai ma propre marque[1].

Elle le connaît suffisamment pour savoir qu'il ne parle pas en l'air. C'est un homme qui fait ce qu'il dit. Les couturières rapportent les tenues retouchées. Il lui demande de les essayer de nouveau. Cette fois, il prend des photos. Émerveillée, elle joue les mannequins, pose devant l'appareil. C'est la chose la plus gaie, la plus drôle, la plus plaisante qu'elle ait vécue depuis longtemps. Le souvenir d'après-midi passés à faire les courses avec sa mère la traverse.

1. Emilio Pucci a été l'un des plus grands stylistes italiens de l'après-guerre.

– Emilio, je ne sais pas quoi te dire, s'exclame-t-elle en le prenant dans ses bras. Je suis stupéfaite, admirative ! Tu me rends heureuse. Si heureuse !

Dans la forêt de Schorfheide, au nord de Berlin

À Carinhall, tout est immense, colossal, prodigieux. On se croirait dans une gravure de conte de fées. Le maître des lieux, en pourpoint de cuir, chemise à manches bouffantes, cuissardes en cuir rouge et vaste culotte de cheval, ressemble à un énorme Chat botté. Accompagné d'un majordome qui a la gueule du traître dans les films muets, il accueille Werner. Le domaine occupe une forêt qui s'étend à perte de vue. À voix basse, le traître signale la présence de bisons, d'ours, d'aurochs et de chevaux sauvages.

Goering approuve d'un grognement de plaisir. Son regard se voile lorsque est désigné le mausolée souterrain en granit qui abrite les restes de Carin. Son épouse adorée, celle qu'Hitler surnommait « la petite mascotte du parti ». Werner ne dit rien. Il a compris dès son arrivée que le deuxième homme du Reich, l'héritier désigné du Führer, le maître de la Luftwaffe n'attend de lui qu'un assentiment respectueux. Mais il ne sait toujours pas pour quelles raisons il a été convoqué.

La visite dure plusieurs heures. Après la forêt, les animaux fabuleux et le mausolée de la fanatique adorée, on passe à la demeure. Goering n'épargne rien à son visiteur ébahi. Partout des domestiques en livrée verte et les hommes du « régiment général Goering », chargés de la sécurité. Tout le monde s'active sous l'œil olympien du maître et celui sourcilleux du majordome. Carinhall, c'est une cathédrale, un palais, une forteresse. Les derniers travaux viennent de prendre fin. Le gigantesque a pris le dessus. Il n'y a pas une salle de réception, mais deux. Dans cette salle à manger de quatre cent onze mètres carrés (confidence du majordome), douze colonnes de marbre noir ressemblent aux piliers d'une basilique. Soixante-dix convives peuvent se retrouver autour de la table. Le palais donne sur l'un des lacs. Deux cabinets, chacun de la taille d'un bon appartement bourgeois, abritent les cadeaux. Sur des nappes noires resplendissent les plus extravagants et les plus coûteux que l'on puisse trouver, depuis un orgue Wurlitzer et un fleuve de joyaux, en passant par les tableaux de maîtres et les sabres orientaux, or massif et pierreries. Le yacht de seize mètres, ancré dans un port de la Baltique, n'est représenté que par une photo panoramique. Les cent quatorze décorations sont exposées à part sur leur précieux coussin, le majordome fait observer que le problème est qu'on ne peut pas les arborer toutes en même temps. Reste le bâton de maréchal. Werner est invité à le soupeser : soixante-dix centimètres d'ivoire incrusté de platine et d'or massif. Werner croit en avoir fini de cette interminable visite, mais il doit poursuivre le parcours par la bibliothèque (dimensions de quatre courts de tennis) avec ses rayons de livres précieux, la salle de musique (deux courts seulement), au centre un gigantesque piano de concert offert par Helene Bechstein [1]. Il faut maintenant s'extasier devant une piscine au sous-sol (deux mètres cinquante de profondeur et une température constante à vingt-cinq degrés), un sauna, une salle de gymnastique et ses installations, une salle de massage, et

1. La dynastie des facteurs de piano Bechstein a créé à l'époque les plus célèbres instruments du monde. Helene Bechstein a soutenu financièrement Hitler dès le début du nazisme.

surtout la salle (trois courts de tennis) qui abrite le plus extraordinaire jeu de trains miniatures.

– C'est pour Edda[1], ma fille, mais je dois avouer que c'est surtout moi qui y joue.

Werner reste bouche bée. Il repense au train électrique qui avait fait son bonheur, enfant, sur le tapis du salon. Mais l'installation de Goering est la multiplication de ses propres rêves de gosse au carré : mille huit cents mètres de voies réparties en six anneaux qui s'entrecroisent merveilleusement ! Pas moins de dix-sept trains qui circulent en même temps, s'arrêtent à chaque gare et font s'abaisser les barrières des passages à niveau. Des trains fonctionnent à l'électricité et d'autres sont à vapeur, télécommandés, avec de petites volutes de fumée crachées par la locomotive, le tout dans un décor de vallées, de forêts, de montagnes et même de villes reconstituées[2].

Goering presse un bouton et tous se mettent en marche, la fumée sort des cheminées de locomotives qui imitent à merveille le sifflet. On entend le bruit des ballasts. Sur les quais s'agitent de petites marionnettes où l'on reconnaît le chef de gare ainsi que le contrôleur avec sa casquette, qui poinçonne les billets.

– *Herr* Burckhardt, qu'en dites-vous ? demande Goering.

– La magie ne se commente pas, elle se laisse contempler, répond Werner, époustouflé.

De retour au rez-de-chaussée, le majordome désigne d'un geste une étrange construction en lisière de la forêt. Werner cligne des yeux.

– Est-ce un vrai château ? demande-t-il.

Goering part d'un énorme éclat de rire.

– Parfaitement, cher ami, celui du grand Frédéric, le merveilleux château de Sans-Souci. Je l'ai fait reproduire au

1. La fille de Goering porte le même prénom que la fille de Mussolini.

2. Cadeau de la société Siemens.

dixième de sa taille réelle. C'est le château d'Edda, sa maison personnelle avec toutes les pièces et les meubles réduits à la dimension d'une enfant !

– Cinquante mètres de long, sept de large et trois mètres cinquante de haut, précise encore le majordome.

Les heures passent, on est au milieu de la journée. Goering s'excuse et demande quelques instants. Le majordome conduit Werner à la salle à manger personnelle du supérieur hiérarchique de tous les militaires du Reich. Sur les murs, les photos des célébrités, rois, chefs d'État et ambassadeurs, qui sont venus chasser à Carinhall. La petite Edda vient le saluer. On dit que Goering en est fou parce que sa première femme, la célèbre Carin, n'a pu lui donner d'enfant, en un temps où il était nanti de toutes ses capacités physiques[1].

L'enfant est accompagnée de sa mère, Emmy, une ancienne actrice qui a délaissé sa vocation pour un homme dont elle pressentait qu'il deviendrait une célébrité mondiale. Échange d'amabilités. Goering reparaît en tenue de gentilhomme campagnard. Il entraîne Werner par le bras tandis que des valets poudrés disposent des plats et versent le vin du Rhin.

– Cher ami, j'ai besoin de vos lumières et de vos talents. On m'a recommandé votre thèse, que j'ai lue d'un bout à l'autre.

– C'est un honneur, *Herr Reichsmarschall.*

Goering hoche la tête.

– Vous avez remarqué mes collections de tableaux ?

– On m'a dit que votre goût était très sûr et que vous n'aviez jamais fait de mauvais choix. Bravo pour les Cranach ! Je n'en ai jamais vu autant dans un même endroit.

---

1. Il semblerait qu'Edda ait été conçue par insémination artificielle. À cette époque, Goering pèse plus de cent vingt kilos !

– Il s'agit d'œuvres authentiques, se rengorge Goering. On me l'a garanti.

Werner en est moins sûr, mais se garde bien de mettre la parole de Goering en doute.

– C'est très simple. À part l'Espagne et le Portugal, nous occupons la majorité de l'Europe, mais la ville phare, c'est Paris. J'y ai déjà choisi des œuvres, mais je crains de me faire berner, surtout pour celles qui viennent des Juifs. Ces gens-là, vous savez…

Goering plisse les yeux, il se concentre.

– Dans une autre vie, je me serais consacré à l'art, dit-il en se resservant des Knödel et des Nockerln[1] ainsi que des charcuteries.

– Hermann, proteste Emmy, c'est trop !

Il secoue la tête et fait signe aux valets d'en proposer aussi à Werner.

– Chère amie, tu sais bien qu'on donnera les restes aux lions.

Il se retourne vers Werner.

– Nous en avons plusieurs, et nous les nourrissons nous-mêmes.

– On les adore et ils nous le rendent bien, renchérit Emmy.

– Avec Rosenberg, reprend-il, nous avons constitué un organisme qui a pour mission de mettre à l'abri les biens confisqués aux Israélites. L'ERR[2]. Les saisies ont commencé dès le début de l'Occupation. Votre rôle serait de vérifier l'authenticité des œuvres et d'en sélectionner de nouvelles.

– Quel serait mon statut ? demande Werner.

– Celui d'un mandataire spécial, le mien bien évidemment. Vous aurez des fonctions officielles sous les ordres théoriques

1. Spécialités germaniques aussi délicieuses que caloriques.

2. Einsatzstab Reichsleiter Rosenberg, l'état-major permanent des services de Rosenberg.

du colonel Kurt von Behr, mais en réalité vous ne dépendrez que de moi. Je viendrai vous voir à Paris et ferai rapatrier les œuvres.

Il marque un arrêt, avant de poursuivre :

– Certaines seront pour le musée que le Führer veut créer à Linz, les autres pour Carinhall, où elles seront en sécurité…

Il échange un regard avec Emmy qui approuve du menton. La petite Edda joue avec des boulettes de pain.

– Votre rémunération serait en rapport avec l'importance de vos fonctions. Vous pourriez résider à l'ambassade ou dans le lieu de votre choix. Qu'en pensez-vous ?

– Je suis très honoré, *Herr Reichsmarschall.*

Goering hoche la tête.

– Je n'en doutais pas. On va vous remettre une carte de transport à votre nom qui vous permettra de voyager sur tous les territoires que nous occupons. Je me suis procuré les références de votre compte à la Kriegsmarine. Votre salaire y sera viré chaque mois.

Il nettoie son assiette et réclame une nouvelle ration.

– À propos, achève Goering, à Paris, vous commencerez par vérifier l'authenticité d'un tableau déjà mis à l'abri et destiné à Carinhall.

– De quelle œuvre s'agit-il ?

– D'un Vermeer. J'adore ce peintre et je suis prêt à tout pour en garnir mes collections. Celui-ci s'appelle *La Jeune Fille au verre de vin*. Il était dans une galerie juive, rue de Seine.

– Vous pouvez compter sur moi, *Herr Reichsmarschall*, répond Werner sans ciller.

Rome

Mackensen, l'ambassadeur d'Allemagne, organise une importante réception. Le monde politique et les dirigeants économiques de l'Italie ont tous été conviés. L'assistance est nombreuse. Le comte Ciano est en retard, mais c'est son habitude, et personne n'oserait en faire le reproche au ministre. D'autant que chacun sait à quel point les rapports sont tendus avec la Grèce. Ornella accompagne son mari. Elle est comme un poisson dans l'eau. De ce petit monde, elle maîtrise tous les codes, et parle couramment allemand. Sa vie est celle d'une femme libre, tant qu'elle rend à son mari les bons services. Ce soir, il a besoin d'elle pour rencontrer l'attaché allemand aux affaires économiques. Il veut obtenir de meilleurs prix que ses homologues. Ornella joue son rôle à la perfection, elle salue les uns et les autres avec effusion, tout en cherchant du coin de l'œil cet attaché qui lui a fait une cour appuyée la semaine précédente. Elle le repère enfin, s'exprimant dans un italien un peu scolaire. Lui aussi la cherche, elle lui fait un signe de reconnaissance et il s'incline aussitôt. C'est un Von quelque chose, elle ne se souvient plus. Lors de leur dernière conversation, ils avaient tous deux évoqué leurs attaches nobiliaires. Le problème est que son mari ne peut aligner la même galerie d'ancêtres. Il faudra donc trouver un autre sujet. Le voici qui s'approche justement. Il ne porte pas d'uniforme, mais claque des talons en s'inclinant sur sa main.

– Cher ami, je vous présente mon mari, Fabio Corbucci.

Serrement de main entre les deux hommes.

– Je ne m'attendais pas à vous voir, susurre-t-elle avec hypocrisie. Quelle bonne surprise ! Chéri, poursuit-elle en se tournant vers son mari, notre ami est chargé des affaires économiques pour le compte de l'ambassade si mon souvenir est juste.

Puis à l'Allemand :

– Mon mari ignore tout de la politique, c'est un industriel qui ne connaît que ses affaires.

– Alors nous allons nous entendre, rétorque l'Allemand avec un sourire carnassier.

– Tout à fait, répond le mari.

La conversation est lancée. Chacun se demande ce qu'il peut tirer de l'autre. Ornella, le sourire toujours plaqué, recule. Ce qu'ils ont à se dire ne l'intéresse pas le moins du monde. Le hall de l'ambassade se remplit. Les serveurs défilent avec des plateaux. L'aboyeur annonce le comte Ciano en prenant soin de n'omettre aucun de ses titres. Comte de Cortellazzo, ministre des Affaires étrangères, membre du Grand Conseil fasciste… Seul celui de gendre du Duce n'est pas précisé, parce que le seul titre qui compte vraiment est celui qui n'est jamais prononcé. Ciano s'avance donc, avec à sa suite une cour froufroutante. Son œil repère Ornella et il s'incline aussitôt, tout en lançant au mari un salut amical. Ciano évolue toujours avec une aisance admirable. Parmi les femmes présentes, certaines sont ses maîtresses, d'autres ses « veuves », d'autres encore attendent leur tour. Ornella évalue rapidement le poids de chacune, et en conclut que dans l'immédiat sa position n'est pas menacée.

– Mon mari est venu faire des affaires, chuchote-t-elle à son amant.

– En effet, rétorque Ciano tout en continuant de saluer à droite et à gauche.

– Mon ministre m'a chargé de vous transmettre ses amitiés, annonce Mackensen.

– Je lui adresse les miennes par votre entremise, cher ami.

Tous deux s'éloignent. L'ambassadeur voudrait en savoir

plus sur la Grèce, mais Ciano élude. Mussolini tient à étonner Hitler par une attaque surprise. C'est lui rendre la monnaie de sa pièce pour ses interventions militaires dont il a toujours omis d'informer l'Italie, contrairement aux termes du traité qui les lie. L'ambassadeur sait qu'il ne pourra rien en tirer de plus et joue sa seconde cartouche.

– Laissez-moi vous présenter notre nouvelle attachée culturelle.

Ciano pâlit légèrement en apercevant Hildi, puis se reprend.

– Je ne m'attendais pas à vous trouver ici ce soir, *Frau* Beetz. C'est une heureuse surprise.

Il s'incline sur sa main, troublé. Elle est d'une beauté à couper le souffle dans sa robe en lamé. Il note, heureux, que son regard brille d'émotion.

– Ma nomination à Rome s'est faite à l'impromptu, je n'ai pas eu le temps de vous l'écrire.

C'est à leur tour de s'éloigner maintenant. Hildi connaît sa mission. Tout apprendre sur le projet de l'Italie en ce qui concerne la Grèce. Guerre ou pas guerre ? Mais à l'instant, elle ne pense qu'à l'homme devant elle, dont les mots se gravent dans son esprit.

– Vos lettres m'ont manqué, Hildi. Magistrati, poursuit-il, m'a dit que vous aviez disparu de la Wilhelmstrasse.

– Je vous expliquerai. J'ai dû suivre un stage secret. Vous savez comme sont les nazis… Tout est secret, il est interdit de parler même à ses propres parents !

Ciano fait un signe d'assentiment.

– Chez nous aussi, tout est secret, sauf que tout le monde est au courant.

Un silence, puis :

– Quand pourrai-je vous revoir la semaine prochaine ?

– Dommage, j'étais libre demain.

– Désolé, Hildi, je dois partir en voyage.

– En Grèce ? demande-t-elle l'air innocent.

Il secoue la tête.

– Rendez-vous demain soir à Chigi.

Tous deux sourient. Le regard de Ciano vient de croiser celui d'Ornella, qui détourne aussitôt la tête. Je suis sûre que cette petite dinde germanique, c'est celle à qui il écrivait l'autre jour, se dit-elle avec fureur.

Paris

Depuis le mois d'août, Vichy a abrogé le texte qui réprimait les diffamations raciales. Les Allemands ne demandent rien, mais Vichy devance leurs attentes, comme un amant désireux de s'attacher une maîtresse. Il faut dire que Pétain s'y connaît en matière d'amours frelatées. Il a publié le 10 octobre le décret établissant le statut des Juifs. Texte infâme[1] qui leur interdit les fonctions publiques et les professions prestigieuses. La main de Pétain n'a pas tremblé[2]. Les Juifs demeurés à Paris donnent l'impression d'une effarante crédulité. C'est le cas de Wildenstein. Après un premier effondrement, il a relevé la tête, formant même le projet insensé d'aller trouver le Maréchal à l'hôtel du Parc, siège du gouvernement de Vichy, pour lui faire honte en lui rapportant ses décorations. Heureusement, alors qu'il rumine, Claire lui rappelle que le département de l'Allier est désormais interdit aux Juifs.

1. Ce premier texte sera suivi de nombreux autres.

2. On sait que Pétain a personnellement aggravé la condition des Juifs en élargissant l'interdiction à l'enseignement et à toute profession de justice. Son vieil antisémitisme a trouvé là l'occasion de s'épanouir.

– Alors, s'écrie-t-il, je vais tout lui renvoyer par la poste[1] ! Je le connais. C'est un homme d'honneur, on a dû lui forcer la main, il se rendra compte de son erreur et reviendra en arrière.

Elle a aussitôt caché les décorations, ce n'est pas le moment de se faire remarquer.

La nouvelle du statut des Juifs l'atteint quand même. Il lit et relit le journal sans parvenir à y croire. Il ne descend même plus à la galerie. Il n'y reste d'ailleurs presque plus rien. Il passe son temps à arpenter l'appartement, à lire le journal jusqu'au dégoût, se repliant sur la *Gazette de Lausanne*, qu'il reçoit ponctuellement, la seule publication honnête, dit-il.

Claire poursuit ses études à l'école du Louvre en pressentant qu'elle ne va pas tarder à en être exclue. Elle croise souvent Rose Valland, qui lui adresse de discrets signes de tête. Un jour, profitant de ce que les lieux sont déserts, Rose se rapproche de Claire.

– Votre tableau vient d'être transféré au musée du Jeu de Paume aux Tuileries, mais l'avenir s'annonce mal. Goering a bientôt prévu une visite. Il vient d'envoyer un nouvel expert en éclaireur.

Elle se penche pour chuchoter.

– Il avait été convenu d'établir un inventaire contradictoire des œuvres. Le docteur Bunjes… vous le connaissez, il traîne souvent par ici…

Elle décrit ce personnage en uniforme, au visage nerveux.

– Il me dit quelque chose, répond Claire, mais je détourne le regard quand je vois ces gens.

– Eh bien, le docteur Bunjes, qui avait accepté le principe de

1. En France, mais aussi en Allemagne et en Italie, nombreux sont les Juifs qui ont renvoyé leurs décorations, même si en Italie ceux qui étaient décorés étaient exclus des mesures de persécution.

cet inventaire qui ferait foi des œuvres confisquées par les Allemands, établi entre eux et nous, s'est emparé du cahier que je tenais. Il a annoncé que l'inventaire était clos alors qu'il venait à peine de commencer.

– Qu'est-ce que cela signifie ?

– Ni plus ni moins que la liste sera dressée par les seuls Allemands, qui y inscriront ce qu'ils voudront. Les œuvres seront emportées sans laisser de traces. Ni vu ni connu. De véritables cambrioleurs !

– Ils peuvent le faire sans qu'on puisse jamais les retrouver, même si les Anglais gagnent la guerre ?

– Exactement.

Rose Valland se penche à l'oreille de Claire alors qu'il n'y a personne autour.

– Ne vous inquiétez pas, je fais mon propre inventaire des œuvres qui sont au Jeu de Paume. Titres, dates, peintres, et s'il y a lieu numéro d'identification. Quand les Allemands auront perdu la guerre, c'est mon inventaire qui fera foi[1].

En rentrant, le soir, Claire ne dit rien à son père. Soudain, la sonnette de l'entrée retentit. Elle tressaille. Et si c'était la Gestapo ? Il paraît qu'ils débarquent sans prévenir. Mais d'habitude, c'est en pleine nuit ou à l'aube. Elle ouvre la porte en laissant la chaîne de sûreté. Une silhouette d'homme dans le couloir sombre. Pas d'uniforme ni de manteau de cuir. Elle ôte la chaîne, presse le bouton de la lumière. C'est Werner, souriant, merveilleux.

– Je t'aime, lui dit-il en la prenant dans ses bras.

1. Rose Valland est une authentique résistante, considérée comme une « héroïne du front de l'art » grâce à son inventaire.

Rome

Le lendemain de la soirée à l'ambassade, il se tient au *palazzo* Venezia une conférence d'état-major portant sur l'invasion de la Grèce. Le débat est acharné. Mussolini et Ciano sont pour la guerre. Le Duce veut montrer son indépendance à Hitler, qui vient d'envahir la Roumanie sans l'avertir. Ciano le suit par obéissance et parce qu'il déteste les nazis. Badoglio et Roatta, deux généraux qui ont une véritable expérience de la guerre, opposent farouchement des raisons de stratégie militaire. Les troupes italiennes sont trop peu nombreuses et les Grecs sont d'admirables combattants, bien plus efficaces et dangereux que le prétendent les services de renseignement italiens. Mussolini n'est pas d'accord. Hitler l'a humilié, il exige une victoire militaire. Son honneur est en jeu. Ciano tient des discours de haute stratégie. Le défaut de Mussolini, c'est qu'il lui faut toujours montrer sa force et son esprit combatif, alors que son ignorance lui bande les yeux. Évidemment, Mussolini l'emporte. L'invasion est fixée au 28 octobre. À Ciano de trouver un prétexte pour la justifier, même si Metaxás, le dictateur grec, est un allié.

Ciano s'engouffre dans la voiture, encore animé d'une ardeur guerrière. Ses arguments tournent en boucle dans son esprit. Mais au fil du trajet jusqu'au palais Chigi, ses réserves s'effilochent. Et si Badoglio et Roatta avaient raison ? De l'art de la guerre ils connaissent tous les rouages, alors que lui… Peu à peu, sa certitude se délite. Il faut convaincre le Duce, oui, il va l'appeler, et lui dire qu'il a changé d'avis, qu'ils ont tort, que cette invasion est une pure folie. Mais le chef suprême va stigmatiser sa pusillanimité. Que faire ? Parler ? Se taire ?

Il en est là de ses réflexions quand on le prévient qu'il est attendu dans l'antichambre. Soudain, Hildi est face à lui, dans son uniforme de conseillère d'ambassade. Le majordome referme la porte et il la prend dans ses bras. Le nez dans ses cheveux, il sent son parfum, la douceur de sa nuque. Le désir monte. Sa main s'attarde sur sa taille, et toutes ses considérations guerrières disparaissent aussitôt. Galeazzo est bien trop frivole. À froid, il est capable d'excellentes analyses politiques, mais l'homme est flamboyant, il veut séduire, impressionner. Il agit dans l'instant sans réfléchir. Tout à l'heure, il n'a pas hésité à humilier Badoglio et Roatta en profitant de sa position de gendre du Duce. Le corps d'Hildi contre le sien, il oublie tout. Un jour, cette particularité de son caractère, cette légèreté, ce tempérament hâbleur lui coûteront la vie. Hildi tressaille. Elle se dit qu'elle n'a jamais aimé Beetz comme lui. Jamais elle n'a autant été troublée par un homme. Galeazzo lui parle. Sa voix, son souffle dans son cou la font chavirer. Il lui murmure des mots d'amour en italien, elle lui répond dans la même langue. L'italien, c'est le langage des enlacements.

Au matin, elle est toujours là. C'est la première fois que Ciano ne renvoie pas une amante avant l'aube. Lui aussi est pris, autant qu'elle, plus peut-être, il ne sait pas. Au réveil, ils parlent tous les deux. Lui est épuisé physiquement, nerveusement. Il a abaissé toutes les barrières. Ils rient ensemble. Soudain, elle lui demande :

– Qu'allez-vous faire pour la Grèce ?

Toutes les alarmes du diplomate sont éteintes. Lui qui maîtrise l'art de l'esquive ne sent que la douceur de sa peau sous ses doigts. Dans un demi-sommeil, sa main parcourt le corps d'Hildi.

– On attaque le 28, répond-il avant de poser ses lèvres sur son sein.

L'amour revient et il oublie les mots qu'il vient de prononcer. Plus tard, en y réfléchissant, il pensera qu'il n'a rien dit, que c'est un fantasme, un propos de rêve et que rien n'a existé de cette trahison d'un secret d'État.

Les rayons du soleil éclairent la fenêtre. Hildi se lève et l'embrasse. Elle se rhabille tandis qu'il la caresse des yeux. Elle revient vers lui et glisse sa carte de visite sous le drap. Il acquiesce en souriant.

– Je t'appellerai tout à l'heure.

– Oui, dit-elle.

Les couloirs du ministère sont vides. Il est encore tôt. Sous le porche, le planton la salue machinalement. Quelques mètres plus loin, dans un immeuble en face, un homme note l'heure de sa sortie.

À l'ambassade d'Allemagne, Hildi fait son rapport au colonel Höttl.

– Vous êtes sûre, Hildi ?

– Je le tiens de la bouche du cheval.

La formule garantit la véracité d'une information.

– Je vous félicite, major.

Lui aussi va faire son rapport.

Paris

Claire contemple Werner avec bonheur, écoutant à peine la rafale de questions que sa mère lui pose. Werner esquive tout ce qui touche à ses fonctions à l'ambassade et parle de ses souvenirs d'enfance à Paris, de sa douleur de voir la ville occupée par la Wehrmacht. On en vient évidemment aux Juifs. Le regard du père s'assombrit.

– Monsieur Wildenstein, ce qui est en train de se produire m'atteint profondément. Le comportement des nazis est infamant. Ce n'est plus l'Allemagne que j'ai aimée. Ce n'est plus mon Allemagne. J'aime votre fille. Profondément. Et je vais l'épouser.

Sa femme pose aussitôt sa main sur celle de Werner en souriant.

– Mais vous faites la guerre contre les Anglais, le coupe Wildenstein. Ce sont nos meilleurs alliés, les seuls d'ailleurs.

Werner pense à Scapa Flow, à tous les bateaux qu'il a coulés.

– Je n'ai pas eu le choix. C'était ça ou me retrouver dans un camp. Les nazis ne plaisantent pas avec les objecteurs de conscience.

Le père grommelle qu'il était d'accord pour que sa fille épouse un historien de l'art, pas un officier de la Kriegsmarine.

– Malheureusement, ces deux fonctions sont compatibles… On ne m'a pas demandé mon avis. Qu'auriez-vous fait à ma place, capitaine ? demande-t-il en désignant une décoration de Verdun dans une vitrine.

Lui rappeler son grade, c'est faire de cette conversation une discussion entre militaires.

– Probablement la même chose, avoue le père.

Il pose sa main sur le bras de Werner. Entre eux, la paix est revenue.

– Quelles sont vos fonctions à l'ambassade ?

– Je suis attaché culturel, ce qui me dispense de porter l'uniforme, sauf dans les circonstances officielles où je revêts la tenue diplomatique. La même que ma sœur, qui vient d'être nommée à Rome dans les mêmes fonctions.

Il les fait rire en racontant sa visite à Carinhall, avec Goering en chasseur puis en *gentleman farmer*. Il insiste sur les dimensions délirantes du domaine, les salons à perte de vue et les couloirs interminables, le marbre partout et l'armée de domestiques en livrée. Personne ne pense à lui demander à quel titre il a été invité, mais il se taille un vrai succès en décrivant les trains miniatures qui se croisent en sifflant et en crachant de la fumée. De même que le château de Sans-Souci réduit aux dimensions d'une enfant. Les Wildenstein ouvrent de grands yeux.

– Il paraît que ce Goering, c'est un amateur de tableaux.

– En effet, mais je n'ai pas eu le temps de les voir.

– Vous savez qu'on a réquisitionné mon Vermeer ?

Werner acquiesce. Son regard croise celui de Claire, qui ignore tout de ses nouvelles fonctions auprès du *Reichsmarschall.*

– Écoutez, je ne peux rien vous garantir, mais je vous promets de faire ce que je pourrai pour vous aider à le récupérer.

La mère apporte les liqueurs, s'excuse car il n'y a plus de schnaps, oubliant de dire qu'à la déclaration de guerre, son mari a vidé la bouteille dans l'évier.

– Votre armagnac m'ira très bien.

Dans l'après-midi, Werner invite Claire chez lui. Elle a gardé les clés qu'il lui avait confiées avant son départ. À peine arrivés, il lui demande si le faux Vermeer se trouve toujours dans la maison. Elle hoche la tête. Elle lui tend le document sur lequel sont inscrites les références d'enregistrement dans le catalogue allemand.

– Qui t'a donné ça ? demande Werner, surpris.

– Une conservatrice. Elle s'appelle Rose Valland. Elle est de notre côté.

– Je suis l'expert en tableaux de Goering.

Ils se sourient. Ils ont la même idée.

– Alors il faut faire vite, rétorque Claire, qui a compris.

Rome

Ornella, c'est le feu sous la glace. Quand elle écoute le rapport de son espion, elle ne montre rien. Aucun trait de son visage ne bouge, sa voix reste claire lorsqu'elle lui demande de décrire cette femme. La coiffure, les traits, la taille, l'espion a tout noté, y compris la démarche. Le seul élément qui manque, c'est l'accent, pour la simple raison qu'elle n'a pas ouvert la bouche.

– C'est une espionne, poursuit-il.

– Comment le sais-tu ?

– Parce qu'elle en connaît toutes les techniques.

– C'est-à-dire ?

– À plusieurs reprises, elle a vérifié qu'elle n'était pas suivie. Mais j'ai été formé à l'école de l'OVRA[1].

– Continue, l'interrompt Ornella. Où est-elle allée ?

– À l'ambassade d'Allemagne.

Ornella fouille dans son sac et exhibe une liasse de billets.

– Une dernière question : par quelle porte est-elle entrée dans l'ambassade, celle des fournisseurs ?

– Non. Par le porche principal, répond-il en glissant les billets dans sa poche. La sentinelle l'a saluée. À l'évidence, elle y est connue. Je pense qu'elle y travaille.

L'espion s'en va. Ornella allume une cigarette et débouche la bouteille de cognac français. Ce n'est pas l'heure, mais elle s'en moque. L'alcool et le tabac l'aident à penser. Et à lutter contre le poison de la jalousie. Elle sait que son amant papillonne, va

1. Organisation de vigilance et de répression contre l'antifascisme. La Gestapo de Mussolini.

d'une femme à l'autre. Mais jusqu'à présent, elle était l'élue. Celle qui ne craignait rien des autres. Sa place, elle l'avait maintenue de haute lutte. Jouant de sa sensualité, sa meilleure arme. Mais jamais elle n'a passé une nuit entière auprès de Galeazzo. Jamais. Pas une seule fois il ne l'a invitée à rester. Et cette femme, cette Allemande, si !

Elle passe sa matinée à ruminer sa rage, à nourrir ses soupçons. Au retour de son mari, elle l'écoute à peine se féliciter d'avoir obtenu les marchés allemands grâce à elle.

– J'ai de quoi leur fournir tout ce dont ils ont besoin ! s'exclame-t-il en claquant les mains.

La tête ailleurs, elle continue de fumer sans répondre.

– D'autant que leurs fournisseurs italiens viennent de suspendre leurs livraisons. L'armée leur réclame tout ce qu'ils pourront vendre en matière militaire.

– Pourquoi ? demande-t-elle distraitement.

Le mari prend un air mystérieux.

– Parce que leurs commandes de matériels de guerre ont été retardées. Et comme il leur en faut de toute urgence, j'ai expliqué que je pouvais fournir la main-d'œuvre, et pour moins cher. La suite, tu l'imagines ! Je suis en train de devenir l'un des fournisseurs de la Wehrmacht ! Tout ça parce que l'armée italienne attaque la Grèce le 28 !

Elle lâche sa cigarette.

– Comment l'ont-ils su ?

– Par leurs espions. Ils sont drôlement forts… Il faut être sacrément bien introduit à l'état-major ou au ministère pour obtenir une telle info. Je me demande qui peut avoir un tel pouvoir.

Ornella tressaille. Elle, elle le sait.

Paris

Le musée du Jeu de Paume est à l'angle de la place de la Concorde et du jardin des Tuileries. C'est là qu'ont été installées les peintures volées aux Juifs selon la loi sur l'aryanisation, qui les prive de la propriété des œuvres. Toutes ces merveilles s'entassent, emballées, contre un mur, dûment numérotées et certifiées de la main de Rose Valland. Tout cela sous l'œil sourcilleux de von Behr, le colonel SS qui dirige l'ERR et parle français avec une amabilité glacée, déployant son charme et fixant ses interlocuteurs de son œil unique, l'autre étant en verre.

C'est dans ce musée que Rose Valland a obtenu de dresser un inventaire contradictoire entre Français et Allemands, avant que les Allemands exigent de le tenir seuls. Une garde de huit hommes, bottés et casqués, a pris possession des bureaux, des factionnaires surveillent les issues. Ils se méfient de la Française. Son insistance pour tenir un double inventaire, ses protestations quand cela lui a été refusé, tout leur est apparu suspect. Elle a failli être virée, mais ils se sont aperçus que le chauffage, les systèmes d'alarme et l'éclairage électrique nécessitent une surveillance permanente, un responsable. Elle seule connaît ces installations, et a donc été désignée à cette fin unique. Elle n'a plus le droit de toucher aux tableaux, mais doit maintenir toutes les installations du bâtiment.

On est à l'heure où le musée va fermer. Les experts en blouse blanche qui ne cessent de clamer leur admiration, militaires ou policiers, arborant au bras gauche le brassard rouge du parti, s'en vont, de même que les cinq gardiens affectés aux chaudières, au nettoyage et à la manutention. Il reste un factionnaire à l'entrée et, à l'intérieur, Rose Valland, titulaire d'un Ausweis permanent signé par von Behr. La nuit tombe. Werner Burckhardt, dans son uniforme diplomatique, se présente alors à la porte.

– Je viens chercher un tableau pour le vérifier au siège de l'ERR.

L'autre observe son grade, la fourrure qui orne son uniforme.

– Quel tableau, *Herr Kapitänleutnant* ?

Werner déplie une feuille sur laquelle est inscrite l'immatriculation. Le factionnaire la recopie soigneusement, puis hoche la tête. Werner pénètre à l'intérieur du musée. Il y trouve Rose Valland qui l'attend, le tableau original emballé et répertorié sous le bras. Elle le lui tend sans un mot. Werner ressort. Le factionnaire lève le bras.

– Je dois vérifier l'immatriculation.

– Je vous en prie.

Le factionnaire s'y attelle, avant de demander :

– Puis-je voir le tableau ?

– Bien sûr.

L'emballage est défait. Apparaît *La Jeune Fille au verre de vin*. Le factionnaire hoche la tête.

– Quand le ramènerez-vous ?

– D'ici une heure ou deux, le temps d'un examen un peu poussé.

Le factionnaire fait un signe de tête.

– Je serai encore là.

Werner, le tableau sous le bras, repart dans sa voiture officielle qu'il conduit lui-même. Il fonce au siège de l'ERR avenue d'Iéna, bavarde avec la sentinelle qui note son heure d'arrivée.

– Vous travaillez même la nuit, *Herr Kapitänleutnant* ?

– Il n'y a pas d'heure pour la patrie ! répond-il en souriant.

Le *Reichsmarschall* Goering a annoncé son arrivée après-demain.

– Oui, nous venons de l'apprendre, dit la sentinelle.

Werner monte dans son bureau, il y reste un moment. Les locaux sont vides et éteints. Il redescend, le tableau toujours sous le bras. La sentinelle le salue une nouvelle fois et note l'horaire de sortie. C'est là qu'il faut faire vite. Werner, grâce à sa voiture aux armes de l'ambassade, se moque du couvre-feu. Il fonce à son domicile. De ses mains agiles, Claire défait l'emballage et le reconstitue autour du faux de Van Meegeren. Werner reprend le nouveau paquet, identique au précédent, et le place sur le siège du passager. Retour au Jeu de Paume. Il sort de la voiture avec le tableau sous le bras. Le factionnaire lève la main.

– Vous le rapportez, *Herr Kapitänleutnant* ?

– J'en ai terminé.

– Je dois vérifier qu'il s'agit bien du même tableau. Pardonnez-moi, mais ce sont les instructions.

Le cœur de Werner se met à battre sourdement. On lui a dit que les factionnaires du musée ont été entraînés à ces tâches et qu'on ne peut les tromper. L'homme dépose son arme contre la guérite, vérifie le numéro d'immatriculation. Il fronce les sourcils.

– Cet emballage a été défait.

– C'est vous-même qui l'avez ouvert tout à l'heure pour regarder le tableau. J'en ai fait autant pour l'examiner à l'ERR.

– C'est juste.

À nouveau, l'emballage est défait. Le factionnaire observe le tableau. Werner sent une sueur poisseuse couler le long de sa colonne vertébrale. L'homme scrute les moindres détails de la toile, puis reconstitue l'emballage. Il remet le paquet à Werner, qui s'empresse d'entrer dans le hall. Rose Valland l'attend. Elle l'interroge du regard. Il fait un signe d'assentiment. Elle s'empare du tableau et l'installe avec les autres contre le mur à la même place que tout à l'heure.

– Heureusement que vous existez, murmure-t-elle à Werner.

– Vous aussi, répond-il.

Rome

– Je suis venue te saluer avant ton départ, dit Ornella du ton avec lequel elle licencie ses amants.

Ils sont dans le jardin du palais Chigi. Il est descendu dès qu'elle a demandé à le rencontrer. Cela signifie qu'il ne veut pas d'elle à l'étage, contrairement à l'Allemande. Elle étouffe de jalousie, mais ne le montre pas.

– Comment ça ? demande-t-il, surpris.

– Le 28, tu pars à la guerre.

Sidéré, il s'arrête de marcher.

– D'où tiens-tu cette information ?

Comment peut-elle connaître cette date ultra-secrète ? Seul le gouvernement italien est au courant. Il ne comprend pas. Ornella triomphe, elle attendait la question.

– De mon mari, figure-toi. Il l'a apprise à l'ambassade d'Allemagne.

– C'est impossible. Les Allemands l'ignorent.

– Je ne puis rien t'en dire, rétorque-t-elle avec un petit sourire en coin. Ils ne me tiennent pas au courant.

Elle se moque de lui. Cela ne se passera pas comme ça.

– Je vais vous mettre, ton mari et toi, entre les mains de l'OVRA.

Ornella est allée trop loin. Les affaires d'État ne se traitent pas avec la légèreté du marivaudage. Elle risque de tout perdre, à commencer par Galeazzo. On lui avait bien dit qu'il fallait faire attention avec lui. Le terrain de ses fonctions d'État est verglacé. Elle pose une main sur son bras.

– Les Allemands ont sans doute des espions dans le ministère, Gallo…

Ciano ne se laisse pas émouvoir par ce diminutif, qui est celui de l'amour.

– Il n'y a pas d'espion ici, l'interrompt-il. Je connais chaque membre de mon cabinet, ils sont loyaux, fidèles et discrets. Aucun d'eux n'irait livrer de confidences aux Allemands. Aucun !

– Ce n'est pas d'eux dont je parle.

Il la regarde sans comprendre.

– Ne me dis pas qu'aucune personne de nationalité allemande n'est entrée ici depuis deux jours…

Cette fois, elle a visé juste. Une ombre passe fugitivement sur son visage.

– Tu me fais surveiller ? grince-t-il.

– Je ne m'occupe pas des affaires d'État, mais c'est toi qui me préoccupes. N'y vois rien d'autre qu'un signe de tout l'intérêt que je te porte.

– Va-t'en, Ornella !

– Fais attention, murmure-t-elle. Moi, je t'aime.

– Va-t'en.

– *Auf Wiedersehen*, achève Ornella.

Paris

Le père Wildenstein n'en revient pas d'avoir récupéré son tableau. Il ne cesse de l'examiner sous tous les angles, mais il n'y a aucun doute. C'est bien l'original qu'il a sous les yeux. Son Vermeer. Le vrai. Pas la copie réalisée par Van Meegeren.

– Comment as-tu fait ? demande-t-il à Werner, qu'il tutoie maintenant.

Werner secoue la tête.

– Moins tu en sais, mieux c'est.

Le tout est d'espérer que la présentation de la copie suffira. Goering a de solides connaissances en la matière, et dispose de plusieurs photos de l'original parues dans des revues d'art. On peut également imaginer qu'il viendra accompagné d'experts. Werner ne sera pas le seul. Le risque est réel, et Werner refuse de le partager. Claire, Rose Valland et lui, cela suffit. En principe, ne cesse-t-il de se répéter, l'équipe de l'ERR n'y verra que du feu. Pourtant, il sait aussi que dans ce domaine tout est possible. Un spécialiste de Vermeer pourrait déceler un détail, et il ne sera pas difficile de faire le lien entre le faux et sa venue tardive au bureau. Sans doute pourra-t-il arguer du souhait de vérifier son authenticité à l'aide d'un éclairage rasant dont sont équipés les locaux de l'ERR, avenue d'Iéna. Mais il sera le premier suspect. Claire l'enlace et l'embrasse sur la joue. Cette démonstration d'amour en présence de son père le surprend.

– Tu es fou, dit Wildenstein à son futur gendre. Tu risques ta vie pour un tableau…

– Pas n'importe quel tableau, répond Werner en souriant.

Puis, s'adressant à Claire :

– Il faut le cacher. Il ne doit pas rester ici ni retourner chez moi.

– J'ai un endroit, répond aussitôt le père de Claire. Un endroit auquel personne ne pensera jamais.

– Surtout ne me dis rien. Ni à moi ni à personne. Sauf à Claire peut-être.

Wildenstein jette un coup d'œil entendu à sa fille. À l'évidence, ils en ont déjà parlé. Elle hoche la tête.

– Il y sera demain, affirme-t-elle. Je m'en charge. À propos, quand arrive Goering ?

– Demain justement, avec son train et ses experts.

Salonique

C'est lors du bombardement, le 1er novembre 1940, que l'avion de Ciano, un bombardier CANT Z, est touché. À la vue des avions italiens, sept PZL grecs ont aussitôt décollé depuis Sedes. Les chasseurs d'escorte italiens engagent le combat avec leur FIAT CR42. Il neige. L'affrontement est acharné. Les pilotes grecs sont d'une habileté diabolique. De part et d'autre, les avions ont des capacités égales. Même vitesse, mêmes équipements de tir. Les Italiens résistent. Subitement, un tir atteint le moteur du CANT sur l'aile droite. Le moteur est touché, la vitesse décroît, les Grecs aperçoivent le nuage de fumée, se précipitent aussitôt comme une nuée de frelons. C'est là que Galeazzo fait la preuve de ses qualités de pilote. Déjà, en Éthiopie, il avait démontré ses talents. À l'arrière de l'appareil, le mitrailleur fait défiler les bandes de cartouches. Le canon est brûlant. Ciano, qui n'a pas les moyens de faire échapper son appareil blessé, multiplie les manœuvres pour dérouter ses poursuivants, avec cette sensation épouvantable de sentir dans son dos les chasseurs ennemis. Les deux mitrailleurs tirent ensemble et font des merveilles, car deux chasseurs grecs plongent aussitôt vers le sol. Cris de joie à bord du bombardier CANT. Mais où sont les chasseurs italiens censés protéger les bombardiers ? Il neige de plus en plus fort. Le CANT progresse dans un brouillard blanchâtre avec son unique moteur. Dans le cockpit, Ciano surveille l'aiguille de la jauge qui baisse lamentablement. Les chasseurs grecs sont revenus. Après la perte de deux PZL, ils veulent achever l'Italien. L'aiguille de la jauge baisse toujours. On est à la fin. Il restera la réserve si le réservoir n'a pas été touché.

– Combien jusqu'au terrain ? demande Ciano.

– Cinquante kilomètres environ, lui répond le navigateur. Mais il va falloir passer la montagne.

– Je sais.

Il décide de piloter comme s'il avait assez de carburant.

– Et les Grecs ? demande-t-il.

– Ils ont abandonné. Ils doivent penser qu'on n'arrivera pas au bout.

Le temps s'éclaircit brusquement. En dessous d'eux, les pics acérés de la barrière du Pinde hauts de mille six cents mètres environ. Pas question de sauter en parachute. Le train d'atterrissage frôle la cime des sapins couverts de neige.

– On est passés, murmure, soulagé, le navigateur.

C'est alors que la jauge du second moteur se bloque sur le zéro. Ciano essaie d'enclencher la réserve. Peine perdue. La commande gelée ne répond plus.

Paris

Goering a fait accrocher deux nouveaux wagons à son train qui comprend déjà une chambre à coucher, un fumoir, une salle de bains et un salon restaurant. Ils sont destinés à ramener en Allemagne les œuvres d'art qu'il aura choisies.

Une cour l'accompagne, composée de toutes les autorités, celles de l'ERR, bien sûr, et de la Luftwaffe, tous en grand uniforme alors que lui-même est en civil, ainsi que la cohorte d'experts qui le suit, et surtout, celui qu'il présente comme son expert personnel en tableaux hollandais du XVIIe siècle, Bruno Lohse. Son titre officiel : « chargé de mission sous l'autorité du maréchal du grand Reich allemand ». Werner ne l'a jamais rencontré, mais l'homme est réputé en histoire de l'art, il en est diplômé comme de philosophie et de culture germanique. On dit qu'il passe son temps à écumer la France à bord de son véhicule privé, muni de lettres de créance qui lui permettent de réquisitionner les unités de son choix pour le compte du maréchal. Quand Werner lui tend la main, il l'imite avant de se reprendre et de faire un salut nazi. Sa poignée est molle, son regard indifférent.

Lohse, c'est l'homme qui compte. Goering a l'air de le tenir en grande estime. Quand on lui présente un tableau, il se tourne aussitôt vers lui pour lui demander son avis. Werner se demande ce qu'il fait là. Il a l'impression que sa cote a baissé près de Goering, qui l'a à peine salué en arrivant. Même von Behr, le chef de l'ERR, ne s'adresse plus qu'à Lohse. Werner se tient en retrait, à côté de Rose Valland. Elle aussi s'interroge. De temps en temps, ils se jettent des coups d'œil inquiets.

Les œuvres défilent. Rembrandt, Renoir, Gauguin, tous les grands de la peinture y sont. Cela dure la journée. Il manque Vermeer. Quand un tableau est présenté, Goering se penche longuement avant de se tourner vers son expert. Puis il décide. Il prend ou il rejette. D'habitude, il prend. Le soir est tombé, la présentation a été à peine interrompue par un déjeuner où seuls Lohse et von Behr ont été conviés. Goering se lève enfin. Une chambre lui est réservée à l'ambassade. Werner s'apprête à partir quand Goering le rappelle.

– Venez donc, Burckhardt. Je n'ai pas eu l'occasion de vous parler aujourd'hui. Où est *La Jeune Fille au verre de vin* ?

On va le lui chercher, on défait l'emballage et l'œuvre de Van Meegeren apparaît.

– Il paraît que vous l'avez empruntée l'autre soir.

Werner a l'impression que son sang se glace dans ses veines. Il répond avec le plus de sang-froid possible :

– Je tenais à l'examiner à la lumière rasante avant votre arrivée.

– Et qu'en déduisez-vous ?

– Que c'est bien l'œuvre à laquelle vous vous intéressez.

– Il n'y a pas de doute ?

– Aucun.

Goering observe le tableau, s'agenouille, puis se relève.

– Lohse, venez voir. Vous qui êtes spécialiste du XVIIe flamand. Regardez-le bien, Bruno. Est-ce une copie ? Vous êtes incollable sur Vermeer, n'est-ce pas ?

– On ne sait jamais tout, réplique Lohse, mais j'en sais pas mal.

Il s'agenouille à son tour, cherche la signature, puis se relève et toise Werner. Sa bouche se plisse en une moue dédaigneuse.

– C'est une copie !

Dans le ciel entre la Grèce et l'Albanie

Dans la cabine, on n'entend plus que le bruit du vent sur les tôles de l'avion. Le CANT pique du nez. Faute de moteur, l'élan de l'avion s'est ralenti. Ciano essaie de le redresser pour le faire planer le plus longtemps possible, mais il n'y parvient qu'à peine. L'aiguille de l'altimètre glisse de plus en plus vite vers la gauche, la barrière du Pinde est derrière eux, mais le paysage est fait de collines bosselées, de précipices et de rochers. Il entend les deux mitrailleurs et le navigateur qui prient. Ils multiplient les signes de croix et s'adressent au Seigneur, font leurs adieux à leurs mères.

Devant les yeux de Ciano défilent les visages d'Edda et de leurs enfants, le Duce, son père, sa sœur Maria, tous les gens qui ont compté dans sa vie.

– Je vous aime, murmure-t-il.

D'autres visages maintenant. Ceux de femmes, certaines oubliées depuis longtemps qui ressurgissent soudain, puis celui d'Hildi. Une reprise du vent permet à l'avion de planer une minute ou deux avant de replonger. Mille deux cents mètres, mille, c'est la fin. Ciano manipule une dernière fois la commande du réservoir de réserve. Rien. Cinq cents mètres maintenant. Il va lever les mains pour couvrir son visage avant le choc de l'écrasement quand il entend un bruit de moteur sur la gauche. La commande a fonctionné. C'est une question de température. Les hélices se remettent à tourner. Mais c'est trop tard. Le sol se rapproche à toute vitesse. Ciano tire le palonnier à fond. Le train d'atterrissage heurte un rocher et se brise, mais l'avion se redresse et reprend de l'altitude. Dans la cabine, on remercie la Sainte Trinité et la Vierge Marie. La plaine maintenant, la plaine enfin. Dans l'avion, on entonne « Giovinezza ».

L'aéroport est devant, mais la piste est encombrée de chasseurs qui viennent de se poser. Le radio demande que l'on dégage le terrain d'autant plus que le train est brisé. En bas, on s'active. Le moteur s'arrête, le réservoir de la réserve a été touché lui aussi. Ciano se trouve face à la piste, il a encore un peu d'élan. Il tire le palonnier. Le nez de l'avion se redresse au moment où il touche le sol. On entend des craquements, on subit des secousses. L'avion se pose sur le ventre, il crapahute sur l'herbe, enfin il s'arrête. Silence encore, puis des applaudissements. La porte s'ouvre. Apparaissent des brancardiers, mais personne n'est blessé. Ciano et les autres descendent. Un général s'approche, désigne les traces de balles sur la carlingue, le moteur de droite pendouille sous l'aile, le train d'atterrissage a disparu.

– Vous avez vu la mort en face, comte Ciano.

Paris

Dans la salle du musée, tous les regards sont tournés vers Werner, qui fixe Lohse.

– Expliquez-moi. Pourquoi ce tableau serait-il un faux ? demande-t-il d'une voix glaciale.

Lohse s'approche de la toile.

– La signature devrait être à gauche.

– Vous vous trompez, Lohse. Vermeer signait toujours à droite, en bas. Tous les spécialistes le savent. Il suffit de vérifier sur les œuvres.

Lohse hausse les épaules.

– Comme vous voudrez… Mais regardez, il manque la queue après le *r* de Vermeer.

Werner rugit.

– Erreur encore ! Seuls deux tableaux ont cette queue en fin de signature, *Le Christ dans la maison de Marthe* et un autre dans la série biblique ! Tous les autres, y compris *La Jeune Fille au verre de vin*, portent la signature classique, I. V. Meer, avec une liaison entre le V et le R comme ici. J'ajoute que les œuvres définitivement attribuées au maître de Delft ne sont pas toutes signées. Et pour celles qui le sont, plusieurs signatures apparaissent jusqu'en 1662, date à laquelle Vermeer ne signe plus qu'avec un monogramme classique. Toutes mes affirmations peuvent être vérifiées sur les œuvres elles-mêmes, ainsi que sur les ouvrages de Bredius, celui qu'on surnomme « le pape de

Vermeer ». Êtes-vous un antipape, Lohse ? Il serait temps de vous déclarer !

Werner ne le lâche pas du regard. Son sort est entre les mains de cet homme. S'il ne réussit pas à le convaincre, Werner ne donne pas cher de sa propre peau. Soudain, Goering applaudit.

– Bravo, *Kapitänleutnant*. Vous connaissez votre sujet à fond et vous avez passé l'épreuve haut la main. Une petite épreuve que j'ai demandé à Lohse de vous faire passer, histoire de vérifier vos compétences.

Werner sent son cœur marteler dans sa poitrine, et une bouffée de haine contre Goering. Lohse lui tend la main, sourire aux lèvres.

– Vos connaissances en la matière sont absolument remarquables.

Puis, se tournant vers Goering :

– *Herr Reichsmarschall*, ce tableau est une œuvre authentique. Je le certifie !

Le regard de Werner croise une nouvelle fois celui de Rose Valland, voilé par l'effroi.

1941

Rome

Le Duce ne tarde pas à faire revenir Ciano à Rome. La guerre contre les Grecs piétine. Les *Alpini*, même acharnés, héroïques, ne parviennent pas à franchir les chaînes montagneuses qui séparent l'Albanie, territoire italien, de la Grèce. Les Evzones, montagnards endurcis, attaquent à leur tour et massacrent leurs assaillants sur les chemins escarpés. Ce sont eux qui, maintenant, dévalent les pentes que les Italiens n'ont pu gravir. Le matériel blindé, les chars italiens ne servent à rien sur ces terres tortueuses. L'aviation est clouée au sol par un hiver précoce. Les prédictions de Badoglio et de Roatta se révèlent justes. La presse, fidèle au régime, ne peut en permanence transformer en victoires les combats perdus. D'autant plus que les cercueils s'entassent sur les bateaux qui traversent l'Adriatique. Ces « morts pour rien » dont on commence à parler. Hitler exprime sa fureur de n'avoir pas été prévenu par son homologue. Et propose non sans hypocrisie des renforts. Le Duce refuse. Sa dignité est en jeu. Mais il lui faut des héros. Galeazzo Ciano, le ministre-pilote, en est un. La presse, directement alimentée par Pavolini, ministre de la Propagande qui vient d'être nommé grâce à Ciano, s'en empare et le surnomme « l'ange de Salonique ». Galeazzo refuse les interviews. Il a cru mourir et cela ne se raconte pas. À quoi Edda ajoute : « Que serait devenue notre famille sans toi ? » Quant au Duce, il se laisse aller à un *abbraccio* et lui offre une médaille. Ciano veut passer à autre chose. Ornella, elle, vient le voir et lui dit :

– Pendant que tu frôlais la mort, je faisais des courses via dei Condotti, comme une idiote. Tu te rends compte, tu aurais pu disparaître pendant que je choisissais des fourrures ! s'écrie-t-elle. J'ai eu si peur…

– Moi aussi, répond-il sèchement.

Elle baisse la tête avec son air de nonne repentante.

– Pardonne-moi. J'ai eu tellement peur d'être supplantée par ton Allemande.

– Va-t'en.

Ciano reprend sa vie d'avant. Il va rencontrer Hitler et Ribbentrop à Berchtesgaden. Schmidt traduit. Les échanges sont rudes. Hitler lui reproche la guerre contre la Grèce, comme un instituteur réprimande un élève. De retour à son auberge de Salzbourg, Galeazzo écrit une longue lettre au Duce. Il s'apprête à la remettre au secrétaire d'ambassade quand on toque à sa porte. Avec les nazis on ne sait jamais. Il glisse une arme dans sa poche. Dans le couloir, Hildi ! Il recule d'un pas. Elle hésite à entrer, puis s'avance.

– C'est l'espionne ou la maîtresse ? demande-t-il.

– Les deux, mon amour !

Paris

Avenue d'Iéna, au siège de l'ERR, Werner est désormais considéré comme un expert de haute volée. Lohse l'invite régulièrement à déjeuner. Le plus souvent chez *La Mère Catherine*, lieu prisé par la collaboration. Tous deux parlent de peinture, Lohse se laisse de plus en plus aller à des critiques sur les goûts d'Hitler, sur son obsession pour l'art héroïque officiel.

– Il n'y comprend rien, lâche-t-il un jour avec mépris.

– Et Goering ? demande Werner.

– Lui est beaucoup plus souple ! Et au moins il ne prétend pas être un expert, mais un amateur éclairé. C'est la différence entre le mélomane et le musicien.

Il se penche encore.

– Il a fait aménager au Jeu de Paume une salle des Martyrs, où j'ai pour mission d'entreposer les grandes œuvres contemporaines promises au bûcher. De Picasso à Marie Laurencin, de Braque, Chagall à Max Ernst, et j'en passe.

– Mais que veut-il faire de toutes ces œuvres interdites ?

Lohse éclate de rire.

– Les échanger contre de grandes œuvres ! Une manière rouée de les acquérir sans les payer.

– Et vous là-dedans ? demande Werner.

Il commence à s'habituer aux mœurs du marché de l'art, plus florissant que jamais en ces temps de collaboration, de spoliation des Juifs et d'échanges fructueux. Lohse sourit.

– Écoutez-moi. Dans votre fonction, vous rencontrez beaucoup de monde. Méfiez-vous des solliciteurs, ce sont souvent des provocateurs rémunérés par la Gestapo. À moi vous pouvez faire confiance. Je ne vous ai caché ni mes goûts ni mes pratiques. Nous vivons une époque extraordinaire, elle ne se représentera jamais. Si vous entendez parler de quelque chose d'intéressant, n'hésitez pas. Nous ferons affaire ensemble.

Lohse jette des coups d'œil autour de lui, puis souffle :

– Quant à la petite Juive que vous fréquentez, la fille de Wildenstein, le propriétaire de *La Jeune Fille au verre de vin*, ne vous faites aucun souci. Tant que je suis là, elle ne risque rien.

Werner est glacé. Décidément, rien n'échappe à Lohse.

Salzbourg

Dans son uniforme, Hildi est encore plus belle que d'habitude. Sur son calot, Galeazzo remarque un signe qu'il connaît bien.

– Tu es chez les SS maintenant ?

– Je n'ai pas eu le choix, Galeazzo. Ils avaient les copies de toutes nos lettres. Le fait qu'elles soient passées par la valise diplomatique était suspect. J'ai eu six semaines pour apprendre le maniement des armes, les règles SS ainsi que toutes les techniques d'espionnage, avant de passer un examen idéologique et physique. J'imagine que j'ai réussi puisqu'on m'a envoyée à Rome pour tout apprendre de toi. Et… te mettre dans mon lit si nécessaire.

Elle a un sourire timide qui lui va bien.

– Je n'ai pas eu à trop me forcer.

– Et la date de l'entrée en guerre ?

– L'obtenir était la preuve de ma loyauté.

Elle a un petit rire.

– Figure-toi qu'Hitler n'en a pas cru un mot. Il n'imaginait pas que Mussolini oserait déclarer la guerre aux Grecs sans lui en parler avant !

Son regard se voile. Elle hésite un instant, puis saisit sa main et la pose sur sa taille.

– Je t'aime.

Il tressaille. Il ne s'attendait pas à cet aveu.

– Et c'est la première fois que je ressens ça, poursuit-elle. Je regrette tellement que ce soit dans de telles circonstances…

Il reste sans voix. Comment lui dire que lui aussi est fou d'elle ? Que jamais avant il n'a été tant séduit par une femme ? Il la serre dans ses bras, lui enlève son calot et elle fait tomber le reste. Tant pis pour la lettre au Duce. Elle partira à l'aube et cela suffira bien.

Dans la nuit, elle lui demande de lui raconter son retour de Salonique. Et pour la première fois, il livre tous les détails. Le moteur droit en flammes, les chasseurs grecs dans le sillage de son bombardier. Le survol de la barrière du Pinde avec l'altimètre en baisse en même temps que l'indicateur de jauge, les roues qui frôlent les arbres. Et les prières dans l'avion, la commande gelée du réservoir de réserve, tous les visages qui défilent devant lui.

– Le mien aussi ? demande-t-elle.

– Surtout le tien. Il m'a porté chance. Juste après, la réserve s'est remise en marche et on a cessé de tomber.

Elle ferme les yeux.

– L'ange de Salonique, c'est toi, murmure-t-elle.

Il a un sourire.

– C'est Pavolini qui a trouvé cette formule pour les journaux. Il était dans mon équipage en Éthiopie.

– Pavolini, le ministre de la Propagande ?

– Un vieil ami. C'est moi qui l'ai fait nommer. Il ne me trahira jamais.

– Tu crois ? On dit que c'est un vrai fasciste.

– Et moi, je n'en suis pas un ?

– Tu es aussi fasciste que je suis nazie.

Un silence, puis :

– Personne ne m'a envoyée ici. Je veux que tu le saches. Et pour te prouver ma loyauté, je vais te confier un secret et nous serons à égalité.

– Un secret d'État ? demande-t-il en souriant.

Elle acquiesce.

– L'Allemagne va attaquer l'URSS avant l'été.

– Mais votre traité d'alliance date d'un peu plus d'un an ! s'exclame-t-il.

– Pour les nazis, les traités ne valent que pour les démocrates et les communistes.

– Tu te rends compte de ce que tu me dis…

Il est stupéfait.

– Je peux en parler au Duce ?

– Fais comme tu veux, mais je doute qu'il te croie. L'invasion a été retardée jusqu'à l'été. À cause de vous. Hitler est persuadé que son intervention à vos côtés pour vous empêcher de perdre en Grèce[1] gênera ses plans avec la Russie.

– C'est colossal comme information… Colossal ! Tu te rends compte de ce que tu me dis ?

Il réfléchit à toute vitesse.

– L'ouverture d'un second front en Russie n'est pas une bonne nouvelle, mais Mussolini n'en dira rien, sinon il avouerait à Hitler qu'on l'espionne.

Il se lève, rouvre l'enveloppe, rajoute un *post-scriptum* à sa lettre au Duce : « Je souhaiterais être reçu en tête à tête dès

1. Quand les Allemands ont commencé à subir des échecs contre l'armée soviétique, Hitler les a attribués aux Italiens, auxquels il avait porté secours en Grèce. L'invasion, prévue en mars 1941, avait été retardée au mois de juin. Trois mois de campagne avec une météo favorable avaient été perdus.

mon retour. Je dois vous communiquer une information capitale et secrète qui vient de me parvenir. »

Elle se rapproche et jette un coup d'œil à ce qu'il vient d'écrire.

– C'est grave de trahir son pays ?

– Aussi grave que de m'aimer, répond-il en l'enlaçant.

– Alors, ça va.

Paris

En glissant la clé dans la serrure de son appartement, Werner entend des voix derrière la porte. Claire n'est pas seule. Il y a un homme dont il reconnaît l'accent. Il ouvre et aperçoit Claire dans le salon en train de servir à boire à Han Van Meegeren. Les deux hommes se saluent chaleureusement. Werner jette un coup d'œil à la tenue du faussaire et sourit. Van Meegeren est luxueusement vêtu d'un costume au tissu épais. Sur le bras du fauteuil, il a déposé un manteau au col de fourrure.

– Jolie amélioration de fortune, commente Werner, amusé.

– En effet, répond le visiteur, sourire aux lèvres.

Claire embrasse Werner avant de dire :

– Notre ami vient de me confier que son œuvre vogue actuellement vers Carinhall.

– Quelle magnifique opération ! s'exclame Van Meegeren. J'en ai une autre à te proposer.

– J'ai déjeuné avec Lohse, l'expert de Goering, dit Werner en s'asseyant en face de lui. Tu le connais ?

Van Meegeren hoche la tête.

– Évidemment. Je l'ai rencontré ce matin. Nous avons parlé de vous deux, et je suis aussitôt venu voir Claire.

Werner se demande s'ils ont aussi parlé de la copie de *La Jeune Fille au verre de vin*, mais n'ose poser la question. Il l'écoute lui raconter sa nouvelle vie, la villa qu'il vient d'acquérir sur les hauteurs de Roquebrune, dans le sud de la France. Une somptueuse bâtisse avec piscine et une vue sur la mer à couper le souffle.

– Je te félicite, rétorque Werner avec une soudaine méfiance.

– Je me la suis payée avec la vente d'un Vermeer pour le Boijmans Museum à Rotterdam, explique Van Meegeren.

– Quel tableau ? demande Werner.

– *Le Christ et ses disciples chez Emmaüs*.

Werner hausse les sourcils.

– C'est curieux, je n'ai jamais entendu parler de celui-là, alors que je les connais tous…

Van Meegeren se lève pour récupérer un numéro du *Burlington Magazine* dans son manteau. C'est le dernier numéro paru avant la guerre. Il le feuillette avant de lire :

– « Un chef-d'œuvre de Vermeer, écrit Bredius, grand spécialiste du peintre, peut-être son chef-d'œuvre au-dessus de tous les autres. »

Werner l'écoute poursuivre la lecture de l'article, qui énumère les couleurs typiques de Vermeer, le bleu splendide du Christ, les jaunes et gris des deux disciples, le visage du Christ qui porte les traces des souffrances du Fils de Dieu sur la terre.

– « C'est un Vermeer de jeunesse, conclut l'expert, peut-être légèrement postérieur à celui du *Christ chez Marthe et Marie*. L'effet lumineux qui ressort de cette rare combinaison de couleurs est magnifique. »

– Et d'où vient ce tableau ? demande Werner.

– C'est une longue histoire… Une de mes amies, issue d'une vieille famille hollandaise, s'est installée depuis quelque temps en Italie. Elle m'a chargé de vendre sa collection de peintures. C'est là que je l'ai trouvé parmi des croûtes… Je l'ai donc acheté en dissimulant son identification. Puis introduit clandestinement en France. Boon, mon correspondant hollandais, a approché Bredius en me présentant comme le mandataire de la propriétaire. Bredius s'est même déplacé sur la Côte d'Azur pour voir le tableau, et a éprouvé une plus vive émotion que celle ressentie face au *Christ dans la maison de Marthe et Marie*. La suite, tu la devines. En deux jours, je suis devenu extrêmement riche.

– Combien l'as-tu vendu ?

– Cinq cent vingt mille florins, dont trois cent mille pour moi, après avoir rémunéré Boon et tous ceux qui ont concouru à la vérité. Les journaux internationaux ont écrit que ce tableau dépassait, par sa qualité, n'importe quel Rembrandt, qu'il correspondait à la seule œuvre religieuse du XVIIe siècle hollandais capable de bouleverser ses contemporains.

– Et en réalité, le peintre n'est autre que… ?

– Moi, admet Van Meegeren avec modestie[1].

– Bravo ! s'exclame Werner en éclatant de rire.

– Et maintenant ? demande Claire. Tu as voulu voir Werner, tu es envoyé par Lohse. Quelle est ton idée ?

Van Meegeren sourit d'un petit air mystérieux.

– Il n'est pas certain, commence-t-il, que la série des Vermeer religieux soit close avec *Le Christ chez Emmaüs*. On peut imaginer que mon amie hollandaise…

– Qui n'existe pas, le coupe Werner.

– Mais qui est bien utile, poursuit Van Meegeren, et qui est toujours à court d'argent, veuille se défaire d'une autre toile de la même veine.

– Le problème, l'interrompt encore Werner, c'est que le marché officiel est complètement perturbé par la spoliation des Juifs et la circulation de leurs chefs-d'œuvre.

1. Van Meegeren est probablement le plus grand faussaire du XXe siècle.

– Tout à fait… Sauf que le plus grand acheteur aujourd'hui, c'est Goering. Et que ses moyens sont illimités.

Il baisse soudain la voix.

– Parce qu'il ne paye jamais, mais fait du troc avec les œuvres entreposées dans la salle des Martyrs du Jeu de Paume. Ce sont les plus grandes œuvres du XXe siècle, destinées à être brûlées. Les nazis ont commencé avec les livres, et continuent avec les tableaux[1]. Hitler se venge d'avoir échoué à deux reprises à l'académie des Beaux-Arts de Vienne.

Il se racle la gorge avant de poursuivre :

– Goering connaît parfaitement la valeur de ces tableaux, et sait qu'ils trouveront acheteur un jour ou l'autre à leur vrai prix. Mais pour l'heure, ils sont invendables. Il faut se les procurer avant qu'ils soient brûlés.

– En proposant un faux Vermeer issu de la collection de ton Hollandaise. Il te faut donc peindre une œuvre si exceptionnelle que Goering sera prêt à tout pour l'acquérir en l'échangeant contre des tableaux martyrs.

– Je l'ai achevée la semaine dernière. Elle est dans la pièce d'à côté.

Rome

Dehors, il pleut. Tout est brouillé dans la ville. Un feu a été allumé dans la cheminée. De temps à autre, Mussolini y jette des documents. Debout, dans le bureau du Duce, Ciano fait

1. Le 23 juillet 1943, les toiles lacérées de l'*Entartete Kunst* (« art dégénéré ») qui restaient dans la salle des Martyrs ont été publiquement brûlées sous la garde de soldats allemands dans le jardin des Tuileries.

son rapport matinal. Il est beaucoup plus qu'un gendre pour Mussolini. Il est l'homme en qui le dictateur a le plus confiance. le Duce a fait la carrière de Ciano et ne le regrette pas.

– Tu pourrais me succéder si on gagne la guerre.

– Je ne crois pas, Duce. Le parti ne m'acceptera jamais comme chef. Je n'appartiens pas à votre vieille garde. J'étais trop jeune pour la guerre et la marche sur Rome.

Mussolini lui fait signe de s'asseoir. Un privilège rare. Ciano s'installe dans l'un des profonds fauteuils face au bureau soutenu par deux lions.

– Le parti fera ce que je déciderai ! En attendant, les Allemands vont nous épargner la honte de nous faire battre par les Grecs. Du coup, maintenant, c'est envers les Allemands que nous avons honte…

– J'ai eu tort de vous recommander de faire cette guerre.

– Pardon ?

– En revenant de notre réunion, et en réfléchissant aux arguments avancés par Badoglio et Roatta, j'ai changé d'avis. J'ai hésité à vous téléphoner. J'aurais dû, mais j'ai hésité, je n'ai pas osé.

– Tu as eu tort. Je t'aurais peut-être écouté… Remarque, ça lui a fait un choc, à Hitler ! On m'a dit qu'il était aussi stupéfait que furieux.

– Non, il le savait, mais n'a pas voulu le croire.

Mussolini accuse le choc.

– Il y a donc un traître parmi nous ?

– Non. C'est moi qui ai lâché l'information. Par inadvertance.

– Toi ?

– Oui. Par erreur, par faiblesse d'esprit, je le reconnais.

– Mais auprès de qui ?

– Une femme, une espionne. Je somnolais à moitié, elle m'a

posé des questions et j'ai répondu sans réfléchir, sans vraiment savoir ce que je disais. C'est inexcusable.

Mussolini se lève et fait le tour de la mappemonde. Il observe la pluie à travers la fenêtre. Il fait sombre, on entend des bruits de tonnerre du côté du Janicule.

– C'est cette petite Allemande avec qui on te voit souvent ? demande-t-il sans se retourner.

– Oui.

Mussolini pense à Margherita Sarfatti. La seule à qui il ait parlé des affaires d'État. Elle s'est enfuie. Il la regrette parfois, mais ne l'avouera jamais. Aucune des autres n'a jamais rien vu ni entendu, pas même Clara Petacci qui l'attend à côté.

– Vire-la immédiatement ! Je vais convoquer Mackensen et exiger le rappel de cette femme.

Ciano s'est levé à son tour, il ne peut rester assis si le Duce est debout. Les deux hommes sont face à face.

– Permettez-moi de vous le déconseiller, Duce. Elle est amoureuse de moi et nous sera donc précieuse.

– En quoi donc ?

– Hitler va attaquer la Russie. Il l'aurait déjà fait s'il n'avait pas dû intervenir en Grèce. Il nous le reproche déjà. L'invasion aura lieu en juin.

– Mais il vient de s'allier avec Staline…

Pourtant, il n'est qu'à demi étonné. Les territoires à conquérir sont à l'est, Hitler n'a jamais changé d'avis là-dessus.

– Et le traité entre Molotov et Ribbentrop signé en août 1939 ?

Il lève la main.

– Ne me réponds pas. Tu vas me dire que les nazis s'en foutent, des traités. D'ailleurs il n'y a qu'à voir comment ils agissent avec nous. Pourquoi elle t'a raconté cette histoire ?

– Parce qu'elle m'aime et qu'elle a voulu se racheter.

– Tu as raison, ta petite Allemande peut nous être utile… On la garde !

Dehors, la pluie a cessé. Les premiers rayons de soleil éclairent la statue de Victor-Emmanuel II.

Paris

Claire et Werner sont époustouflés.

– Comment as-tu fait pour avoir une idée pareille ? finit par demander Werner. C'est la première fois que je vois ça…, murmure-t-il.

Sur le tableau, une femme affolée par l'apparition de l'ange Gabriel. De stupeur, elle en a lâché le napperon qu'elle cousait. Mais ce n'est pas l'ange qui attire l'attention, c'est la Vierge. Au lieu de se prosterner et joindre les mains devant l'envoyé divin, au lieu de montrer sa surprise émerveillée devant l'honneur qui lui est fait, elle se détourne, terrifiée, et s'accroche au pilier au centre de la pièce.

Van Meegeren savoure l'effet produit.

– En réalité, je n'ai rien inventé. Tu connais Ambrogio Lorenzetti ?

– Vaguement. C'est un Siennois du XIIIe siècle, non ?

Van Meegeren acquiesce.

– Les moines de San Galgano lui ont commandé des fresques pour leur chapelle à Montesiepi, près de Sienne. C'est là qu'il a eu l'idée de déroger à la tradition, mais les moines ont refusé la fresque. Pourtant géniale. Il l'a donc recouverte pour faire une Annonciation plus conforme, tout en prenant la précaution de ne rien effacer de la précédente, de sorte qu'avec le temps, la nouvelle a disparu et que l'autre a ressurgi. Regardez !

Il leur montre les photos qu'il a prises. Sur les clichés, la Vierge entoure le pilier de ses bras, tandis que l'ange tend ses mains vers elle.

– Il ne me restait plus qu'à « vermeeriser » la scène avec un décor approprié. La fenêtre, la table, le pavé, le matériel de couture, etc.

– Et on a la preuve que Vermeer s'est rendu en Toscane où il aurait eu l'occasion de voir la fresque ? s'inquiète Claire.

– On n'en a aucune, mais ce voyage n'aurait rien d'invraisemblable. Tous les peintres flamands ont visité l'Italie.

Van Meegeren se tourne vers Werner.

– À toi de vendre à Goering ce Vermeer inattendu et exceptionnel. D'autant plus que cela ne lui coûtera rien.

– Et les Juifs, les propriétaires de ces tableaux maudits, quel est leur avantage ? questionne Claire.

– Ces tableaux seront vendus en Angleterre ou aux États-Unis. Ils valent une fortune. Je m'engage à partager les prix en deux, je parle des prix nets, après déduction des frais ainsi que les commissions, celle de Lohse comprise. Je vous donnerai pour chaque tableau le nom et l'adresse de l'acheteur auquel les propriétaires pourront s'adresser après la guerre. En attendant, la partie libérée des commissions, et qui vous reviendra, sera versée sous votre contrôle à l'organisation de secours juive de votre choix.

– Et qui certifiera cette nouvelle Annonciation ?

– Lohse et toi. Quand vous aurez donné votre garantie, personne n'ira la contester. Dommage que Bredius soit mort. Il aurait ajouté la sienne.

Les trois se regardent, l'affaire est faite.

– On appellera entre nous ce tableau *L'Annonce faite à Goering*, conclut le faussaire.

Rome

– Trois mois sans te voir, c'est long, dit Ornella.

– Où étais-tu ? demande Ciano.

– Chez ma sœur, à Venise. J'essayais de me guérir de toi.

Elle n'y est visiblement pas parvenue. Elle a les traits tirés. Elle n'a jamais été jolie, mais elle était plus séduisante avant. Avec son regard intense et son beau corps. Non, songe Ciano, elle n'était pas belle, mais elle était d'une sensualité folle. Mais là, son visage défait affiche la désolation de son âme. Il ne l'a jamais vue ainsi, ce n'est pas le genre d'Ornella de se laisser aller. Il y a, sur ce masque ravagé, quelque chose d'indécent. Il regrette déjà d'avoir cédé quand elle a réclamé un entretien.

Comme la dernière fois, ils sont face à face dans le jardin du *palazzo* Chigi, au ministère. Elle l'a fait demander et il ne l'a pas invitée à l'étage. Tout se répète, rien ne change, sauf le temps. C'est le printemps. Les oiseaux, les fleurs et les insectes sont de retour. C'est pire. Les amours ne devraient mourir qu'en hiver.

– Et toi ? demande-t-elle.

Elle sait déjà qu'il ne répondra pas. Son expression, elle la connaît. Cet air vaguement ennuyé, elle ne s'y trompe pas. Pourtant, ce n'était pas faute d'avoir imaginé cette scène. Leurs retrouvailles dans les moindres détails. Leurs échanges, leurs gestes, mais en sa présence, elle a tout oublié. Elle devine ses atermoiements, le voit chercher comment lui dire que c'est terminé. Se répéter qu'avec elle, cela a duré plus qu'avec les autres, mais que c'est fini, et qu'il déteste ce moment.

– Je vais te faciliter les choses, lâche-t-elle brusquement. Il te suffit de me dire que tu reprends ta liberté. Sans motif ni excuse à me fournir. Dis-le-moi, et il ne sera pas utile d'aller plus loin.

Il lui jette un coup d'œil étonné. Cette femme est décidément bien au-dessus du lot, songe-t-il.

– Oui, murmure-t-il, soulagé.

Elle hoche la tête et recule, les mains dans les poches de sa veste. Puis tourne les talons. Il se dit que c'est sans doute la dernière fois qu'il la voit. Cette idée lui brise le cœur. Il est surpris. Il ne savait pas que cela lui arriverait. Hildi lui coûte cher, c'est elle la cause de leur rupture, et Ornella aussi le sait.

Rastenburg

À la *Wolfsschanze*[1], comme on dit dans la Wehrmacht, le bunker de Goering est près de celui du Führer. Le quartier général des forces allemandes est installé dans la forêt de Rastenburg, aux confins de la Prusse. L'endroit est austère, très militaire. Partout des SS, le pistolet mitrailleur en bandoulière. Ce sont les hommes de la Leibstandarte SS Adolf Hitler[2]. L'élite de l'élite. Goering vient d'arriver avec son train de cent mètres de long et ses domestiques en livrée blanche. Lohse et Werner piétinent devant son bunker personnel. Le *Reichsmarschall* surgit enfin.

– Messieurs, tout ce que vous verrez et entendrez ici sera confidentiel.

Puis sans transition :

– C'est le tableau ? demande-t-il en désignant le paquet appuyé contre le mur.

Werner acquiesce et défait l'emballage. La toile est plaquée

1. La tanière du loup.
2. Nom d'une division SS.

contre le mur en béton. Goering se plante devant, les mains dans les poches, il appelle un aide de camp en réclamant un projecteur. Une fois le bunker éclairé, il l'examine minutieusement.

– Vous êtes sûr que c'est un vrai ?

Lohse et Werner hochent la tête.

– C'est étrange tout de même, cette Vierge accrochée à son pilier. Je n'en ai jamais entendu parler…

– Le tableau n'est pas sur le marché, explique Lohse. Il fait partie d'une série biblique, qui appartenait à une Hollandaise, qui a déjà vendu, en 1938, *Le Christ chez Emmaüs* au Boijmans Museum.

– Je me souviens. Le tableau a été certifié par Bredius et toute une myriade d'experts. Magnifique, mais trop cher pour moi, soupire Goering. Qui vend celui-là ?

– Un marchand, un certain Van Meegeren. Il a un mandat de la propriétaire, dit Lohse. Un type sérieux.

Goering détaille encore le tableau.

– Comment Vermeer a-t-il pu avoir l'idée de cette Vierge terrifiée ?

Au tour de Werner de raconter l'histoire de la fresque de Lorenzetti, d'exhiber les photos. Goering y jette un œil, puis fait un signe d'approbation. Il demande s'il y a d'autres Annonciations de ce genre. Lohse et Werner secouent la tête. Le sujet et le peintre sont exceptionnels. Goering en tressaille de plaisir.

– Combien y a-t-il de tableaux dégénérés dans la salle des Martyrs ?

– Quarante-sept, répond Lohse.

Le *Reichsmarschall* soupire.

– Choisissez-en trente, et donnez-les à ce Van Meegeren.

Goering reconstitue lui-même l'emballage avec précaution, avant d'ordonner à son aide de camp d'installer le tableau dans le wagon-restaurant, sous la protection d'un garde armé. L'aide de camp obtempère, et le prévient que le train spécial du Führer va arriver.

– Messieurs, dit Goering d'une voix forte, dans quelques heures la guerre contre les bolcheviques sera déclarée. Ce matin, nous avons commencé l'invasion et mes bombardiers ont détruit les avions russes au sol, sur les aérodromes. D'après ce que je sais, plus aucun d'entre eux n'est en état de voler. Je vais l'annoncer au Führer dès son arrivée.

L'aide de camp s'éloigne, le tableau sous le bras. Goering se rapproche de Lohse et de Werner, et confie à voix basse :

– Le Führer a tort. Il ne connaît pas les Russes, ni leur acharnement pour défendre leur patrie. Nous risquons notre armée[1]. Mais cela, messieurs, il n'y a qu'à vous que je puisse le dire.

Rome

Phillips, l'ambassadeur américain, donne l'un de ces cocktails dont sont friands les diplomates. Il est l'un des derniers représentants du monde démocratique. L'Amérique vient de conclure avec la Grande-Bretagne un prêt-bail pour le matériel et les armes, transportés par bateaux dans l'Atlantique. Bateaux qui sont souvent coulés par les U-Boote allemands. Pourtant, Mackensen, l'ambassadeur du Reich, est convié. Il est venu,

1. Goering a souvent fait part de sa désapprobation de l'opération Barbarossa (invasion de l'URSS par l'Allemagne). Il considérait que l'échec de la Luftwaffe contre la Royal Air Force était notamment dû à l'insuffisance des bombardiers et des avions de chasse pour les protéger. Ce n'était donc pas, selon lui, le moment de dégarnir le front de l'ouest de ses appareils pour les affecter à une guerre improbable contre des adversaires décidés.

accompagné du *Sturmbannführer* Höttl et de son interprète Hildegarde Beetz. Tous font des efforts pour que l'ambiance soit chaleureuse. Les Japonais sont présents eux aussi, courbettes et sourires plaqués.

Un orchestre joue des airs folkloriques de l'ouest. Banjos, guitares et batterie. Parmi eux, un Noir entame un gospel. Les invités applaudissent. Mackensen hésite un instant, puis se joint, lui aussi, à l'esprit de concorde. Les diplomates allemands, japonais et américains trinquent à un avenir de paix.

Le Japonais parle anglais. Hildi traduit pour Mackensen. Il manque les Italiens, on attend Ciano pour le discours d'usage. Phillips félicite Hildi pour son anglais. Il a clairement un penchant pour elle et multiplie les apartés. Elle feint de s'en amuser et lui répond sur le même ton. Il lui remet sa carte de visite. Höttl sourit. Dommage que Phillips soit un *gentleman* de la vieille école qui n'osera jamais aller plus loin que le flirt mondain.

Ciano arrive enfin, primesautier et charmant comme à son habitude. Il baise la main d'Hildi et anime la conversation. Il faut qu'elle traduise en italien et en anglais, maintenant, les propos de Mackensen. Phillips et Galeazzo échangent un sourire de connivence. Il court, dans les milieux diplomatiques, la rumeur d'une liaison entre l'interprète et le ministre. Il se raconte qu'Ornella Corbucci a perdu sa position auprès de Ciano. Elle n'est plus conviée aux événements du *palazzo* Chigi. Höttl sait qu'Hildi a pris sa place. Elle le lui a confirmé quand il lui a posé la question. Il les surveille discrètement. Il apprécie Ciano, plus profond et perspicace qu'on ne le dit. Quant à Hildi, elle est son œil, son oreille dans le bureau du Duce, et pour l'instant, les informations qu'elle ramène se révèlent fondées.

Mais ce que personne ne sait, ce sont les mots d'amour codés que les deux amants glissent dans les phrases qu'ils échangent en italien. Ils se donnent rendez-vous le soir même dans un petit hôtel du Trastevere. Celui-là, se dit Ciano, l'OVRA ne l'a pas encore découvert. Il faut en profiter.

L'orchestre cesse de jouer tandis qu'un micro est installé devant Phillips.

– Monsieur le ministre, chers collègues et chers amis, commence-t-il, en ces temps troublés, c'est un honneur pour les États-Unis d'Amérique de recevoir les représentants des plus grandes puissances mondiales.

On apporte un second micro à l'intention d'Hildi. Phillips parle lentement pour qu'elle puisse traduire en italien ainsi qu'en allemand. Phillips dévide le message universel d'amour de l'Amérique, tandis que Ciano prépare son discours en réponse. Mais à peine Phillips en a-t-il terminé qu'un secrétaire lui tend une feuille. Il y jette un coup d'œil et pâlit brusquement. Il se racle la gorge avant de reprendre le micro.

– Mon gouvernement m'informe qu'aujourd'hui, à l'aube, notre base américaine de Pearl Harbor a fait l'objet d'une violente attaque aérienne. Plusieurs navires sont en feu. Le Japon vient de nous déclarer la guerre.

Hildi traduit à toute vitesse. Silence. Les diplomates japonais sont livides. Leur ambassadeur s'approche de Phillips, les deux bras tendus.

– Je l'ignorais.

Phillips fait un signe négatif. La lumière des lustres baisse d'intensité. Ciano s'approche à son tour, et Phillips lui tend le télégramme. Ciano prend l'ambassadeur américain dans ses bras. Il échange un regard avec Hildi. Leur nuit est fichue. Les invités s'éparpillent vers la sortie comme une volée de canards après le premier coup de fusil tiré.

Quelques jours plus tard, Ciano reçoit Phillips dans son bureau du *palazzo* Chigi. Il lui tend les passeports permettant aux Américains de passer la frontière ainsi qu'un document à l'en-tête du royaume italien.

– Je suppose, dit Phillips dans un italien hésitant, que c'est votre déclaration de guerre.

Blême, Ciano incline la tête.

– Et l'Allemagne ?

– Votre ambassadeur à Berlin, Hugh Wilson, vient de recevoir le même document du ministre Ribbentrop.

Il s'approche de Phillips et l'embrasse.

– William, je suis vraiment désolé, ce sont les obligations de l'Axe avec le Japon…

– Je sais, répond-il en esquissant un sourire. Vous assurerez Mme Hildegarde Beetz de ma sympathie et de mon regret que nos pays soient en guerre.

– Ce sera fait, reprend Galeazzo, qui voudrait sourire, mais n'y parvient pas.

Paris

– Ils ont sonné à six heures du matin. Deux agents de police. Et derrière, deux Allemands en uniforme. On dormait. C'est ton père qui leur a ouvert. Ils lui ont demandé s'il était bien Samuel Wildenstein, le propriétaire de la galerie du rez-de-chaussée.

Esther essaie de reprendre son souffle. Elle est venue à pied. Elle a les traits brouillés et porte encore ses pantoufles. Elle se tourne vers Werner, l'empoigne par la chemise.

– Ils l'ont emmené, ils lui ont dit de prendre une petite valise. Ils ont aussi embarqué notre voisin, M. Ledermann. Ils les ont poussés dans un fourgon. Werner, fais quelque chose !

Il la fait se rasseoir, Claire tend à sa mère un bol de thé et du pain. Elle n'en veut pas, elle veut continuer à parler. Claire la force à boire et à manger. Esther se remet à pleurer.

– Qu'ont dit les Allemands ? demande Werner.

– Rien ! Werner, tu as du pouvoir, tu connais du monde ! Ils t'écouteront, toi. Dis-leur que c'est une erreur, fais-le libérer !

– Je n'ai malheureusement pas ce pouvoir-là, mais je vais aller à l'ambassade. Je te promets, Esther, de faire tout mon possible pour le sortir de là.

– Mais enfin, que lui reproche-t-on ? répète encore une fois Esther.

– D'être juif, répond Werner en boutonnant son manteau.

– Mais alors pourquoi ils ne m'ont pas arrêtée aussi ?

– Je ne sais pas, maman, répond Claire.

Werner revient à midi.

– À l'ambassade, ils ne savent rien ou ne veulent pas évoquer cette affaire. À l'ERR, j'ai attendu Lohse.

– Tu l'as vu ? demande Claire.

Werner acquiesce et explique qu'il s'agit d'une rafle de Juifs auxquels on attribue du pouvoir ou de la fortune.

– L'élite ? demande Claire.

– Oui. C'est pour cela que Ledermann a été arrêté lui aussi, et qu'on a laissé ta mère tranquille. Ils sont près de huit cents en tout. Professeurs d'université, avocats de renom, hommes politiques, industriels, journalistes, écrivains. Aucun d'entre eux n'a plus le droit d'exercer.

– Mais mon père n'a aucun pouvoir ! s'écrie Claire.

Il secoue la tête.

– C'est faux. Il a été un grand expert en histoire de l'art et, avec sa galerie, il avait le Tout-Paris comme clients.

Esther Wildenstein se met à trembler.

– Où est-il ? Où est-il ? Je veux aller le chercher !

Elle se tourne vers Werner.

– Tu m'accompagnes !

Il secoue la tête.

– Inutile, Esther, je ne pèse rien auprès de ces gens.

Il s'assied en face d'elle.

– Rentrez chez vous. Claire va vous accompagner et je passerai ce soir, quand j'aurai revu Lohse. J'en saurai plus et je vous dirai ce qu'on va faire.

– Sauve-le, Werner ! Jure-le-moi ! C'est un vieil homme maintenant, il est malade. Il ne tiendra pas…

Werner ne répond pas. À Claire, il chuchote :

– On va essayer de joindre Goering.

Le soir, il revient rue de Seine accompagné de Lohse. Le spécialiste au service de Goering est devenu, au fil des mois, un des rares en qui Werner a une absolue confiance.

– M. Wildenstein a été conduit au camp de Compiègne, dit Lohse. Goering ne peut rien faire. Les SS et la Gestapo sont sous l'autorité d'Heydrich, donc d'Himmler. Et Goering et Himmler se détestent.

– Je ne comprends pas…, le coupe Esther.

– Les équilibres de pouvoir sont si fragiles… D'autant que Goering est moins bien en cour en ce moment, à cause de la Luftwaffe qui n'en fait pas assez en Russie.

– C'est comment, le camp de Compiègne ? demande-t-elle.

Personne ne répond.

– Alors il n'y a plus rien à faire ? insiste-t-elle.

– Ma sœur, peut-être. Hildegarde connaît beaucoup de monde au plus haut niveau. Elle est major SS, mais c'est une fille bien. Elle est en poste à Rome.

– À Rome, répète Claire.

Werner se tourne vers Lohse.

– Vous pouvez me déléguer vos pouvoirs pour aller chercher des œuvres d'art en Italie ?

– Bien sûr, répond Lohse.

Rome

Hildi et Galeazzo ont passé une belle nuit d'amour clandestine. Ils ont bavardé, se sont aimés et ont recommencé avant de sombrer ensemble dans un sommeil profond. C'est aux heures molles du matin qu'elle lui parle de son frère qui a besoin d'un service.

– Quel secret d'État dois-je trahir ? demande-t-il en souriant.

– Aucun. L'Italie n'est pas en cause. Mais c'est une affaire grave. Il te l'expliquera lui-même.

– Il est à Rome ?

– Il arrive ce matin.

– Venez tous deux à Chigi. Il y a tellement d'Allemands qu'on ne vous remarquera pas.

Ils arrivent à l'heure dite au rendez-vous, Werner en tenue diplomatique. Hildi traduit :

– Monsieur le ministre..., commence-t-il.

– Appelez-moi Galeazzo, nous sommes en famille.

Werner commence son histoire. Au point où il en est, il ne cache rien de son rapport avec les Wildenstein. Il avoue même les faux Vermeer fourgués à Goering. Galeazzo éclate de rire.

– La suite est moins drôle, poursuit le frère d'Hildi. Samuel a été arrêté la semaine dernière avec près de huit cents Juifs. Des gens connus, l'élite juive de Paris. On les a expédiés dans un camp à côté de la capitale. C'est un homme âgé, malade...

Ciano demande si des démarches ont été tentées.

– On a tout essayé, les autres détenus se sont aussi démenés de leur côté d'après ce que je sais. Mais il n'y a rien à faire. En tant que ministre italien, connaissez-vous les intentions du Reich concernant les Juifs ? Je n'ai pu obtenir aucune information.

Ciano fait un signe négatif.

– En Italie, un système de discriminations est installé, mais il n'existe aucun camp de concentration. Pour le reste, je ne sais rien, et ce n'est pas à moi que vos dirigeants vont faire des confidences. Ils me détestent. Quant au Duce, il a suffisamment de difficultés avec Hitler pour ne pas vouloir en créer de nouvelles sur le sort d'un Juif français.

Un silence, puis :

– Avez-vous essayé auprès de Goering ?

Werner a un geste désolé.

– Il ne veut pas affronter Heydrich sur ce terrain.

Ciano sourit.

– Il ment. Heydrich lui doit beaucoup. Mais avez-vous offert à Goering une contrepartie, quelque chose qu'il ne pourrait obtenir autrement ?

– Nous n'avons plus rien. Les tableaux, il les a déjà.

Ciano observe Werner. C'est un garçon sincère et courageux. Il faut des sentiments forts pour aimer une Juive quand on est un officier allemand. Il se tourne vers Hildi. Tous deux viennent de penser la même chose. Ciano pèse le pour et le contre.

– J'ai une idée.

*

Victor-Emmanuel III, roi d'Italie depuis quarante et un ans, est un vrai nain. Il ne dépasse pas un mètre cinquante avec ses jambes rachitiques et son visage chiffonné. Dans l'armée, on le surnomme *sciaboletta*[1]. À ses côtés, le duc Pietro d'Acquarone, l'homme de confiance, l'ami personnel, celui auquel on prête un rôle d'éminence grise, de conseiller financier. Mais il est surtout son lien, son intermédiaire avec le monde extérieur. Ainsi que l'ami de Ciano, qui lui a obtenu le rendez-vous.

– *Maestà*, commence Ciano après les préliminaires d'usage, je viens vous voir pour obtenir un nouveau collier de l'Annonciade.

– Je vous l'ai déjà donné, comte Ciano, répond le roi, moqueur.

Galeazzo sourit, il s'y attendait. Il va falloir manœuvrer.

– *Maestà*, je viens la solliciter pour un autre que moi, et il serait utile pour le bien de l'Italie que vous le lui confériez.

– Et qui est ce candidat si méritant ? demande le roi.

– Goering, sire.

Victor-Emmanuel a une moue de dégoût. Il déteste les nazis, encore plus leurs dirigeants, dont il a pu mesurer l'arrogance et la vulgarité.

– Goering, dit-il, incarne la pire des fatuités, il est titulaire de toutes les décorations étrangères possibles, y compris celles qui semblent n'avoir été inventées que pour lui. Mais pas le collier, poursuit le roi. C'est une très ancienne décoration de la maison de Savoie. Elle n'est concédée qu'à ceux qui ont gagné mon estime et mon amitié personnelle. Ce qui est votre cas, comte Ciano, et n'est pas celui de M. Goering. On ne confère pas six cents ans d'histoire à un *pezzonovante*[2] comme disent les Siciliens, mais surtout à un *zerbinotto*[3].

1. Petit sabre.

2. Poids de 90. Expression pour désigner une personne qui exerce une fonction, le plus souvent, souterraine.

3. Gandin.

– Il y aura une contrepartie, *Maestà*, insiste Ciano.

– La couronne ne marchande pas ses décorations ! rétorque-t-il sèchement.

Acquarone cligne des yeux à l'intention de Ciano.

– Y compris pour sauver une vie ? demande Ciano.

– Je ne vois pas le rapport.

– La vie d'un Juif ?

– Je le vois encore moins. J'ai signé les textes présentés par le président du Conseil. Je ne suis pas antisémite, mais je ne pouvais m'opposer à une décision politique. Comme le roi d'Angleterre, je règne mais ne gouverne pas. Allez jusqu'au bout. Videz votre sac, comte Ciano.

Galeazzo s'attendait à tous ces arguments. Acquarone l'avait prévenu. « Il te faudra mentir, ou arranger la vérité. C'est un homme politique, il a l'habitude. »

– *Maestà*, tôt ou tard, il vous faudra attribuer le collier à Goering. Il ne supporte pas l'idée de ne pas l'avoir alors que Ribbentrop, qu'il déteste, l'arbore à chaque occasion officielle ! Il le prend pour une injure. L'Allemagne est une nation alliée qui va nous sauver du piège grec. Le Duce vous le demandera un jour et il vous sera difficile de refuser.

Le roi le coupe.

– Qui est ce Juif ? Un Italien ?

– Un Français, *Maestà*. Un vieil homme dont je suis proche par l'affection, et envers qui j'ai une reconnaissance personnelle. Il est détenu dans un camp de concentration à Compiègne, près de Paris. S'il n'est pas libéré, il y mourra ou sera transféré dans un autre camp, pire que celui-là.

Il se tourne vers Acquarone qui toussote avant de se racler la gorge.

– J'ai procédé à des vérifications, *Maestà*, dans le but d'éclairer votre décision, dit Acquarone. En décembre, les Allemands ont raflé de nombreux notables juifs qu'ils ont le projet de transférer en Allemagne, ou en Pologne paraît-il.

– Pour en faire quoi ?

– Personne ne le sait, *Maestà*.

Victor-Emmanuel regarde Acquarone, puis Ciano.

– Si vous m'y autorisez, *Maestà*, le choix est le suivant : soit vous conférez le collier à Goering maintenant avec en contrepartie le sort de ce Juif, soit vous y serez contraint un jour ou l'autre sans contrepartie. Si vous décernez le collier maintenant, cela vous permettra d'humilier Goering en lui imposant la libération d'un Juif.

Quand Ciano a employé la formule « humilier Goering », une ombre de sourire est apparue sur le visage plissé du roi.

– Comment êtes-vous lié avec ce Juif ?

– Par l'intermédiaire d'une femme, *Maestà*.

– Une femme que vous aimez ?

– Je le crains, sire.

– Alors vous remettrez vous-même le collier à Goering, il n'y aura de ma part aucune lettre de félicitations, et je ne cacherai pas que j'ai consenti à cette décoration *obtorto collo*[1] pour des raisons humanitaires. Chacun comprendra ce qu'il voudra. Assurez-vous au préalable que votre Juif ait bien été libéré et que cette femme vous aime vraiment.

*

22 décembre 1941. Hildi entre dans le bureau du colonel Höttl.

– Chère Hildi, êtes-vous déjà allée à New York ? demande-t-il en tirant de son sous-main la carte de visite de Phillips.

– En 36, pour une conférence d'interprètes.

1. En français, on dirait « en tordant le nez ».

– Que pensez-vous de cette adresse ?

Elle sourit. Elle la connaît. C'est elle qui lui a donné la carte de visite de l'ambassadeur américain.

– Belle adresse, à côté du *Waldorf Astoria*, si je ne me trompe.

– Eh bien, répond Höttl, un avion vous déposera cette nuit à Lorient, notre base de sous-marins en France, d'où vous partirez. Le capitaine Otto Skorzeny vous expliquera la mission. Il vous sera aussi précieux que vous le serez pour lui. Il ne parle pas un mot d'anglais et ne connaît pas l'Amérique. En revanche, c'est un spécialiste de ce genre d'affaire.

– Bien, mon colonel.

Il s'approche d'elle.

– À propos, n'oubliez pas d'emporter des vêtements chauds. Et désolé de vous faire passer le réveillon du nouvel an loin des vôtres.

Il l'embrasse sur les deux joues.

– Bonne chance, Hildi. N'oubliez pas, si les Américains vous prennent, ils vous exécuteront. À New York, c'est la chaise électrique.

Berlin

– Je craignais que vous ne soyez pas disponible, lance joyeusement l'amiral Dönitz à l'entrée de Werner. Quelle chance que Goering ait accepté de vous lâcher un mois ! Grâce à Barbarossa qui le garde loin de Paris, je récupère un commandant d'U-Boot de première catégorie ! Paix à l'âme de Prien. Vous connaissez New York ?

– Non.

– Vous allez vous y rendre en U333, le dernier modèle. Un classe IX, vingt et un mille kilomètres de rayon d'action, dix nœuds d'allure de croisière en surface. Vous entrerez dans la baie et débarquerez deux de nos espions. Vous les attendrez douze heures maximum. Pas une seconde de plus. S'ils ne reviennent pas, c'est qu'ils ont échoué. Vous partirez de Lorient, en Bretagne. Il y a quatre mille huit cents kilomètres de trajet jusqu'à New York.

– Bien, amiral.

– Voici une enveloppe avec vos instructions détaillées. Ne l'ouvrez qu'en mer, puis détruisez-la. Skorzeny vous expliquera le reste pendant le trajet.

– Skorzeny ? L'agent du service action ?

– Lui-même. Le Führer l'adore. C'est l'homme des missions de confiance. Celles qui sont les plus risquées. Ne vous faites pas couler dans le port de New York. J'espère vous revoir bientôt.

– Moi aussi, amiral.

Rome

Villa Torlonia, via Nomentana. Toute la famille du Duce est réunie pour fêter le nouvel an. Pour une fois, Mussolini joue son rôle de grand-père auprès de ses trois petits-enfants, mais son esprit est ailleurs. Il pense à son frère. Arnaldo est mort depuis dix ans. C'est lui qui dirigeait le *Popolo d'Italia*, c'était son seul confident, son seul ami.

Un peu plus loin dans la pièce, Ciano. Il ne cesse de murmurer des bêtises à l'oreille de son épouse, qui éclate de rire. Edda savoure ces instants qui lui font penser à leurs débuts.

Cet homme, elle l'a aimé à la folie. C'est un des rares à l'avoir tant fait rire.

Donna Rachele, l'épouse de Mussolini, ne quitte pas Galeazzo du regard. Elle le déteste. Pas à cause de ses infidélités – avec son mari, elle a l'habitude. Non, ce qui l'exaspère, ce sont ses manières d'aristocrate. Ses costumes taillés sur mesure, ses cravates et ses foulards de marque. Tout chez lui est trop distingué, trop précieux. Surtout depuis qu'il est au *palazzo* Chigi.

Soudain, la voix forte de Mussolini résonne dans la pièce.

– Je vous ai préparé une surprise !

Les enfants se mettent à pousser des cris de joie.

– Allez, tous devant l'écran !

Il a fait préparer un film de Laurel et Hardy. Guerre avec l'Amérique ou pas, il les adore. Le film commence, tout le monde éclate de rire, Mussolini le premier.

Atlantique Nord

Quelques jours plus tôt. L'U333 fend les flots. Il gravit les crêtes et redescend aussitôt. Dans la salle à manger du sous-marin, Hildi s'accroche à la table, Skorzeny aussi. Ils attendent le commandant resté à la barre, près du timonier. Il leur a fait dire qu'il les rejoindrait dès que l'océan serait plus calme. Cela risque de durer. Skorzeny explique la mission à la jeune espionne. À New York, ils se rendront au domicile de William Phillips sur la Cinquième Avenue.

– Comment on va entrer ? demande Hildi. Le concierge, au rez-de-chaussée, vérifiera que nous sommes attendus.

– Mais nous le serons, répond Skorzeny. Margareth et Brian

Simpson doivent arriver vers vingt heures. Sauf que leur voiture ne démarrera pas. Nos agents l'auront sabotée dans l'après-midi. Ils devront appeler un taxi. Nous les remplacerons, et serons repartis avant leur arrivée.

– Que veut-on à William Phillips ?

– Ce n'est pas lui qui nous intéresse, mais l'amiral Andrews. C'est un de ses camarades de promotion. Ils étaient ensemble en 1901 à la Naval Academy. Phillips s'est toujours intéressé aux questions maritimes. Il a été officier de marine avant d'être diplomate. C'est une tradition entre eux de passer ensemble le réveillon du nouvel an.

Hildi fixe Skorzeny, ce colosse de plus de cent kilos.

– Phillips a été mis sur écoute depuis son retour en décembre. Andrews l'a souvent appelé. Il vient d'être chargé de la mission East Sea Fron[1] pour mettre en pièces nos U-Boote. Ceux qui, le long de la côte, guettent les convois vers l'Angleterre. Ils ont commencé par les avions, les hydravions, surtout les Q-ships, leurs faux navires marchands, bourrés de matériaux flottants et de Kapok, aux canons dissimulés derrière des écrans de toile. Quand les U-Boote torpillent une cible, ils font surface, et le Q-ship écarte aussitôt les panneaux de toile et ouvre le feu. Le piège est bien monté. Nos U-Boote en savent quelque chose. Il nous faut la liste de ces Q-ships et de leurs itinéraires.

– Et on la trouvera chez Phillips.

Skorzeny a toujours son sourire.

– Andrews a promis de lui apporter le plan pour en discuter avant le dîner. Il tient à avoir son avis, Phillips a toujours été un spécialiste de qualité sur ces questions.

Hildi hoche la tête.

– C'est périlleux comme mission.

1. Frontière maritime de l'est.

– C'est pour cela qu'on a fait appel à nous, clôt Skorzeny.
Un marin ouvre la porte.
– Le commandant va vous rejoindre dans un instant.

Quand elle l'aperçoit dans sa tenue d'officier sous-marinier, Hildi met quelques secondes avant de le reconnaître et de se jeter dans ses bras.
– Votre amant ? demande Skorzeny.
– Non, mon frère !

Rome

Ornella s'ennuie à mourir. Ce réveillon ressemble à un repas d'affaires. Autour d'elle, on ne parle que de placements, de fiscalité et de revenus. Elle n'en peut plus d'être utilisée comme appât par son mari. Pourquoi a-t-elle épousé ce malotru ? se demande-t-elle en jouant avec une de ses bagues. Ah oui, pour l'argent. Il était riche, elle avait un beau nom. Maintenant elle regrette ce mariage, d'où ses adultères à répétition, dont son mari se moque comme de son premier gain en Bourse. Elle pense à Ciano. Cette rupture lui pèse. Passé l'humiliation, le poison du souvenir se distille dans ses veines. Une douleur qu'elle entretient jour après jour. Elle ne lui a pas cherché de remplaçant. Aucun n'était au niveau. Rien de pire, se dit-elle, que de dévaler ce que l'on a eu tant de peine à gravir.

Son mari la tire de ses pensées en lui présentant un journaliste français dont elle oublie aussitôt le nom. L'homme n'est pas déplaisant, il parle plutôt bien l'italien. Il est à Rome pour un reportage sur les « seigneurs de Mussolini », et destine l'article à *Je suis partout*, le grand journal français de la collaboration. Elle sait que Brasillach, Rebatet et Cousteau[1] y participent. Le journaliste s'intéresse aux écrivains du fascisme. La mort de D'Annunzio est une perte. Il récite quelques vers, plutôt bien choisis. Et Malaparte, qu'en pense-t-elle ? Malaparte ? Elle pense de nouveau à Ciano, qui l'a sorti de son exil aux îles Lipari. Elle s'en souvient, il parlait beaucoup de cet écrivain, et le Duce a fini par lui pardonner. Elle aurait bien voulu le rencontrer, mais il faut aller jusqu'à Capri. Le journaliste lui demande si elle connaît Ciano. Peut-être pourrait-elle le lui présenter ?

– Nous ne nous voyons plus, dit-elle un peu plus sèchement qu'elle n'aurait voulu.

Le journaliste n'insiste pas et revient à Mussolini. Il a rencontré Margherita Sarfatti à Paris. Une femme intelligente, cultivée, brillante sur les questions artistiques.

– Trop brillante peut-être, admet-elle.

Il est surpris. Il ne voyait pas les choses sous cet angle. Sans doute a-t-elle raison. Ils en viennent à Clara Petacci. Tout le monde à Rome connaît son aventure avec Mussolini.

– Sa liaison, rectifie-t-elle. Cela fait des années que ça dure. Les gens lui écrivent quand ils ont besoin d'un service, mais le Duce ne veut rien entendre.

Il éclate d'un rire franc.

– Comme la Pompadour avec Louis XV.

– Sauf qu'elle n'est pas au niveau de la Pompadour, rétorque aussitôt Ornella. Ni favorite officielle ni conseillère du roi, comme Margherita Sarfatti, mais ni l'une ni l'autre ne lui ont présenté de nouvelles maîtresses.

Il la complimente sur son érudition sur l'histoire française. Elle sourit de plaisir et commence à s'intéresser à lui. Elle l'interroge sur sa vie, apprend qu'il est marié, avec des enfants, mais

1. Le frère du fameux commandant.

reste plutôt libre. La formule la fait sourire. Lui aussi. Il revient à la politique, se dit très impliqué dans la défense du régime de Pétain, qui selon lui fait ce qu'il peut pour préserver la France des convoitises allemandes. En France, la Résistance est comme une toile d'araignée qui se tisse dans tout le pays.

– Et vous en pensez quoi ? lui demande-t-elle.

– Elle n'a, pour l'instant, que peu de chances de prospérer.

– Pourquoi ?

– Parce qu'elle est partagée entre les gaullistes et les communistes. Les Allemands tiennent bien le pays.

– Vous les aimez ?

Il hausse les épaules.

– Je les subis comme tout le monde, mais de nos jours, mieux vaut collaborer si on veut s'en sortir.

Elle lui demande de lui rappeler son nom.

– Jean, répond-il, Jean Luchaire. Je suis un collabo.

– Et qu'est-ce que cela signifie ?

– Que si les Alliés gagnent la guerre, je serai fusillé.

Elle commence à l'aimer, cet homme.

Atlantique Nord

Le cuisinier à bord de l'U333 s'est surpassé. Le repas est animé et joyeux. Werner doit, une fois de plus, raconter l'affaire de Scapa Flow, puis Skorzeny prend le relais en évoquant les moments les plus mouvementés de sa carrière. Mais Hildi remarque qu'il ne donne aucun détail de lieu ni de temps. C'est un professionnel de l'action clandestine. À la fin du dîner, Werner, Hildi et Skorzeny s'isolent pour reparler des détails de la mission. Le sous-marin entrera dans la baie de New York à la tombée de la nuit. Hildi et Skorzeny, en habits de soirée, seront débarqués à l'aide d'un dinghy de marque américaine. Une voiture de luxe les conduira chez Phillips, et les ramènera, si tout se déroule comme prévu.

Werner explique que l'U333 plongera aussitôt pour se poser sur le fond. Il a prévu de remonter tous les quarts d'heure à la surface pour surveiller la berge, et guetter leurs signaux lumineux, une brève et deux longues. Le radio transmettra aux autres U-Boote les coordonnées des navires américains, surtout celles des fameux Q-ships.

– Si à l'aube rien n'apparaît, je quitterai la baie pour reprendre la mer.

– Tu le feras vraiment ? demande Hildi.

– J'attendrai jusqu'au dernier moment, je te le promets.

Pour tuer le temps, ils jouent aux échecs. Skorzeny est parvenu à plusieurs reprises à mettre Hildi mat. Elle l'a félicité. C'est une joueuse émérite. Parfois Werner se joint à eux. Les heures passent et la tension monte. La baie est en vue, l'U333 s'apprête à plonger. La nuit est tombée et de la ville monte un mugissement joyeux. Depuis le kiosque, on distingue avec des jumelles infrarouges les enseignes flamboyantes des grands hôtels.

– New York, annonce sobrement Werner avant de donner l'ordre de plonger pour entrer dans la baie.

New York

Une heure plus tard, Margareth et Brian Simpson s'apprêtent à quitter leur appartement pour se rendre chez les Phillips. Ils embrassent leur fils Jeremy qui attend une bande d'amis.

– Je suppose qu'il y aura des filles, soupire Margareth.

Évidemment, songe Brian.

– Tout ce qu'on peut espérer, c'est que la soirée ne s'achève pas au poste, comme celle de l'année dernière, grommelle-t-il.

Les portes de l'ascenseur s'ouvrent au sous-sol. Partout, de très belles voitures. Des Packard, des Buick, des Chevrolet, et au bout la Cadillac de Brian, une pure merveille. Il a donné congé au chauffeur pour le nouvel an. Il conduira lui-même. Mais elle ne démarre pas. Il tourne et retourne la clé, rien à faire. À aucun moment l'idée d'un sabotage ne lui vient à l'esprit.

– Chéri, s'exclame Margareth, ne plonge pas dans le moteur pour chercher la panne, tu n'arriveras à rien d'autre qu'à salir ton smoking ! Je vais remonter à l'appartement pour appeler un taxi.

– Pas question ! Un soir de nouvel an, on en a pour deux heures d'attente.

– Mais on ne va pas y aller à pied, quand même !

– Prenons la voiture de Jeremy. Il n'en a pas besoin ce soir, nous serons à l'heure, et ça me rappellera ma jeunesse.

Margareth hoche la tête. La Ford de Jeremy, ce n'est pas très glorieux, mais c'est plus sûr que d'attendre en vain.

*

Au même moment, William et son vieux copain Adolphus Andrews sirotent leur scotch dans le bureau, tandis que les femmes bavardent au salon en buvant leur porto flip. Sur la table, le dossier East Sea Fron, avec les cartes où sont marqués tous les navires pour la défense de la côte est de l'Amérique. Deux mille cinq cents kilomètres de la Nouvelle-Écosse jusqu'à la Floride, et en rouge, les Q-ships.

– Tout me paraît fort bien pensé, commente William Phillips.

Quand je discute avec toi et que tu me fais l'amitié de me montrer ce genre de dossier, je me dis que j'aurais mieux fait de rester dans la marine. C'est plus excitant que la diplomatie !

– Pourtant, d'après ce qu'on m'a dit, tu étais plutôt bien à Rome…

Phillips fait un signe d'assentiment. Il a gardé de l'Italie un souvenir ébloui, et tout particulièrement de la jeune interprète de l'ambassade. Qu'elle était charmante, songe-t-il.

– À ton âge…, plaisante Adolphus en repliant les documents pour les ranger dans sa serviette.

– On ferait mieux de rejoindre les femmes, réplique William. En tout cas, cette trouvaille des Q-ships est tout simplement géniale ! Les nazis vont s'y casser les dents.

Il se penche à la fenêtre.

– Tiens, une Cadillac vient de se garer en bas. Ce doit être les Simpson.

*

– Bonsoir, chez qui allez-vous ce soir ? demande le concierge au couple qui vient d'entrer dans l'immeuble.

– Chez l'ambassadeur Phillips, répond Hildi dans son anglais parfait.

Le concierge se penche sur son registre.

– M. et Mme Simpson, n'est-ce pas ?

– Exactement, dit encore l'Allemande avec son plus charmant sourire.

– Je le préviens.

Il saisit son téléphone, les annonce, puis se tourne vers Hildi.

– Monsieur l'ambassadeur vous attend. Cela ne sera pas la peine de sonner, l'ascenseur arrive directement dans l'appartement. C'est la première fois que vous venez ?

Tous deux hochent la tête.

– Ce ne sera certainement pas la dernière. Bonne année.
– Bonne année à vous aussi, répond Hildi.

*

– Ils arrivent, commente William Phillips. Tu verras, ils sont très agréables tous les deux. Brian était en poste avec moi à Vienne, jusqu'à l'Anschluss évidemment. Nous avons vécu des heures dures là-bas avec l'arrivée des nazis en 38.

Il se dirige vers le hall, l'ascenseur s'arrête avec un bruit étouffé. Les portes s'ouvrent. Hildi apparaît. Son manteau de vison est ouvert sur une robe noire. L'ambassadeur met une seconde à la reconnaître.

– Mais que faites-vous ici ?

Elle entre dans l'appartement. Phillips ne comprend pas.

– Mais enfin, vous ne pouvez être ici ! s'écrie-t-il. Nous sommes en guerre !

Les portes de l'ascenseur se referment. Plus loin, on entend les rires des femmes qui discutent.

– Que me voulez-vous ? demande Phillips, inquiet.

– À vous, rien. C'est l'amiral Andrews qui m'intéresse.

– On parle de moi ? lance Adolphus, joyeux.

– Alors, vous venez ? s'écrie Samantha Andrews depuis le salon.

Devant le visage livide de William, Andrews comprend qu'il se passe quelque chose d'imprévu et de suspect.

– Qui êtes-vous ? demande-t-il aux deux intrus.

Skorzeny lui balance aussitôt un coup de poing en plein visage. Il s'écroule sur le tapis avec un gémissement. Hildi recule, elle sort une arme.

– Donnez-nous les plans.

Elle pointe son arme sur l'amiral Andrews, toujours à terre.

– Ils ne sont pas ici !

Skorzeny tire de son manteau un Luger à canon long auquel est fixé un silencieux. Les femmes viennent d'apparaître sur le seuil du salon.

– Mais qu'est-ce qui se passe ? demande l'épouse de l'ambassadeur avant de pousser un cri en apercevant l'arme pointée sur les deux hommes.

– Laquelle de vous est madame Andrews ? aboie Hildi.

– C'est moi, répond Samantha.

Skorzeny l'empoigne et la force à s'agenouiller. Il pose le canon sur sa tempe.

– Les plans, vite ! Ou il lui explose la tête, menace Hildi. Passez devant, amiral. Monsieur et madame Phillips, tournez-vous et mettez les mains contre le mur.

Andrews se relève, la main sur la mâchoire. Il ne quitte pas des yeux sa femme à genoux, le Luger sur le front. Elle tremble et refrène ses larmes.

– *Schnell !* crie Skorzeny.

Andrews va dans le bureau, suivi par Hildi. Ils reviennent quelques secondes plus tard. Hildi tient la mallette.

– Vérifie, dit Skorzeny en allemand.

Elle ouvre la mallette, trouve la chemise avec le tampon « top secret », feuillette le dossier, déploie les cartes, les listes de bateaux avec les numéros des Q-ships.

– C'est bon.

Skorzeny lâche sa proie. Hildi arrache les fils du téléphone et appelle l'ascenseur. Tous deux s'engouffrent à l'intérieur. En bas, ils croisent un couple. Au moment où la porte de l'immeuble se referme sur eux, ils entendent les invités donner leur nom.

– Mais ils viennent de sortir…, répond le concierge interloqué.

Des pas de course derrière eux. Phillips et Andrews ont dévalé l'escalier et voient le couple monter dans une Cadillac.

Andrews relève aussitôt le numéro. C'est un homme qui comprend vite. Il empoigne le téléphone du concierge.

– Donnez-moi le numéro de la police de New York, éructe-t-il.

*

Werner jette un coup d'œil à sa montre. Il est très inquiet. Si les agents échouent, ils signent leur arrêt de mort. Il se dit qu'il aurait aimé ne pas faire partie de cette mission. Ne pas commander le sous-marin qui va peut-être partir sans Hildi. Il s'entend encore leur dire que s'ils ne sont pas à l'heure au point de rendez-vous, il lèvera l'ancre. La voix de sa sœur résonne dans son esprit. « Tu le feras vraiment ? » Sa gorge se noue. Il sait qu'il n'a pas le choix. Nouveau coup d'œil à sa montre. Il est trop tôt, mais on ne sait jamais. Avec un peu de chance, ils auront récupéré rapidement les plans et n'auront eu aucun problème pour traverser la ville et revenir au port. Il l'espère. Il se répète qu'Hildi n'est pas seule. Elle est avec Skorzeny, le plus aguerri pour ce genre de mission. Il scrute le môle 5. Rien.

Soudain, un bateau. Werner fait pivoter le périscope pour mieux le suivre. Le navire se rapproche. Il a du mal à distinguer les lettres sur la coque. On dirait une grosse vedette des douanes. *USS James Monroe*, parvient-il enfin à lire. Sur le pont, deux mitrailleuses en position et sans doute de puissants moteurs. Au-dessus de la passerelle, une sorte de grille incurvée tourne lentement. Un radar ! La dernière trouvaille des Américains. Les Allemands n'en ont pas. La vedette mesure au moins vingt mètres de long et se rapproche du quai. Werner observe ses manœuvres, la voit avancer, reculer et finalement accoster au môle 5. Werner jure à voix basse.

*

Impossible de se frayer un chemin au milieu de toute cette foule. Les passants chantent, dansent et crient de joie en bloquant la circulation. La Cadillac peine à avancer sur la Cinquième Avenue. La police installe des barrages pour écarter les voitures des badauds. Enfin, ils parviennent à leur niveau. Skorzeny baisse sa vitre. Les policiers s'approchent. En apercevant à l'intérieur de la voiture de luxe un couple en tenue de soirée, le policier leur fait signe d'avancer. Hildi le voit relever le numéro de la plaque d'immatriculation et ses doigts se resserrent sur la mallette. Skorzeny remercie, la barrière est retirée. Quand ils franchissent l'obstacle, elle pousse un soupir de soulagement. Soudain, derrière eux, le hurlement des sirènes de police.

– Fonce ! ordonne Hildi.

*

Dans la voiture de police, le vice-gouverneur Simpson, l'amiral Andrews et William Phillips. Personne ne parle. Si les Allemands récupèrent les documents, le plan tombe à l'eau. Ce serait une catastrophe. Andrews s'en mord les doigts. Jamais il n'aurait dû les sortir du bureau pour les montrer à Phillips. Il risque son poste. Il prie pour que la Cadillac soit arrêtée à temps. Il a transmis le numéro de la plaque d'immatriculation à la police, mais les agents l'ont-ils déjà reçue ? La voiture fonce à travers la ville, sirène hurlante. On s'écarte de justesse, on les invective. Tout à coup, Simpson tend le bras. Une Cadillac noire vient de franchir le barrage.

– *Shit !*

Simpson fait signe à celui qui commande l'unité.

– Vous avez noté la plaque de cette voiture ? demande-t-il.

Le chef tire son carnet et la lui lit.

– C'est eux ! s'écrie Simpson. Il faut les rattraper, transmettez à toutes les voitures, ils vont au port !

La Cadillac zigzague entre les passants. Le chauffeur klaxonne pour se frayer un passage. Les injures pleuvent, les coups sur le capot aussi. Les sirènes de police se rapprochent. Skorzeny jette des coups d'œil inquiets par-dessus son épaule. Derrière eux, des gyrophares. Plusieurs voitures sont à leurs trousses. Le port n'est plus très loin, mais la voiture avance trop lentement. Skorzeny fouille dans la poche de son manteau et en sort une grenade à manche. Hildi l'interroge du regard.

– Arrête-toi ! ordonne-t-il au chauffeur.

Hildi a peur de comprendre. Le port est loin. Ils n'y arriveront jamais.

– Suis-moi ! lui lance-t-il. Et toi, continue à pied, crie-t-il au chauffeur.

Hildi serre fort ses doigts autour de la mallette. Ses mains sont moites et son cœur tambourine. Si Skorzeny rate son coup, ils sont morts. Il brandit la grenade. C'est un engin redoutable, une arme d'assaut. Les voitures de police freinent et les pneus crissent sur le bitume. Les policiers jaillissent des véhicules, l'un d'eux tient un porte-voix. Mais il n'a pas le temps de parler. Skorzeny balance la grenade d'un geste précis, avant d'entraîner Hildi à l'abri d'une porte. La grenade explose. Le fracas est assourdissant, des flammes s'élèvent, on entend des cris. La voiture de police est en feu.

– On y va ! s'écrie Skorzeny.

*

L'œil de Werner est rivé au périscope. La vedette de la douane l'empêche de voir le môle 5 où ils ont rendez-vous. On entend de vagues bruits de musique et de chansons. Les douaniers font la fête. C'est l'heure.

– Surface !

Le sous-marin émerge dans l'ombre. Werner se précipite dans le kiosque pour observer la rive avec ses jumelles à infrarouge. Soudain une explosion, lointaine mais nette. Il connaît ce type d'explosion. Une grenade, se dit-il. Sans doute celle de Skorzeny. Ils ne doivent plus être bien loin.

– Commandant, regardez, lance son second en désignant une sentinelle qui vient de monter sur le pont de la vedette et qui fait le tour du bateau.

– Il ne manquait plus que ça…, grommelle Werner.

Au même moment, un signal lumineux depuis le quai. Un éclair bref, deux longs.

– Répondez ! crie Werner.

Le second allume sa torche.

La sentinelle sur la vedette de la douane repère les éclairs et se rapproche du bastingage. Il actionne un projecteur. On l'entend qui hurle :

– Un sous-marin ! Il y a un sous-marin dans la baie de New York[1] !

– Chargez les tubes 1 et 2, ordonne Werner par l'écoutille.

1. La présence de l'U333 dans le port de New York au tout début de l'année 1942 est historiquement établie.

1942

Port de New York

Sur le quai, Hildi et Skorzeny, qui ont bien vu la réponse du sous-marin à leurs signaux, entendent eux aussi l'alerte de la sentinelle. Ils embarquent dans le dinghy amarré au quai et commencent à pagayer.

– Arrêtez-vous ou je tire ! crie la sentinelle.

Hildi jette un coup d'œil derrière elle. La mitrailleuse est braquée sur eux. Partout, des militaires. Une première rafale, puis une seconde. L'une des balles crève un boudin qui siffle en se dégonflant. Skorzeny et Hildi se jettent à l'eau. L'eau glacée leur coupe le souffle. Hildi peine à nager en tenant d'une main la serviette au sec. Enfin, elle rejoint l'Allemand au niveau du sous-marin. Les deux mitrailleuses de la vedette tirent ensemble.

– Tubes 1 et 2, feu ! ordonne Werner.

Une explosion, puis une seconde. La vedette des douanes se brise en deux, des flammes s'élèvent vers le ciel, et Simpson, Andrews et Phillips reculent instinctivement. Les policiers ajustent les nageurs avec leurs armes. Agrippée à Skorzeny, Hildi balance la serviette vers le pont du sous-marin, mais elle manque son coup et la mallette tombe à l'eau. Skorzeny la rattrape et la lance de toutes ses forces. Cette fois, la serviette chute sur le pont. Derrière eux, des rafales de coups de feu. Skorzeny entraîne Hildi sous l'eau, ils passent sous la coque et émergent de l'autre côté. On leur lance des cordes et ils remontent dans le kiosque. Werner jette la serviette trempée à l'intérieur.

– Faites sécher les feuilles !

Sur le pont, Hildi et Skorzeny ont à peine le temps d'apercevoir la vedette brisée qui sombre, et sur le quai, trois silhouettes aux vêtements déchirés, brûlés par la grenade. Tous dévalent l'échelle avant que le sous-marin disparaisse dans les flots.

Sur le port, un contre-torpilleur, chargé de grenades sous-marines, file vers l'entrée du port, sonar et radar en alerte. Un hydravion décrit des cercles au-dessus de la mer, mais il n'y a plus la moindre trace du U-Boot.

– Bordel de Dieu ! hurle Simpson.

Phillips est effondré. On leur passe à tous les trois une tenue militaire. Ils montent sur le pont. Andrews réclame une arme à feu, qu'on lui fournit.

– Je vais me charger personnellement de ces salopards de Boches dès qu'on les aura attrapés.

*

À l'intérieur de l'U333, on communique aussitôt aux autres sous-marins les données du dossier East Sea Fron, les positions des bateaux, et surtout celles des Q-ships, tandis qu'on franchit sous l'eau l'entrée du port. Soudain, les effleurements du sonar.

– Un contre-torpilleur nous cherche, informe le second.

Werner acquiesce, avant de rejoindre Hildi et Skorzeny. Ils se sont séchés et ont revêtu l'uniforme des sous-mariniers et de gros pulls en laine. L'U333 est sans cesse secoué par les explosions des grenades sous-marines.

– On ne peut pas lui envoyer une torpille ? demande Skorzeny.

– Impossible. Il faudrait refaire surface, et ils nous liquideraient aussitôt avec leurs mitrailleuses et leurs canons. Soit ils nous coulent avec leurs grenades, soit ils nous attendent en haut. Dans les deux cas on est fichus.

– Il n'y a pas d'autre solution ?

Werner ne répond pas. Les grenades sont de plus en plus nombreuses. Un officier mécanicien surgit de la salle des machines.

– Commandant, on a une voie d'eau assez importante. La coque est endommagée. On essaie de colmater.

– On va faire le coup de l'huile et du gasoil. Vous savez ce que c'est ? demande-t-il à l'officier mécanicien.

– Oui, mon commandant. J'ai déjà remplacé la vieille huile des moteurs par des bidons d'huile neuve.

– Balancez l'huile noire au-dehors. Mettez du mazout aussi. Tout ça remontera à la surface. Poussez à fond les moteurs électriques.

*

À bord du contre-torpilleur, les marins voient apparaître à la surface de l'eau une large flaque sombre. Ils descendent le long de la coque pour en prélever des extraits.

– C'est de l'huile de moteur usagée, assure l'officier mécanicien, il y a du gasoil aussi.

– Et le sonar, ça donne quoi ?

Simpson, Phillips et Andrews se rapprochent.

– Il ne dit plus rien. C'est trop profond. Le rayon ne va pas jusque-là.

– Le sous-marin a dû être touché, il coule au fond et l'huile remonte à la surface, explique un jeune sous-lieutenant.

Les trois poussent un soupir de soulagement. Le sous-marin a rendu l'âme.

– On peut l'annoncer ?

– Évidemment, dit le commandant. Avec un peu de chance, ils n'ont pas eu le temps de transmettre les plans, et puis l'eau a dû rendre illisibles les documents, s'ils n'ont pas perdu la mallette en sautant dans le port.

Andrews regarde Phillips avec inquiétude.

– C'est ce que nous dirons à l'enquête. D'ailleurs, on a bien vu qu'ils avaient lâché la mallette en sautant dans le port.

Simpson rend le revolver.

– Ça ne servira plus maintenant. La mer a fait justice.

Phillips se tourne vers le commandant de bord.

– Vous confirmerez que le sous-marin a bien coulé, n'est-ce pas ?

Le commandant hoche la tête, Phillips lui trouve un air sceptique.

– Vous n'en êtes pas sûr ?

– Le renvoi de l'huile de moteur est une vieille technique de sous-mariniers pour faire croire que leur bateau a été coulé. Mais peu de gens le savent. Il faut avoir l'habitude. Ce qui est sûr, c'est que l'U-Boot a été touché, avec quels effets ? Je n'en sais rien.

Atlantique Nord

La côte américaine est loin derrière, mais l'U-Boot est gravement touché. On ne peut pas rester en immersion. Il faut faire surface pour rejeter à la mer l'eau qui envahit peu à peu la salle des machines. Le sous-marin émerge. Le diesel remplace le moteur électrique, les marins récupèrent l'eau de mer, remontent sur la coque et la rejettent à la mer. Pendant deux jours, tout le monde s'épuise à colmater, à éponger, à rejeter l'eau en se passant les seaux, Skorzeny, Hildi et Werner compris. Tous sont à bout de forces, car il faut œuvrer sans discontinuer. D'autant plus que la brèche depuis New York s'est agrandie.

– Combien jusqu'à Lorient ? demande Werner à l'officier navigateur.

– Mille six cents milles au minimum.

– On n'y arrivera pas.

Notre seule chance, pense-t-il, c'est de croiser un bateau allemand. Mais l'horizon reste désespérément vide. Soudain, un navire en vue. Au fur et à mesure que l'inconnu s'approche, Werner et le second feuillettent le cahier des silhouettes de bateaux ennemis. Le second lâche le cahier d'un air désolé.

– C'est un contre-torpilleur anglais, il s'appelle...

– Je m'en fous, répond Werner. Il va nous couler.

Il convoque l'officier torpilleur.

– Il nous reste des torpilles ?

– Oui, mais les tubes ne fonctionnent plus. L'électricité est épuisée, la radio est morte.

– Sortez les armes, dit Werner. On va se battre jusqu'au bout.

Le navire anglais s'approche, on le voit distinctement maintenant. Il se dirige vers le sous-marin. À l'intérieur de l'U-Boot, la tension est palpable. Pas un son, pas un mot, rien d'autre que le bruit de l'eau contre la coque. Le navire n'est plus qu'à cinquante mètres. Mais pas de tir, rien. Il s'éloigne. Tous poussent un soupir de soulagement.

Soudain, une voix résonne dans le haut-parleur. « Ici, le

HMS Marlborough, commandant Minchinton, votre navire est manifestement en perdition. J'ai signalé sa position par radio à la flotte allemande qui croise à cent milles. Bonne chance. »

Paris

Claire se fige soudain. On vient de sonner à la porte de l'appartement. Un coup impérieux et sec. Du genre des flics, ou pire, de la Gestapo. Esther, derrière elle, se tient les mains. Sur le palier, un fantôme. C'est son père ! Ils tombent dans les bras les uns des autres en pleurant. Wildenstein, c'est comme Lazare. Un mort qui ressurgit soudain. Un homme qui ne se ressemble plus. Les traits du visage de son père se sont affaissés, son corps est amaigri.

Samuel raconte le camp de Compiègne, l'entassement des gens, la proximité insupportable, la lutte pour survivre. Les conférences qu'ils se donnaient les uns aux autres selon leurs compétences pour tenir. Certains sur la philosophie grecque, d'autres sur les techniques de comptabilité. Lui, c'était sur Vermeer. Puis cela avait pris fin. Tous trop faibles, la saleté, la vermine et la faim. Et les morts qu'on sortait deux ou trois fois par semaine. Parfois éclataient des rixes pour un quignon moisi. L'enfer.

On le réconforte, on lui donne à manger, il boit du chocolat chaud et du café, il sourit, il revit, on commence à le retrouver.

– Ce matin, quand ils m'ont libéré, ils m'ont rendu mes affaires, ou plutôt ce qu'il en restait. Mon portefeuille avait été vidé évidemment. Alors, ils m'ont donné de quoi acheter un billet de seconde jusqu'à Paris. Je ne comprends pas pourquoi ils m'ont laissé sortir. Ils m'ont juste dit : « L'ordre vient de

Berlin. » Vous voyez, mes enfants, mes chéris, ils se sont trompés et ont fini par s'en apercevoir. Ah, quelle peur et quel bonheur maintenant !

Claire ne répond rien. Esther aide son mari à prendre une douche, puis à se coucher. Il s'endort aussitôt. Par précaution, Esther appelle un médecin. Sur la table de la salle à manger, la dernière livraison de la *Gazette de Lausanne*. En première page, la photo de Goering, le somptueux collier de l'Annonciade autour du cou, remis par Ciano. Claire jette le journal dans la cheminée.

*

Claire caresse la tempe de Werner. Sous ses doigts, une nouvelle cicatrice, et sur son uniforme, la croix de chevalier est agrémentée de feuilles de chêne. Elle ne lui demande rien. Il est arrivé, comme il fait d'habitude, sans prévenir, un sourire heureux sur un visage fatigué.

– J'ai lu les journaux. Le sous-marin dans la baie de New York, c'était toi.

Ce n'est pas une question, il fait un signe d'approbation.

– Les Américains racontent qu'ils ont coulé ton bateau à la sortie du port.

Encore un sourire.

– On a été secourus par un bateau anglais qui a signalé notre position. On n'était pas loin de couler, il a fallu attendre à cause de la météo. On n'avait plus d'électricité, la radio était morte, les frigos aussi, les réserves de nourriture étaient gâchées. Il ne restait que de l'eau. De l'eau partout. J'ai vraiment cru qu'on allait crever là, sur ce bateau que la mer envahissait peu à peu.

Il s'arrête de parler et l'embrasse fougueusement. Il a vraiment cru qu'il ne la reverrait jamais.

– À la fin, les secours sont arrivés. On nous a ramenés à

Lorient, puis on est rentrés à Berlin, avec Hildi, rendre des comptes.

– Elle était là ?

– Oui. La mission, c'était avec elle et un autre. Ils ont réussi. Notre seule perte, c'est l'U-Boot.

Elle ne lui demande rien de plus, elle sait qu'il ne trahira pas le secret de la mission d'Hildi. Ils parlent encore, puis font l'amour. Mais pourquoi n'est-il pas rentré plus tôt, comme il l'écrivait dans ses messages ?

– J'ai eu une autre mission que j'ai dû exécuter sans attendre. Une mission de renseignement, pour le compte de Canaris, le chef de l'espionnage. Il voulait savoir ce qui se passait avec les Juifs.

– Comment ça, « avec les Juifs » ?

– Je suis allé assister à une conférence secrète. Une conférence nazie. J'étais le seul de la Wehrmacht, les autres c'étaient des SS ou des gens du parti. L'organisateur, c'était Heydrich. Cette mission, elle te concerne, toi et tous les autres Juifs. C'est pour cela que je la raconte, ce n'est pas une trahison de guerre, tu comprends ?

Elle acquiesce. Quand il lui parle des Juifs, il ne trahit pas l'Allemagne. C'est elle, son Allemagne. Il décrit l'endroit, en périphérie de Berlin, au bord d'un très beau lac où les gens vont canoter et se baigner le dimanche en été. Ce lieu s'appelle Wannsee. Une grande villa sur la rive, avec un parc et des jardins. Un lieu de villégiature pour les SS convalescents.

– Mais là, explique-t-il, on avait vidé les lieux pour la conférence.

Il décrit la villa, somptueuse, les vastes salles, le bar avec des lustres et des banquettes, et un jardin qui descend en terrasses.

– Le thème de la conférence, c'était les Juifs et la solution finale.

Elle le regarde sans comprendre. Il est blême, se racle la

gorge avant d'expliquer que cette « solution finale » était décidée depuis longtemps. Et qu'il ne s'agissait que de l'organiser, de planifier ce qui allait se passer dans toute l'Europe occupée. On parlait d'« élimination naturelle » de la population, de « traitement approprié », de « déportation adéquate ». Il y avait d'autres formules du même genre. Il y avait aussi le traitement des *Mischling*, qu'il fallait stériliser car ils étaient mi-juifs mi-aryens, mais à la fin, c'était trop compliqué, ils sont revenus à une autre solution, celle qui était « appropriée ». Tous les pays ont été examinés. « On va passer l'Europe au peigne fin », a dit Heydrich. Certains pays étaient d'accord, d'autres non. L'Italie était opposée ; la France, on ne sait pas. Pour ceux qui étaient trop loin, le « traitement approprié » serait mis en œuvre pendant le trajet.

– À la fin, tout le monde s'est retrouvé au bar, et Heydrich a porté des toasts pendant qu'on buvait du champagne. Un type intervenait tout le temps, faisait des propositions de trains spéciaux, un spécialiste visiblement. Il s'appelle Eichmann. Heydrich l'a félicité. À la fin, je me suis approché et je lui ai demandé ce que signifiait tous ces mots « solution finale », « traitement approprié », etc. Il a éclaté de rire, avant de lancer, joyeux : « On va liquider tous les Juifs. Les hommes, les femmes et les enfants ! On va les faire disparaître de la surface de la terre ! »

Claire, une main posée sur sa bouche, le fixe avec effroi.

– Alors j'ai évoqué Madagascar. J'avais entendu parler d'une déportation là-bas. « Impossible, a-t-il rétorqué, les Alliés contrôlent l'océan Indien. Il faut les tuer ici. Et il y en a onze millions en Europe ! » Le but de la conférence, c'était de savoir comment on ferait, pays par pays. Maintenant on sait.

– Ils veulent nous massacrer…, murmure Claire, glacée.

– Oui. Et les premières mesures, c'est le port d'une étoile

jaune. En France, c'est prévu dès le mois de mai en zone occupée. Après, ce sera le tour de la zone libre. Tu dois partir, Claire. Vite. Et emmener tes parents.

– Mais…

– Allez en Espagne, n'attendez pas, l'interrompt-il.

Ils passent la journée à chercher quand partir et comment convaincre ses parents.

– Je vais me renseigner, dit-elle. J'ai été démarchée pour faire partie d'un réseau de Résistance, celui du musée de l'Homme.

– C'est très dangereux.

– Je m'en fous. J'ai accepté. Et ce que tu viens de me dire me conforte dans mon choix. Je ne courberai pas la tête ! Viens ce soir m'aider à parler à mes parents.

Il songe à Berlin, à ce qui s'est passé avec Lisbeth, à leur nuit. C'était après Scapa Flow. Il avait besoin de ça. Elle lui a dit ensuite qu'elle était enceinte. Il est le père, elle n'a pas connu d'autre homme ni avant lui ni après. Il a d'abord refusé de la croire. Il a même pensé que c'était une ruse pour lui demander de l'argent. Il lui en a proposé, mais elle a refusé. C'est alors qu'il a compris que c'était vrai. Elle lui a dit que l'État prendrait cet enfant en charge. Il aurait deux pères, cet enfant : lui pour la biologie, le *Vaterland*[1] pour le reste. L'enfant, c'est avec Claire qu'il aurait aimé l'avoir.

Il chasse ces pensées et fait un signe. Il viendra. Claire l'embrasse encore, le visage brouillé de larmes. Elle lui dit qu'on l'attend tout à l'heure, rue de Seine.

*

On en est au dessert, enfin aux fruits qui en tiennent lieu. Samuel ne comprend rien aux propos de sa fille.

1. La terre du père, la patrie.

– Pourquoi partir ? répète-t-il.

– Parce que les nazis vont tous nous tuer, répète Claire.

Le père Wildenstein se lève de table, il va s'installer dans son vieux fauteuil.

– Qu'en penses-tu, Werner ?

– Claire a raison. Ce sont des informations de source sûre. Je vous le garantis. Tous les Juifs de France et d'ailleurs sont en danger de mort. Un plan est arrêté, il prévoit votre transfert dans des camps où l'on vous tuera tous, hommes, femmes et enfants.

Esther les écoute, abasourdie. Samuel hésite, tergiverse. Les souvenirs atroces du camp sont encore vivaces dans son esprit. Mais il se répète que son arrestation était une erreur, ils l'ont reconnu. Il se le répète pour ne pas accepter l'horreur. Il le redit à Werner. Qui tente de rester calme.

– Il n'y avait pas d'erreur. Tu as été libéré grâce à une intervention.

– Mais de qui ?

– De Werner ! explose Claire. Il a fait jouer ses relations, mais cela ne marche qu'une fois. Vous n'avez pas le choix, vous devez partir.

– Comment ça, « vous » ? l'interrompt Esther. Tu ne partirais pas avec nous ?

Le regard de Samuel passe de sa fille à Werner.

– Il est hors de question qu'on te laisse ici ! s'énerve Esther.

– Il est surtout hors de question de partir, s'écrie Samuel. Ça suffit !

– Écoute, papa, tous ceux qui ont été arrêtés avec toi en décembre dernier, on ne les a plus jamais revus. Ni Ledermann ni les autres.

Il ne répond rien.

– Mais que vas-tu faire ? demande Esther à sa fille.

– Ne t'inquiète pas, maman.

Werner reprend la parole.

– Le départ des détenus de Compiègne est prévu pour le mois prochain. Destination : Auschwitz.

– C'est quoi, Auschwitz ? demande Esther.

– Un camp d'extermination en Pologne. Ceux qui ont survécu au voyage sont conduits dans des chambres à gaz.

– Tu es sérieux ?

Werner acquiesce.

– Mais où veux-tu qu'on aille ? insiste-t-elle.

– Il faut franchir la ligne de démarcation, passer la frontière espagnole, puis le Portugal et l'Angleterre, ou les États-Unis.

– Et avec quoi on va payer ? s'énerve Samuel. On n'a plus rien !

– Moi si. J'ai suffisamment pour le voyage et l'installation en Angleterre ou aux États-Unis, dit Claire.

– Et d'où il vient, cet argent ?

– Du tableau, papa. Le Vermeer. Nos cousins l'ont vendu à Barcelone à ma demande. Ils gardent l'argent pour nous.

– Quoi ! Tu as vendu mon tableau ! Mais tu es folle ! Tu as eu tellement de mal à le récupérer…

– Nos vies valent plus cher que n'importe quel tableau, papa. Si j'ai voulu le récupérer, c'était pour le vendre et vous permettre de partir.

Samuel éclate en sanglots.

– Je suis trop vieux pour tout ça, trop vieux…

Sidérée, Esther ne dit pas un mot.

– Non, papa, tu n'es pas trop vieux, répète Claire implacable. Et vous n'avez pas le choix.

Rome

– J'ai vu Höttl, dit Galeazzo. Il m'a dit où tu étais et ce que tu avais fait à New York. Je suis très impressionné. Bravo pour la croix de fer de première classe. Tu es une héroïne allemande maintenant. Je suis fier de toi.

Elle baisse la tête sans répondre.

– Tu as eu peur ? demande-t-il.

– Pas sur le moment. J'étais dans l'action avec Skorzeny. J'ai eu peur après, dans le sous-marin, quand les grenades se sont mises à exploser autour de nous. J'ai pensé qu'on ne s'en sortirait pas. C'est comme toi dans le bombardier CANT.

Ils marchent dans le jardin de Chigi. Là où ils sont, on ne peut pas les voir. Il la tient par le bras. Puis il l'emmène dans un appartement qu'il loue dans le Trastevere, sous un nom d'emprunt. Le Duce est en Libye, il n'appellera pas.

– Je dois déjeuner avec Goering à l'*Excelsior*. Il repart en Allemagne ce soir dans son train.

– Je serai là pour traduire, sourit-elle.

Goering est en forme. Il parle de ses bijoux. Sur ses doigts scintillent des bagues de valeur. Il explique comment il se les est procurées en Hollande. Cela ne lui a pas coûté trop cher car ces joyaux étaient sous séquestre. Il ricane en racontant cette histoire sans réaliser à quel point elle est honteuse. Goering n'a honte de rien. C'est ce qui le rend humain, dit souvent Ciano. En fait, c'est le seul dirigeant nazi pour lequel il éprouve de la sympathie. Rien à voir avec les autres fous, Hitler en tête. Goering parle de sa guerre, son vrai titre de gloire. En 1918, il avait pris la succession du Baron rouge à la tête de l'escadron Richthofen et accumulé les victoires en duels aériens avec les Anglais.

– Et après ? demande Ciano.

– Après, il y a eu Hitler.

Goering raconte comment il a été blessé lors du putsch de 1923, c'était grave, il a failli mourir. Heureusement, il a pu fuir en Autriche pour se faire soigner. Il souffrait atrocement.

– C'est là, dit Goering, que l'on m'a donné de la morphine pour me soulager et que j'en ai pris l'habitude. Ça ne m'a jamais passé. Heureusement, il y avait Carin. On n'avait pas un sou. Aujourd'hui, il y a toujours la morphine, le luxe aussi. J'aime les belles choses en contrepartie de ces temps où l'on n'avait même pas de quoi payer l'hôtel. Mais Carin n'est plus là, elle est dans son mausolée. Voilà.

Il tripote ses bijoux en parlant. Ses aides de camp ont raconté à Ciano qu'il joue avec les pierres précieuses comme un gamin avec des billes. Quand il est nerveux, en voyage, on lui apporte un petit vase rempli de diamants. Il le renverse sur la table et les compte, il les aligne en rang, il les mélange et cela le remet de bonne humeur. Il aime deux choses : le luxe et la guerre.

Ciano ne dit plus rien. Plus tard, il consignera cette conversation dans son journal. Hildi se tait elle aussi. Pendant qu'elle fuyait la police dans les rues de New York, qu'elle plongeait dans les eaux glacées du port, Goering jouait avec ses diamants.

En fin d'après-midi, on le raccompagne à la gare, il porte une grande fourrure de zibeline. On dirait un pilote de voiture en 1900, ou une cocotte qui va à l'opéra. En Italie, il se ferait lapider, en Allemagne on l'accepte. On l'aime aussi parce qu'on se souvient du soir d'hiver où il s'était mis au coin de la rue pour faire la quête en soutien aux familles des soldats morts ou blessés. Goering s'en va. Galeazzo se promène avec Hildi. Mais on le reconnaît, on l'applaudit, on l'injurie aussi car on pense que c'est lui qui a entraîné l'Italie dans la guerre. Ils vont dans l'appartement du Trastevere, où règne un délicieux silence.

Rome

Il y a chez Luchaire ce côté plaisant : c'est un homme qui s'intéresse à tout, à l'Antiquité et à la Renaissance. Ornella revisite Rome avec lui. Elle n'oublie pas Léon X, son lointain ancêtre pape, le fils du Magnifique. Avant d'accéder au sommet de l'Église, il a été un gentilhomme, un *cortigiano*[1] au sens noble, avec les chevauchées et les femmes, l'art aussi. Devenu pape, il lui restait l'art.

– Le pontife le plus fastueux de l'Histoire, ajoute-t-elle.

Elle lui montre le tableau de Raphaël où il siège, bouffi, entre ses neveux cardinaux.

– Il savait vivre !

Luchaire se félicite d'une telle compagnie. Avec Ornella, ils ont couché ensemble plusieurs fois. Il en oublierait presque les raisons professionnelles de son séjour. De temps à autre, elle lui présente un hiérarque et il recueille ses confidences fascistes. La guerre paraît lointaine. Comme si à Rome, les batailles au Moyen-Orient, en Russie n'avaient aucune importance. C'est une sorte d'éclaircie dans sa vie de patron de presse, d'homme d'influence, de porte-parole officieux du régime de Vichy. Il lui dit :

– Tu me fais respirer.

Elle acquiesce.

1. Un courtisan, c'est-à-dire un homme de cour, sans le côté péjoratif qui s'y attache aujourd'hui.

– Toi aussi.

Vient le moment où Luchaire doit repartir. On le réclame à Paris, son séjour n'a que trop duré. Ornella l'accompagne jusqu'à la *stazione* Termini.

– Tu reviendras ?

Il ne peut rien promettre, mais lui propose de le rejoindre à Paris. Elle réserve sa réponse tout en sachant qu'elle finira par faire le voyage. Cet homme compte désormais dans sa vie. Et Ciano ? Elle ne sait plus.

Cerbère

L'Espagne est de l'autre côté de l'éperon rocheux. L'endroit est très surveillé, mais il paraît que si l'on paye, les gardes-côtes ferment les yeux. Claire espère que c'est vrai. Elle a payé une forte somme. La nuit, à l'heure indiquée, elle se glisse jusqu'au port, ses parents derrière elle, chargés de sacs et de valises. La date a été choisie car il n'y a pas de lune, le bateau du passeur est installé entre deux autres. L'homme les attend, assis sur une borne.

– Dépêchez-vous, dit-il, la Milice est de l'autre côté, et ils ne tarderont pas à revenir.

Les parents ne disent rien, l'instant est trop douloureux pour eux. Ils montent à bord, le passeur s'occupe des bagages. Claire se méfie instinctivement de cet homme trop mielleux, qui déborde d'une amabilité suspecte. Soudain, elle lui demande :

– Vous revenez ici après avoir déposé mes parents ?

– Bien sûr, je suis pêcheur à Cerbère.

– Combien de temps pour le passage ?

– Une heure pour l'aller, autant pour le retour.

– Alors je vais avec vous, vous me ramènerez.

Le passeur fait la grimace.

– Il faudra payer la troisième place. C'était prévu pour deux, pas pour trois.

Bien sûr, il abuse de la situation. Ces Juifs sont trop vieux pour passer par la montagne, il ne leur reste que la mer, mais c'est plus cher.

– Je vous paierai au retour, promet-elle.

Il ne répond rien et met le moteur en marche, il défait les amarres et le bateau glisse sur les eaux du port. Dans sa poche, Claire serre la crosse d'un petit pistolet chargé, qui contient une seule balle. Les copains du musée de l'Homme le lui ont fait essayer dans une cave. Il fonctionne.

Ils sont sortis du port, maintenant. Un petit vent de mer s'est levé, déclenchant un léger clapotis. Le passeur tient la barre, les parents sont blottis l'un contre l'autre, les valises à leurs pieds, devant la cabine. De l'autre côté, en Espagne, le cousin Reuben les attend. Il les accompagnera jusqu'au Portugal. Le bateau contourne le cap tous feux éteints. Côté terre, même pas une lueur.

– Nous sommes dans les eaux espagnoles, annonce le passeur.

Pourquoi cette voix anormalement haute ? Vient-il de donner un signal ? De la cabine, un homme surgit avec une pétoire à la main.

– Donnez-moi votre argent !

Le passeur se tient debout près de la barre, on n'entend que le *tap tap* du diesel. Claire sort brusquement son arme et tire sur le bras de l'homme. Il lâche son arme en poussant un cri sourd. Il se tient le poignet en tremblant. Il est sûr qu'elle va le tuer.

– À l'eau ! ordonne-t-elle d'une voix sèche, et tu sauveras ta vie.

Elle ramasse la pétoire, vide évidemment, et la balance à la mer. L'homme hésite, il ne sait pas qu'elle n'a qu'une balle. Elle relève le canon et fait semblant de viser la tête. Il saute aussitôt du bateau et nage comme il peut avec sa main blessée. Claire se tourne vers le passeur en brandissant son pistolet vide.

– Je ne savais pas…, balbutie-t-il. Je ne savais pas…, je vous le jure… C'est mon matelot. Il a entendu parler de ce passage et s'est caché dans la cabine. C'est un malheureux comme moi.

Claire ne répond pas, ses parents sont pétrifiés. Leur fille armée, le coup de feu et l'homme qui saute à l'eau, c'est trop pour eux. Le promontoire est passé maintenant, le bateau se rapproche du rivage. Une lampe s'allume et s'éteint. C'est le signal convenu avec Reuben. Le fond racle le sable. Reuben s'avance dans l'eau, il prend Esther puis Samuel dans ses bras avant de les déposer sur le sable.

– Finalement, tu viens avec nous ? demande-t-il à Claire.

– Non, je repars avec le bateau. Je rentre à Paris.

– Fais attention à toi. Et ne t'inquiète pas pour tes parents.

Il l'embrasse, puis se tourne vers Esther et Samuel.

– Allez, il faut partir. La Guardia Civil ne va pas tarder à passer. La plage est surveillée.

Esther attrape Claire, la saisit de toutes ses forces avant de fondre en larmes. Ses jambes la portent à peine.

– Ma petite chérie, ma toute petite, murmure-t-elle.

– Maman, ne t'inquiète pas, répond Claire, qui lutte contre les larmes. On se reverra, ne t'en fais pas.

Samuel caresse la tête de sa fille. Des larmes silencieuses coulent de ses yeux. Reuben le prend par le bras.

– Allez, chuchote-t-il, il faut y aller.

Il les entraîne vers la camionnette garée plus loin.

– Viens, Esther.

Claire se détache de son étreinte et lui murmure des mots doux à l'oreille. Sa mère s'éloigne. Claire se met à trembler. Ses parents se retournent une dernière fois, et font un geste de la main. Elle a l'impression de les voir pour la dernière fois.

– Je vous aime, dit-elle tout bas.

Ils ne peuvent plus l'entendre, mais elle voit leurs lèvres bouger et devine les mots d'amour qu'ils prononcent. Elle se tourne vers le passeur, elle tient toujours son pistolet à la main, elle a retrouvé son regard de résistante.

– On repart.

Paris

– Cher camarade, pour une fois, je vous reçois pour une convocation que vous pouvez refuser !

– De quoi s'agit-il ? demande Werner.

L'attaché militaire s'étire sur son fauteuil avant d'ouvrir un dossier.

– Les instructions du Führer concernant l'état-major à Rastenburg ont été modifiées. Ceux qui ont une véritable expérience du combat prennent le dessus sur les stratèges de bureau.

– Mon expérience se limite à la guerre sous-marine, tempère Werner, je ne sais rien du reste.

L'attaché secoue la tête.

– Aucune importance. Le Führer ne veut autour de lui que des militaires qui ont entendu siffler les projectiles ennemis. Ah, j'oubliais…

Il a un sourire.

– Les épées sont ajoutées à votre croix de fer de première classe. Pour votre gouverne, une telle distinction n'a été accordée à ce jour qu'à cent cinquante officiers. Pour ne pas trancher avec l'environnement du Führer, vous devrez quitter la marine et intégrer l'état-major de l'armée de terre, avec le grade de lieutenant-colonel. Vous serez un officier attaché au renseignement. Mais comme je vous l'ai dit, vous pouvez refuser. Donnez-moi votre réponse d'ici la fin du mois. Prenez votre temps pour réfléchir, car après, vous ne pourrez plus revenir en arrière.

*

– Toi ! Toi avec une arme à feu ! s'exclame Werner.

– Évidemment. Tu t'imagines quoi ? Je ne suis plus la petite étudiante naïve de l'école du Louvre, dit Claire en haussant les épaules. Je suis une vraie résistante maintenant !

En quelques phrases, elle décrit le réseau du musée de l'Homme. Des femmes et des hommes d'un haut niveau culturel qui refusent de laisser aux communistes l'honneur de combattre l'occupant. Werner l'écoute médusé. Claire en combattante ! Il sait qu'elle a un caractère bien trempé, mais ne s'attendait pas à ça. C'est déjà remarquable d'avoir forcé ses parents à quitter Paris et tout ce qui leur était cher, puis de les avoir accompagnés jusqu'en Espagne en franchissant dans les deux sens la ligne de démarcation. Époustouflé, il l'écoute raconter ses exploits.

– Je sais manier les explosifs et tenir une arme à feu. Je l'ai déjà fait et je recommencerai. Au réseau, on me confie de plus en plus de responsabilités. Regarde.

Elle ouvre la bouche et lui montre la capsule coincée sous une fausse dent qu'il lui suffira de faire basculer avec la langue. Il est glacé, mais tait ses peurs.

– Pas question de subir un interrogatoire. D'ailleurs je n'y résisterais pas.

Il découvre que Claire, c'est une lame. Une guerrière.

– C'est du cyanure, poursuit-elle. Il y en a pour quelques secondes, c'est radical.

La gorge de Werner se noue. Un pressentiment l'oppresse. Il se répète intérieurement que c'est une page qui se tourne. S'il part à Rastenburg, il ne reviendra peut-être jamais à Paris, ou lors de rares permissions. Et si elle mourait sous les balles ? Ou se faisait arrêter et croquait la capsule ? Un frisson d'effroi le traverse.

– J'aimerais rester à tes côtés, murmure-t-il. Sentir que tu es là, près de moi.

– Moi aussi, j'ai besoin de sentir que tu es là, chuchote-t-elle en se serrant contre lui.

Sa peau contre la sienne. Il retrouve sa belle amante, loin de la fille qui manie des bombes. Elle caresse sa joue.

– Aime-moi maintenant, dit-elle dans un souffle.

*

Le bordel pour Allemands rue de Suffren explose, ainsi que les foyers ou les cantines de la Wehrmacht. Les communistes y sont pour quelque chose, les intellectuels du musée de l'Homme aussi. D'ailleurs, grâce à Rose Valland, Claire s'est fait confier des tâches au Louvre. On a pris l'habitude de la voir, on ne lui demande rien. Le réseau lui a fourni de faux papiers au nom de Claire Maréchal, née à Poissy, demeurant rue Monsieur-le-Prince, adresse d'un galetas. Le jour, elle classe des œuvres, la nuit, elle écrit dans un journal clandestin, rédige des tracts en attendant de poser des bombes. Un matin, elle décide d'aller chercher des vêtements de rechange dans l'appartement de la rue de Seine. À peine est-elle ressortie, une valise à la main, qu'elle est entourée par trois hommes en civil. L'un d'eux braque son arme sur elle.

– Mademoiselle Wildenstein ?

– Vous faites erreur, je m'appelle Claire Maréchal.

– Ta gueule, sale juive !

On lui passe les menottes et on lui arrache sa valise avant de la pousser violemment à l'intérieur d'une voiture. Elle proteste et reçoit un coup en plein visage. Les trois hommes parlent français. On voit qu'ils ont l'habitude. Elle hésite à se prévaloir de Werner, se mord les lèvres. L'homme assis à côté du chauffeur se retourne.

– Et n'essaie même pas de faire jouer tes relations à l'ambassade ou à l'ERR. On s'en fout ! Autant que tu le saches.

Elle a compris. Ceux qui viennent de l'arrêter, c'est la Gestapo Lauriston comme on dit. Des Français pires que les Allemands, des voyous tirés de prison ou des flics ripoux sous les ordres d'un certain Bonny. Corrupteurs, voleurs, tueurs. Tout leur est autorisé. Ils chassent les « terroristes » et les Juifs sans distinction, ils torturent sans limite, puis assassinent. Les Allemands les bénissent pour leur efficacité.

Instinctivement, elle tripote sa fausse dent de la langue. La capsule est toujours là. On lui passe une cagoule sur la tête. Trop tard, car elle a reconnu la place des États-Unis. On lui a dit que c'était l'adresse d'un de leurs repaires. La rue Lauriston, c'est pour les bureaux officiels.

Tout va très vite. Déjà la voiture plonge dans un sous-sol. On la tire au-dehors, elle ne voit plus rien, on la pousse dans le dos, on accroche une chaîne aux menottes. La cagoule est arrachée sans ménagement, une mèche de cheveux y passe, elle crie et ramasse une gifle. La voici dans un couloir gris, long, sale, éclairé par des ampoules grillagées, avec des portes de cellules.

On la jette au fond d'un trou puant. En haut, un soupirail avec des barreaux, on entend très loin les moteurs des voitures qui passent. Elle pourra crier tant qu'elle voudra, personne n'en saura rien. Elle se laisse tomber sur le sol en ciment. Pas d'eau ni de sanitaires. La porte claque dans son dos. Le silence maintenant. On l'a prévenue, au réseau. « D'abord on te laisse seule sans rien à manger ni à boire. » Celui qui l'a raconté est passé pour mort tant il était amoché. On l'avait jeté dans une poubelle. Il a fini par se réveiller et a contacté les autres. C'est comme ça que l'on sait comment se déroulent les interrogatoires entre les mains de la Gestapo Lauriston. Puis il s'est affaibli. On a tenté de le soigner, mais c'était trop tard.

Qui l'a livrée ? Elle n'en sait rien. Elle tente de se remémorer les visages des copains. C'est facile de faire parler quelqu'un. Il suffit de menacer sa famille. La femme, les enfants, les vieux parents, comment résister ? C'est plus efficace que les coups. En principe, chacun ne sait pas plus que ce qu'il doit savoir. Mais en tirant sur un fil, on dévide toute la liste. En ce qui la concerne, aucune menace ne peut venir à bout d'elle. Elle songe à Esther et à Samuel, et elle est profondément soulagée de les savoir à l'abri. Leur dernier message venait du Portugal, ils s'apprêtaient à embarquer pour l'Amérique. Claire sombre dans un sommeil vague.

La porte s'ouvre d'un coup, elle ignore l'heure, on lui a enlevé sa montre et sa bague offerte par Werner. On la relève, on la tire dans le couloir. Encore la cagoule. Elle marche en hésitant. Une autre porte maintenant. La cagoule est arrachée une nouvelle fois avec la mèche de cheveux. Elle ne crie pas. La pièce est plutôt grande, l'homme qui l'a arrêtée se tient derrière une table, elle voit sa bague et sa montre posées dessus. Derrière lui, deux types avec des gueules sans expression, ils portent des bleus de chauffe.

– Tu déballes tout, et on te rend tes affaires, ajoute-t-il en montrant les bijoux. Puis on te relâche.

Il ment. Bien sûr qu'il ment. Si elle parle, on la tuera, quand on aura tiré d'elle tout ce qu'elle sait. Si elle se tait, pareil. Elle est fichue. Il s'écarte, et derrière lui, elle aperçoit, terrifiée, une table avec des crochets scellés dans le bois. À chaque crochet, une chaîne. Il y a aussi un seau rempli d'eau, des nerfs de bœuf, des pinces et des cisailles. Une sueur glacée coule le long de sa colonne vertébrale.

– Je m'appelle Ménadier, dit encore l'homme. Je suis plutôt connu dans le milieu, sourit-il.

C'est peut-être vrai, ce nom. Elle s'en moque, elle ne parlera pas, elle ne veut pas non plus être torturée.

– Je ne sais rien, dit-elle, je m'appelle Claire Maréchal.

– Fous-toi à poil !

Elle sent son cœur battre à tout rompre et son souffle s'accélérer. Jamais elle n'a eu aussi peur. Elle savait que ce moment pouvait arriver, on l'avait prévenue. Mais elle n'y pensait pas, au fond elle n'y croyait pas vraiment. Elle songe à ses parents, à Werner qu'elle ne reverra plus. À sa vie qui s'arrête trop tôt. À cette guerre qui lui aura tout pris, et fait tomber la capsule de la fausse dent. Elle la cale au fond de sa mâchoire.

– On a dit à poil, youpine !

Ménadier fait un signe aux deux types. L'un passe derrière elle et l'immobilise, l'autre lui arrache son chemisier. Elle fait craquer l'ampoule d'un coup de dents. Le liquide se répand dans sa bouche, file dans sa gorge. Le chemisier est au sol. D'un coup de ciseaux, on dégrafe son soutien-gorge. Ses seins apparaissent, mais sa vue se brouille déjà. Une douleur violente la plie en deux, elle tombe à genoux, elle ne voit plus rien, elle entend vaguement Ménadier et les autres qui crient. Elle est au sol maintenant. Elle met vingt secondes à mourir.

*

– On a retrouvé le corps dans la Seine, à l'ouest de Paris. La police a conclu à un suicide. J'y suis allé. C'était bien elle. Le médecin légiste a trouvé du poison, de la strychnine. Dans sa bouche, il y avait des éclats de verre brisé.

– Je veux la voir, dit Werner.

Lohse fait un signe négatif.

– Je ne sais pas où ils l'ont mise. Elle n'avait sur elle que des faux papiers au nom de Claire Maréchal, rien d'autre.

– Pas de montre ni de bague ?

– Rien, dit Lohse. Mais j'ai pris discrètement des photos de son visage. Vous voulez les voir ? C'est... éprouvant.

– Montrez-les-moi.

Lohse exhibe trois clichés. Werner reconnaît la jupe et le chemisier déchirés, il contemple le visage. On voit des traces de coups. L'eau ne l'a pas encore corrompue, mais c'est bien elle. Les yeux sont ouverts dans le vide. C'est un regard d'au-delà la mort. Jusqu'à présent il est parvenu à étouffer sa souffrance. Là, elle gonfle, elle va exploser.

– Je peux les garder ?

Lohse fait un signe d'assentiment.

– Je les ai prises pour vous. Pour vous aider à le croire.

Werner a confiance en lui. Il sait que Lohse dit la vérité. Il était sans nouvelle de Claire depuis plusieurs jours, ce qui l'inquiétait. Puis il a lu dans les journaux de la collaboration l'annonce de l'arrestation d'une bande de terroristes. Les noms étaient connus, des universitaires et des journalistes. Les journaux évoquaient le réseau du musée de l'Homme. Il avait mis Lohse sur la piste. Le nom de Claire n'apparaissait nulle part, ni le vrai ni le faux. C'est alors que Lohse avait appris que l'on venait de retrouver le cadavre d'une jeune femme coincé dans les piles d'un pont à la sortie de Paris.

– J'ai aussitôt pensé à la Gestapo Lauriston, poursuit Lohse. Je me suis renseigné chez des copains de la Gestapo. Ils m'ont dit que ce n'était pas la première fois que l'on retrouvait des cadavres à cet endroit de la Seine. Souvent, c'étaient des gens qu'eux-mêmes recherchaient. Ils sont en concurrence avec la rue Lauriston. Ils ne s'aiment pas.

– Combien sont-ils ? demande Werner.

– Une cinquantaine au moins. Tous intouchables, même pour la police allemande.

Il se penche vers Werner.

– Il y a un type chez eux qui dirige une unité, il se vante d'avoir vendu une bague et une montre à un receleur.

– Vous le connaissez ?

– Il n'y en a que deux qui achètent à la rue Lauriston, ils savent d'où ça vient, les autres ne veulent pas y toucher. Il se dit que si cela se sait, selon comment tournera la guerre, leur peau ne vaudra pas cher.

– Je vais aller les voir, dit Werner de sa voix de commandant d'U-Boot.

– Le voir, rectifie Lohse, l'autre s'est fait prendre par la police française. Il est à la Santé depuis un mois. Les gens de la rue Lauriston tentent de le faire sortir. Tenez, dit-il en arrachant une feuille de son carnet sur laquelle sont inscrits le nom et l'adresse.

– J'y vais ce soir, dit Werner.

– Je vous accompagne.

Le type s'appelle Raoul Sartori. Il tient une bijouterie rue Férou, une belle adresse. Quand il voit deux officiers allemands sortir d'une voiture officielle avec le fanion à croix gammée, il se met aussitôt en quatre. Il a les traits de sa condition. Une fouine mielleuse qui ne vaut rien.

– Je cherche une bague de femme, dit Werner.

– Certainement, messieurs.

Il va dans sa réserve et revient avec un plateau. Dessus, une douzaine de bagues, mais celle de Claire n'y figure pas. Werner réclame mieux, un solitaire entouré de diamants, un bijou récent. Le receleur se raidit, leur jette des coups d'œil à la dérobée et prétend ne pas avoir ce genre d'article. Tout chez lui respire l'escroc. Werner se penche subitement sur le comptoir.

– Une bague vendue en même temps qu'une montre, ça te parle mieux ?

Le receleur pâlit. Ces deux officiers allemands qui s'expriment dans un français impeccable l'inquiètent. Et si c'étaient de faux Allemands ?

– Puis-je voir vos cartes d'officier ? demande-t-il.

Werner et Lohse les exhibent aussitôt.

– Une bague avec un solitaire et des diamants autour, une montre suisse, une Patek, poursuit Werner de sa voix dure.

– Que préfères-tu ? lui demande Lohse. La Gestapo ou la police française ? Ce n'est pas de la rue Lauriston que je parle.

Cette fois, le receleur fait signe qu'on le suive dans l'arrière-boutique. Il ouvre un coffre. La bague et la Patek sont là.

– Je te les prends, dit Werner tranquillement. Cela vaut mieux pour toi. Donne-moi le nom de celui qui te les a vendues.

Le receleur joint les mains.

– Messieurs, je n'ai pas fait attention, je...

Werner dégaine son arme et la braque sur le receleur.

– Son nom !

Le receleur hésite, il joue sa peau dans cette affaire.

– Je crois qu'il s'appelle Nicolas Ménadier.

– C'est lui ? demande Lohse en lui montrant une photo.

– Il me semble, mais je ne fais pas attention aux clients, je...

– Pourtant celui-là est un vieux client, insiste Lohse.

Le receleur baisse la tête. Dans son monde, donner un nom, c'est déjà beaucoup. Reconnaître une photo, c'est pire.

Werner et Lohse font demi-tour. Dans la poche de sa vareuse, Werner caresse la montre et la bague.

– Je sais comment le trouver, dit Lohse.

*

Ornella est arrivée au *Ritz*. Luchaire lui a facilité le voyage, procuré toutes les autorisations et réservé une suite dans le palace. Quand elle s'inquiète du prix du séjour, on lui répond que tout a été payé d'avance par le journal *Les Nouveaux Temps*. Elle trouve cela bien commode. Son amant vient la chercher dans un coupé de luxe qui porte une cocarde officielle. Elle est ravie qu'il l'emmène ensuite chez *Lapérouse*.

Elle s'aperçoit alors que ce dîner dans le prestigieux établissement n'est qu'un prétexte. À peine sont-ils installés, et avant même de passer commande, surgit un défilé d'amis ou prétendus tels, de solliciteurs, de relations mondaines, d'affaires, de politique. Il la présente comme une amie très chère, envoyée par « nos frères fascistes de Rome ». On la félicite, les officiers allemands claquent des talons, les gens de l'ambassade, rue de Lille, s'inclinent sur sa main baguée, on la complimente, elle ne sait pas trop de quoi, si ce n'est d'être la dernière maîtresse de « l'ami Jean », comme on dit. C'est encore mieux qu'avec Ciano, songe-t-elle. Lui craignait de s'exhiber avec elle.

Luchaire parle haut et fort, brosse un vaste tableau de l'Europe occupée, la future grande Europe. On l'écoute avec religion. De temps à autre, il lui saisit la main et la porte à ses lèvres. Arrivent quelques femmes, fourrures et chapeaux à plumes. Elle devine que certaines ont été plus que des amies. Peu importe. Parmi elles, des actrices, des comédiennes de théâtre, elle apprend que Luchaire produit des films, monte des pièces. Cet homme n'est jamais à court, songe-t-elle. Une jeune femme, flanquée d'un officier allemand, lui plaque ostensiblement deux bises sur les joues. Ce visage, elle l'a déjà vu quelque part, mais où ?

– Ma fille, Corinne.

Elle la reconnaît aussitôt. C'est l'émouvante héroïne de *Prison sans barreaux*. Le film de Léonid Magny l'a lancée. Depuis, son visage fait la couverture de *Cinémonde*. On lui prête des aventures avec des vedettes de cinéma. Ornella se rappelle l'avoir vue à la Mostra de Venise. Elle n'a pas obtenu le grand prix, mais on lui a octroyé la coupe du jury international. Elle est pétillante, Corinne Luchaire. Elle raconte comment elle a été longuement félicitée par le comte Ciano.

– Vous le connaissez sans doute.

– Nous nous sommes rencontrés, répond-elle brièvement.

Le soir, dans la suite du *Ritz*, Luchaire lui fait l'amour. Elle lui trouve de l'enthousiasme et de la ferveur. Il repart dans la nuit, elle ne s'en émeut pas. Ciano agissait de même. Il fallait bien qu'il rentre et qu'on ne les trouve pas ensemble au petit jour. Les hommes de sa vie sont ceux qui s'éclipsent avant l'aube.

Le lendemain, ça recommence ou presque. À la réception, on lui remet une enveloppe avec une liasse de billets français. Pour faire des courses dans les boutiques, lui explique-t-on. Elle n'y manque pas et revient les bras chargés. Le groom suit avec un chariot débordant de cartons. Elle lance au concierge :

– Je crains d'avoir tout dépensé, l'enveloppe est presque vide.

– Ne vous inquiétez pas, madame, il y en a une autre pour demain.

Le soir, Luchaire l'accompagne au théâtre. Ils assistent à une représentation du *Bout de la route*, de Giono. Luchaire dicte lui-même la critique au téléphone pour *La Gerbe*. Il voit en Giono « le berger du peuple français ». De nouveau, le tournis des visites. Le lieutenant Heller, charmant représentant de la Propagandastaffel, encense Giono, lequel aurait écrit pour répondre à une question sur le sort des Juifs : « Je m'en fous comme de ma première culotte ! »

Le lendemain, cocktail chez la duchesse de Montpensier, égérie du régime comme on dit, en son château. Ornella a l'occasion d'étrenner les tenues qu'elle vient d'acheter. Ensuite, ça recommence, la tête lui tourne un peu, elle souhaiterait presque un jour de repos, mais Luchaire insiste.

– C'est la rançon du succès.

Elle avait déjà connu ça avec Ciano. Elle n'est pas sûre qu'une femme comme elle, même rompue aux amours mondaines, doive payer ce prix jusqu'au bout.

*

Werner et Lohse retournent *Chez Joséphine*, rue du Cherche-Midi, la cantine d'Arno Breker. En attendant, le demi-gratin de la collaboration s'y retrouve. Il paraît que Ménadier est un habitué de l'endroit avec ses copains de la Gestapo Lauriston. Mais pour l'instant, on ne les voit pas. Évidemment, ni l'un ni l'autre ne pose de question. Comme ils sont en uniforme allemand, on ne les remarque pas.

Dans cet endroit bruyant, Allemands et collaborateurs se saluent joyeusement. Les soirs passent et toujours pas de Ménadier. Pourtant, observe Lohse, ses copains sont là. Il n'y a que lui qui manque. Werner craint que le receleur l'ait prévenu. Depuis que l'on a retrouvé le corps de Claire, que chaque soir il a rendez-vous avec les dernières photos d'elle, la souffrance l'a envahi tout entier. Il ne dort plus, ne cesse de caresser sa bague et sa montre, les objets qu'elle a maniés, ceux qu'elle a aimés, des reproductions de tableaux surtout.

Un soir enfin, l'homme entre dans le restaurant. Ce visage scruté, honni, prend soudain une réalité. Il lève son bras pour saluer les copains. On l'accueille avec des accolades. Il lance au serveur, un « Comme d'habitude ! » sonore avant de s'asseoir et de boire. Il parle, il pontifie et les autres l'écoutent respectueusement. On comprend que c'est leur chef. Werner et Lohse se regardent sans mot dire. Lohse sort le premier, il rejoint les filocheurs de l'autre côté de la rue qui attendent sur le trottoir. Certains sont munis de motos, d'autres sont à pied. Il montre la photo de Ménadier.

– Celui-là, il est à l'intérieur.

Les filocheurs hochent la tête, ils vont se succéder dans la filature de Ménadier, puis trouveront son adresse personnelle. Ces marlous, Lohse les utilise parfois pour ses affaires de tableaux. Ils sont grassement rétribués. Ce soir, Werner saura.

En effet, à l'orée de la nuit, il reçoit un appel téléphonique avec une adresse, puis ces précisions : une femme et deux mômes, huit et quinze ans. Rez-de-chaussée, premier appartement à droite au fond du couloir.

*

Soudain, Ornella a une certitude, il faut partir ! Et vite. Elle n'a plus rien à faire à Paris, et encore moins auprès de Luchaire. L'a-t-elle aimé ? Elle se pose à peine la question. C'était un feu follet, cet amour. L'homme est plaisant, séduisant, comme tous les hommes de pouvoir, songe-t-elle. Avec Pétain et Laval, il traite de puissance à puissance. Quant aux Allemands, il les sert et les aime. D'où cette position inexpugnable sur la vie intellectuelle. La presse, l'édition, les spectacles, la culture, la pensée, tout ! L'autre jour, il lui a même fait rencontrer Abetz, l'ambassadeur nazi, et Brinon, le délégué du gouvernement de Vichy, c'est-à-dire l'ambassadeur français auprès de l'occupant. Ils sont tous les trois comme les doigts de la main. À Jean Luchaire, rien n'est interdit.

Luchaire vit à toute vitesse. Il passe d'une affaire à une autre, d'une femme à une autre, ne s'interrompt jamais pour s'interroger sur l'existence qu'il mène, ni les dangers qui le guettent. Les Alliés, les résistants, tous ceux qui l'ont déjà condamné à mort ne cessent de multiplier les avertissements. Des lettres de menace accompagnées de petits cercueils se succèdent dans sa boîte aux lettres. Mais Luchaire n'en a cure. Et quand il apprend qu'Heydrich, le chef du RSHA, le bourreau de Prague, gît agonisant sur un lit d'hôpital, victime d'un attentat, Luchaire hausse les épaules.

C'est pour cela qu'elle doit le quitter sans attendre, rentrer en Italie et s'y calfeutrer en guettant l'orage. Elle lui écrit un petit mot tandis que le groom rassemble ses bagages. Elle le remercie pour tout, l'accueil, la gentillesse, les cadeaux, tout ce qu'il lui a offert sans l'avoir d'ailleurs jamais payé. Une obligation urgente la contraint au départ. Il n'en croira pas un mot, mais cela n'a aucune importance. Elle refuse de se lancer dans une longue explication. Il la couvrirait de déclarations d'amour dont elle se moque.

– Tout est prêt, madame.

– Très bien. Je descends.

Soudain, un bruit de porte. Elle se fige. Luchaire apparaît. Il va pour l'embrasser quand il aperçoit les bagages.

– Qu'est-ce que tu fais ?

Elle ne répond rien.

– Tu pars ? Mais pourquoi ?

Il a l'air désemparé, et elle ne s'est pas préparée à ce face-à-face. Elle n'est pas douée pour les ruptures.

– Mais enfin que me reproches-tu ? Pourquoi veux-tu me quitter ?

Il se rapproche d'elle. Et soudain, cette évidence. Tout ce qu'elle sentait confusément devient clair dans son esprit. Elle lui dit :

– Parce que tu pues la mort !

*

– Au fond du couloir à droite, j'ai enlevé l'ampoule, indique le filocheur.

Werner s'avance et lit sur la carte de visite clouée sur la porte : « M. et Mme Ménadier ». À travers le battant, des odeurs de cuisine, des bruits de couverts, des voix, une femme, deux enfants et un homme. Il reconnaît cette voix. La femme lui répond avec vivacité. Les enfants s'en mêlent, on entend des pleurs. L'un d'eux a dû recevoir une gifle et la mère le console. Le père se tait, il doit se frotter la main.

Werner sonne à la porte. Encore la voix de l'homme. Raclement d'une chaise que l'on tire. La porte s'ouvre. Il est là, Ménadier, sa serviette de table à la main, la bouche tachée de sauce, il voit cette longue silhouette, le manteau et le chapeau.

– Qu'est-ce que vous voulez ? demande-t-il d'un ton rogue.

Werner exhibe le Luger avec silencieux. Ménadier recule d'un pas. Cet homme, avec son chapeau et le pistolet à silencieux, c'est sa mort.

– En souvenir de Claire Wildenstein, annonce Werner, avant de viser la tête.

Ménadier s'écroule. La femme pousse un cri. Werner range l'arme et s'en va.

Le lendemain, il rencontre l'attaché militaire à l'ambassade, rue de Lille.

– J'ai réfléchi, j'accepte la mission. Je pars à Rastenburg.

– Vous avez raison, cher camarade, vous y rencontrerez l'élite de notre armée, dont vous faites déjà partie.

1943

Rastenburg

Cela fait six mois que Werner ressasse la mort de Claire. Dans sa vareuse, l'enveloppe avec ses dernières photos. Dans son esprit, la scène qu'il imagine et qui passe et repasse derrière ses paupières. Ménadier qui la menace, lui arrache son chemisier, la peur de Claire, et soudain l'ampoule qu'elle brise d'un coup de dents. En combien de temps est-elle morte ? Cette question le hante. Comme la terreur qu'elle a dû ressentir. Ne pas avoir pu la protéger l'obsède. Même s'il sait qu'il n'en avait pas le pouvoir. Mais projeter la vision de son amante entre les mains de ce salopard est une torture. Pourtant, il joue avec ce poison, fait défiler encore et encore la scène dans son esprit. Et comme à chaque fois, la scène qui suit, c'est la mort de Ménadier. Werner ne regrette que la brièveté de l'instant. Il a péri trop vite, mais Werner savoure son regard affolé, l'arme braquée sur lui. Il a vu sa mort en face. Avant de quitter Paris, Werner s'est rendu à la fosse commune, où le corps de Claire a été jeté après l'autopsie. Il a prié, retrouvant la foi de son enfance.

Sous les frondaisons de Rastenburg, parmi les bunkers du grand état-major de l'OKH et de l'OKW, règne une austérité qui lui convient. Il craignait la rencontre avec Hitler, mais le Führer, courtois, l'a félicité pour ses actions à bord des sous-marins et lui a même dit :

– Vous êtes l'un de ces hommes que je veux avoir auprès de moi.

Depuis, il a été admis aux conférences d'état-major. Il suit la guerre au jour le jour. Les grands maréchaux défilent, certains obséquieux, d'autres rugueux. Le Führer coupe et tranche. Quand il a ordonné : « Pas un pas en arrière », on lui a obéi, même si c'était absurde et coûteux en hommes. Pour l'heure, il s'agit de Stalingrad. C'est un symbole. On a cru que la ville allait céder aux Allemands. Goebbels l'avait même annoncé. Berlin avait pavoisé trop tôt. Le Führer a interdit à Paulus, encerclé, de tenter une sortie. Manstein a mis fin à son opération de secours. La VIe armée est condamnée. Hitler a fait parachuter à Paulus son bâton de maréchal. Le message était clair : à défaut d'être vainqueur, suicidez-vous ; un maréchal allemand ne se rend pas à l'ennemi. Paulus ne s'est pas suicidé. Le bruit court dans l'état-major que sa nomination était une erreur. C'était un homme pour l'école de guerre, pour le *Kriegsspiel*, il n'avait jamais entendu les canons ennemis. Personne n'a rien dit. L'auteur de sa désignation à la tête de la VIe armée, c'est Hitler.

Goering est venu, il avait promis de secourir Stalingrad, avant de se rétracter. Mais la Luftwaffe n'a plus les moyens. Ce serait encore perdre des avions. Hitler sait que pour une fois Goering ne ment pas. Tout le monde guette la nouvelle de la chute de Stalingrad et du suicide de Paulus. Au début, les hommes de l'état-major ont battu froid à Werner, il n'était pas issu du sérail de la Wehrmacht. Puis Hitler a donné l'ordre que désormais soient arborées les décorations obtenues au feu. Werner a donc accroché celle de chevalier de première classe avec les feuilles de chêne et les épées. Le bruit s'est aussitôt répandu qu'il était à Scapa Flow en 39, qu'il avait ensuite réussi une mission périlleuse dans le port de New York et qu'il affichait un nombre impressionnant de navires coulés. Goering a renchéri. Alors on s'est mis à le respecter.

Il s'est fait deux amis, Tresckow et Gersdorff. Des généraux, des hauts gradés, des junkers pur sucre, mais des hommes solides au caractère trempé, et surtout des militaires éloignés de l'idéologie. Il l'a compris très vite. Dès qu'ils le peuvent, ils émettent des réserves sur le régime. C'est la première fois que Werner les entend aussi ostensiblement. Et c'est ce qui lui plaît chez eux. Un jour, en marchant sous les arbres, loin des autres, les deux hommes lui demandent s'il a entendu parler du *Kommissarbefehl*, l'« ordre des commissaires », qui prévoit l'exécution systématique par l'armée allemande des cadres de l'Armée rouge et du Parti communiste soviétique.

– Il n'y a pas que les commissaires politiques, poursuit Tresckow, les *Einsatzgruppen* ont aussi pour mission de liquider tous les Juifs. Hommes, femmes et enfants. C'est l'instruction verbale « Nuit et brouillard ». Vous savez, dans la tétralogie de Wagner, quand le nain Alberich annonce : « Tu vas sombrer dans la nuit et le brouillard »...

Gersdorff lui apprend alors que l'on surnomme Tresckow « le rocher de bronze » parce qu'il ne recule jamais sur ses convictions, même lorsqu'elles sont aux antipodes de l'idéologie nazie.

– Quant à moi, poursuit-il, j'ai terriblement honte. Ma femme m'interroge sans cesse sur le sort des Juifs, et je n'ose pas lui parler des *Einsatzgruppen* et du massacre des familles dans des fosses communes qu'elles ont elles-mêmes creusées. À Borissov, les SS lettons ont exécuté des familles entières, nues comme des vers, à la mitrailleuse et par groupes de cent. Le dernier groupe a dû piétiner ceux qui venaient d'être fusillés avant d'être abattus à leur tour. Les nourrissons étaient tenus par les jambes, on leur tirait une balle dans la tête avant de les jeter dans la fosse. De jeunes mères se sont offertes pour sauver leur enfant. En vain.

Werner garde le silence, mais pour la première fois, il se sent réellement en confiance avec des hauts gradés de l'armée.

Le 1er février 1943, on apprend que Stalingrad est définitivement tombée entre les mains de l'armée russe et que Paulus s'est rendu. Goebbels a fait un discours au *Sportpalast* de Berlin pour annoncer la guerre totale, et s'est fait acclamer. Le lendemain, Tresckow et Gersdorff entraînent Werner dans un village à quelques kilomètres de Rastenburg.

– Nous avons confiance en toi, mais ce que nous allons te dire maintenant est d'une gravité telle qu'avant, tu dois nous jurer de garder le silence sur ce que tu vas entendre.

Werner jure et Tresckow parle lentement, avec solennité.

– Nous sommes un groupe de résistants composé de hauts gradés de l'armée. Nous sommes très nombreux et nous sommes partout. Nous voulons éviter que le peuple allemand soit chargé d'un péché qui durera des centaines d'années et dont nous devrons tous répondre. Nous, mais aussi nos femmes et nos enfants. Si nous échouons, une mort ignominieuse nous attend. Si nous gagnons, nous aurons sauvé l'Allemagne. Veux-tu en être ?

Werner, à peine surpris, répond aussitôt :

– Ma fiancée était juive. Je l'ai rencontrée quand j'étais en poste à Paris. Elle a été arrêtée par la Gestapo française parce que, en plus, elle était résistante. Elle s'est suicidée au cyanure. On a retrouvé son corps dans la Seine, et elle a été jetée dans une fosse commune. J'ai tué l'homme qui dirigeait l'équipe de la Gestapo française. Venir avec vous serait un honneur. Que faudra-t-il faire ?

– Tuer Hitler ! répondent-ils d'une même voix.

Rome

En Hildi, Galeazzo a trouvé plus qu'une attrayante maîtresse, plus qu'une femme dont on rêve. Elle est aussi et surtout une amie, une partenaire, une personne avec qui il peut parler de ce qui l'inquiète vraiment. C'est-à-dire de la guerre, de l'Italie et de l'inéluctable défaite qui se dessine. Avec Edda, fasciste convaincue, proche des Allemands et qui tient Hitler en sympathie, un tel dialogue est impossible et tournerait au pugilat verbal. Avec Hildi, ils ont depuis longtemps dépassé les rapports espion-espionné. Leur liaison est connue des cercles informés de Rome. Les mauvais esprits soutiennent qu'Hitler est tenu au courant au quotidien des pensées les plus intimes du ministre, chacun sait qu'il n'en est rien. Hildi et Galeazzo, c'est la rencontre que l'on fait une fois dans sa vie.

Cela ne signifie pas qu'elle l'approuve en tout. Ainsi en est-il quand il utilise le représentant italien à Lisbonne pour sonder les intentions des Alliés en cas de paix séparée avec l'Italie, ou encore son collègue à Bucarest.

– Je comprends bien, tempère Hildi, mais tes ouvertures sont périlleuses. D'abord rien ne laisse penser que les Alliés sont disposés à traiter avec toi.

– Radio Londres a dit la semaine dernière que j'étais, depuis le début de la guerre, le seul dirigeant italien avec lequel on pouvait parler.

Elle fait un signe négatif et lui rétorque :

– Ces propos de journalistes sont sans rapport avec la politique de Churchill, qui est entre les mains de Roosevelt, rétorque-t-elle. Les Américains veulent une victoire totale et sans conditions. Tout ceci ira un jour ou l'autre à l'oreille de Ribbentrop. Les nazis se défient de toi, ils informeront Mussolini et il n'hésitera pas à t'abattre.

– Il n'osera jamais.

Quelque temps plus tard, elle lui fait lire un télégramme de Mackensen, l'ambassadeur d'Allemagne à Rome. Un texte hypocrite qui lave Ciano de toute suspicion tout en le discréditant encore plus. « Une paix séparée entraînerait aussitôt de foudroyantes contre-mesures de l'Allemagne, le comte Ciano ne peut ignorer qu'une telle paix ferait aussitôt de l'Italie un théâtre d'opérations. » Réaction unanime des Alliés : Ciano est un traître. Ils rompent tout contact avec lui. Le choc est rude. Sa maîtresse lui ouvre les yeux. Mais les manœuvres des autres défaitistes se multiplient, que cela vienne de l'entourage du roi, de son propre fils Umberto et de sa belle-fille, Marie-José de Belgique, ou encore de l'allié hongrois. Galeazzo décide de rencontrer son beau-père au *palazzo* Venezia.

*

– Duce, les Hongrois sont prêts à lâcher l'Axe, ils proposent d'engager des pourparlers avec les Alliés. Mon devoir de conscience et d'honnêteté à votre égard me contraint de vous en informer.

– Je suis certain, rétorque Mussolini, que les Allemands tiendront bon malgré Stalingrad. Il est hors de question de soutenir la démarche proposée par les Hongrois.

C'est sa rhétorique habituelle. Mais il se reprend, sa voix se durcit, ses traits aussi. Il se dresse derrière son bureau et lance à Ciano en détachant les mots :

– Je marcherai avec l'Allemagne jusqu'à la fin.

Galeazzo n'insiste pas, mais ne lâche pas son idée. L'affaire est grave et la défaite probable. Il demande à Anfuso, membre de son cabinet et fasciste convaincu, un rapport confirmant la débandade des Alliés de l'Italie, qui courent à la négociation. La prudence des termes ne change rien.

Le 5 février 1943, Ciano est convoqué au *palazzo* Venezia.

– Que veux-tu faire maintenant ? lui demande le Duce. Il y a trois solutions. Devenir gouverneur de l'Albanie, ambassadeur en Espagne, ou au Vatican.

Ciano est sidéré. Mussolini vient de le renvoyer du gouvernement ! Il bredouille qu'il choisit le Vatican.

Berlin

Le service de Werner à la *Wolfsschanze* n'a pas connu d'interruption depuis le début. Il est présent à toutes les conférences d'état-major. Or le rythme s'accélère au fil des événements en Russie, et bientôt Werner doit se rendre à deux conférences par jour. Quand, enfin, la tension se relâche, trois jours lui sont concédés.

Pour sa permission, il va rendre visite à Lisbeth à Berlin. La petite Helga est là. Est-il le père ? Il n'en sait rien, et refuse de creuser la question. Depuis la mort de Claire, sa vie intime n'existe plus. S'il va chez Lisbeth, c'est parce qu'elle l'a invité à rencontrer l'enfant et qu'il n'a aucune raison de refuser.

D'ailleurs, que pourrait-il faire d'autre ? Hildi est en Italie et leurs parents sont réfugiés dans un village en Bavière.

Lisbeth n'a pas changé. Il la trouve encore plus séduisante avec les cheveux courts. Elle a toujours ce pétillement dans le regard. Surtout lorsqu'elle lui présente la petite. Werner lui jette un coup d'œil rapide. Les enfants ne l'intéressent pas. D'eux, il ne sait rien. Helga lui dit un charmant bonjour.

– Prends-la, si tu veux.

Il la prend dans ses bras, et soudain une émotion le traverse. Une émotion qu'il ne comprend pas. Est-ce cette douce odeur ? Ce regard confiant ? Il lui caresse la joue, et remarque une rougeur, une tache sur son cou. Il interroge Lisbeth, qui hésite, puis finit par lui confier :

– Tu as la même, tu sais. Au même endroit.

Il fronce les sourcils. Elle va chercher un miroir et défait le col de sa chemise. Dans le reflet, il voit qu'elle a raison. Il embrasse Helga.

Ils passent la nuit ensemble, et des souvenirs de leurs nuits d'autrefois l'assaillent. Le visage de Claire passe derrière ses paupières fermées, il la chasse de son esprit. Il ne veut plus souffrir. N'en peut plus de ces rendez-vous avec elle, à invoquer leur amour perdu.

Le lendemain, il se rend chez le seul bijoutier qu'il connaît, celui à qui il avait acheté la bague de Claire, et lui demande une chaîne pour une enfant. Il fait graver sur la plaque « Helga Burckhardt ». De retour chez Lisbeth, il lui tend le paquet. Elle pâlit en l'ouvrant.

– Tu n'étais pas obligé, tu sais… Je ne te demande rien.

– Mieux vaut que ce soit moi le père plutôt que l'État, non ?

Elle hoche la tête.

– Mieux vaut que ce soit toi plutôt que l'État.

Lisbeth a quitté son travail au ministère pour garder les enfants d'un ministre. C'est mieux payé. En partant, il lui laisse une liasse de billets sur la cheminée. Comme la première fois, elle veut les lui rendre, mais il la convainc de les garder pour Helga. Elle le raccompagne à la gare, Helga dans une poussette qu'ils font avancer l'un, puis l'autre. Ils les embrasse avant de monter dans le train. Il regarde Lisbeth, puis Helga, il les embrasse encore.

À peine arrivé en Russie, dans le nouveau quartier général sur le front, près de Smolensk, il est interpellé par Gersdorff. Son ami l'entraîne à l'écart.

– Hitler vient nous rendre visite.

Werner sourit.

– Nous allons mettre une bombe sur son trajet du retour. J'ai besoin de ton aide.

Rome

Ciano a investi l'ambassade d'Italie auprès du Vatican via Flaminia. Depuis son éviction, il est devenu une espèce de « contre-Duce ». Parmi ses visiteurs, on trouve de tout. Des anti-mussoliniens, des amis, des adversaires, des ennemis, gros et petits poissons de la politique.

– Tous veulent savoir ce que je vais faire, s'enorgueillit-il. L'accès est plus libre qu'au ministère, la parole aussi. On me fait une réputation de comploteur, on parle même de « groupe Ciano ».

– Ton limogeage te rend populaire, s'amuse Hildi. Tu es sans doute plus puissant que lorsque tu étais ministre. Tu sais qu'on te surnomme « l'homme de demain » ?

Ciano sourit.

À l'un, il dit que la guerre va mal, que c'est un désastre, à un autre, qu'il faut sauver l'Italie. Hildi le met en garde.

– Fais attention, tes paroles sont répétées et notées, elles se répandent jusqu'à Ribbentrop, qui soutient auprès d'Hitler que tu es un comploteur et un traître.

Ciano hausse les épaules. Il n'en est plus là, et se moque de l'opinion des nazis. L'Italie est sur le point d'être envahie. On verra à ce moment ce que pèse l'alliance allemande. Pour l'instant, ses tentatives de paix séparée sont un échec. Il répète à l'envi ce syllogisme : il faut se retirer de la guerre, Mussolini s'y refuse, donc il faut faire retirer Mussolini.

Sans aller jusque-là, le pape prépare un mémoire destiné au Duce et tendant à organiser des pourparlers avec les Alliés. Mais Mussolini s'oppose au pontife. Ciano tente sa chance auprès du roi, qui répond en termes tellement alambiqués que l'on ne peut rien en conclure. Donna Rachele, qui le hait encore plus, et dispose de son propre service de renseignement, le dénonce comme un traître auprès des Allemands. Évidemment, Mussolini en est informé. Les rapports de police s'accumulent sur son bureau, mais il refuse d'y croire : Galeazzo est un homme meurtri, mais fidèle, un inconditionnel dont il a fait la carrière.

– Il a tort de croire ça, dit Ciano.

Il se rapproche de deux hommes qui comptent, deux hiérarques qui pèsent dans les rapports de pouvoir. L'un est Bottai, l'autre Grandi. Ils organisent froidement et méthodiquement la chute de Mussolini. Le 10 juillet, les Alliés débarquent en Sicile, le sol italien est investi. À partir de là, les événements s'accélèrent. Quand Hildi lui demande s'il s'agit réellement d'un complot, il lui répond :

– Je l'ignore, mais j'en fais partie.

Quartier général de Smolensk

Tresckow montre l'explosif à tous les conjurés. Ce sont des mines Clam, enveloppées dans un paquet qui donne l'impression de contenir deux bouteilles. Le détonateur a été testé à plusieurs reprises. L'explosion se produira durant le vol retour d'Hitler vers Rastenburg, à hauteur de Minsk environ.

– Et après ? demande Werner.

– Quand l'avion aura explosé, nous appliquerons le plan Walkyrie. Celui prévu par Hitler pour que la Wehrmacht prenne la main sur le pays en cas de troubles. Une série d'officiers en remplaceront d'autres. Dès l'annonce de sa mort, nos hommes se substitueront à ceux en place et prendront le contrôle des points stratégiques, ainsi que de la SS et du parti. Si tout se déroule comme convenu, on passe au troisième volet du plan, avec la constitution d'un gouvernement d'union nationale.

Toute la journée Hitler a rendez-vous avec les chefs d'unité, il déjeune au mess. Son médecin personnel, le docteur Morell, goûte les plats avant qu'ils lui soient servis. Le cuisinier qui les a préparés est lui aussi présent. Werner est à la table de Tresckow et d'un certain Brandt, un officier qui fait partie du cortège. Tresckow lui demande s'il prendra, au retour, le même avion que le Führer. Brandt acquiesce.

– Je dois lui faire un briefing sur la situation pendant le trajet. Avec Hitler, il ne faut jamais perdre de temps.

– Pourriez-vous remettre au colonel Stieff deux bouteilles de cognac que je lui ai promises à la suite d'un pari perdu ?

– Avec plaisir.

Le repas se déroule normalement. Hitler mange ses légumes, la tête penchée sur son assiette. Quand il repart vers l'aérodrome, Tresckow transmet à Berlin le nom de code convenu. Son adjoint brise l'ampoule d'acide qui alimente le détonateur, réglé sur trente minutes, puis remet à Brandt le paquet destiné au colonel Stieff.

De retour au QG, tous attendent la nouvelle de la chute de l'avion d'Hitler. Mais rien ne vient. Hitler arrive intact à Rastenburg. Tresckow annonce par téléphone à Brandt qu'il s'est trompé de paquet. Son adjoint le récupérera. En examinant plus tard le système, il constate que l'ampoule a bien été cassée, le percuteur, rongé par l'acide, est parti en avant. Il a même brûlé l'amorce. La seule explication est que le chauffage du Junkers ne va pas jusqu'à la soute à bagages. L'explosif, sensible au froid, n'a pas fonctionné dans la demi-heure qui suivait le décollage. Tresckow, Gersdorff et les autres sont atterrés. Mais on apprend que le Führer projette de visiter les armes prises à l'ennemi à l'arsenal de Berlin. Gersdorff devra les lui présenter. L'explosif est intact, il en sera porteur.

Rome

Le Grand Conseil fasciste s'ouvre le 24 juillet à dix-sept heures quinze précises. Tous les membres, vêtus de la saharienne noire, sont présents. Trois motions sont à l'ordre du jour, mais la seule qui compte est celle de Grandi, qui prévoit de rendre au roi la conduite de la guerre et le gouvernement du pays. La séance dure neuf heures, elle est ponctuée par les discours des principaux intervenants, les terribles réquisitoires de Grandi et de Bottai, et les répliques méprisantes de Mussolini. L'intervention de Ciano vise la traîtrise des Allemands. L'ordre du jour, préparé par Grandi, a été retouché à plusieurs reprises, Ciano y a lui-même mis la main. Pendant toute la séance, les regards se croisent, encourageants, chaleureux, ou franchement haineux. De temps à autre, Mussolini fixe Ciano. Que va-t-il faire ? Son vote en entraînera d'autres. Certains, qui avaient prévu de voter pour Grandi, changent d'avis en écoutant le Duce. Puis reviennent à leur premier choix quand ils sont morigénés par Bottai, qui les compare à des écoliers face à l'instituteur.

Galeazzo vit les heures les plus éprouvantes de sa vie. Le choix de Grandi, qui revient à chasser Mussolini du pouvoir, est le seul raisonnable. L'alliance allemande est catastrophique, la guerre aussi. Le seul obstacle à des négociations est précisément le Duce, le seul responsable. La moindre de ses obligations serait de se retirer, mais il est aussi celui qui a fait sa carrière, Ciano lui doit tout. La sueur empoisse sa chemise, et ce n'est pas seulement parce que dans la salle du Perroquet on crève de chaud.

Vers minuit, on s'accorde une pause d'une demi-heure. Grandi et Bottai interviennent aussitôt auprès de Ciano.

– Ne vote pas pour l'ordre du jour ! Tu risques ta peau. Abstiens-toi. Personne ne t'en voudra, on aura la majorité sans toi.

– Si mon père était là, il voterait avec nous.

Ciano veut montrer toute la fermeté de son caractère, ainsi

que sa détermination, sans mesurer les conséquences de son acte.

La séance reprend. Encore des discours, des invectives, des menaces. Certains ont emporté des grenades, car ils craignent d'être arrêtés à la sortie. Puis vient le vote. Mussolini impose que la motion de Grandi soit examinée la première. Il est deux heures du matin. Chacun se lève et déclare son vote. Quand vient le tour de Ciano, il se lève et soutient le regard foudroyant du Duce. Il dit d'une voix claire :

– Je vote pour.

Verdict : dix-neuf pour Grandi, huit contre, une abstention. On est le 25 juillet 1943. Vingt et un ans de fascisme viennent de prendre fin. C'est un rêve, un cauchemar, on ne sait pas. Hildi attend Galeazzo à la sortie. Bottai lui a déjà appris la victoire de Grandi. Elle serre Galeazzo dans ses bras devant tout le monde.

– Que va-t-il se passer, maintenant ?

Il ne répond pas. Moins d'une heure plus tard, le résultat du vote est entre les mains du roi.

Berlin

Vient ce moment où Hitler se fait présenter les armes prises à l'ennemi. L'exposition a lieu dans les locaux de l'arsenal à Berlin[1]. Depuis la veille, ouvriers, SS, membres du service de renseignement s'agitent entre les tribunes, l'estrade pour l'orchestre et le podium pour les discours. Les lieux sensibles,

1. De nos jours, une plaque commémore l'héroïsme de Gersdorff.

le podium surtout, sont gardés de jour comme de nuit tant on craint un attentat.

Gersdorff a conscience que l'explosion ne sera efficace que s'il se trouve à proximité d'Hitler et se fait sauter avec lui. Il confie à Werner qu'il a passé la pire nuit de son existence, comme celui qui attend son exécution au petit jour. Il va utiliser les mêmes mines Clam que celles qui devaient servir dans le Junkers de la légion Condor. Werner aide Gersdorff à placer les mines et le détonateur dans la manche gauche de son manteau. La droite est inutilisable puisque réservée au salut allemand. La détonation est réglée sur dix minutes. Arrive le cortège officiel. L'orchestre joue le premier mouvement de la *Septième Symphonie* d'Anton Bruckner. Hitler entame son discours, développe une mystique particulière où il se compare à Siegfried. À chaque phase clé du discours, l'orchestre plaque un accord du *Crépuscule des dieux*.

La visite commence, Goering, ridiculement fardé, couvert de décorations et de bijoux, avec aux pieds des bottes en maroquin fauve, ressemble à un prince d'opérette. Hitler appelle le maréchal von Bock pour marcher à ses côtés. Gersdorff en profite pour armer le détonateur et se place sur la gauche d'Hitler. Il tente de lui donner des explications, mais le Führer n'écoute rien, l'exposition ne l'intéresse pas, il file vers la sortie. Sa visite, dans la salle d'exposition, ne dure que deux minutes. Gersdorff n'a d'autre choix que de se précipiter vers les WC pour désarmer le détonateur.

À Smolensk, tous les conjurés ont suivi le reportage à la radio. Le court délai entre l'entrée et la sortie d'Hitler leur fait comprendre que l'attentat ne peut avoir lieu. Le maréchal von Kluge est présent. Il hésite à entrer dans la conjuration. Mais un soir, tandis qu'il se promène avec Tresckow, Gersdorff et Werner, Tresckow lui dit soudain en désignant Gersdorff :

– Monsieur le maréchal, vous avez à côté de vous quelqu'un qui, il n'y a pas longtemps, a tenté de sacrifier sa propre vie dans un attentat contre Hitler.

Kluge s'arrête en pâlissant et saisit le bras de Gersdorff.

– Par la grâce de Dieu, qu'avez-vous fait ?

– La seule chose possible et souhaitable dans les temps que nous vivons.

Kluge lâche son bras, fait quelques pas, se retourne en écartant les mains de manière un peu théâtrale :

– Mes enfants, je viens avec vous !

Rome

À l'ambassade d'Italie auprès du Vatican, via Flaminia, les lignes téléphoniques sont brusquement coupées. Galeazzo n'y prête pas attention, il pense à un incident technique. Il va chez Grandi, quand soudain surgit Ettore Muti, le secrétaire du parti fasciste.

– Vous connaissez les nouvelles ? Le roi vient de nommer Badoglio. Mussolini est arrêté !

L'information se répand comme une traînée de poudre. Les hiérarques se retrouvent entre eux. Le peuple fait des réserves de nourriture et des prévisions. En pleine nuit, Anfuso raccompagne Ciano chez lui. Sur le chemin, ils voient des groupes se réjouir bruyamment de la chute du fascisme en arrachant les insignes du parti dans les rues. On détruit les faisceaux. Arrivé chez lui, il appelle Edda. Elle est à Livourne.

– Violente tempête ! Je t'envoie une voiture dans la matinée. Rentre avec les enfants.

La voiture n'arrivera jamais. Est-elle même partie ? Edda et les enfants prennent le train, mais ne rejoindront Rome qu'à minuit.

– À Livourne, lui dit-elle, on arrache les plaques qui portent le nom de ton père. À Rome, la cité est pavoisée comme pour la conquête d'Addis-Abeba !

– Tu crois qu'on peut rester en Italie ? demande Ciano.

Berlin

Lisbeth est partie travailler. Werner profite de cette belle journée d'été pour se promener avec sa fille. Ils sont dans le parc face à l'Unter den Linden. La petite court en gazouillant, et son père découvre que ces moments passés avec elle lui sont devenus nécessaires, précieux. Il ne cesse de s'émerveiller de ses moindres mimiques, de ses petites mains qui touchent à tout, de son joli petit visage, de sa curiosité pour le monde qui l'entoure. Il est le seul père à déambuler ainsi et a l'impression d'être en vacances. Il savoure ces heures qui se distendent. Ses pensées le ramènent à Claire, à leur rencontre, à leurs nuits, à sa demande en mariage dans le taxi, aux photos de son cadavre qu'il s'est promis de toujours garder sur lui. Il essaie de chasser la douleur. Depuis qu'il a retrouvé Lisbeth et Helga, il ne veut plus souffrir. Puis il songe aux tentatives d'attentat ratées contre Hitler, à leur chance folle que rien n'ait filtré. Zéro soupçon. Les conjurés ont échappé aux effroyables et interminables séances de torture, aux comparutions devant le tribunal du peuple présidées par le redoutable juge Freisler, avec au bout la corde sous un crochet de boucher à Plötzensee. Lui reviennent en mémoire les longues conversations qu'il a eues avec Tresckow et Gersdorff. Tous redoutent d'être pris, mais ont l'intime conviction de faire ce qui est juste. Hitler doit mourir. Et s'ils doivent mourir avec lui, ils n'hésiteront pas. Mais la conviction ne chasse pas la peur. Aucun ne résisterait au traitement de la Gestapo. Werner leur avait raconté l'histoire de Claire et de son ampoule de cyanure. Tresckow avait alors proposé de se procurer le poison et de le distribuer à ceux qui le demanderaient. Tous en avaient réclamé.

Soudain, Helga le tire par la manche, elle a envie de faire pipi. Il l'aide de son mieux à s'accroupir derrière un buisson sous le regard amusé de plusieurs mères autour de lui. Elles le félicitent.

– Heureusement que vous n'êtes pas en tenue, colonel, lance l'une d'elles.

Il lui jette un coup d'œil surpris.

– Je vous ai reconnu. Mon mari est en poste à la *Wolfsschanze* comme vous, explique-t-elle.

Les femmes bavardent avec lui et le félicitent de s'occuper si bien de sa fille. L'une d'elles lui dit :

– Votre compagne est charmante. Quel dommage qu'on ne la voie presque plus… Quand elle travaillait au ministère, on la croisait souvent, mais depuis qu'elle est employée par les Goebbels, elle n'a plus le temps de venir.

Werner est stupéfait. Il ignorait l'identité de son employeur.

– Vous pensez, avec six enfants ! renchérit une autre. Il paraît que Magda n'en pouvait plus. Elle a réclamé de l'aide, et Joseph a cédé comme d'habitude.

– La voici ! lance une autre.

Au bout de l'allée, Lisbeth leur fait un signe joyeux, les femmes vont l'embrasser, puis les laissent seuls.

– J'adore te voir avec Helga ! dit-elle. Le rôle de père te va si bien.

– Les autres femmes sont d'accord avec toi, plaisante Werner.

– Tiens, j'ai apporté un goûter pour Helga.

Ils s'installent sur un banc. Helga joue devant eux avec des cailloux. Werner ne peut s'empêcher de lui demander :

– Tu gardes les enfants de Goebbels maintenant ?

Elle opine en souriant. Le ministre de la Propagande l'a recrutée lui-même au ministère où elle faisait des travaux de secrétariat. Elle est ravie, ce nouvel emploi est beaucoup mieux payé que le précédent, et les enfants de Goebbels sont adorables.

– Tu le vois souvent ?

– Goebbels ? Non, il est très occupé. J'ai surtout affaire à Magda. Mais je croise souvent Hitler.

Werner reste silencieux.

– Dès qu'il est à Berlin, il vient chez eux. Les enfants en sont fous, ils le surnomment « oncle Adolf ». Il faut dire qu'il les couvre de cadeaux. Les Goebbels, c'est sa seconde famille. Eva reste à Berchtesgaden.

– Qui est Eva ?

– Eva Braun ? C'est sa compagne. Je ne l'ai vue qu'une seule fois.

Elle pose ses doigts sur ses lèvres :

– Mais surtout ne le répète pas, c'est un secret.

Rome

Les mesures contre Ciano commencent par la création d'une commission d'enquête sur les enrichissements illicites durant la période fasciste. Commission ordonnée par Badoglio, qui est pourtant le premier sur la liste des bénéficiaires. Elles se poursuivent par une campagne de presse dans le *Corriere della Sera* à propos des nouveaux riches du fascisme. Les articles accusent Costanzo Ciano, le père de Galeazzo, d'avoir amassé un milliard de lires grâce à des gains impromptus. La statue de Costanzo à Gênes est abattue. Galeazzo, qui avait inauguré ce colossal monument, écrit aussitôt à Badoglio une longue lettre dans laquelle il liste les biens reçus de son père, huit millions de lires, ce qui n'est pas mal. *Illustrissimo Maresciallo...* Badoglio ne répond pas. Ce n'est guère étonnant, songe Galeazzo. Il me hait depuis que j'ai refusé à son fils un poste au ministère.

Quatre carabiniers prennent position devant l'entrée de son domicile, ils prétendent les protéger. Galeazzo sait qu'ils attendent en réalité l'ordre de l'arrêter. Senise, le chef de la police et surtout son vieil ami, vient le prévenir : « Ils veulent t'envoyer sur l'île de Ponza, où se trouve déjà Mussolini. J'ai réussi à retarder l'exécution sous prétexte de ne pas avoir encore reçu l'accord de la marine, alors que je l'ai déjà. Fuis, Galeazzo ! Fuis avec ta famille ! Bottai, Starace et tous les hiérarques, y compris ceux qui ont voté contre l'ordre du jour, sont déjà en prison. Seul Grandi a réussi à quitter le pays. Ne tarde pas. Tu as un ou deux jours, pas plus. Je ne peux pas différer plus longtemps. »

Galeazzo demande des passeports à son ancien ministère. Pas de réponse. Il s'adresse au roi, et Acquarone vient le voir.

– Sa Majesté est choquée, cher ami. Un collier de l'Annonciade, un cousin du roi comme vous l'êtes, n'a rien à craindre du royaume, voyons.

C'est ce qu'on appelle un refus enrobé d'une fausse courtoisie. Que faire ? Il tourne et retourne la situation dans tous les sens. Une seule personne peut désormais l'aider. Hildi. Elle trouvera un moyen de le faire passer, avec sa famille, en Espagne.

– L'Espagne ? lui demande Hildi.

– Franco m'a assuré de son soutien. Il peut m'abriter quelques mois, le temps que je m'organise pour aller en Amérique du Sud.

– Compte sur moi.

Elle revient deux heures plus tard.

– L'ambassade est d'accord pour aider ta famille. Mais as-tu demandé au pape de t'accueillir ?

Galeazzo hoche la tête.

– Il m'a fourni une liste avec tous les membres de la famille Mussolini qui trouveront asile au Vatican. Ils y figurent tous, sauf moi…

– Méfie-toi, Galeazzo. Kaltenbrunner, le successeur d'Heydrich, a donné l'ordre de préparer un avion pour toi, mais en contrepartie, il veut ton journal. Tout Rome sait que tu en as tenu un.

– Que veut-il en faire ?

– Le détruire ! Personne n'ignore que tu y expliques comment la guerre est uniquement due à l'Allemagne. Les nazis veulent se protéger, ils sentent le vent tourner.

– Donc ma seule arme, c'est mon journal…

– Oui. Ne le donne pas avant d'être à l'abri.

Galeazzo réfléchit. Où le cacher en attendant ? Il fait porter un message à Ornella. C'est une amie fidèle, il sait qu'il peut s'appuyer sur elle. Elle accourt aussitôt, et il devine qu'elle l'aime toujours. Mais l'heure n'est plus à la galanterie.

– J'ai besoin de toi. Que tu me rendes un service.

– Tout ce que tu veux.

– Je vais te confier un paquet. Ce paquet, c'est ma vie.

– Tu veux que je le cache, c'est ça ?

Ciano retrouve sa rapidité d'analyse. Ornella est habituée au monde politique, à ses rouages.

– Oui. Jusqu'à ce que l'un de mes proches te le réclame.

– Quel proche ?

– Edda, ou peut-être même Hildegarde.

– La maîtresse espionne ? grince-t-elle. Tu lui fais encore confiance ?

– Si elle n'était pas là, je serais déjà mort.

Il lui remet une grosse serviette. À l'intérieur, le journal. C'est-à-dire l'exposé au jour le jour des événements, des rencontres avec les différents acteurs de la politique nationale et internationale de 1937 à 1943. Un document accablant pour l'Allemagne. Ribbentrop, ministre des Affaires étrangères du Reich, y est abondamment cité.

Ornella file par la porte de service. Il faut faire vite, l'offre espagnole ne concerne que Ciano, pas sa famille. Donc inacceptable. Reste la proposition allemande. Hildi fait savoir qu'un avion est déjà prêt à l'aéroport. Edda sort la première avec les enfants et monte dans une voiture américaine conduite par des agents allemands. Ciano suit dans une autre, les carabiniers détournent la tête. Galeazzo comprend qu'ils ont été payés. À l'ambassade d'Allemagne, il retrouve les siens, et tous montent à bord d'un véhicule militaire allemand. Skorzeny les attend à l'aéroport. Galeazzo est ému aux larmes. À peine à bord, il remet au revers de sa veste l'insigne fasciste, surnommé *la scimmia*[1] par les Italiens. Il n'a sur lui qu'un sac rempli de bijoux et de billets. L'avion décolle enfin.

– On va à Madrid ? demande Galeazzo.

– Non, Munich, répond Skorzeny.

– Mais…

– Ce sont les ordres.

1. Le singe.

Berlin

Helga appelle Werner *Vati*, papa. Elle pleure un peu, rit beaucoup. C'est une enfant facile et joyeuse. Lisbeth est soulagée, elle est invitée à suivre les Goebbels chez Hitler au Berghof, à Berchtesgaden, et Magda lui a dit qu'elle pouvait emmener sa fille. La petite sera ravie d'être avec tous les autres enfants. Le hasard veut que Werner, en sa qualité d'attaché au quartier général de Rastenburg, soit convié lui aussi, avec une nuée d'autres hôtes de marque. Au Berghof, il faut passer encore plus de contrôles qu'à Rastenburg, grimper des escaliers, emprunter des ascenseurs, parcourir des tunnels avant d'enfin accéder au sommet. Les dirigeants se sont fait construire des villas tout autour de la demeure du chef pour être plus près de lui. Les invités occasionnels, comme Werner, dorment sur place. Il découvre l'immense baie qui donne sur le paysage autrichien depuis la fameuse terrasse où sont regroupés les éminences et leurs enfants, les cinq de Bormann, les cinq de Ribbentrop, les six de Goebbels, les princesses du régime, Gudrun Himmler et Edda Goering, les grandes actrices comme Magda Schneider, et sa fille Romy, âgée de cinq ans qui, comme les autres, est embrassée par le Führer et l'appelle « oncle Adolf[1] ».

Werner contemple le spectacle avec effarement. Leni Riefenstahl, la grande prêtresse des Jeux olympiques de 1936, a aussi le sens du film intimiste. Les discussions obéissent à des codes non dits, mais que tous respectent. Pas question

1. On sait que celle qui allait devenir une star mondiale a été profondément troublée par le passé nazi de sa mère. Ses premiers films, tournés sur la terrasse du Berghof par Eva Braun, montrent Hitler en train de lui caresser la tête.

d'aborder des sujets désagréables, comme les Juifs. Tous suivent cet usage, sauf Henriette von Schirach, l'épouse du *Gauleiter* de Vienne, qui interpelle Hitler sur le spectacle de Juives maltraitées par les SS lors des arrestations. L'air s'électrise aussitôt. Hitler blêmit et le silence s'abat sur l'assistance.

– Il ne manque plus que vous vous mêliez de ces balivernes ! Qu'en avez-vous donc à faire de ces femmes ? Dois-je vous rappeler que le sang de dix mille Allemands coule chaque jour ? N'est-ce pas plus important ? Il faut rétablir l'équilibre ! s'écrie-t-il.

L'affaire est grave. Devant la bévue de son épouse, Baldur von Schirach offre aussitôt sa démission.

– Ce n'est pas à vous d'en décider, lui renvoie sèchement Hitler.

On fait savoir au couple qu'il est temps de quitter le Berghof. Ils n'y reviendront jamais.

Werner passe la nuit avec Lisbeth. Troublé, il lui parle des têtes blondes sur la terrasse, filmées par Eva Braun ou Leni Riefenstahl. Il lui rapporte d'autres scènes, selon les récits de Gersdorff sur les *Einsatzgruppen* qui jettent les nourrissons exécutés d'une balle dans la tête dans les fosses de cadavres, sur ceux qui, dans les camps, crèvent de faim devant des SS impassibles.

– Tais-toi ! s'exclame Lisbeth, les larmes aux yeux. Tais-toi !

Ils n'ont jamais évoqué ces questions entre eux. Elle est terrifiée par ce qu'elle entend.

– Que deviendra notre fille si nous perdons la guerre et que les Russes envahissent Berlin ?

– Tu crois que je ne me suis jamais posé la question ?

Elle s'accroche à lui, le serre contre elle. Dans son lit d'enfant, Helga dort paisiblement.

– Jure-moi, dit-elle, que tu nous protégeras toujours. Que si je disparais dans le grand Walhalla, le nouveau crépuscule des dieux qui s'annonce, tu défendras Helga envers et contre tous, qu'elle sera toujours en sécurité avec toi.

Il resserre son étreinte et le lui jure. Cette fois-ci, songe-t-il, il ne laissera personne faire souffrir celles qu'il aime.

Munich

L'avion des Ciano se pose à Munich. On les héberge dans une très belle villa des environs. Une cage dorée avec des SS partout. Galeazzo est inquiet, il ne semble plus être question de transfert à Madrid. C'est alors qu'apparaît Hildi.

– J'ai suivi l'affaire depuis Rome, puis j'ai obtenu de te rejoindre, lui souffle-t-elle.

Elle a une carte qui permet de tout payer. Elle l'entraîne dans les plus belles boutiques pour qu'il s'achète des vêtements pour lui et sa famille. Edda est déjà partie à Rastenburg, elle veut rencontrer Hitler qui a toujours eu de la sympathie pour la fille de Mussolini. Quand elle revient, elle est persuadée d'avoir gagné la partie. D'ici une semaine ou deux, répète-t-elle, ils pourront repartir, mais Galeazzo n'y croit pas. Hildi et lui examinent la situation sous toutes les coutures. Il évoque l'Uruguay ou l'Argentine dont il connaît les dirigeants. Hildi secoue la tête. À ce stade, elle n'a aucun pouvoir, son supérieur, Höttl, pourrait décider, mais à condition d'obtenir l'accord de Kaltenbrunner, le nouveau chef du RSHA.

– Il m'aime bien, ma bonne humeur le réjouit, il me surnomme Felicitas, mais il faudrait trouver un prétexte, un motif quelconque à faire valoir…

– Mon journal, rétorque Ciano aussitôt. Mon journal contre

mon départ avec ma famille en Espagne, puis en Amérique du Sud.

Elle s'enquiert de ce qu'il contient.

– J'ai tout noté au jour le jour. Tout ce qui s'est passé avec les Allemands. Aucun des événements ne manque. Le rôle des uns et des autres. Ribbentrop, pour la guerre, Himmler, pour les Juifs.

– Ce serait une bombe entre les mains des Alliés !

– En effet.

Elle réfléchit un instant.

– Je vais aller voir Kaltenbrunner, c'est l'ennemi juré de Ribbentrop et d'Himmler.

Elle revient de Berlin quelques jours plus tard, triomphante. Kaltenbrunner a accepté la proposition. Ciano ne doutait pas vraiment de l'intérêt de l'Allemand pour son journal, mais il ne peut s'empêcher d'en être profondément soulagé. On prépare aussitôt de faux passeports, Ciano et les siens deviennent uruguayens, Galeazzo, avec moustache et lunettes noires. Il souffle enfin. Mais deux nouvelles vont faire basculer son destin. L'Italie de Badoglio vient de signer un armistice avec les Alliés et déclare la guerre à l'Allemagne. Mussolini vient d'être libéré à la suite d'un coup de main de Skorzeny, et il est en route pour Munich !

Zaporojié, URSS

– Au groupe d'armées centre, dit Gersdorff, nous sommes persuadés que tous les moyens doivent être employés pour éviter une catastrophe à l'Allemagne…

Le feld-maréchal von Manstein, stratège le plus brillant et le plus respecté de la Wehrmacht, tressaille. Il observe Gersdorff, puis Werner. Il vient de comprendre de quelle mission ils sont chargés auprès de lui.

– Les feld-maréchaux prussiens ne se mutinent pas !

– Il ne s'agit pas seulement de mutinerie, répond Werner.

Un silence. Manstein ne quitte pas les deux hommes des yeux. Il respecte Gersdorff, ce général de qualité qui a découvert le massacre des officiers polonais par la police politique soviétique à Katyn. Quatre mille hommes exécutés d'une balle dans la nuque avant d'être enterrés dans des fosses. Manstein a entendu parler des exploits de Werner à bord des sous-marins. Et puis ne porte-t-il pas la plus belle des décorations allemandes obtenue au feu, la croix de fer de première classe avec feuilles de chêne et épées ? Tout chez ces deux militaires inspire confiance.

– Vous voulez tuer Hitler…

– Comme il faut tuer un chien enragé, rétorque Gersdorff.

Très énervé, Manstein fait les cent pas.

– Ce serait la perte de l'armée !

– Si rien ne se passe, monsieur le feld-maréchal, intervient Gersdorff, ce n'est pas l'armée, mais l'Allemagne tout entière et son peuple qui courent à leur perte.

– Je suis avant tout un soldat, réplique Manstein.

Gersdorff se penche en avant.

– Le feld-maréchal von Kluge aussi. Il m'a chargé de vous proposer, une fois le coup d'État réussi, le poste de chef d'état-major de la Wehrmacht.

Manstein marque un temps d'arrêt. Il ne s'y attendait pas. Gersdorff vient de trouver l'argument le plus fort, celui qui ne se refuse pas. Il s'incline légèrement.

– Vous remercierez Kluge. Être à la disposition de la direction légale de l'État est un honneur, en plus d'être un devoir.

Jamais Gersdorff et Werner n'ont pris un tel risque en essayant de recruter un nouveau conjuré. Ils n'ont aucune certitude sur le sens de la réplique de Manstein. Un accord ou un refus ? En marchant, les deux hommes n'ont pas besoin de se parler pour penser qu'ils vont rapidement être fixés. Si Manstein est contre eux, il a le pouvoir de les dénoncer et de les faire aussitôt arrêter. Ils montent à bord et s'installent côte à côte. Quand l'appareil décolle, Gersdorff murmure :

– Il gardera donc le silence.

– Oui, répond Werner en poussant un profond soupir de soulagement.

Une fois encore, le couperet a frôlé leur nuque.

Quelque temps plus tard, Tresckow présente une nouvelle recrue. Un jeune lieutenant-colonel, grièvement blessé sur le front d'Afrique. Il porte depuis un bandeau noir sur l'œil gauche et a perdu sa main droite et deux doigts de la gauche. Il est issu de la noblesse souabe et compte parmi ses ancêtres deux célèbres maréchaux prussiens des XVIIIe et XIXe siècles.

– Parmi tous ceux que j'ai rencontrés, dit Tresckow en le présentant, celui-ci est le plus déterminé.

– Colonel Werner Burckhardt, se présente Werner.

– Colonel comte Claus von Stauffenberg, répond le jeune homme en claquant des talons.

Munich

À peine Mussolini a-t-il touché le sol allemand qu'Edda se précipite vers son père. Elle le noie de paroles, un discours confus mais empressé, une harangue pour disculper Ciano. Oui, son mari a commis une erreur en votant la motion Grandi, mais il ne savait rien de la suite, rien du second complot, le vrai, contrairement au roi et à Badoglio ! C'est à eux qu'il devrait en vouloir, pas à Galeazzo, pas à son gendre, le père de ses petits-enfants ! Mais le Duce, excédé, la repousse. Il refuse de parler de Ciano avec elle. La politique ne la concerne en rien. Qu'elle reste à sa place et lui laisse faire son devoir. Son devoir, oui ! Celui de rétablir l'ordre fasciste, avant toute considération familiale. C'est ce qu'Hitler lui a demandé de faire. Et puis, le Führer considère Ciano comme « le Satan du mouvement fasciste et la ruine de l'Italie ». Il a même dit que s'il le pouvait, il le mettrait aussitôt au mur devant le peloton. Edda est effondrée. Mussolini exècre ce face-à-face avec sa fille. Il a bien conscience d'être passé du statut de mentor à celui d'ancien maître ramolli auquel on ne doit rien, sauf une vague gratitude. Sur le terrain politique, il est fini, mais refuse de le formuler à haute voix.

Le Duce et Ciano se rencontrent. L'entretien a lieu entre quatre murs. Ciano clame son innocence, sa bonne foi, la sienne, ainsi que celle des autres votants, sauf Grandi peut-être, dont les liens sont connus avec la maison de Savoie. Mussolini le croit-il ? Ou ne fait-il que le feindre ?

Quand ils se retrouvent tous pour le dîner à la villa d'Allmannshausen, Donna Rachele marque clairement son hostilité envers Ciano.

– Sale traître ! Tu vas le payer cher !

Le repas se déroule dans un climat polaire. Puis Mussolini se retire. Ciano le suit et lui propose de reprendre le combat dans n'importe quelle unité d'aviation, même aux côtés des Allemands. Le Duce garde le silence. Même Pavolini, le grand ami de Galeazzo auquel il doit sa position au sein du parti, réclame la tête du gendre !

Mussolini rentre en Italie. Il veut créer la République sociale italienne. Ciano, Edda et les enfants demeurent à Munich en espérant que les Allemands tiendront leur promesse : un départ en Espagne avec des faux papiers contre le journal. Edda écrit à son père une lettre dans laquelle elle le menace d'un énorme scandale s'il ne règle pas leur situation comme convenu. Mussolini ne daigne pas lui répondre. Ciano a l'impression de devenir fou. Il compte les jours, les semaines, quand, enfin, il est autorisé à retourner en Italie, seul dans un premier temps. Dans l'avion, il retrouve Hildi.

– Où va-t-on ? lui demande-t-il, plein d'espoir.

– À Vérone, sur le territoire de la République sociale italienne.

– À Vérone ? Et de là, je récupère ma famille et on part à Madrid ?

Elle secoue la tête.

– Je n'en sais rien, Gallo, on ne m'a rien dit.

Berlin

Le projet d'attentat piétine. La nouvelle du complot s'est répandue au sein des dirigeants de la Wehrmacht comme une traînée de poudre. À tel point qu'il est surprenant que l'information ne soit pas encore parvenue aux oreilles de la Gestapo. Bref, trop de gens sont au courant. Certains approuvent l'idée, d'autres postulent pour jouer un rôle, non pas au cours de l'attentat lui-même, mais après. D'autres encore refusent d'entrer dans la conjuration, mais se tiennent prêts une fois qu'elle aura réussi. Aucun document, aucune lettre n'est échangée. Ce sont les épouses de Tresckow et de Gersdorff qui dactylographient les appels au peuple que l'on devra diffuser dès que la mort d'Hitler sera annoncée. Les conjurés se heurtent aux convictions chrétiennes de certains interdisant le meurtre : cette mission est-elle bien celle confiée par le Seigneur ? Exaspérés, Gersdorff, Tresckow et Werner leur rétorquent que les chrétiens devraient se sentir concernés par les milliers de malheureux qui meurent chaque jour dans les chambres à gaz.

Et le serment de fidélité, que pèse-t-il ? s'insurgent les conjurés. Ce n'est qu'après avoir juré que les officiers ont appris que ce serment concernait non seulement l'Allemagne mais aussi la personne d'Hitler. C'est un serment contraint car sans lui, aucune carrière n'est possible dans l'armée.

Restent les détails pratiques. L'idée est de profiter d'une réunion d'état-major à Rastenburg où les dirigeants du parti sont présents. Mais l'action est plusieurs fois repoussée à cause de l'annulation d'un des membres. De même, comment y accéder alors que la sécurité est de plus en plus renforcée ? Il faut donc que l'auteur, muni d'une bombe, puisse entrer dans le bâtiment, mais c'est désormais presque impossible. Même un aide de camp s'est vu refuser l'accès ! Les habilitations sont données, puis retirées, avant d'être rendues. Il est évident qu'Hitler se méfie de tous. Pour participer il faut avoir un titre, et celui d'accompagnateur d'un maréchal ne suffit plus.

Et les Alliés ? Faut-il les informer ? Les Anglo-Saxons exigent l'*unconditional surrender*[1]. Quant aux Soviétiques, personne ne peut envisager sérieusement de leur parler. Stauffenberg rétorque : « Eux, ils trahissent leur pays. Moi je pratique la haute trahison ! »

1. La capitulation sans conditions.

Tout à coup, la nouvelle tombe. Après une période d'interruption, Stauffenberg, qui a décidé qu'il agirait personnellement, reçoit une convocation pour assister à plusieurs réunions au quartier général du Führer.

Gargnano

Mussolini habite villa Feltrinelli, dans une petite station balnéaire sur le lac de Garde. Toute la famille est là. Le bureau du gouvernement est installé villa des Ursulines. Un peu plus loin, Clara Petacci, sa maîtresse, est villa Fiordalisa. Les amants se retrouvent à la Torre di San Marco, attenante au Vittoriale, autrefois propriété de D'Annunzio. Mussolini est dévasté. Lui qui a dirigé un grand État, et même un empire si l'on inclut l'Abyssinie, ne règne plus qu'entre ces trois repaires. Celui où il réside, l'autre où il travaille – si l'on peut dire car il n'a plus grand-chose à faire – et celui où il se fait aimer. Les Allemands sont partout, courtois, mais insidieux, le téléphone est sur écoute, le courrier intercepté.

Hitler veut tout savoir de son ami, surtout en ces temps où la guerre est déjà perdue dans les esprits. Le Duce, autrefois entouré, adulé jusqu'à l'exaspération, est désormais un homme seul. En cet automne 1943, accoudé à son bureau de la villa des Ursulines, il écrit une lettre à la Petacci[1], devenue sa confidente. Elle l'approuve, l'encourage, le réconforte. Autrefois il avait la Sarfatti, plus pointue dans ses raisonnements politiques, qui lui avait sauvé la mise plusieurs fois. Mais la Sarfatti s'est enfuie en 1938. Il l'avait déjà chassée de sa vie au prétexte qu'elle était

1. Il y en aura plusieurs centaines.

juive. En réalité, il n'était antisémite que pour complaire à Hitler. Mais la Sarfatti, plus âgée que lui, ne maîtrisait pas comme Claretta l'art de l'amour, alors il l'avait renvoyée. Il s'était cru capable, une fois au sommet du pouvoir, de se passer de la Sarfatti. Il a eu tort. Elle se serait associée à Ciano, et tous deux seraient sans doute parvenus à le dissuader d'entrer en guerre. Je me suis comporté comme un imbécile, se dit-il. Dès qu'il y a une *sciocchezza*[1] à faire, je m'y précipite…

Au fond de lui, Mussolini sait que tous ses opposants, Grandi, Bottai, Ciano et les seize autres, avaient raison. La guerre était un échec, et lui-même un obstacle à la paix. Il fallait passer la main. Il y était presque prêt, même s'il affirmait le contraire. Il aurait pu partir, se retirer à la Rocca delle Caminate, cet ancien château fort qu'il possédait et où il aimait se retirer. C'est d'ailleurs ce qu'il a proposé à Hitler après sa libération, mais une fois de plus, le Führer n'a rien voulu entendre. Il lui fallait la RSI et lui à la tête. Il lui fallait, aussi, Ciano.

Rome

Chaque jour, Ornella lit quelques pages du journal de Ciano. Elle plonge dans un mélange de grande et de petite politique. Elle cherche des traces de ses aventures, mais rien. Ciano ne dit pas un mot de ses histoires de femmes. Il se limite à la famille ou à ses amitiés, à ses haines aussi, à ses détestations au sein du parti. Elle retrouve des noms connus parmi les hiérarques, de ceux qu'elle croisait il n'y a pas si longtemps dans les salons et les lieux publics où se célébrait le fascisme. Ciano évoque

1. Une bêtise.

surtout ses rencontres matinales avec le Duce au sujet de la situation internationale. Et c'est là sans doute que se situe l'intérêt, la valeur du journal. Ciano y raconte ses entretiens avec Goering, Ribbentrop et Hitler, ainsi que tous les autres nazis qu'il a eu l'occasion de croiser. Le style est agile et sec, une narration journalistique de faits, et des centaines de portraits y apparaissent.

Le contenu est accablant pour les Allemands, pour leur cynisme et leur arrogance, mais surtout pour leur responsabilité dans le déclenchement et la conduite de la guerre. Ainsi Ciano rapporte-t-il la rencontre avec Ribbentrop en août 1939 à Salzbourg, quand celui-ci repousse toute solution qui éviterait un conflit avec la Pologne : « Je me rends compte qu'il n'y a plus rien à faire. Il a décidé de frapper et il frappera. Il faut faire la guerre tant que lui-même et le Duce sont encore jeunes… Notre sort ne les intéresse pas. L'alliance ne vaut que pour la quantité de forces qu'on leur fera économiser. Rien de plus. Ils savent que c'est eux qui déclarent la guerre et non nous. Ils nous promettent à la fin une aumône. »

Ornella saisit aussitôt la portée de ces propos. Ce journal est une bombe. Tous les arguments d'Hitler et de Ribbentrop sur le fait que l'Allemagne a été contrainte de s'engager dans le conflit s'effondrent. On ne peut plus douter qu'une fois la guerre achevée, les chefs allemands subiront un procès. Le journal de Ciano entre les mains des Alliés sera le fer de lance de l'accusation. Ornella lit et relit les passages sur les Allemands avant d'enfermer le journal dans le coffre de son bureau. Autrefois, elle aimait Ciano, maintenant, elle l'admire.

Un soir, elle s'aperçoit que le coffre a été ouvert. Les cahiers de Ciano ont disparu. Elle se précipite aussitôt auprès de son mari. Il faut saisir la police ! Lancer des détectives privés ! Il l'écoute d'un air ennuyé. De quoi parle-t-elle ? Elle insiste, lui indique comment le journal lui a été confié et ce que Ciano a écrit. C'est en le voyant s'intéresser à peine à ce qu'elle lui raconte qu'elle a soudain l'intuition que c'est lui qui l'a dérobé. Elle l'interpelle, il s'en indigne, mais elle le connaît. Il est roué, mais couard.

– Avoue que c'est toi qui l'as pris ! répète-t-elle.

Il ne se donne pas la peine de répondre. Elle l'injurie, le traite de salaud, lui enjoint de le lui rendre. Rien n'y fait. Alors elle le menace de faire un scandale, de tout raconter à la presse. Il lève la main pour l'arrêter.

– Écoute, Ornella, je ne peux pas te le rendre… Pas maintenant, en tout cas.

Elle comprend que lui aussi l'a lu et en a saisi toute l'importance.

– Qu'est-ce que tu racontes ? J'espère que tu l'as gardé !

Il hausse les épaules.

– Dis-moi que tu l'as gardé, insiste-t-elle.

– Oui, mais pas pour longtemps. On va devenir riches, très riches. Je l'ai promis aux Allemands. Je le leur remets ce soir. Nous serons payés en livres sterling ou en dollars. Ils me laissent le choix.

– Imbécile ! Tu ne sais donc pas que les devises étrangères de l'ambassade sont de faux billets ?! Ils ont servi à corrompre les carabiniers qui gardaient Ciano. Tout Rome le sait ! À peine serons-nous arrivés dans n'importe quel pays européen que nous serons jetés en prison !

Il proteste, ne la croit pas. Elle saisit le coupe-papier sur le bureau et se jette sur lui. Elle presse la lame sur sa gorge.

– Donne-le-moi ! hurle-t-elle. Donne-le-moi ou je t'égorge !

Elle appuie. La lame tout contre sa trachée l'empêche de respirer. Il étouffe, bat des bras, gargouille. Il a peur d'elle, pour la première fois. Il lève les mains, il rend les armes. Elle s'écarte de lui.

– Je ne savais pas pour les faux billets…

Il désigne un tableau sur le mur en lui tendant une clé. Elle comprend que derrière, il a caché un coffre-fort. Elle l'ouvre et aperçoit le journal. Elle l'attrape et sort en claquant la porte. Puis revient avec le petit revolver qu'il lui a offert et tire une balle dans le coffre. La détonation est assourdissante, et l'odeur de poudre envahit le bureau. Elle défait le barillet, compte les balles avant de les replacer dans les alvéoles.

– Il en reste cinq. Si tu retouches au journal, la prochaine sera pour toi ! Démerde-toi avec ton Allemand, dis-lui que c'est un faux, raconte-lui ce que tu veux, je m'en fous, mais n'approche plus des cahiers de Ciano !

Vérone

De Munich à Vérone, le trajet en avion est bref. Galeazzo est assis aux côtés d'Hildi. Elle serre sa main. D'abord, ils ne disent rien, le moment est important. Puis il lui parle d'Edda et des enfants. Elle lui dit qu'on lui a expliqué qu'ils vont suivre dans un autre avion.

– Pourquoi ?

– Je ne sais pas. Peut-être pour nous laisser tous les deux ? Après, tu partiras en Espagne, puis en Amérique du Sud.

– Quand pourra-t-on se revoir ?

– Je ne sais pas.

– La guerre ne devrait plus durer très longtemps. Rejoins-moi dès que tu peux, je t'enverrai l'adresse où me contacter. En Uruguay ou en Argentine…

Il ajoute :

– Je pourrai peut-être retrouver un poste de diplomate. Les

Alliés n'ont rien à me reprocher, au contraire. Pour une fois, je ne regrette plus mon vote au Grand Conseil ! Ce vote, c'est ma garantie. J'ai appris que Grandi se trouvait à Lisbonne. Bottai, je ne sais pas. Tiens, regarde.

Il lui montre ses faux papiers. Elle sourit devant sa photo avec ses moustaches et ses grosses lunettes noires.

– Et ton journal ? demande-t-elle.

– Je l'ai confié à une amie à Rome. Il faudrait que tu ailles le chercher. Elle s'appelle Ornella Corbucci.

Il note sur un feuillet de son carnet son adresse.

– Tu pourrais le garder ?

Elle acquiesce.

– Je l'ai déjà croisée dans des réceptions à l'ambassade, dit Hildi. Tu la connais depuis longtemps, je crois.

Il sourit. Hildi comprend que c'est une ancienne maîtresse.

– J'ai une confiance absolue en elle. C'est une femme qui n'a besoin de rien. Elle sait qui tu es. Sois plutôt aimable avec elle quand tu la verras. Elle ne t'aime pas beaucoup. Tu as pris sa place. Elle nous a même fait surveiller par un agent de l'OVRA ! Depuis, elle te surnomme « l'amante espionne ».

– Pour l'amante, elle n'a pas tort, mais pour l'espionne, plus du tout.

Il hoche la tête, elle lui demande ce qu'elle devra faire du journal quand elle l'aura récupéré chez Ornella.

– Garde-le, et surtout n'en dis rien à Höttl. Il te forcerait à le leur donner. Attends que je sois en Amérique du Sud pour le faire. À ce moment-là, je n'en aurai plus besoin.

Il reprend le feuillet et note quelque chose dessus. Pour Ornella. Pour qu'elle lui remette le journal. Puis il signe et ajoute « Fait à bord de l'avion qui me conduit à Vérone ». Hildi glisse le feuillet dans son sac et embrasse Ciano. Elle pose sa tête sur son épaule et finit par s'assoupir. Il n'ose pas l'éveiller. Quand la descente commence, il caresse sa joue.

– On va pouvoir passer la nuit ensemble, dit-il, mais je connais mal Vérone. Il faudra trouver un hôtel. J'ai entendu parler de la *Gabbia d'Oro*. Mais je n'ai pas de lires sur moi.

– Je m'en occupe, et ne t'inquiète pas pour l'argent, j'ai du liquide et ma carte de l'ambassade. Au point où j'en suis avec toi, ils prendront bien en charge le prix d'une nuit d'hôtel ! C'est un bel endroit ?

– Je crois.

Il l'embrasse encore, l'avion atterrit, il roule vers l'extrémité de la piste.

– Où va-t-on ? demande Ciano.

– J'imagine que c'est pour éviter les journalistes. Nous sommes sur le territoire de la République sociale italienne.

– Là où on me surnomme « Ciano le traître ».

L'avion s'arrête, on met en place un escalier d'accès. L'hôtesse vient chercher Galeazzo. Il s'apprête à descendre quand il aperçoit des miliciens avec les nouveaux insignes de la RSI. Un homme s'approche, monte vers Ciano. Ciano le reconnaît, c'est le questeur de Vérone, le chef de la police. Galeazzo se retourne. Hildi, la main devant sa bouche, réprime un cri.

– Comte Ciano, je vous arrête pour haute trahison. Je dois vous conduire à la prison des Scalzi.

Berlin

– Tu as été fiancé à une Française ?

Werner est assis face à Lisbeth, dans le salon de l'appartement qu'il loue depuis plusieurs mois, près de la Bendlerstrasse.

– Comment le sais-tu ?

Lisbeth est pâle. Elle n'a pas l'habitude de poser des questions. Elle n'est pas du genre curieux, mais depuis qu'Helga en jouant avec un tiroir l'a laissé ouvert, et que Lisbeth a aperçu une bague en voulant le refermer, elle ne cesse d'y penser. À l'intérieur de l'anneau, une inscription gravée : « Claire et Werner ». À côté, une très belle montre Patek.

– Vous avez rompu vos fiançailles ? C'est pour cette raison qu'elle t'a rendu la bague ?

Werner n'a pas envie d'avoir cette conversation. Parler de Claire reste terriblement douloureux. Il parvient, au jour le jour, à la chasser de son esprit, mais la souffrance reste tapie au fond de son cœur.

– La montre aussi, c'était un cadeau ?

– Elle est morte, répond-il plus sèchement qu'il ne l'aurait voulu.

Lisbeth est désolée, cette montre et cette bague l'ont troublée. Elle sait bien qu'elle n'a aucun droit sur lui, et ignore combien de temps durera leur liaison. Peut-être quelques mois, peut-être plus, mais ils continueront de se voir pour Helga. Lisbeth promet de ne plus poser de question. Il reste assis, la petite sur ses genoux.

– Claire s'est suicidée, dit-il plus doucement. Elle était juive et faisait partie de la Résistance française. Elle a été arrêtée, on allait la torturer, elle a croqué une ampoule de poison. Je l'ai su quand on a retrouvé son corps dans la Seine.

Lisbeth est effarée, elle ne s'attendait pas à ces détails. Elle découvre tout à coup à quel point l'homme qu'elle aime lui est étranger. Elle ne sait presque rien de sa vie. Les questions se bousculent dans son esprit.

– Tu savais qu'elle était juive ?

– Évidemment.

Elle le fixe, stupéfaite.

– Et qu'elle était dans la Résistance ?

– Bien sûr.

Elle ne dit plus rien, puis soudain :

– J'ai à peine connu mon père, et ma mère est morte jeune quand j'étais encore enfant. Quand Hitler est arrivé au pouvoir, j'avais dix ans. C'est l'État qui m'a élevée, j'ai fait partie des Jeunesses hitlériennes, je suis maintenant au BDM, le Bund Deutscher Mädel, tu sais ce que c'est ?

Et sans attendre sa réponse, elle poursuit :

– C'est la Ligue des femmes nazies. Je suis même secrétaire de section.

Elle s'arrête, prend une grande inspiration.

– Je travaille chez le docteur Goebbels, tu penses bien qu'avant de me recruter pour m'occuper de ses enfants, il s'est renseigné sur moi. J'ai fait l'objet d'une longue enquête, et maintenant…

– Et maintenant ? demande Werner d'une voix glacée.

Lisbeth reprend Helga des bras de son père et retourne dans son fauteuil.

– Je ne peux pas imaginer que le père de ma fille, un lieutenant-colonel, un héros de la Kriegsmarine, recruté pour le grand quartier général du Führer, ait offert une bague de fiançailles à une Juive française qui faisait partie de la Résistance.

– Ce que tu viens d'évoquer ne te regarde nullement. Mais puisque tu m'as posé des questions, je vais te répondre. Sache que j'étais déjà fiancé à Claire bien avant qu'elle entre dans la Résistance. Elle a eu la loyauté de me le dire et je ne l'en ai aimée que plus. Sa mort m'a été insupportable, elle l'est encore aujourd'hui. J'ai mis des jours à chercher l'homme qui l'a assassinée. Quand je l'ai retrouvé, je l'ai tué. C'était un policier français qui faisait partie de ce qu'on appelle à Paris la Gestapo Lauriston. Ils sont encore pires que les agents de la Gestapo.

Lisbeth ramasse son sac, elle tient Helga par la main et se

dirige vers la porte. Helga commence à pleurer, mais sa mère maintient sa prise, se retourne.

– Je ne te dénoncerai pas, mais oublie-nous. Tu ne reverras jamais Helga.

La porte claque derrière elles. Leurs pas résonnent dans l'escalier, puis sur le trottoir.

Vérone

Galeazzo est devenu le détenu 11802 et occupe la cellule 27, dans la vieille prison des Scalzi. Trois mètres et demi sur quatre. Il porte une chemise délavée sous une veste informe, dans la poche de laquelle il a glissé en pochette son mouchoir. Aux pieds, d'épaisses pantoufles en feutre, les mêmes que celles portées par les vieilles personnes. Ses cheveux sont coupés ras. On lui a laissé ses photos de famille, ainsi qu'une image de la Vierge. Le mobilier est réduit au plus simple, comme dans une pension pour pauvres. On y a ajouté une ampoule grillagée et un poêle à bois sur lequel on peut griller des châtaignes. Galeazzo Ciano, ex-ministre des Affaires étrangères et ambassadeur auprès du Vatican, gendre du Duce, père de ses trois petits-enfants, comte de Cortellazzo, collier de l'Annonciade et cousin du roi, habitué des plus beaux salons romains, arbitre des élégances et séducteur notoire, est coincé dans cet aimable endroit.

La prison est dirigée par Olas et Pellegrinotti, qui font ce qu'ils peuvent pour améliorer le sort des détenus, le tout sous l'autorité du préfet Cosmin, fasciste fou au visage en lame de couteau et aux petits yeux enfoncés. Ce fumeur invétéré est accompagné de Nino Furlotti, le chef de la police, autrefois renvoyé du parti pour violences et vol, réintégré sous le nouveau régime de la RSI, et accessoirement organisateur des pelotons d'exécution.

L'humiliation fait partie de la sanction, avant de le tuer. Cela, il l'a bien compris. De même que les autres détenus, qui, comme lui, ont voté la motion Grandi le 25 juillet. Marinelli, Pareschi, Gottardi et Cianetti. Tous ont occupé des postes clés dans le régime. Quant à De Bono, maréchal d'Italie, dont Mussolini disait qu'il avait toujours été un crétin et qu'à présent c'était un vieux crétin de quatre-vingt-sept ans, vu son âge, il est aux arrêts à son domicile. Les miliciens ont arraché Marinelli aux bras de ses enfants et de son épouse. Il pleurait et pleure encore en mélangeant à ses protestations d'innocence des demandes de grâce. Grandi et Bottai, eux, sont recherchés, ainsi que les autres votants. Dix-neuf en tout. Dix-neuf cellules sont prêtes.

Un tribunal spécial chargé de juger les traîtres du 25 juillet va être constitué, leur dit-on. Aucune nouvelle d'Edda ni d'Hildi. Ciano s'interroge. Quel rôle a-t-elle joué dans cette affaire ? Savait-elle qu'il serait arrêté dès leur atterrissage à Vérone ? A-t-elle cessé d'être une espionne en devenant une maîtresse ? Un frisson soudain. Il lui a donné l'adresse d'Ornella avec un mot pour se faire confier le journal. Si elle l'a trahi, le journal sera remis aux Allemands sans contrepartie.

– Vous avez une visite, lui dit Pellegrinotti.

– De qui ?

Un homme apparaît, aimable, souriant, le visage mince et l'air honnête. Il lui tend la main.

– Je suis Vincenzo Cersosimo, votre juge d'instruction.

Rome

Ornella s'attend à être arrêtée d'un moment à l'autre. Sa qualité d'ancienne maîtresse de « l'homme le plus haï d'Italie » est de notoriété publique. Mais rien ne se produit. Son mari la rassure. Il s'est renseigné à l'ambassade, les Allemands ont mieux à faire que de s'occuper d'elle. Clara Petacci et les siens ont été libérés, et ont pu rejoindre le Duce à Gargnano.

– Je suis une femme oubliée, dit-elle à son mari.

– Ne t'en plains pas.

Une visite quand même. Une Allemande en tenue de diplomate. Le cœur d'Ornella se met à battre plus vite. Elle fait ouvrir le salon. C'est Hildegarde Beetz, l'espionne, l'amante, celle qui lui a succédé en tout cas.

– Que puis-je pour vous ? demande Ornella en devinant les raisons de sa visite.

– Je suis Hildegarde Beetz, secrétaire d'ambassade, major SS.

– Je sais qui vous êtes.

– Je suis l'amie de Galeazzo.

– Cela aussi, je le sais. Comment va-t-il ? demande-t-elle d'un ton indifférent.

– Mal. Il a été incarcéré à la prison des Scalzi, il est accusé de haute trahison.

Ornella recule sous le choc, et se laisse tomber dans le fauteuil le plus proche. Hildi attend qu'elle se remette. Elle connaît les Italiens et leurs manifestations émotionnelles spectaculaires. Mais cette fois, il n'y a pas de comédie. Ornella se redresse.

– Excusez-moi. Quelle terrible nouvelle.

On voit bien qu'elle se maîtrise, elle a retrouvé sa voix de grande dame, sa voix d'autorité.

– J'étais dans l'avion avec lui, j'ignorais qu'il serait arrêté à son arrivée. Il m'a remis ce mot qu'il a rédigé pendant le vol à votre intention.

Elle lui tend le feuillet avec son adresse et l'instruction pour lui remettre le journal. Ornella ne bouge pas.

– Princesse, je ne suis pas votre ennemie, encore moins celle de Galeazzo. Ce journal, je dois le remettre à sa femme, Edda.

Elle l'a appelée « princesse ». Cette Allemande sait tout d'elle. Ce journal, c'est l'arme suprême de Galeazzo, la dernière, la seule.

– Comprenez mon embarras. Vous me dites que Galeazzo est en prison, que vous étiez dans l'avion avec lui. Cela change la situation.

– Pensez-vous être en mesure de négocier le journal ? s'enquiert Hildi. Quels sont vos liens avec les autorités allemandes ?

– J'en ai, répond Ornella, mais Edda en a encore plus que moi. Vous et moi avons le même but dans cette affaire : sortir Galeazzo de prison.

– Je vous propose une autre solution. Je prends le journal et vous m'accompagnez chez Edda. Je le lui remettrai en votre présence.

Hildi accepte.

Une heure plus tard, Edda se retrouve face aux deux maîtresses de son mari. Elle sait qu'Ornella a été remplacée, et devine que c'est par l'Allemande. Ces deux femmes sont fidèles, loyales. Ornella a caché le journal et veut le lui remettre, Hildi a organisé la fuite de toute la famille. Ornella raconte comment elle a dû menacer son propre mari pour qu'il ne le vende pas aux Allemands. Edda les embrasse. Elle sait qu'Hildi, de son côté, va tenter la négociation. Le journal contre la liberté de Galeazzo. À peine sont-elles parties qu'elle prend le journal et file chez Emilio Pucci. Elle trouve son amant encombré de tissus et d'épingles. Derrière la porte, le ronronnement des machines à coudre. Elle lui tend le journal.

– C'est ce qui permettra peut-être à Galeazzo de s'en tirer. Personne ne sait que je te le confie et personne ne le saura. S'il devait m'arriver quelque chose, il faut joindre le major Hildegarde Beetz à l'ambassade d'Allemagne. Elle est…

– Je sais qui elle est, répond Pucci.

Vérone

L'interrogatoire de Ciano commence par une promenade dans la cour, suggérée par Cersosimo pour faire connaissance.

– L'instruction est faite pour séparer le grain de l'ivraie, et faire surgir la vérité. Parlons en amis. Après, nous ferons le procès-verbal.

Cette promenade préalable, prévue pour une demi-heure, dure une heure. Ciano dit tout. Ses souvenirs se mélangent, les rapports personnels et les relations politiques, Edda, les enfants et les deux gardes SS devant sa cellule. Il parle aussi de son journal, de son contenu explosif pour les Allemands, enfin de la séance du Grand Conseil.

– Cette idée de trahison est de la folie pure, ajoute-t-il.

Il parle de cette assurance donnée par le roi, des promesses des Allemands lors de son transfert en Allemagne, de la campagne de presse déclenchée par Badoglio. Il parle de tout.

Dans le bureau du greffier, il reprend ses déclarations. Le juge l'autorise et lui recommande même la rédaction d'un mémoire qui sera joint au procès-verbal. Il pourra tout dire dans le but de sa défense.

De retour dans sa cellule, il s'attaque à la rédaction de son mémoire, depuis l'éloignement de Mussolini en février et sa nomination au Vatican, jusqu'à la séance du Grand Conseil en juillet. « J'ai pu commettre une erreur, mais en tant que soldat, que fasciste et qu'homme politique, je n'ai trahi personne, et surtout pas le Duce. Lui demander, compte tenu de la situation catastrophique, de transmettre ses pouvoirs au roi, n'est en rien de la trahison. »

Cersosimo revient, il lit le mémoire avec attention.

– Comte, tout cela est très bien écrit, mais vous ne parlez pas du Duce, le grand-père de vos enfants…

C'en est trop. Ciano craque. Il réprime un sanglot. Cersosimo cherche à le réconforter.

– Ces sentiments personnels n'intéressent pas mes juges. Cela n'a rien à voir avec cette accusation folle d'avoir trahi.

La porte se referme. Ciano entend une vive discussion en allemand. Les gardiens refusent l'accès à la cellule, le ton monte. Il lui semble reconnaître une voix. Les SS se résignent. La porte s'ouvre. Hildi se jette dans ses bras.

– Mon amour !

Elle l'embrasse fougueusement.

– Ornella et moi avons remis le journal à Edda. Je pars demain à Berlin pour négocier avec Kaltenbrunner.

Elle lui tend les bras et lui murmure :

– J'ai toute la nuit avec toi.

Berlin

Werner erre dans une souffrance cotonneuse. Il s'aperçoit qu'il avait fini par trouver auprès de Lisbeth un équilibre de vie, une certaine sérénité. Rien à voir avec Claire. Les deux femmes sont aux antipodes l'une de l'autre. Et puis il n'est plus seul. Helga fait désormais partie de son existence. Jamais il n'aurait cru qu'une enfant puisse peser dans sa vie. La petite fille a bouleversé sa manière de voir le monde. Comme un filtre qu'on lui aurait mis devant les yeux. Il n'a plus pensé qu'à la protéger, rêve de la voir grandir, s'est émerveillé de ses progrès et de sa drôlerie, l'imaginait déjà adolescente, puis jeune femme.

Et voilà qu'en le quittant, Lisbeth a arraché en quelques minutes la petite de sa vie, l'a rayée brutalement de son existence. Entre les nazis et lui, elle n'a même pas hésité. Est-ce par jalousie envers le fantôme de Claire ? La découverte de la bague et de la montre l'a déstabilisée. Elle a dû ressasser la question de leur origine en l'attendant. Une autre femme ? L'idée même a dû la heurter. Mais une Juive… C'était le pire cas de figure pour elle. L'antisémitisme a bercé toute son existence, elle a grandi avec cette haine en elle. La haine des Juifs, c'est comme la foi, et cette foi, on la lui a inculquée dès sa plus tendre enfance. Impossible pour elle de s'en écarter.

M'a-t-elle aimé ? se demande Werner. Sans doute, mais la découverte de l'existence de Claire a fait exploser cet amour. À l'idée de ne plus revoir la petite Helga, son cœur se serre. Il lutte contre les larmes.

« Je ne te dénoncerai pas », a dit Lisbeth en partant. Il sait qu'elle lui fera cette grâce. D'autant qu'elle travaille pour Goebbels. Werner se demande si elle va lui renvoyer le bracelet qu'il a offert à sa fille. Va-t-il le retrouver dans sa boîte aux lettres comme un vulgaire colis ? Ou le laissera-t-elle au poignet de la petite en souvenir de lui ?

Au fil des jours, il guette, mais ne reçoit rien. Il espère y voir un signe tout en songeant que c'est impossible pour Lisbeth de revenir en arrière. Il faut que je les oublie, se dit-il, désespéré. Mais l'homme est un soldat. Il est habitué aux missions. Et pour supporter la situation, il la prend comme une nouvelle épreuve qui lui est infligée et qu'il doit accepter.

En attendant, il a repris son service. Il suit avec Tresckow, Gersdorff et Stauffenberg les progrès de la conjuration, qui s'étend jusqu'à Paris. Stülpnagel, le chef d'état-major de la Wehrmacht, les a en effet rejoints, ainsi que Kluge et Rommel. Mais avant d'agir, ce dernier veut faire une dernière tentative auprès d'Hitler pour une paix séparée avec les Russes. Rommel a compris que pour s'opposer à un débarquement allié, il faudra une armée puissante et qu'à cet effet, le front russe doit être dégarni. Mais les Russes avancent à marche forcée. Ils viennent de prendre Kiev. Le débarquement à l'ouest aura lieu avant l'été. Où ? Quand ? C'est la question. Rommel qui commande l'armée sur l'Atlantique a fait ériger un véritable mur, mais de son propre aveu, cela ne suffira pas. L'erreur est de se battre sur deux fronts. On dit que Goering le sait. Goebbels aussi. Il a rédigé à l'intention du Führer un mémorandum tendant à l'ouverture de négociations avec Staline. Mais Hitler n'a pas répondu, il ne répondra jamais.

Werner trouve une enveloppe dans sa boîte. À l'intérieur, une photo qui représente le couple Goebbels debout et souriant avec, entre eux deux, une petite fille, comme si c'étaient eux les parents. La fillette, c'est Helga.

Gargnano

Le 14 novembre à Vérone a lieu le congrès des nouveaux fascistes, dans la salle où se tiendra le procès des traîtres du 25 juillet. Cette réunion, parfaitement désordonnée, résonne d'invectives, d'injures et d'apostrophes. Un seul slogan rassemble les nouveaux fascistes : « À mort Ciano ! »

Edda débarque à la villa des Ursulines, siège du gouvernement de la RSI. Elle s'écrie devant son père autrefois adoré :

– La guerre est perdue. Vous êtes tous devenus fous. Il n'y a rien à faire, et on veut condamner Galeazzo !

Mussolini ne répond rien, cela fait un moment qu'elle crie, qu'elle prie et qu'elle menace. Au moment de tourner les talons, elle hurle :

– Je te hais, je te méprise, tu n'es plus mon père !

Il la fixe. Elle a les mâchoires serrées et le regard fou. Elle sort en claquant la porte. Ils ne se reverront plus.

1944

Vérone

Noël est passé, Edda et Pucci vont fuir en Suisse. Le procès est dans quelques jours et Galeazzo n'a plus le moindre espoir de s'en sortir. Edda est allée lui rendre visite en prison et ils se sont fait leurs adieux. Il lui a demandé d'être prévenu de son arrivée en Suisse, saine et sauve avec les enfants déjà sur place. Avant de quitter la ville, Edda retrouve Hildi. Elle s'effondre dans ses bras, lui confie que Ciano est fichu.

– Mais non, lui répète Hildi. Peux-tu retarder ta fuite ?

– Pourquoi ?

– J'ai vu Kaltenbrunner et j'ai prétendu que le journal était déjà en Suisse. Il vient de me répondre en passant par Harster, le général des SS à Vérone. Une opération commando est organisée, elle est baptisée opération Comte. Deux agents, déguisés en militants fascistes, libèreront Ciano pour le mettre dans un avion vers la Hongrie, où il sera reçu par un de nos amis avant de gagner la Turquie via les Balkans. Une fois en Turquie, Ciano vous demandera par téléphone de remettre le journal.

– Il est d'accord ? demande-t-elle, surprise que son mari ne lui ait rien dit.

– Bien sûr. Il a même signé un contrat que Kaltenbrunner a expédié en Allemagne par avion spécial. L'opération aura lieu le 7 janvier, la veille du procès. Galeazzo demande de ne remettre que les volumes intitulés *Conversations*, reliés en peau verte. Ce sera la preuve de sa bonne foi. Le reste, intitulé *Germania*, sera remis dans un second temps. Le rendez-vous est organisé sur la route de Vérone, dix kilomètres après Brescia, à vingt et une heures.

– Je suis trop faible pour aller chercher les documents à Rome et les rapporter, souffle Edda. Je vous attendrai à Ramiola, dans cette clinique où je serai.

– C'est moi qui irai, propose Emilio Pucci.

– Et moi, je fournis une voiture de la Gestapo, renchérit Hildi.

Ainsi Hildi et Pucci vont-ils à Rome, avec les deux agents chargés de libérer Ciano. Deux colosses, dont l'un raconte qu'il a déjà tué un type d'un coup de poing en plein visage. Seize heures plus tard, ils arrivent à Rome. Pucci s'absente comme convenu pour récupérer le journal.

À peine sortis de la ville, ils affrontent une tempête de neige et sont obligés de s'arrêter. Ils patientent vingt-quatre heures avant de pouvoir repartir. Enfin, ils arrivent à Vérone. Hildi confirme au général Harster qu'elle a les documents en sa possession.

Le lendemain, Pucci et Edda partent pour le rendez-vous. Les documents sont répartis en deux serviettes. Mais rien ne se déroule comme prévu. Une nouvelle tempête les cueille et ils sont obligés de s'arrêter. Mais cette fois-ci, en plus, deux des pneus sont à plat. Il est dix-huit heures, il fait nuit. Ils ne seront jamais à l'heure au rendez-vous s'ils attendent que Pucci change les pneus. Edda décide de s'y rendre seule, en stop.

Un véhicule apparaît au loin. Edda fait de grands signes.

Quand la voiture s'arrête, elle reconnaît aussitôt deux ministres du gouvernement de la RSI ! Tétanisée, elle répond à peine lorsqu'ils lui parlent. Heureusement, eux ne la reconnaissent pas. Soulagée, elle s'installe à l'arrière, et pour ne pas attirer leur attention, elle se fait déposer à Brescia. Elle trouvera bien une autre voiture. Les minutes passent, et toujours rien. Elle commence à s'inquiéter. Si ça continue, elle ratera le rendez-vous, et Ciano mourra par sa faute. Submergée d'angoisse, elle garde les yeux rivés à la route. Enfin, à l'horizon, des phares trouent l'obscurité. Il n'y a pas un véhicule, mais plusieurs ! C'est une colonne de militaires allemands. Ils la font monter à bord, mais ils tournent avant le point de rendez-vous. Edda songe qu'elle y est presque. Que les derniers kilomètres, elle les fera à pied.

Elle court le long de la route, trébuche dans la neige et tombe sur la chaussée glacée. Une douleur fulgurante lui coupe le souffle. Elle s'est tordu la cheville. Elle hurle de rage, donne des coups de poing dans la neige et fond en larmes.

– Ça va, madame ?

Surprise, elle tourne la tête et aperçoit au-dessus d'elle un cycliste. C'est un soldat italien. Dans l'obscurité, il ne la reconnaît pas. Elle lui raconte une histoire de mère malade, et il propose de l'emmener sur son porte-bagage jusqu'au point de rendez-vous. Elle y arrive enfin. Il est vingt-trois heures. Elle a deux heures de retard. Personne ! Persuadée que tout est encore possible, elle attend. Les heures passent, elle est gelée. Pour se protéger du froid, elle se calfeutre dans un fossé. De là, elle les entendra arriver.

À cinq heures du matin, frigorifiée et épuisée, elle remonte sur la route, et arrête la première voiture qui passe. Le conducteur la ramène à Vérone. Elle se précipite aussitôt à la Kommandantur, et demande à voir le général Harster. Il la reçoit, confus. L'opération a été annulée.

– Comment ça, annulée ! explose-t-elle.

– Ribbentrop a eu connaissance de notre plan.

– Il l'ignorait ?

– Évidemment ! Tout comme Hitler ! Le Führer est furieux contre Himmler et Kaltenbrunner. Quand ils lui ont expliqué le danger que représente le journal pour l'image du Reich, il a fini par céder. Mais après une longue hésitation pendant laquelle Goebbels et Ribbentrop ont beaucoup insisté. Hitler m'a confié la responsabilité de l'incarcération de Ciano jusqu'à la fin… Il m'a dit que j'en répondrai sur ma tête.

Edda est effondrée. Harster explique aussi qu'il n'y avait personne au rendez-vous.

Hildi surgit et saisit Edda par le bras.

– Mais vous êtes folle d'être venue jusqu'ici !

Elle l'entraîne dans sa chambre d'hôtel. Edda se débat, hurle, crie au complot. Elle les accuse tous de l'avoir trahie.

– J'ai essayé de vous retrouver sur la route, je vous ai cherchée partout, mais je ne vous ai pas vue.

– Évidemment, j'avais deux heures de retard, je me suis réfugiée dans un fossé !

– J'ai attendu une demi-heure, puis je suis repartie, dit Hildi. Il faisait trop froid. Je voulais vous remettre une lettre de Galeazzo. Il l'a écrite quand je lui ai dit que l'opération était annulée.

– Quelle lettre ?

Hildi lui tend une feuille pliée en quatre, sortie en fraude de la prison.

« Mon Edda,

Pendant que tu es toujours dans l'illusion que je vais être libéré, que nous serons toujours ensemble, commence mon agonie… »

Edda éclate en sanglots. C'est fini. Il n'y a plus la moindre chance de le sauver. C'est trop dur, trop injuste. Ils ont tout essayé. En vain. Hildi la prend dans ses bras.

– Je suis désolée, Hildi, je n'aurais pas dû vous parler comme je l'ai fait. Je vous remercie pour tout. Même si c'est trop tard, même si…

Elle est prise de hoquets. Hildi la réconforte comme elle peut et lui dit que Pucci l'attend à la clinique de Ramiola, près de Parme, tenue par les frères Metocchi, des amis.

Les deux amants se retrouvent avec soulagement et émotion. Edda fond en larmes dans les bras d'Emilio Pucci. Mais le temps presse. Pucci découpe la manche d'un pyjama et coud à l'intérieur les volumes les plus importants du journal, ceux concernant les années de guerre. Il relie le tout avec un ceinturon qu'Edda noue autour de sa taille sous sa veste. Les autres volumes sont confiés aux Metocchi.

– Rejoins-moi dès qu'il fera nuit ! s'écrie Pucci en partant.

Vérone

La veille de son procès, Ciano commence la rédaction de son testament.

> *« Aujourd'hui, 7 janvier 1944, sain de corps et d'esprit, à la veille d'être injustement condamné à mort, je dispose ainsi de mes biens… »*

Il laisse tout à Edda et à leurs enfants, établit la liste de ses biens et demande à être enterré auprès de son père. Il a rencontré quelques heures plus tôt son avocat, et il sait qu'il n'a plus guère d'espoir d'échapper à la mort.

Frontière italo-suisse

Edda est recherchée. Elle attend la tombée de la nuit pour se glisser hors de la clinique et retrouver Pucci. Son amant a obtenu des Allemands la permission de se rendre dans un hôpital pour un contrôle médical à Ferrare. En réalité, ils vont à Viggiu, une ville frontière où ils passent la nuit. Comme Edda et Pucci l'ont prévu, les SS débarquent à la clinique de Ramiola. Ils demandent à voir Edda, on leur répond qu'elle est en train de dormir. Ils forcent le passage, voient placardé sur la porte un mot. « Je suis très fatiguée, merci de ne me déranger sous aucun prétexte. » Les SS enfoncent la porte. La chambre est vide.

Edda et Pucci ont un peu d'avance sur les SS qui sont à leurs trousses. Les Allemands ont pour mission de retrouver Edda avant qu'elle passe en Suisse. Edda suit son guide, après lui avoir fourni un sac de riz pour payer les gardes-frontières suisses. Pucci l'accompagne jusqu'à la frontière. Ils y parviennent à la tombée de la nuit. Ils sont à une centaine de mètres de la ligne quand le guide leur ordonne soudain de se coucher à terre. Une patrouille allemande. Edda est dans un état second. Plus rien ne lui importe. Ciano va mourir. Elle se moque de la suite. Quand elle entend le guide les encourager à le suivre, elle se redresse et constate que les Allemands ont disparu.

On l'arrête à la frontière. Les douaniers refusent de la laisser passer sans avoir auparavant eu l'accord de leur chef à Berne.

Elle passe la nuit au poste. À l'aube, on l'emmène à Neggio, où se trouvent déjà ses enfants. Elle les serre dans ses bras à les étouffer.

Vérone

Pucci est épuisé. Cela fait quasiment huit jours qu'il n'a pas dormi. Après s'être assuré qu'Edda est saine et sauve en Suisse, il retourne à Vérone pour remettre à Hildi les lettres d'Edda destinées aux autorités allemandes et à son père, puis il s'arrête sur le bord de la route pour se reposer. Mais la voiture ne repart plus. Il fait signe pour demander de l'aide, et tombe malheureusement sur les SS qui le cherchent.

– Où est la comtesse ? aboient-ils en pointant leurs armes sur lui.

Le chef du détachement égrène les secondes. Mais Pucci s'entête à se taire. On le roue de coups de pied avant de le conduire au quartier général, où Hildi l'aperçoit fugacement. On emmène Pucci à Viggiu, on demande au patron de l'hôtel s'il reconnaît Pucci. L'homme acquiesce : c'est bien lui qui a aidé Edda à franchir la frontière.

De retour à Vérone, l'interrogatoire commence aussitôt. Pendant des heures, Pucci est fouetté, roué de coups, injurié. À un moment, ses bourreaux cessent de le frapper, et lui demandent de se nettoyer. Il essuie son visage plein de sang à l'aide d'un mouchoir, retrouve un peigne dans sa veste, et commence à se recoiffer maladroitement. Son corps entier est endolori. Le moindre geste lui arrache des gémissements qu'il s'entête à taire. Mais il se tourne vers ses bourreaux, et leur demande :

– Ainsi, ça vous convient ?

Intérieurement, il jubile de cet instant où il les sent déconcertés. Mais cela ne dure pas. On le lie à une chaise avec des chaînes aux poignets et aux doigts. Il va rester ainsi toute la nuit. La douleur est si effroyable qu'il perd connaissance. On le réveille à coups de jets d'eau glacée, et ses bourreaux s'installent devant lui pour dîner en lui souhaitant un « *guten Appetit* ». Pucci n'en peut plus. À peine leur repas terminé, l'interrogatoire reprend. On lui refait le coup des secondes pour répondre, mais à bout de forces, il s'évanouit.

De la suite, il se souvient à peine. Il se réveille dans une cellule, affalé sur un sol froid. Le lendemain, ça recommence. On lui dit qu'il en sera ainsi jusqu'à ce qu'il parle. Il retrouve dans le col de sa veste une lame de rasoir et tente de se suicider en se taillant la gorge. C'est un échec, il ne sait pas s'y prendre. Au matin, on essaie de le torturer encore, mais il persiste dans son silence. On le ramène en cellule, avec curieusement certains égards. Il se méfie, se dit que c'est une nouvelle stratégie de leur part pour le faire craquer. Il se recroqueville sur le sol. Soudain, une voix de femme.

– Oh, mon Dieu !

Ses paupières sont tellement gonflées qu'il peine à ouvrir les yeux. Et à distinguer la personne dans sa cellule. Hildi fond en larmes en le découvrant dans cet état.

– Promets, lui dit-elle d'une voix forte, promets qu'Edda ne fera jamais rien contre l'Allemagne.

Il lève la tête vers elle.

– C'est pour te sortir de là, lui chuchote-t-elle.

Alors il promet. On le reconduit à la frontière. Cette fois, il s'écroule. Dans un hôpital, les médecins constatent que son crâne est fracturé en trois endroits. Il n'a pas trahi Edda.

*

Dans la salle de musique du Castelvecchio, là où s'est tenu le congrès fasciste, le procès des traîtres du 25 juillet vient de commencer. La salle est remplie d'officiers allemands et de hiérarques locaux en chemise noire. On a remplacé les fauteuils destinés aux accusés par de simples chaises. Derrière les juges flotte un immense drapeau noir avec un faisceau et un minuscule crucifix. Ciano a remis ses vêtements de ville, veston marron foncé, pantalon gris ainsi qu'un élégant pardessus beige. Les interrogatoires débutent. Tous contestent la volonté de trahir Mussolini, le Duce ou l'alliance avec l'Allemagne. Ciano repousse les accusations avec dédain.

– Mon vote n'avait qu'un seul but : faire intervenir la couronne dans la guerre alors qu'elle y était étrangère depuis le début.

On lui reproche de ne pas avoir prévenu le Duce ni d'être intervenu en sa faveur. Il répond qu'il ne pouvait rien faire, suspect et surveillé comme il l'était par le régime de Badoglio. Chaque fois qu'il prend la parole pour répondre, des vociférations éclatent, des « Traître ! », des « À mort ! » fusent.

Le lendemain, cela recommence. Mêmes questions, mêmes réponses.

– Vous auriez dû intervenir, assène Vecchini, le président. C'était votre devoir en tant que parent.

Ciano hausse les épaules.

– Je ne pouvais rien faire. Sans doute ai-je commis une erreur, mais je n'ai en rien trahi le Duce ni le régime.

Il sait que les preuves d'un complot avec le roi sont faibles, si ce n'est inexistantes.

Le lendemain, l'accusateur Fortunato lance l'imputation

d'avoir « trahi l'idée fasciste », dont on ne sait pas trop en quoi elle consiste. Il réclame la peine de mort contre tous les accusés.

Les avocats plaident le défaut d'intention. Celui de Ciano est particulièrement nul, il bafouille, se répète. Les juges délibèrent. On sait que le sort de Ciano est voté à l'unanimité. De Bono a failli s'en tirer, mais quand le juge Vezzalino a menacé les autres, il s'est dressé en s'écriant :

– Ici on trahit le fascisme !

Du coup, quand Vecchini prononce la sentence, il le fait presque à voix basse. Tous sont condamnés à mort, sauf Cianetti, qui avait écrit au Duce le lendemain du Grand Conseil pour se rétracter en faveur de Grandi.

– Lui seul s'en tire, dit Ciano à De Bono qui a mal entendu la sentence. Pour nous, c'est la fin.

Marinelli, qui est presque sourd lui aussi, demande à Ciano :

– Mais, pour moi, qu'ont-ils décidé ?

– Comme pour nous, la mort.

Marinelli s'évanouit.

Berlin

– Bonjour, *Fräulein*, nous nous connaissons déjà, n'est-ce pas ?

– Tout à fait, répond Lisbeth. Je vous ai rencontré lors de l'enquête d'usage avant de travailler chez le docteur Goebbels.

Le policier hoche la tête d'un air bienveillant. C'est un petit bonhomme ordinaire, avec des lunettes d'écaille et un gilet gris. Il ne lui manque que les lustrines, mais Lisbeth l'a déjà remarqué, c'est un homme d'une extrême courtoisie. Un modèle de policier. Rien à voir avec les agents de la Gestapo ou du département criminel de la police de Berlin.

– Votre enquête d'entourage était excellente, la félicite-t-il. On vous a couverte d'éloges, que ce soit au Lebensborn ou à la section du BDM. Vous y êtes la secrétaire, m'a-t-on dit.

– En effet.

– Je n'ai donc eu aucune difficulté à remettre à la secrétaire du docteur Goebbels cette partie de mon rapport. C'est la raison pour laquelle il vous a aussitôt embauchée.

– J'ignorais qu'il y avait une suite.

Le policier hoche la tête. Il est moins souriant.

– J'aurais dû commencer par là. Mais, rencontrant quelques difficultés pour avancer, je suis passé directement au stade suivant pour ne pas vous pénaliser. J'ai eu raison, n'est-ce pas ? *Frau* Magda Goebbels est ravie de votre travail, le docteur également. Les enfants vous adorent, et vous avez même été présentée au Führer.

– Absolument, répond Lisbeth, de moins en moins à l'aise.

Elle ne comprend pas les raisons de sa convocation. Le policier ôte ses lunettes qu'il essuie soigneusement avant de les replacer sur son nez.

– Il manque cependant un élément important. La partie « identité, origine » que je n'ai pas, à l'époque, pu renseigner. Et c'est la raison de notre entretien. Vous remarquez, *Fräulein*, que je ne mentionne pas un interrogatoire, mais un entretien.

Le changement de ton du policier inquiète Lisbeth de plus en plus, même si elle sait qu'elle n'a rien à se reprocher.

– Je vous en remercie, mais je me souviens d'avoir répondu à toutes vos questions, et présenté tous les justificatifs.

Sans lui répondre, l'enquêteur ouvre une chemise et feuillette les documents à l'intérieur.

– En effet, reprend-il. Vous avez déclaré vous appeler Elisabeth Grafenfried, être née en 1923, et être la fille de

Wilfried et de Greta Grafenfried, demeurant tous deux à Berlin. Votre père est décédé en 1936, et votre mère un peu plus tard. Vous avez été élevée par le Lebensborn, vous y avez grandi, et êtes vous-même devenue la mère d'une petite Helga.

Lisbeth acquiesce. Où diable veut-il en venir ? Elle a beau être habituée à l'esprit particulièrement protocolaire de la bureaucratie prussienne, elle serait rassurée si l'agent en face d'elle allait droit au but.

– Et de quoi s'agit-il, *Herr Doktor*[1] ?

– Ce dont il s'agit, mademoiselle, c'est que vous ne vous appelez pas Grafenfried, mais Horowitz ! Comme votre père, contrairement à ce qui est indiqué sur l'acte que vous nous avez fourni. Vos parents ne se sont jamais mariés.

– Je ne comprends pas…

Lisbeth, effarée, le fixe.

– Tous les documents sont faux.

– Mais c'est impossible ! Je… je vous ai donné ceux dont je disposais. C'est le Lebensborn qui me les a fournis ! Comment auraient-ils pu être falsifiés ?

L'enquêteur hoche la tête.

– Reconnaissez-vous cet homme ?

Lisbeth jette un œil au cliché que le policier lui tend. Elle voit un homme amaigri, portant une tenue rayée. L'image devient floue sous ses yeux. Cet homme, c'est son père. Mais pourquoi cette tenue ?

– Votre père a été arrêté en 1936. Et envoyé à Dachau, puis à Auschwitz-Birkenau. Est-ce que vous l'identifiez sur cette photo ?

Elle acquiesce. Mais ne comprend pas. Son père est mort quand elle avait sept ans. C'est sa mère qui le lui a appris.

1. En Allemagne, comme en Italie d'ailleurs, le titre de « docteur » s'applique aux personnes disposant d'une autorité réelle ou supposée.

– Pourquoi… pourquoi a-t-il été arrêté ?

L'enquêteur fait un signe de la tête.

– Vous n'êtes pas sans savoir qu'en 1936, les lois antisémites ne permettaient pas encore d'envoyer les Juifs dans les camps. Votre père a été arrêté parce qu'il était un imprimeur, et fabriquait et vendait de faux papiers. Quand on s'est aperçu qu'il était juif, il a été envoyé à Birkenau, où il a été gazé en 1942. Il y a deux ans à peine, donc.

Lisbeth se met à trembler.

– Et… et ma mère ?

– Elle est décédée de mort naturelle. Elle ne vous a jamais rien dit ?

Elle secoue la tête et commence à pleurer. L'enquêteur lui tend un mouchoir. Lisbeth s'essuie les yeux. Elle regarde l'enquêteur avec terreur.

– Vous… vous voulez dire que… que mes deux parents étaient juifs ?

Il hoche la tête.

– Et donc que vous aussi ! Quant à votre fille, c'est une *Mischling* puisque le père est aryen. Un officier du quartier général, un héros de l'Allemagne, n'est-ce pas ?

Elle fait un signe d'assentiment. Elle tremble de tout son corps.

– Vous allez nous envoyer dans un camp ?

Il fait un signe de tête négatif.

– Ne vous inquiétez pas, mademoiselle. Il ne va rien vous arriver. Je vais détruire ces documents et vous allez continuer votre travail comme si de rien n'était. Je prends ma retraite la semaine prochaine et vous n'entendrez plus jamais parler de moi.

– Pourquoi faites-vous ça ? Pourquoi m'aidez-vous ? Je… je n'ai rien à vous donner. Pas d'argent…

– J'ai été l'un des tout premiers clients de votre père.

– Je ne comprends pas…

– Eh bien, mon identité est aussi fausse que la vôtre, mademoiselle. C'est à votre père que je dois d'être encore en vie.

Vérone

L'heure de mourir n'a pas encore sonné pour Ciano. Un peu plus tôt, il a bu l'ampoule de poison confiée par Hildi. Ce n'était pas du poison. Quelqu'un a changé le liquide ou peut-être n'y en a-t-il jamais eu. Quand elle entre dans la cellule, il lui baise la main, montre l'ampoule vide.

– Je ne m'attendais pas à cela de toi.

– Ce n'est pas moi, j'ai tenu ma promesse. Je n'y suis pour rien.

Il répond que c'est sans importance. Le poison ou le peloton. Quel intérêt maintenant ? Il leur reste un peu de temps. L'envie ne vient pas, mais ça ne fait rien. Ils restent enlacés, étendus l'un contre l'autre. Ils murmurent, chuchotent les choses de leur vie, celle qui va s'éteindre, celle qui va continuer.

– Que vas-tu faire après ? demande-t-il.

Elle répond qu'elle n'y a pas réfléchi. Sa voix tremble.

La nuit file maintenant, le directeur de la prison autorise les prisonniers à se retrouver dans le couloir. Les condamnés parlent entre eux. L'aube monte sur la ville. Personne ne vient les chercher. Certains se mettent à croire à la grâce du Duce.

Don Chiot vient dans la nuit pour les préparer à la mort. Sur le seuil de sa cellule, Galeazzo murmure :

– Monseigneur, je veux mourir dans la foi catholique, apostolique et romaine.

Le prêtre fait un geste pour se retirer avec lui, mais les SS s'y opposent fermement. Ciano explose de colère et les insulte. Don Chiot essaie de le calmer. On appelle le directeur qui tente d'obtenir l'autorisation, mais rien à faire. Hildi finit par téléphoner au commandant de la Gestapo pour que l'ordre enfin soit donné de laisser passer le prêtre. Don Chiot confesse successivement les cinq condamnés. Certains d'entre eux soutiennent Marinelli, étendu sur son lit à cause de ses problèmes de cœur. Personne ne parle plus de politique, mais de souvenirs de famille, de ceux que l'on ne reverra plus, de ceux qui veillent et prient pour eux en ce moment. Parents, épouses, enfants, frères et sœurs.

Au matin, toujours personne. Soudain, De Bono s'écrie :

– Cela fait soixante-deux ans que je porte les étoiles et pas une fois je ne les ai déshonorées ! Pas une, vous m'entendez ? C'est trop, Seigneur ! C'est trop !

Don Chiot serre sa main, la retient entre ses doigts. De Bono s'affaisse.

– Pardonnez-moi, souffle-t-il. C'est le soldat qui parlait. Maintenant c'est l'homme. Et l'homme est plus que le soldat. Je saurai tout accepter, la mort est bien plus grande que n'importe quelle vanité de grade.

Puis le vieux maréchal, quadriumvir de la marche sur Rome, commandant de la guerre d'Éthiopie, gouverneur de Libye, évoque un dialogue de Platon qu'il mélange à ses souvenirs de l'Évangile. Enfin, il incite les autres à réciter le « Je vous salue, Marie ». Silencieuse, Hildi se tient aux côtés de Galeazzo.

Il est neuf heures quand un fourgon franchit la porte de la prison. Les miliciens du peloton descendent. Ce sont les *mirini*, ceux qui devront viser la nuque ou le cœur. Le préfet Cosmin et l'accusateur Fortunato viennent leur annoncer que la grâce a été refusée. Un petit cortège se forme, les condamnés remercient les gardiens de la prison pour leur gentillesse et leur soutien en leur serrant les mains. Hildi se retient d'éclater en sanglots. À son poignet, la montre en or que Galeazzo portait à son arrivée aux Scalzi.

Dans la cour, Galeazzo a un mouvement de révolte. De Bono pose sa main sur son épaule.

– Pardonne, Galeazzo, pardonne maintenant que nous devons comparaître devant le tribunal de Dieu. Nous avons tous besoin d'être pardonnés.

Galeazzo saisit la main de don Chiot.

– Que l'on dise à mes enfants que je meurs sans rancœur envers personne. Nous sommes tous emportés par la même tempête.

Le fourgon se dirige vers le bastion de San Procolo. Dès que le fourgon a quitté les Scalzi, les sirènes se sont mises à hurler, et les rues se sont aussitôt vidées. Sur les murs de la ville, Galeazzo découvre l'inscription « *Viva Ciano !* ».

Une petite foule est déjà près des cercueils. Le fourgon fait le tour pour entrer par la porte de derrière. À peine est-il à l'intérieur que les sirènes cessent. Les condamnés descendent un par un. Il y a cinq chaises au bas du terre-plein.

– Maréchal, dit Ciano à De Bono, votre grade vous donne le privilège de choisir votre chaise.

– Là où nous allons, mon ami, il n'y a plus de privilège.

Tous avancent d'un pas ferme, sauf Marinelli qui a besoin d'être soutenu.

– Non ! se met-il à hurler. Ne le faites pas ! C'est un assassinat ! Nous sommes innocents !

Tous refusent le bandeau. Les mains liées au-dessus de la chaise, le dos tourné au peloton, ils attendent leur mort à la manière des condamnés pour trahison. Don Chiot présente à chacun le crucifix à baiser. Marinelli crie toujours et s'agite sur sa chaise. L'un des membres de l'escorte lui dit :

– Calme-toi, le vieux. Tu verras que ce n'est rien.

Galeazzo porte son pardessus clair, celui qu'il avait en arrivant aux Scalzi, et un chapeau comme tous les autres. Il se retourne pour regarder le peloton en face.

– Maintenant, nous y sommes…, murmure-t-il. Comment a-t-on pu en arriver là ?

Pense-t-il à la prédiction qu'il avait faite au golf de l'Acquasanta pour amuser les marquises en assénant que chaque fois qu'il se trouvait contre un mur, il avait l'impression d'être fusillé ?

Nino Furlotti donne l'ordre. La première salve ne les touche pas tous, certains miliciens ont volontairement tiré à côté. Galeazzo tombe à terre. À la deuxième salve, Galeazzo, atteint par les projectiles dans son dos, réclame de l'aide. Le médecin fait signe à Furlotti, qui s'approche et tire deux balles dans sa tempe droite.

Les corps sont transportés dans la cour d'honneur, sous un arbre aux branches en croix. Don Chiot ferme les yeux des condamnés et les baigne d'huile sainte. Les caméras des actualités *Luce* ont cessé de tourner. Le public défile devant les dépouilles. Hildi, le visage à moitié caché par un foulard, et les yeux dissimulés derrière des lunettes noires, vient rendre un dernier hommage à son amant. Personne ne la reconnaît.

Berlin

Le mois de juin est étouffant. Lisbeth erre dans la ville. Depuis janvier, depuis que le policier lui a fait ces terribles révélations sur ses parents, elle se sent mal, elle ne reconnaît plus rien, ni les boulevards ni les places. Cette ville où elle est née, où elle a été élevée, cette ville qu'elle n'a jamais quittée, lui est étrangère. Le regard fixe, elle avance sur les trottoirs, bouscule les passants, manque de se faire renverser en traversant la chaussée. Son monde s'est effondré comme un monument sous une bombe. « Juive ». Le mot résonne sans cesse dans son esprit, rebondit dans sa bouche. Voilà ce que je suis devenue, se répète-t-elle. Toute sa vie n'est qu'un immense mensonge. Toutes ses certitudes, tout ce en quoi elle croyait n'est plus que poussière. Comme ces gloires de l'architecture nazie faites pour durer mille ans, comme le Reich dont il ne restera bientôt plus rien. Sa vie a basculé. Jusqu'à ce jour fatidique, pour Lisbeth, les Allemands n'étaient responsables de rien, ils subissaient des événements qu'ils n'avaient pas choisis et se défendaient vaillamment grâce à l'aide éclairée du Führer. Les Juifs, eux, étaient responsables de tout. De la pluie, de la guerre, des tremblements de terre, des incendies. Tout était leur faute.

Au fil des mois, tout se bouscule dans son esprit. Elle pense à son père et à sa mère, à Claire, la fiancée de Werner, aux vitrines brisées de la Nuit de cristal, aux familles déportées dans des trains. À tous ces pauvres gens, elle pensait à peine. Toute sa vie, on lui a expliqué qu'ils étaient le mal incarné. Hitler s'en occupait. Grâce à lui, on allait bientôt être débarrassé d'eux. *Judenfrei*[1]. L'expression ne la choquait pas. Elle ne se sentait pas concernée. Maintenant, j'en fais partie, se dit-elle. Je suis comme tous ces gens que l'on pousse dans les wagons, dans les convois, que l'on chasse à coups de trique et d'injures. Comment est-ce possible ? Elle pense à sa fille, sa toute petite. Ces histoires de bébés que l'on jette dans le feu, qui les lui a racontées ? Werner ? Quelqu'un d'autre ? Elle ne sait plus, elle

1. Sans Juifs.

avait à peine écouté. Elle ne voulait rien savoir de ces affaires-là, comme tous ceux autour d'elle. Elle se rappelle l'épouse du *Gauleiter* de Vienne, au Berghof, qui s'était fait rabrouer par Hitler parce qu'elle avait osé évoquer les mauvais traitements faits aux femmes juives lors des arrestations. Lisbeth avait été troublée sur l'instant. Du courage d'exprimer à haute voix ce qui l'avait parfois dérangée, elle. Assister aux arrestations était désagréable. Cette femme avait osé interroger l'homme le plus juste, le plus droit, le plus omniscient. Mais au lieu de lui répondre, le Führer l'avait chassée.

J'aurais pu être l'une de ces femmes arrêtées, se dit-elle avec effroi. J'aurais pu moi aussi être rouée de coups, envoyée dans un camp, voir mon enfant se faire tuer. Elle s'arrête à une terrasse sur l'Alexanderplatz et s'affale sur une chaise. Le serveur vient prendre sa commande. Elle lui demande un chocolat chaud et un gâteau. Il les lui apporte avec cérémonie.

– Il n'en reste plus beaucoup, lui explique-t-il en les déposant sur la table.

– Pardon ?

– Les Juifs, enchaîne-t-il, ils nous prennent tout.

Elle le fixe, sidérée. Jette un coup d'œil au gâteau et au chocolat, paie et quitte aussitôt le café. Il n'y a plus de Juifs à Berlin, songe-t-elle. Je suis la dernière.

Elle regarde autour d'elle, il ne faut pas qu'on la remarque. On pourrait l'arrêter. Elle s'effondre sur un banc, allume une cigarette, se met à tousser.

– Vous avez besoin de quelque chose, *Fräulein* ?

Devant elle, un policier. Elle sursaute. Il veut l'arrêter.

– Non, c'est un simple malaise. Je vais mieux, je vais rentrer chez moi. Merci, monsieur l'agent.

Elle se lève. « Ne vous inquiétez pas, mademoiselle. Il ne va rien vous arriver. » Elle repense à son père, à sa tenue rayée. « Je vais détruire ces documents et vous allez continuer votre travail comme si de rien n'était. » Elle passe devant un kiosque à journaux. « Je prends ma retraite la semaine prochaine et vous n'entendrez plus jamais parler de moi. » En une d'un magazine, la photo d'Heydrich. Cela fait deux ans qu'il a été assassiné à Prague. Adolescente, elle en était amoureuse, comme toutes ses amies. Il représentait l'homme parfait avec son visage fin et délicat sous sa casquette noire. Un des plus actifs dans la chasse aux Juifs, l'ami d'Himmler et d'Eichmann, le maître du RSHA. Quand elle a appris que des terroristes l'avaient abattu dans sa voiture découverte et qu'il avait mis des jours à mourir, elle a même pleuré.

Elle s'arrête devant le kiosque, tourne la tête des deux côtés pour vérifier que personne ne la regarde, et crache sur la photo.

Pologne

Les Russes sont à cent kilomètres de la frontière de la Prusse-Orientale. Il ne faut plus perdre de temps. Il faut supprimer Hitler avant l'invasion du Reich. À l'ouest, les Alliés ont débarqué en juin, et les combats sont acharnés en Normandie. Les conjurés ont préparé un appel qui devra être diffusé sitôt après l'attentat. Il commence par ces mots : « Hitler est mort. »

Nous sommes le 15 juillet 1944. Tout est prêt ou presque pour que Stauffenberg agisse dans l'après-midi. L'une des conditions pour que l'attentat soit commis est de couper les liaisons entre le quartier général et l'extérieur. C'est la mission de Werner. Il doit informer Stauffenberg que cette condition est remplie et ne transmettre le message qu'au dernier moment. Stauffenberg pourra alors actionner le détonateur et quitter la réunion avant que la bombe explose.

Mais rien ne se déroule comme prévu. Des rumeurs d'arrestation parcourent les cercles prêts à agir. Il se dit que la Gestapo surveille le logement de certains d'entre eux. On apprend que Rommel vient d'être gravement blessé dans un accident de voiture. En réalité, sa participation au complot n'est pas acquise, mais il a promis, si Hitler est tué, d'ouvrir le front de l'ouest aux Alliés. Le projet d'attentat est reporté. Une nouvelle date est fixée : le 20 juillet. Cette fois, la décision est irrévocable, Stauffenberg est décidé.

Werner vérifie chaque point de sa mission. Il se prépare de nouveau pour le saut dans l'obscur.

Berlin

Lisbeth est dehors, quand un orage éclate. En quelques instants elle se retrouve trempée. La pluie frappe fort, la chaussée charrie des ruisseaux, les égouts débordent. Le ciel s'est soudain assombri et il fait presque nuit. Elle court pour trouver un abri, glisse et tombe de tout son long. Violente douleur à la cheville. Elle se relève comme elle peut, s'appuie au mur. L'eau dégouline sur son visage et s'infiltre sous son vêtement. La douleur est insupportable, elle résonne dans son pied et remonte le long de sa jambe.

Elle regarde autour d'elle et reconnaît la rue. C'est celle où habite Werner. Comment a-t-elle pu arriver là ? La pluie redouble, Lisbeth se traîne devant la porte de l'immeuble. Encore le tonnerre. Un éclair illumine la rue. Elle fouille dans son sac. La clé est toujours là, dans la même poche. En partant, lors de leur rupture fin septembre, elle a oublié de la lui rendre et il n'a pas osé la lui réclamer. Peu importe, il lui faut trouver un abri, n'importe lequel. Elle ouvre la porte, grimpe l'escalier marche après marche jusqu'à l'entrée de l'appartement. Elle y parvient enfin. Rien n'a changé, Werner est un homme méticuleux. Elle s'effondre sur le canapé, ôte ses chaussures. Sa cheville est enflée. Dans l'armoire à pharmacie, une crème. À quoi sert-elle ? Elle n'en sait rien, mais se masse avec. La douleur s'estompe peu à peu. Elle s'allonge sur le canapé et ferme les yeux. Werner ne viendra pas aujourd'hui. Il faut qu'elle lui laisse un mot pour indiquer qu'elle est passée et que tout a changé, qu'elle lui doit des excuses, qu'elle veut le revoir. Elle n'écrira pas qu'elle est devenue juive depuis peu. Il y a des imprudences qu'il faut éviter. Sur la table, devant le canapé, des feuilles et même un crayon. Elle saisit la première. Un texte figure déjà, dactylographié, un texte bref. La première phrase l'interpelle. *« Le Führer est mort. »*

Rastenburg

20 juillet 1944. Stauffenberg se trouve déjà dans le bunker du haut commandement de la Wehrmacht, dans la zone interdite I, où va se tenir la réunion. Il est seul et doit amorcer les deux charges explosives prévues, qu'il transporte dans sa sacoche. Le premier détonateur est réglé sur six minutes, le second sur trente, mais il est certain que le déclenchement du premier entraînera aussitôt le second.

Werner, lui, se trouve dans un autre endroit, près du général qui doit bloquer le service des transmissions et isoler ainsi le QG de Rastenburg du reste du monde. C'est la condition de la réussite. Mais le général est hésitant, il veut attendre la confirmation de la réussite de l'attentat avant d'agir. Werner rétorque que ce n'est pas ce qui était convenu.

– Peut-être, mais c'est ma décision ! Rien avant la confirmation.

– Alors il faut annuler l'opération.

Werner se précipite vers le bunker pour prévenir Stauffenberg. C'est lui qui choisira, mais si l'attentat échoue, Hitler prendra la parole à la radio et communiquera aussitôt. C'est pourquoi les transmissions doivent être coupées pour permettre aux conjurés de déclencher l'opération Walkyrie avant que la nouvelle de l'échec se répande. Hitler vivant ou mort, l'opération doit entraîner la prise de pouvoir. Werner arrive devant le bunker. Vingt-quatre hommes de haut grade se trouvent à l'intérieur, deux SS montent la garde à l'entrée. Ils viennent relever leurs collègues dont le service est achevé.

– J'ai un message pour le colonel Stauffenberg, dit Werner.

– Je vais le chercher.

Mais Stauffenberg est déjà reparti, laissant sa sacoche posée contre un montant de la table où sont déployées les cartes. Un officier vient de la déplacer de quelques centimètres, de l'autre côté du montant de la table de réunion.

– Le colonel vient de sortir.

Il est douze heures trente. Werner sait qu'il ne pourra pas pénétrer à l'intérieur. Le mieux est d'essayer de retrouver Stauffenberg. Il repart aussitôt en sens inverse et les gardes reprennent leur position. On entend la voix d'Hitler réclamer la présence de Stauffenberg pour faire le point sur la situation. Un général part aussitôt à sa recherche. Werner vient de rejoindre Stauffenberg à proximité du bunker.

– Je suis venu vous prévenir, murmure-t-il, on ne pourra pas couper les transmissions.

– Trop tard.

Ils attendent la voiture qui doit les conduire à l'aéroport, quand soudain : une explosion assourdissante. On voit des flammes. Werner murmure :

– Ça y est.

À l'intérieur, les fenêtres se brisent sous le souffle, le plancher explose et les vingt-quatre hommes sont plaqués au sol, brûlés, certains morts sur le coup. Hitler, qui était penché sur une carte, a ses vêtements en lambeaux. Le plateau de la table est pulvérisé.

– Où est le Führer ? hurle Keitel avant de l'apercevoir et de le serrer dans ses bras. *Mein Führer*, vous vivez !

L'aide de camp et le valet d'Hitler le conduisent aussitôt dans son bunker personnel.

On dépose les morts sur des civières. L'un des cadavres est recouvert par la cape d'Hitler.

Quand les corps passent devant eux, Stauffenberg reconnaît la cape et la montre à Werner.

– On a réussi !

La voiture arrive. Au poste de garde qui donne accès au terrain d'aviation, on les arrête. L'explosion a été entendue et toute circulation est interdite. Stauffenberg insiste, mais l'adjudant de garde ne veut rien entendre. Stauffenberg prétexte avoir un déjeuner avec le lieutenant-colonel Strem et demande qu'on le joigne. Il ne répond pas, mais son second décroche. Il n'est au courant de rien, et donne son accord pour laisser passer la voiture. Enfin, ils arrivent sur le tarmac et montent dans l'avion. Quelques instants plus tard, ils décollent pour Berlin.

Quand l'avion atterrit, la nouvelle de l'attentat est connue, mais on ignore si Hitler est vivant.

– Il est mort, annonce Stauffenberg, j'ai vu la civière de mes yeux et j'ai reconnu sa cape.

Ils apprennent que le nombre des morts est plutôt important. Des officiers et les deux gardes SS de l'entrée ont perdu la vie.

– On ne sait jamais, dit Stauffenberg à Werner. Va chez toi et attend que je t'appelle. Je vais voir Fromm comme convenu.

C'est le général qui commande l'armée de réserve, il fait partie du complot. Ce qu'ignore Stauffenberg, c'est que le maréchal Keitel, celui qui a pris Hitler dans ses bras après l'explosion, a compris que le complot allait au-delà de l'attentat, et que l'opération Walkyrie était en route. Il a donc déjà appelé Fromm pour lui annoncer qu'Hitler était vivant. Fromm a voulu parler au Führer. Keitel lui a passé la communication.

Au quartier général à Berlin, Stauffenberg demande qu'on joigne Stülpnagel, le commandant des troupes à Paris, en espérant que celui-ci a déjà déclenché l'opération Walkyrie et fait arrêter les SS. Mais Stauffenberg ne comprend pas pourquoi résonne dans les couloirs cette question : « Pour ou contre le Führer ? » Arrive le général Fromm.

– Voici mes ordres…, commence Stauffenberg, le Führer est…

– Vous ne pouvez donner aucun ordre, l'interrompt Fromm. J'ai eu le Führer en ligne. Vous êtes en état d'arrestation.

La nuit est tombée, il ne pleut plus. À Rastenburg, on a déjà identifié Stauffenberg comme l'auteur de l'attentat. On sait qu'il a pris un avion pour Berlin. L'ordre a été donné de l'arrêter.

– Au nom du Führer, enchaîne Fromm, un tribunal de guerre convoqué par mes soins a prononcé le verdict suivant : vous êtes, colonel, ainsi que les autres conjurés, condamné à mort.

Au même moment, un coup de feu éclate dans un bureau voisin. C'est le maréchal Beck, qui s'est raté après avoir été invité à se suicider. Puis un second coup de feu. Un adjudant vient de l'achever.

– Je suis le seul responsable, lance Stauffenberg. Les autres étaient sous mes ordres et n'ont fait qu'obéir.

Dans la cour de la caserne, tous les phares des véhicules militaires ont été allumés. La lumière est aveuglante. D'autres condamnés sont conduits devant un tas de sable. Ils sont fusillés les uns après les autres. Quand vient le tour de Stauffenberg, il s'écrie :

– Vive l'Allemagne secrète !

Fromm transmet par télex : « Tentative de putsch a échoué. Tous les responsables exécutés. » Il passe devant les corps dans la cour, et, debout sur son véhicule, tient un discours enflammé en faveur du Führer et de l'œuvre de la providence. « *Sieg Heil !* » s'écrie-t-il à trois reprises. Et tous les soldats de crier avec lui.

Fromm se précipite chez Goebbels pour lui annoncer l'écrasement de la conjuration et l'exécution des meneurs, avant d'informer directement Hitler. Mais l'enquête a déjà commencé. Sa participation ne fait aucun doute. Il est arrêté[1].

Berlin

La rumeur d'un complot se répand. Certains Berlinois affirment que le Führer est mort, d'autres le contraire. Werner, lui, n'en sait rien. Quand il arrive en bas de chez lui, il lève les

1. Il sera condamné et fusillé.

yeux et aperçoit de la lumière dans le salon. Est-ce un envoyé de Stauffenberg, ou la Gestapo ? Il ouvre la porte, l'estomac noué.

– Que fais-tu ici ?

Lisbeth tient à la main l'appel des conjurés, celui qui commence par « Hitler est mort ». Elle fait quelques pas en clopinant et se jette dans ses bras, en larmes, elle l'embrasse. Il ne comprend pas.

– Je suis affreusement désolée. Je me suis comportée comme une *Schlampe*[1]. Pardonne-moi. Je t'en supplie, pardonne-moi. Je t'aime.

Tout à coup, une voix résonne dans l'appartement.

– Une petite clique de généraux ambitieux a organisé un complot contre notre Reich et contre ma personne.

C'est la voix d'Hitler sur Radio Berlin. On ne peut la confondre avec aucune autre.

*

Commissariat général à l'information
et à la propagande
Jean Luchaire
Sigmaringen station thermale

Signora Ornella Corbucci
36 Via Nomentana
Rome

Chère Ornella,

Me voici ministre depuis le 26 octobre. J'en rêvais depuis le début de l'Occupation. Ceux de Vichy ne voulaient rien

1. Une salope.

entendre. Les listes paraissaient et je n'y figurais pas. Je m'étais donc résigné, puisqu'on m'avait affirmé que le Maréchal me détestait. Il avait raison. Et c'était réciproque. Mais ce n'était pas un motif pour me renvoyer mes requêtes sans un mot. Enfin ça y est ! Ministre donc, enfin commissaire, c'est pareil. Une commission gouvernementale avec voiture, tickets d'alimentation et une chambre chez les Hohenzollern « tout style baroque boche… stuc et carton-pâte ! » comme dit Ferdine[1].

Nous sommes 1 146 curistes à Sigmaringen, en face de la France occupée par les Américains, Leclerc et compagnie. Nous prenons les eaux en attendant les douze balles dans la peau promises. J'ai emmené ma famille. Je ne fais rien, ou pas grand-chose. J'édite mon quotidien La France, *imprimé à la cave et vendu quatre francs. On fait des concours entre nous à qui trouvera le plus beau titre. Je cite : « Banditisme FFI », « Terrorisme gaulliste », « Comment naquit dans le sang la IV*e *République », et enfin et surtout, « Auschwitz camp modèle ! » et « Les Juifs errants reviennent à Paris ». Il y a aussi la radio que j'oubliais,* Ici la France, *concurrente de l'autre radio, celle de Doriot, installée sur le bord du lac de Constance. Nos émissions commencent à dix-neuf heures trente. Robert Le Vigan annonce les dernières actualités et je lis mon édito à vingt heures quarante. Tout autour, Piaf, Tino et consorts et surtout les grands Allemands, Wagner, le modèle du chef, Bach, Mozart, Beethoven et compagnie. Chaque semaine, je rends des comptes au Conseil des ministres, au troisième étage du château, et je dresse le compte rendu puisque investi du rapport des débats. Enfin, les pages culturelles avec « Le journal de guerre du Duce ». Reste l'actualité : la 2*e *DB a pris Strasbourg… Les Anglais cheminent de leur côté, les Américains encore plus (il paraît que*

1. Surnom de Louis-Ferdinand Céline à Sigmaringen.

leurs généraux se disputent beaucoup et jalousent Eisenhower qui a reçu sa cinquième étoile). Le gouvernement, provisoire, de la France a rétabli « l'état de droit », les « figures de presse » intéressent les cours de justice avec des dossiers composés de coupures. En un mot, les fusils des pelotons d'exécution n'ont pas le temps de refroidir. Brasillach attend son tour à Fresnes, et Drieu s'est suicidé. Les Russes avancent au pas de course. Goebbels fait courir des bruits selon lesquels ils ne fusillent jamais les femmes avant de les avoir violées. Bref, l'ambiance est celle que tu imagines. Tout cela ne va pas durer bien longtemps, il va falloir filer sans tarder. Les curistes de Sigmaringen s'y préparent. Où aller ? Je me souviens de ma nationalité italienne à l'origine. Je crois avoir gardé ma carte d'identité de l'époque. Ma femme la recherche fébrilement dans nos caisses. C'est en effet l'Italie que je vise, le Haut-Adige. Pourras-tu me rejoindre quand j'y serai ? Je t'enverrai mon adresse et tu essaieras de venir me voir, chargée de toutes tes relations au Vatican.

Viens me voir donc, et tu me diras si dans l'état où je me trouve, où je serai bientôt, je pue toujours la mort.

Je t'embrasse,

Jean

Berlin

Il faut à Lisbeth du temps pour changer de peau, passer de la nazie modèle à la Juive occulte. Au début, elle passe d'un état à l'autre, se révoltant contre la « fausse révélation », puis admettant qu'elle est vraie. Werner l'assiste dans ce qui ne tarde pas à devenir une quête. Il lui faut plonger dans l'inconnu de ce passé ignoré. Lui-même doit se rappeler ses souvenirs d'histoire, religieuse surtout. Il lui reste quelques livres, à commencer par la Bible, dont Lisbeth ignore tout. Il lui en fait un exposé qui la fascine, Abraham dont l'Éternel suspend le glaive, en passant par Moïse, Ramsès II et la mer Rouge, les quarante ans dans le Sinaï. L'histoire de l'art vient à son secours, il présente à Lisbeth les grandes œuvres tirées de l'Évangile. Cela dure plusieurs semaines, cet exposé. Et encore, ce n'est qu'un résumé.

– Tous des Juifs ? demande-t-elle à la fin.

– Tous !

Elle n'en revient pas. Il passe aux chercheurs, aux politiques, aux écrivains, aux musiciens. La liste est interminable, vertigineuse. Ce sont des noms qu'elle n'a, pour la plupart, jamais entendus. Soudain, cette question :

– Pourquoi ?

Il soutient que la réponse est inconnue. Au début il s'agissait, pour les chrétiens, de reprocher aux Juifs l'assassinat de Jésus-Christ sur la croix. L'affaire est très compliquée. Cette fois, elle en a entendu parler.

– L'accusation ne tient pas une seconde pour qui connaît un peu les Évangiles, explique Werner, et l'histoire antique. Mais au départ c'est cela : les Juifs avaient tué le Fils de Dieu.

– Et après ?

– Après, c'est devenu une habitude. À chaque catastrophe, épidémie, guerre…, on les a rendus responsables. D'autant qu'ils avaient de l'argent et qu'ils prêtaient à usure. Les pogroms effaçaient les dettes.

– Tu crois que je devrais avoir honte ?

– Pas le moins du monde.

Elle se tait maintenant, elle joue avec Helga, puis la lui laisse. Elle veut sortir marcher dans le parc. Elle a besoin de réfléchir à ce qu'il vient de lui dire.

Werner a repris ses fonctions à Rastenburg. Il n'a pas été soupçonné.

Rastenburg

Tout au long de l'été et de l'automne, la répression s'est abattue sur les conjurés, les exécutions ont été ordonnées à la chaîne par Freisler, le juge fou. On a filmé les pendaisons, et Hitler s'est fait projeter les films. Les familles des conjurés ont été déportées en camp de concentration. Il se chuchote que la mort de Rommel, enterré en grande pompe, n'est qu'un suicide forcé. C'était la seule manière de sauver les siens. La Gestapo est partout, Hitler est déchaîné. Lors des procès, il est interdit aux accusés d'expliquer leurs motifs. Parfois, ils se révoltent. L'un d'eux a lancé à Freisler : « Dépêchez-vous de nous pendre, sinon c'est vous qui serez pendu avant nous. »

– Combien de morts, crois-tu ? demande Werner à son ami Gersdorff.

– Plus de deux cents. On ne sait pas exactement. Hitler a ordonné que les procès se tiennent sans public et l'on n'annonce plus les pendaisons.

– Tous sont morts, de Stauffenberg à Tresckow, la corde ou le suicide, c'est cela ?

– Oui.

– La guerre ne va plus durer longtemps…

– Les Alliés ont pris Aix-la-Chapelle, ils sont presque sur le Rhin. Hitler va abandonner Rastenburg, trop près des Russes maintenant. C'est la fin, Werner.

– Je suis convoqué demain au camp de Grafenwöhr.

– J'en ai entendu parler, même si c'est interdit d'en dire un mot. La dernière folie d'Hitler : lancer une attaque à travers les Ardennes.

– J'appartiens à la marine, je ne suis jamais monté sur un char.

Gersdorff lève les yeux au ciel.

– Tu sais parler anglais ?

– Oui, bien sûr.

– C'est tout ce qui compte.

*

À peine arrivé à Grafenwöhr, Werner est dirigé sur un autre camp, le Schloss Friedenthal, pour des tâches d'interprète.

– Votre dossier mentionne que vous êtes multilingue, colonel. Vous parlez donc anglais.

– Moins bien que le français, mais je le parle.

– Pas grave. Tous les militaires dans votre situation sont concernés, y compris ceux de la Luftwaffe et de la Kriegsmarine.

– De quoi s'agit-il ?

– De la plus belle mission de votre vie ! Sous les ordres du colonel Skorzeny. C'est l'opération Greif. Tout vous sera expliqué sur place.

À Friedenthal, Werner apprend que l'offensive va être lancée dans les prochains jours. Son nom de code était Wacht am Rhein (Garde sur le Rhin) pour devenir Herbstnebel (Brouillard d'automne). Les SS s'adressent à lui en anglais, il leur répond dans la même langue. Le voici affilié à la 150e Panzer, il doit signer ce document : « Tout ce que je sais de l'engagement de la 150e Panzer est secret. Le secret sera observé jusqu'après la guerre. Tout manquement est puni de mort. »

À partir de là, il doit saluer à l'américaine. Les participants reçoivent chaque jour des leçons sur la langue et les coutumes américaines, comme poser le couteau avant de manger avec la fourchette, tapoter la cigarette sur le paquet avant de l'allumer. Le reste, ce sont des entraînements de combat en commando. La mission sera de faciliter l'offensive en avant des troupes par la destruction des dépôts de munitions et de carburant et des ponts, et de semer la pagaille dans les communications américaines en coupant les fils et en distribuant de faux ordres. On leur apprend à sauter en parachute. En un mot, ils devront précéder les Panzers en prenant des routes et des chemins de traverse.

– Vous vous planquerez le jour et agirez la nuit, leur annonce l'instructeur.

Hitler vient faire un discours. Chaque officier est fouillé par un garde SS et doit déposer son arme et sa serviette. Tous sont surpris par l'aspect physique du Führer. Son visage est pâle, ses épaules tombent, son bras tremble.

– L'attaque de nos Panzers est une surprise pour les Alliés, dit-il. Elle passe par les forêts touffues des Ardennes encore une fois. C'est dire qu'on ne l'attend pas. Elle doit être exécutée avec la brutalité la plus extrême. Aucune inhibition humaine ne sera tolérée. L'ennemi doit être convaincu que l'Allemagne ne se rendra jamais. Une vague d'effroi et de terreur doit précéder nos troupes !

Il s'arrête et répète en tapant du poing sur la table.

– Jamais ! Jamais !

Plus tard, un officier martèle :

– D'ici douze à quatorze jours, nous serons à Anvers… ou nous aurons perdu la guerre !

Les forces d'assaut sont impressionnantes, la VIe armée de Panzers compte cent vingt mille hommes, cinq cents chars et un millier de pièces d'artillerie. La Ve armée, quatre cents chars et autant de pièces à feu.

15 décembre. C'est la veille de l'offensive. Le *Kampfgruppe*, composé de soldats et d'officiers en uniforme américain, embarque sur des avions dépourvus de signes de reconnaissance. Des jeeps américaines, parfois repeintes, font partie du voyage et seront parachutées en même temps. Skorzeny a fait remettre à Werner un message d'amitié et d'encouragement. Au moment où chaque homme s'apprête à gravir l'échelle de coupée, on lui donne un briquet bon marché.

– Je ne fume pas.

– Aucune importance, il contient des capsules de cyanure au cas où les choses tourneraient mal.

Front des Ardennes

Werner pilote la jeep américaine sur les chemins de traverse. On lui a remis un plan de la forêt qui semble à peu près exact. C'est la nuit. Tout à l'heure, il a atterri dans un champ avec Willi et Hans, les deux officiers qui l'accompagnent. L'un est de la Luftwaffe, l'autre de l'infanterie, mais ils parlent anglais. La jeep était un peu plus loin, en état de fonctionner. On avait même repeint le capot pour lui donner meilleur aspect. Il y en a encore pour deux bonnes heures d'obscurité. La neige est partout, sur le sol et les branches des arbres. Werner ralentit et montre le pont sur le fleuve, il n'est pas gardé, preuve que les Américains ne sont pas encore arrivés jusque-là. Ils abandonnent le véhicule et placent les explosifs sous les piles du pont. Puis, toujours sans un mot, ils reprennent leur route. Ils ne feront sauter le pont qu'au retour. Fin du chemin de traverse. C'est la route maintenant. Le dépôt est plus loin. Soudain un projecteur. Un ordre :

– *Stop ! Documents, please !*

Quatre Américains ont jailli du fourré, pistolet mitrailleur en bandoulière. Werner tend les documents qu'on lui a remis ainsi que sa fausse carte d'identité. La torche fait le tour des visages et des uniformes.

– Quelle unité ?

Il donne le nom, le chiffre de l'unité.

– Où allez-vous ?

Il fournit le nom de ce village après le dépôt de munitions. On voit mal les Américains, les visages sont dans l'ombre des casques.

– Vous pouvez passer.

Il fait un salut à l'américaine, la main sur la tempe et repart. Willi et Hans n'ont pas dit un mot. Ils s'approchent du dépôt de munitions, c'est plutôt important. Des sentinelles partout, ce n'est pas le moment de s'arrêter. Au-dessus d'eux, des bruits d'avions, des bombardiers Heinkel. Les sentinelles s'éparpillent. Quelques pièces de DCA se mettent à tirer, la jeep est garée dans un coin.

– Maintenant ! souffle Werner.

Willi bondit de la jeep et court vers le bâtiment, tandis qu'Hans fait le tour de l'autre côté. Werner attend, moteur allumé. Enfin, les deux reviennent au moment où les sentinelles réapparaissent. Le détonateur est réglé sur dix minutes. Les sentinelles font signe de s'arrêter, Werner sort encore ses papiers.

– On a déjà été contrôlés.

Sans répondre, l'autre recommence avec une torche. C'est un jeune lieutenant à la mâchoire carrée, qui mâche du chewing-gum. Werner allume une Lucky Strike, le lieutenant lui donne du feu.

– Allez-y, les gars !

Werner presse l'accélérateur. Mais il connaît mal la voiture. Le moteur cale. Il faut sortir, les sentinelles accourent, ils veulent les aider. Werner ignore comment s'ouvre le capot, Willi et Hans ont la main sur leur arme. Werner manœuvre la clé, le moteur repart. Soulagement discret.

– Merci, les gars.

La jeep avance doucement sur la neige. Pas question d'accélérer.

– Plus que trois minutes, dit Hans.

Un virage est en vue. Soudain un cri. C'est le lieutenant au chewing-gum. Il leur ordonne de s'arrêter. Qu'a-t-il vu ? Werner enfonce l'accélérateur. Le lieutenant tire un coup de feu, ses hommes accourent, les visent eux aussi. Enfin le virage. On entend le tir saccadé d'un pistolet mitrailleur, la jeep vacille, les pneus sont crevés. Il faut se planquer dans le fossé. À cet instant, l'explosion, une longue flamme rouge. Le dépôt de munitions vient de sauter. Le paysage est éclairé d'un coup. On distingue des corps sur la route. Où est passé le lieutenant au chewing-gum ? Dans le lointain, un grésillement. C'est le poste radio. Werner s'approche. Une voix réclame des nouvelles. Il tire une balle dans le haut-parleur, hèle Hans et Willi.

– On y va. Ils sont avertis maintenant.

Tous trois se mettent à courir sur la route. Il faut retrouver le pont et le faire sauter. Au loin, des bruits de camions. Ils accélèrent. Soudain une silhouette devant eux. C'est le lieutenant, son arme braquée sur eux.

– *Hands up !*

C'est Willi qui tire, le lieutenant s'écroule, son pistolet mitrailleur a glissé plus loin. Werner se penche sur le lieutenant, il va mourir sûrement.

– *Sorry*, murmure Werner.

Il glisse une cigarette allumée entre ses lèvres, fouille dans sa poche et lui remet une boîte de pansements, mais avant il en extrait un, ouvre son uniforme et le colle sur la plaie.

– Il manque le cercle autour de l'étoile sur le capot, lui dit le lieutenant d'une voix faible.

Werner a compris.

Il se relève, il court vers les deux autres.

– Tu aurais dû l'achever, lui dit Willi. Il va alerter ses copains.

– Ça, je ne sais pas faire.

Ils se hâtent vers les arbres, la neige se remet à tomber, épaisse, drue, elle efface tout.

Journal de Lisbeth

23 décembre 1944. J'écris depuis plusieurs semaines mon journal pour essayer de mettre de l'ordre dans mon esprit. De comprendre comment j'ai pu passer d'un monde à l'autre. De celui où on m'a appris la détestation d'une race maudite, à celui où j'en fais partie. Heureusement que Werner m'a accompagnée dans ce cheminement long et douloureux. Mais ce cheminement nous a beaucoup rapprochés. Nous sommes tous deux dans une situation inextricable, à souhaiter la victoire de l'Allemagne tout en exécrant le régime.

Notre offensive, après un élan magnifique qui devait nous conduire dans les Ardennes belges jusqu'à Namur, Liège et Anvers, est enlisée devant Bastogne, où les Américains, encerclés, continuent à se battre. Deuxième mauvaise nouvelle, toujours selon Goebbels, le temps, maintenant ensoleillé, permet à l'aviation alliée d'occuper le ciel. Sans doute le Führer veut-il envoyer les Messerschmitt 262 à réaction. Cela risque d'être insuffisant face aux armadas ennemies. Goebbels, chargé de la réorganisation de la défense, et qui a reçu tous pouvoirs, s'inquiète. Il mène un combat désespéré pour écarter Goering de la Luftwaffe. Le Führer admet ses fautes, mais refuse de le remplacer, il est toujours le second personnage du Reich, le successeur désigné.

Goebbels, dont je suis devenue la secrétaire, m'interroge comme si j'étais capable de lui répondre dans un domaine militaire dont j'ignore tout. Cela lui arrive de plus en plus souvent, quand, parvenu au terme d'un raisonnement, il me prend à témoin. Il parle du Führer, qu'il rencontre tous les jours maintenant qu'il a regagné Berlin. L'esprit est toujours brillant, mais l'homme est affaibli. Sa maladie de Parkinson progresse et chacun feint de ne pas remarquer que sa main gauche s'agite spasmodiquement dans son dos. J'étais présente l'autre jour quand il est venu prendre le thé. Je me tenais près de la porte du salon. Qui reconnaîtrait Hitler dans ce vieil homme qui entretient des conversations avec les enfants, sous les yeux ravis de Joseph et de Magda ?

Ainsi fait-il passer à Helmut, charmant garçonnet, un examen sur la guerre et ses causes. Helmut s'en tire haut la main, et Goebbels a écrit dans un article le lendemain que le Führer était ravi, même si les réponses étaient naïves, quoique toujours pertinentes. Qui soupçonnerait chez un enfant de cet âge une intelligence aussi aiguë des questions politiques ?

Les nouvelles de notre offensive des Ardennes affluent maintenant. Elle piétine quand la condition de son succès est justement la vitesse, le renouvellement du Blitzkrieg de 1940. Il n'est pas de soir où Helga et moi échappons à la descente dans la cave qui sert d'abri à notre immeuble. Au matin, Berlin est un peu plus détruite que la veille. Dois-je m'en inquiéter ? Les bruits qui courent sont que si les Russes envahissent l'Allemagne, ils nous feront payer au centuple notre propre invasion de 1941. Les soldats de retour, trop abîmés pour être renvoyés au front, racontent en secret des scènes épouvantables : des villages incendiés, des pendaisons, des pelotons d'exécution à la chaîne. Tous évoquent le fameux Kommissarbefehl, *au départ réservé aux seuls commissaires politiques, puis étendu aux Juifs et aux partisans, enfin à tous les Russes que la Wehrmacht trouvait sur son chemin. Goebbels ne nie pas, il dit seulement que les alliés anglo-américains doivent être battus à l'ouest pour nous permettre de nous retourner vers les envahisseurs de l'autre côté. C'est le discours qu'il tient dans son journal et dans les conversations, qui sont d'ailleurs plutôt des monologues, en ma seule présence. D'où l'importance de cette offensive éclair des Ardennes. Si elle réussit, c'est le gage que l'envahisseur russe sera bloqué. S'il arrive jusqu'à nous, ma crainte est celle d'une fin ignominieuse pour Helga et moi.*

Je soutiens donc l'Allemagne dans sa guerre. Quel autre choix ai-je ? Je suis comme Werner, qui a bien participé au complot contre Hitler, mais qui se bat avec ferveur. Je prie donc l'Éternel pour que l'offensive réussisse. Goebbels voit bien que j'ai hâte de connaître les dernières nouvelles, il perçoit mon angoisse, et un jour, lancé dans une description de la guerre, il m'a dit : « Le père d'Helga est un valeureux combattant. » Je lui ai répondu que je le savais, et que c'était la raison pour laquelle j'étais si inquiète. Il m'a écoutée, adossé à son bureau, son pied bot croisé au-dessus de l'autre. Et c'est à cet instant qu'il m'a expliqué, sous le sceau du secret, que Werner devait son recrutement actuel à sa connaissance de l'anglais, et qu'il faisait partie d'un commando parachuté à l'arrière des troupes ennemies, déguisé en Américain et chargé de désorganiser leurs unités par des sabotages. Mais le pire, ce sont ses dernières phrases. « Il ne faut surtout pas qu'il se fasse prendre. Tout combattant revêtu d'un uniforme ennemi est fusillé sur-le-champ. Cette règle est valable dans toutes les armées du monde et pendant toutes les guerres ! » Je n'ai plus qu'à espérer de toutes mes forces qu'il parviendra à effectuer sa mission, et à nous revenir sain et sauf. Depuis, mes nuits sont blanches.

Front des Ardennes

Les trois hommes courent dans la neige. Ils ont fini par retrouver le chemin par lequel ils sont arrivés avec la jeep. Il faut absolument qu'ils passent le pont avant de le faire sauter. À droite, à gauche, devant, partout les bruits de la guerre. Ils parviennent à distinguer l'artillerie américaine des répliques allemandes.

– Allez, les encourage Werner, on n'est plus très loin des nôtres. Ils arrivent, ils sont devant nous.

– Et les Américains ?

– Ils sont partout. On entend leurs chars et leurs engins blindés.

Et ils repartent. Parfois le silence, on dirait que la guerre s'arrête. La forêt recommence à vivre. On entend des courses, des frôlements de bêtes. Puis de nouveau c'est la guerre. Les animaux se taisent, se terrent et les trois Allemands se remettent à courir. Le brouillard tombe sur la forêt. On n'y voit pas à dix mètres. Ils ralentissent, ne savent plus où ils sont. Même les explosions, les sifflements d'obus leur parviennent assourdis. Ils s'arrêtent encore, grignotent la fin des rations et boivent de la neige fondue. Ils n'ont plus rien.

– On doit bouger, lance Werner, sinon on va crever de froid.

Il prend la tête du groupe, ils courent en file maintenant. Soudain, Werner s'arrête et tend le bras.

– Regardez ! Le fleuve !

Il est là, étalé devant eux. On entend le murmure de l'eau sous la glace. Pas question de passer.

– Et le pont ? demande Willi. Où est notre pont ?

Ils le cherchent partout du regard en longeant la berge.

– On fait quoi ? demande Hans.

– Il faut choisir une direction, dit Werner. À gauche ou à droite. On a une chance sur deux de tomber dessus.

Ils tirent la direction à pile ou face avec une pièce américaine. C'est la gauche qui gagne. La neige et le brouillard reviennent. On n'y voit plus rien, ils marchent sur les herbes qui bordent le fleuve. Parfois ils glissent et manquent de tomber, ils s'agrippent aux branches qui pendent. La neige tombe toujours. On ne voit plus où commence la berge. Il ne faut surtout pas glisser et basculer. Werner lève la main, ils doivent s'enfoncer dans la forêt, c'est plus sûr. Encore des bruits de tirs, mais on ne sait plus d'où, ni qui tire sur qui. Ils s'arrêtent pour souffler.

– J'espère qu'on va du bon côté, murmure Hans.

Les deux autres se taisent. La nuit est en train de tomber, et bientôt l'obscurité s'ajoute à la neige.

– Il faut continuer, ordonne Werner. On va bien finir par tomber sur un endroit où traverser.

Plus le moindre bruit. Il ne reste que la neige et la nuit. Sans un mot, ils se remettent en marche. Puis la neige cesse de tomber et Willi montre les étoiles dans le ciel. La lune s'est levée. Soudain, Werner fait halte.

– Regardez ! Le pont !

Ils essaient de courir, les pieds dans la neige. Willi tombe, se relève. Ils se rapprochent enfin du pont. Il faut passer. Les voici sur le tablier. C'est un pont avec des câbles et des piliers au centre qui le maintiennent. Ils vont arriver au bout, de l'autre côté.

– *Hands up !*

Des soldats américains apparaissent, leurs armes braquées. Werner se retourne, une autre équipe est à l'entrée cette fois. Le pont, c'est un piège.

– Nous sommes américains, tente Werner.

L'officier a un mauvais sourire.

– Qui a gagné le championnat de baseball entre les Pirates de Dallas et les Monstres de Los Angeles en 1943 ?

– Les Pirates, répond Werner du tac au tac.

– Cette équipe n'existe pas ! Et le championnat a été annulé à cause de la guerre. Gardez les bras en l'air !

Berlin

Noël. Il y a fête chez les Goebbels, une fête discrète vu les circonstances mais une fête quand même. C'est très chaleureux, très cosy, comme disent les Anglais, très allemand aussi. Rien ne manque, ni les gâteaux autrichiens ni le champagne français. Le feu de bois flambe dans la cheminée. Goebbels a demandé à Lisbeth de rester. Comment dire non ? Helga est rapatriée de la crèche, et elles dormiront sur place. Oncle Adolf est attendu lui aussi. Il avait envisagé d'aller dans sa résidence de Berchtesgaden, puis a changé d'avis. Mieux vaut rester parmi les Berlinois. Les Russes sont à moins de deux cents kilomètres, et les Américains, déjà sur le Rhin. Goebbels proclame que la guerre totale exige le sacrifice de tous les Allemands. Il a créé des unités chargées de fouiller les administrations pour dénicher les embusqués de quinze à soixante-cinq ans pour les envoyer au front. De l'offensive sur les Ardennes, aucune nouvelle, mais Bastogne n'est toujours pas tombée, sinon on l'aurait annoncé avec tambours et trompettes.

Hitler arrive, accompagné d'Eva Braun pour une fois. Vêtu en civil, il a l'air d'un citoyen ordinaire. Eva porte une jolie robe de soie amarante. Comme elle ne se fournit pas dans les magasins de prêt-à-porter, ce sont les couturières qui viennent lui présenter les modèles. Tous deux donnent l'impression d'un couple de bourgeois invités chez des amis à l'occasion du réveillon. Derrière suit un aide de camp avec un chariot débordant de cadeaux pour les Goebbels et leurs enfants. Les six enfants, dont chacun porte un prénom qui commence par la lettre H en l'honneur d'Hitler, sont habillés et coiffés avec soin. Lisbeth s'y est employée. Les Hitler, si on peut les appeler ainsi bien qu'ils ne soient pas mariés, les convoquent un par un pour leur remettre les cadeaux en commençant par le plus jeune. C'est un concert d'exclamations et de cris de joie. Chaque enfant reçoit un baiser et récite un compliment patriotique que Lisbeth s'est échinée à leur faire répéter jusqu'à ce que ce soit parfait. Magda et Joseph lui adressent un signe de tête approbateur. Le Führer est ravi. Il parle à chacun avec des mots que l'on croirait, dans sa bouche, impossibles à prononcer. C'est un vrai tonton gâteau. Le dîner se déroule dans la même atmosphère familiale. Hitler raconte ses souvenirs de jeunesse à Vienne, quand il crevait de faim et s'escrimait à vendre des cartes postales aux touristes. Il nomme ses amis de l'époque. L'un d'eux, quarante ans plus tard, est venu lui rendre visite au Berghof.

– Nous avons passé la journée à nous remémorer ces temps passés. Lui n'avait pas beaucoup changé, il peignait toujours des cartes postales. Quand il est parti, je lui ai fait remettre une bourse… Il paraît qu'il chante ma gloire sur le Ring à Vienne et montre à tous la photo où on nous voit ensemble. Elle lui permet de doubler les ventes !

Et tous éclatent de rire. Quand Eva et lui s'en vont enfin, ils gratifient Lisbeth d'une poignée de main. Et Goebbels l'interpelle aussitôt.

– Venez, Lisbeth, venez dans mon bureau. J'ai un cadeau pour vous.

Debout, devant sa table, il ne sourit plus et ne lui propose pas de s'asseoir. Dans sa main, une enveloppe brune, qu'il lui ordonne d'ouvrir. À l'intérieur, la photo de son père en tenue de déporté et tous les documents de son identité, ceux de sa mère et les siens. Les vrais et les faux. Un frisson glacé traverse Lisbeth. Son cœur bat fort, elle crève de peur.

– Figurez-vous qu'il s'en est fallu de peu ! Cette enveloppe était sur un policier en retraite qui quittait Berlin. Son train a été attaqué par les avions de la RAF, il a déraillé et les wagons se sont couchés sur le côté. Il est mort sur le coup. On a retrouvé son corps, et à l'intérieur de sa veste, l'enveloppe. Le plus amusant est qu'il avait inscrit mon nom dessus, mais ne comptait visiblement pas me la remettre puisqu'il l'emportait avec lui. Entre-temps, il m'avait adressé un autre rapport.

– Qu'allez-vous faire de nous, *Herr Reichsminister* ?

– Rien, Lisbeth. Rien. Oublions ce fâcheux incident et allons tous nous coucher. Ce dossier, c'est l'original. Je n'en ai pas fait de copie. Je vous laisse le soin de le détruire vous-même. Joyeux Noël, Lisbeth.

– Je vous en remercie infiniment, *Herr Reichsminister*. C'est le plus précieux des cadeaux.

– Un tel cadeau, Lisbeth, n'est pas gratuit. Il exige une contrepartie.

– Qu'attendez-vous de moi ?

– Magda vous le dira le moment venu. Bonne nuit, Lisbeth.

– Bonne nuit, *Herr Reichsminister*.

Lisbeth repart avec son enveloppe, et la balance dans le poêle. Elle la regarde flamber jusqu'à ce qu'il n'en reste que des cendres.

Front des Ardennes

Werner, Willi et Hans doivent déposer leurs armes, vider leurs poches et remettre leurs faux papiers. Les Américains les entraînent dans la forêt. Les trois se regardent. Ça pue l'exécution sommaire. On les fait monter dans un camion sous bonne garde, on les menotte, on les insulte. Quelques kilomètres plus loin, ils arrivent au quartier général installé dans un hôpital. Aussitôt, on les prend en photo, on note leur nom et leur grade. Les voici dans des cellules séparées. On leur sert des rations, puis la porte claque jusqu'au lendemain.

Au matin, Werner est interrogé par un capitaine aux cheveux rasés. Derrière Werner, deux MP avec un casque blanc.

– Vous étiez dans la marine, colonel ? Que faites-vous là ?

– La marine allemande ne sert plus à rien. J'ai été recruté pour cette mission parce que je parle anglais.

– On a transmis hier soir vos coordonnées à la commission alliée pour les crimes de guerre, et c'est ainsi qu'on a appris que vous êtes recherché. New York, janvier 1942, cela vous dit quelque chose ?

– La convention de Genève ne m'oblige à fournir que mon nom et mon grade. Rien de plus.

Le capitaine hoche la tête. Werner se dit qu'il a affaire à un type intelligent.

– Comme vous voudrez. Nous, on ne torture pas les prisonniers, mais à votre place, je parlerais. Au moins pour gagner du temps.

– Que voulez-vous dire ?

– Dois-je vous rappeler, colonel, ce qui arrive lorsqu'on est pris revêtu d'un uniforme ennemi ?

– Je connais la règle.

– Vos camarades aussi, je suppose.

– En effet.

Le capitaine approuve.

– C'était bien vu, ces ampoules de poison cachées dans des briquets. Sachez que vos camarades comparaissent actuellement devant une cour martiale. Vous y avez échappé parce que la commission vous réclame.

– Je suis Werner Burckhardt. En 1942, je commandais l'U333. J'étais bien à New York. Mais je n'ai commis aucun crime de guerre. J'ai accompli ma mission, c'est tout.

Le capitaine secoue la tête.

– Il vous est reproché d'avoir torpillé un navire et d'avoir causé la mort de vingt-cinq civils qui ont péri dans l'explosion ou sont morts noyés dans le port de New York.

Werner se relève, il veut se pencher en avant, mais les deux MP le retiennent. Il se rassied. Les MP relâchent la pression, mais l'un d'eux garde la main sur son épaule.

– C'était le navire de la douane, explique-t-il. Mon sous-marin avait émergé pour récupérer nos agents. Quand la sentinelle nous a repérés, elle a donné l'alerte et ils ont commencé à nous tirer dessus avec des mitrailleuses. Je n'avais pas le choix. Il fallait les torpiller. Nos agents avaient réussi leur mission, je devais les ramener.

– Vous commandiez l'U-Boot, n'est-ce pas ?

– En effet.

– Donc c'est vous qui avez donné l'ordre de torpiller ce bateau.

– En effet. S'ils n'avaient pas tiré sur nous, on aurait replongé et il n'y aurait pas eu de naufrage ni de morts.

– Sachez que la douane de l'État de New York, ce n'est pas l'US Navy. Vous allez être envoyé dans un camp, où vous aurez tout le loisir de préparer votre défense.

– C'est la guerre, capitaine, pour moi comme pour vous.

Le capitaine s'apprête à dire que l'interrogatoire est terminé quand on entend soudain un chœur de femmes. Elles chantent un chant allemand, un chant de Noël.

– Et mes camarades ? demande Werner.

Le capitaine lui montre du menton la fenêtre, et fait signe aux MP de le laisser regarder. Werner s'approche, il voit un groupe d'infirmières allemandes. Elles viennent de l'hôpital qu'il a remarqué en arrivant.

– Ce sont vos camarades qui ont demandé qu'elles chantent. C'est Noël aujourd'hui.

Werner se penche. Plus loin, sur la gauche, il aperçoit Hans et Willi attachés chacun à un poteau. Ils ont refusé le bandeau. Face à eux, le peloton d'exécution, l'arme au pied.

– *Stille Nacht… Heilige Nacht…*, chantent les infirmières.

Elles vont jusqu'au bout. Quand elles s'arrêtent, un ordre sec, suivit d'une salve. Les deux hommes s'écroulent. Werner se retourne, les larmes aux yeux, le capitaine aussi. Werner fait le salut militaire, le capitaine lui rend son salut. On le ramène à sa cellule. C'est fini.

Sigmaringen

« Dimanche 24 décembre 1944 à 21 heures précises, le comité artistique et littéraire organise une grande soirée de Noël, musicale, poétique, théâtrale à la salle de cinéma, avec le concours de Lucienne Delforge, René Arrieu et Robert Le Vigan. »

Le journal *La France*, le dernier de Luchaire, publie des informations de ce genre. Parmi tous les curistes, peu d'entre eux négligent l'invitation, parce qu'elle est gratuite et qu'à

Sigmaringen, on s'ennuie ferme. Luchaire multiplie les encarts en page 4. Il annonce même la présence du Maréchal, qui ne vient jamais. Abetz, l'ancien ambassadeur, qui a servi à Paris et qui est son ami, organise aussi des réceptions. Certaines en collaboration, si l'on peut dire, avec Brinon, l'ambassadeur de Vichy à Paris. Mais on n'y offre que des radis et des rondelles de saucisson. Céline s'y rend parfois : « Je voyais l'Abetz, son enthousiasme, à nous raconter ce que ça serait… Il en avait les joues toutes rouges… pas d'alcool !… y avait que de l'eau minérale… » ou encore : « Abetz avec son gazogène en panne tous les trois cents mètres pouvait pas ne pas s'être aperçu que l'armée Dudule filait un très mauvais coton. »

Luchaire aime bien Céline. Quand ils s'écrivent, ils se donnent du « cher confrère », mais aucun des deux ne croit en une « issue raisonnable ».

Enfin, Luchaire reçoit une lettre d'Ornella. Elle fera ce qu'elle pourra. C'est-à-dire pas grand-chose, car selon elle, personne n'a plus de pouvoir sur rien. Malgré tout, elle tente de trouver des voies de sortie. L'un des problèmes, lui écrit-elle, « c'est que tu n'es pas seul, avec femme et enfants ».

« Il faut se presser, écrit encore Luchaire à Ornella, le *Journal officiel* vient de publier le texte sur ceux qui ont participé à l'activité des gouvernements depuis le 17 juin 1940. Les cours de justice sont au travail. Peux-tu voir Pavolini ? On se connaît. »

Ces lettres sont évidemment confidentielles, secrètes, puisque la radio Ici la France et le journal *La France* continuent à proclamer leur foi dans le retournement de la situation et la victoire allemande. Ornella n'est pas une mauvaise fille, elle lit les lettres de Luchaire. Finalement, elle garde de lui de bons souvenirs. Luchaire, c'est comme Ciano, un homme flamboyant et fragile, et ces hommes-là, elle les aime. Ciano n'est plus, il reste Luchaire.

Elle se décide et va voir Pavolini. Il est le patron du nouveau parti fasciste de la République sociale italienne. C'est un ancien ami de Galeazzo qu'il a froidement trahi en le traitant de traître après le 25 juillet. Il a même œuvré pour l'ouverture du procès de Vérone et pour l'exécution, en empêchant la transmission des recours en grâce. Il la dégoûte, mais elle ne peut plus se payer le luxe de jouer les mijaurées. Elle le connaît depuis l'époque où il dirigeait le Mai de Florence avant la guerre. Car ce salaud est aussi un poète, un fin lettré, un artiste.

– Sandro, lui dit-elle, je suis une intime de Jean Luchaire.

– Luchaire ? On a été en classe ensemble à Florence. Tu as couché avec lui ?

– Oui.

– Il est coincé à Sigmaringen avec les collabos français, n'est-ce pas ?

Elle acquiesce.

– Il faut l'aider. Si les Français le prennent, il est bon pour le poteau.

Pavolini pourrait la renvoyer. Lui-même ne se fait pas d'illusion sur son propre sort, le jour où les partisans auront vaincu. Ils y passeront tous.

– Beaucoup des nôtres ont commencé à prendre leurs dispositions, dit-il. Certains passent par le Vatican.

– Et toi ?

– Je reste jusqu'à la fin, je ne me défilerai pas[1].

– Tu peux sortir Jean de là ?

– Écoute, Ornella, je ferai tout mon possible s'il vient en Italie. Dis-lui de passer par la Suisse, et de contacter les journalistes Paul

1. Pavolini sera fusillé à Dongo avec quatorze hiérarques du parti fasciste le 29 avril 1945.

Gentizon et André Enfière, à Genève. Ils ont du pouvoir. S'il parvient jusqu'à Merano, je pourrai l'aider.

Il est blême, Pavolini. Il est sincère. Entre Ornella et lui, il y a quand même le fantôme de Ciano. Soudain elle lui dit :

– Dis-moi que tu regrettes pour Galeazzo.

Il baisse la tête, mais ne répond pas. Elle aussi baisse la tête. Ils s'embrassent.

Front des Ardennes

C'est le début de l'après-midi. Ils sont cinq dans le camion qui amène les prisonniers vers les camps. Trois motards ouvrent la route. Chacun des deux prisonniers est attaché à l'autre par des menottes. Trois soldats, le pistolet mitrailleur en bandoulière, les entourent. Personne ne parle. Chacun réfléchit à son sort. Comment se passeront les choses ? Sera-t-on jugé aussitôt ou faudra-t-il attendre ? Werner est le plus proche de la bâche à l'arrière de la benne. Le camion roule lentement. La route est mauvaise, et il faut s'arrêter souvent à cause des avions dont on ne sait s'ils sont américains ou allemands. Puis le camion repart, il roule dans la forêt sur des pistes. Soudain, une nouvelle halte.

Werner entend une discussion entre les soldats dans la cabine et les motards qui ouvrent la route. Ils se sont trompés de direction. Fallait-il tourner à droite plutôt qu'à gauche ? Le ton monte. Personne n'est d'accord et il est finalement décidé de joindre le quartier général par radio pour trancher. Le camion fait demi-tour. Encore des moteurs d'avions. Un soldat entrouvre la bâche pour essayer de savoir de quels avions il s'agit et la referme d'un air dubitatif, faisant signe à ses collègues qu'il n'en sait rien. Puis les tirs se rapprochent, des bombes et des mitrailleuses. Werner tend l'oreille. Le tir ressemble à celui des Stukas. On éteint les phares. La nuit est tombée et ce n'est pas le moment de se signaler. Le camion ralentit encore, puis repart, mais la route est trop mauvaise. Il faut se débarrasser des congères. Les soldats font descendre les prisonniers. On leur ôte les menottes et on leur tend des pelles. Ils creusent à la lueur des phares que l'on a été obligé de rallumer. Au même moment, les avions reviennent. Pas de bombe cette fois, mais les mitrailleuses placées sous les ailes. Tous se jettent dans le fossé. Les balles traçantes transpercent le camion. Les motards ont abandonné leurs engins sur le bord de la route. Les avions passent une fois, puis deux. On entend des cris. Werner est collé à son gardien, les balles se rapprochent. Son gardien sursaute, Werner aussi, touché à la hanche et à l'épaule.

Les avions s'éloignent. Plus personne ne bouge. Werner se relève. Il a mal, mais la douleur est supportable. Il s'approche de son compagnon pour le secourir, mais il est mort. Il va de corps en corps et découvre qu'il est le seul survivant. Il se traîne jusqu'aux soldats américains, et trouve sur l'un d'entre eux une trousse d'urgence avec des comprimés de morphine. Il en avale deux qu'il fait passer avec de la neige fondue. Puis il s'approche d'une moto dont le moteur tourne encore. Le pilote gît un peu plus loin. Werner prend son pistolet et le glisse dans son pantalon. Il redresse la moto et l'enfourche. La chute sur le sol ne semble pas l'avoir atteinte. Il manœuvre l'accélérateur sur le guidon et la moto fait un bond en avant.

Il roule ainsi un kilomètre, feux éteints, mais pas question de rester sur la piste verglacée. À deux ou trois reprises, la moto glisse et il manque de chuter. La douleur l'élance. Enfin un chemin de traverse. Où mène-t-il ? Il n'en sait rien, mais les feuilles des arbres ont abrité le terrain. Werner s'engouffre dans ce chemin, phare allumé et roule sans s'arrêter. Il va le plus vite qu'il est possible. Il lui semble aller vers l'est, mais n'est sûr de rien. De temps à autre, des bruits de chars au loin, et parfois de voix, puis plus rien. Enfin, au bout d'une heure, le jour paraît. Quelle heure est-il ? Il jette un coup d'œil à son poignet et se souvient qu'on ne lui a pas rendu sa montre. Le moteur commence à hoqueter, puis s'arrête. Il n'y a plus de carburant. Il abandonne la moto, et poursuit à pied. La neige craque sous ses pas, mais ne s'enfonce pas. L'effet du calmant est passé. Les douleurs reviennent à l'épaule et à la hanche. Une tache de sang s'épand sur son uniforme américain. Dans la poche, il sent le poids de l'arme. Il l'examine, elle est chargée. Il installe le cran de sûreté, et glisse l'arme à sa ceinture. Il ne sait pas où il va, et n'en peut plus. Le chemin semble interminable. Maintenant, il ne prend plus aucune précaution, marche au milieu, où c'est le plus commode. Enfin, des voix. Il dégaine son arme. Des silhouettes s'agitent tout au bout. Il va falloir contourner ce groupe. Cette fois il se faufile sur le côté.

– *Halt !*

Il se fige. Des Allemands ! C'est alors qu'il réalise brusquement qu'il porte toujours son uniforme américain. Si ce sont des SS, ils risquent de l'abattre sur place. Une torche l'éblouit soudain. Des soldats sortent du fossé où ils étaient cachés. Ce sont des SS.

– C'est bien toi ! Il me semblait te reconnaître, mais je n'en étais pas sûr. Cela fait un moment que je te regarde arriver. Bienvenue à la maison, colonel Burckhardt.

Il reconnaît la voix de Skorzeny.

1945

Berlin

Lisbeth reçoit un dimanche la visite de Greta, une amie du Lebensborn. Cela fait presque trois ans qu'elles ne se sont pas vues. Depuis que Greta avait trouvé un poste loin de Berlin. Lisbeth ouvre la porte avec enthousiasme, mais ne reconnaît pas son amie. Greta ne se ressemble plus. Où est passée la jeune femme enjouée aux joues rondes ? Elle est devenue si maigre ! Lisbeth pousse un cri de surprise avant de la prendre dans ses bras.

– Entre, entre ! Assieds-toi et dis-moi ce qui s'est passé.

– C'est ta fille ? demande Greta en apercevant Helga.

– Oui.

Lisbeth demande à la petite d'embrasser leur invitée. L'enfant hésite, puis consent un baiser timide. Greta éclate en sanglots.

– Moi aussi j'avais un enfant. Un petit garçon…

Lisbeth n'ose pas poser de questions. Elle lui sert un thé chaud, lui tend une cigarette, comme autrefois au Lebensborn.

– Tu es bien ici, murmure Greta en faisant le tour des yeux.

Lisbeth attend. Greta prend une profonde inspiration. Et raconte. Elle a rencontré un colon allemand avec qui elle a eu un fils. L'État lui avait donné la ferme d'un Polonais et les choses allaient bien. Ils étaient heureux. Greta fouille dans ses poches et lui tend une photo. Lisbeth découvre un beau petit garçon blond qui sourit. Puis son compagnon est parti à la guerre. Il n'a pas eu le choix. La Feldgendarmerie raflait tous les hommes en état de combattre. C'était il y a six mois.

– Je ne l'ai plus jamais revu. J'ai essayé de me débrouiller seule avec les bêtes et le terrain qu'on avait.

Elle s'arrête, on sent qu'elle veut aller vite. On est venu la prévenir qu'il fallait partir, les Russes allaient arriver. Elle ne l'a pas cru, la radio annonçait qu'ils étaient bloqués à la frontière.

– J'avais tort. Un jour, ils sont arrivés. Et ça a été l'enfer. Ils m'ont violée, ils étaient cinq ou six je crois. Mais ce n'était pas le pire. Non, l'horreur a suivi. Quand ils sont partis et que j'ai vu mon petit garçon étendu par terre, au milieu des poules et des cochons qui restaient. Je l'ai enterré comme j'ai pu avec ses plus beaux vêtements.

Elle s'arrête un instant.

– Fais attention aux Russes. S'ils arrivent jusqu'ici, mets ta fille à l'abri. Ou va-t'en sans attendre. C'est ce qu'il y a de mieux.

Elle est partie avec un baluchon et l'argent que les soldats russes n'ont pas trouvé, elle a pris un vélo et a tout laissé derrière elle, la ferme, et le corps de son petit garçon enfoui dans sa tombe. Lisbeth, la gorge serrée, lui ressert un peu de thé. Greta reprend son récit. Elle a suivi les autres fuyards avec son vélo et son baluchon jusqu'à Gotenhafen, un port sur la Baltique. Les Russes ont ralenti. Greta a compris que ceux auxquels elle avait eu affaire étaient des éclaireurs envoyés au-devant des troupes. Pour arriver au port, le convoi a dû prendre la route des potences. Celles où, tous les cinquante mètres, ont été pendus les déserteurs et les lâches avec des panneaux indiquant ce qu'ils étaient. Quand il n'y a plus eu de poteaux, on les a pendus aux arbres.

– On avançait en essayant de ne pas regarder. Il n'y avait rien à manger ni à boire. À Gotenhafen, on a eu du pain noir et des pommes. On a bu de l'eau et de la bière qu'on a trouvée dans un tonneau oublié. Puis un bateau a pris les femmes et les enfants. J'ai pu monter à bord. Et c'est comme ça que je suis arrivée à Berlin. Je ne reconnais rien. Au ministère, on m'a donné ton adresse. Voilà. Les Russes sont encore loin, j'espère.

Lisbeth l'ignore. On dit qu'ils sont en territoire allemand, mais en vérité, personne n'en sait rien. D'un côté les Russes, de l'autre les Américains. Qu'est-ce qui est le pire ?

– On tente une contre-offensive dans les Ardennes, le père d'Helga s'y trouve. Je n'ai pas de nouvelles.

Greta baisse la tête. Son bel enthousiasme du BDM pour la cause nationale-socialiste ne pèse plus rien. Si elle n'avait pas cru à ce qu'affirmait la radio officielle, si elle était partie, son enfant serait encore en vie. Elle ne veut rien savoir d'autre. Elle n'arrive à rien oublier. Ni son petit garçon mort ni la route des potences. La débâcle et les pendus, c'est tout ce qu'il reste de la belle Allemagne. Greta n'en peut plus. Lisbeth lui propose de rester dormir, de s'allonger sur le canapé. Qu'elle se repose. Lisbeth part déposer Helga à la crèche avant d'aller garder les enfants des Goebbels. Elle a fini par s'y attacher. Ils sont mignons. L'aînée a douze ans, la cadette, cinq. Helga, Hildegarde, Helmut, Holdine, Hedwig et Heidrun. Tous blonds, tous beaux, tous gentils. L'image même de la famille parfaite.

Chez les Goebbels, elle apprend par les domestiques que le Führer envisage d'abandonner la nouvelle chancellerie, qu'il trouve trop exposée, pour s'installer dans le bunker à dix mètres sous terre.

– Pourquoi faites-vous cette tête-là ? leur demande-t-elle.

– Parce que si le Führer en est là, c'est que l'offensive des Ardennes est un fiasco…

Quand elle rentre chez elle le soir, Greta a disparu. Elle a fouillé le studio, volé quelques vêtements et un peu d'argent. Elle a laissé un mot.

« Pardonne-moi, je dois partir. Je vais essayer de rejoindre les lignes américaines à l'ouest. Je t'ai pris dix Reichsmarks dans le tiroir. Ce n'est pas la peine de me souhaiter bonne chance. Je me fous de ce qui va m'arriver. »

Quelques heures plus tard, Lisbeth apprend que Werner est à l'hôpital à Berlin, gravement blessé. Les médecins sont sans illusions.

Wannsee

Lisbeth retrouve Werner dans la fameuse villa au bord du lac redevenue un sanatorium pour les SS blessés. Werner lui raconte qu'il a failli mourir. Que les médecins ne donnaient pas cher de sa peau. Il est défait. Fatigué. Il marche avec beaucoup de difficulté. Lisbeth vient lui rendre visite le plus souvent possible, elle lui amène Helga. À leurs côtés, Werner se force à faire quelques pas dans le parc avec ses béquilles. Lisbeth est inquiète, elle ne l'a jamais vu si atteint. Heureusement, la petite le divertit par son rire cristallin qui fuse à tout moment, et son babil de petite fille.

Au fil des semaines, les promenades se font plus longues, et le visage de Werner se décrispe. Il finit par retrouver le sourire. Mais à peine remis, il reçoit une notification. Il est nommé général en instance d'affectation. Il remercie, mais répond par écrit qu'il ne connaît rien à la guerre sur terre. Il reçoit en retour cette réponse : « Vous êtes affecté à la chancellerie auprès du Führer, désormais installée dans le bunker. »

Le lendemain, 19 avril, il se rend au *Führerbunker*. Le second bunker à avoir été construit après le *Vorbunker*, et encore plus profond. Les murs sont peints en gris ou laissés nus. Pas de parquet ni de tapis. Blondi, la chienne d'Hitler, s'occupe de ses petits. Eva Braun vient d'arriver. Il y a le valet Heinz Linge, le secrétaire et éminence grise Martin Bormann, et le docteur Morell qui prépare des breuvages spéciaux pour Hitler. L'équipe est au complet. Quand Werner se présente au contrôle d'entrée, on lui demande d'aller voir Bormann.

– Bienvenue, *Brigadeführer* !

Werner ne comprend pas.

– Vous devez me confondre avec quelqu'un d'autre. Je n'ai pas ce grade de général SS.

– Si, explique Bormann avec le sourire artificiel qu'il arbore en permanence. Vous appartenez à cette prestigieuse unité depuis une semaine ! Et sur recommandation de Skorzeny, qui a décrit votre comportement héroïque pendant l'offensive des Ardennes.

Werner ne peut rien répondre. On ne conteste pas une nomination du Führer.

– Et les Russes ? demande-t-il.

– Le fleuve Oder est le meilleur des remparts contre l'invasion bolchevique ! Un rempart naturel en plus. Le Führer s'est rendu sur le front le mois dernier, il contrôle la situation.

Il se penche vers Werner.

– Et si l'Armée rouge franchit l'Oder, la guerre se déplacera alors dans la forteresse alpine, entre la Bavière et l'Autriche.

Ce sera le dernier bastion. Imprenable ! On a déjà construit un nouveau réseau de bunkers avec des lignes téléphoniques. Le parc de voitures de la chancellerie vient d'être envoyé. Comme vous voyez, cher *Brigadeführer*, tout est prévu.

Il lui tend une mallette.

– Tenez, votre nouvel uniforme. Avec toutes vos décorations. Enfilez-le avant d'aller voir le Führer, il y est très sensible.

À l'intérieur de la mallette, Werner découvre ses nouveaux papiers d'identité, avec son grade indiqué dessus. Le photographe du Führer le prend dans son nouvel uniforme.

– Il paraît qu'on part demain, juste après la cérémonie, souffle-t-il à Werner. On part en avion à Berchtesgaden.

Il soupire de soulagement avant d'ajouter :

– Cela vaut mieux pour tout le monde, y compris pour le Führer. Ici c'est vraiment l'enfer.

Il ne dit pas de quel enfer il s'agit, et Werner oublie de demander de quelle cérémonie il parle. Il n'a qu'une idée en tête, faire venir Lisbeth et sa fille. Berlin est devenue beaucoup trop dangereuse. Mais comment faire ?

L'après-midi, à la conférence d'état-major, le général Krebs, nouveau chef de l'armée de terre, annonce d'une voix blanche que les blindés russes ne se trouvent plus qu'à trente kilomètres au nord de Berlin. Hitler explose de rage, hurle contre l'incapacité de ses troupes et décide de prendre la direction des opérations. Il n'est plus question de partir pour Berchtesgaden. Il sera au cœur de la bataille, et donc à Berlin.

La nouvelle se répand dans le bunker et atterre tous les assistants. La même question est sur toutes les lèvres : quand part-on à Berchtesgaden ? Et Bormann, inlassable, répond :

– Le front de l'Oder tient toujours. Les Russes n'arriveront jamais jusqu'à Berlin. Avec le Führer à la tête de la défense, il n'y a aucune raison de quitter la capitale. N'oubliez pas l'anniversaire du Führer demain !

Monthey, Suisse

Entre Lausanne et Saint-Moritz, la petite cité de Monthey. Un homme et une femme déjeunent dans un restaurant à côté de la gare. Lui, c'est Allen Dulles, l'un des chefs de l'OSS (Office of Strategic Services), le service d'espionnage américain. Elle, c'est Hildegarde Burckhardt.

– Je vous félicite, grâce à vous, le journal du comte Ciano est entre nos mains. Et la presse américaine en publie des extraits. Quant à Edda, elle a touché son argent.

Hildi écoute sa voix chaude en le détaillant. L'homme est séduisant, avec son visage émacié et ses traits durs.

– Je suis heureux de vous avoir en face de moi, dit Allen Dulles, cela fait longtemps que j'ai envie de discuter avec vous.

– Que voulez-vous savoir ?

– Tout.

Il sourit. Maintenant que l'Allemagne est presque vaincue, que Ciano est mort, que l'affaire du journal est close, il veut entendre les faits de sa bouche. Un agent russe lui aurait plutôt demandé de rédiger une biographie, songe-t-elle amusée.

– Je suis veuve. Mon mari s'est fait tuer à la guerre. Ne me regardez pas comme ça, je n'ai aucun regret. Sa mort m'a évité de divorcer. En ce qui concerne le comte, il a été la plus grande passion de ma vie. Elle a commencé avant la guerre quand il était ministre des Affaires étrangères.

– Vos employeurs le savaient, évidemment.

Elle fait un signe affirmatif.

– J'étais membre du RSHA, recrutée par Heydrich. J'avais pour mission d'espionner le comte, et de tout rapporter à mon chef direct, le colonel Höttl, à l'ambassade.

– Et le comte ?

– Il était au courant depuis le début, je le lui avais dit et… nous échangions des informations.

– Puis-je savoir lesquelles ?

Elle fait un signe de dénégation.

– Même si l'Allemagne est vaincue et que le RSHA n'existe plus, j'ai de l'honneur, monsieur Dulles.

– Y a-t-il un homme dans votre vie aujourd'hui ?

– Vous le savez parfaitement. Harry Dax, l'un de vos subordonnés, me fait une cour assidue. La question serait plutôt de savoir s'il est sincère ou s'il agit uniquement sur vos ordres.

Elle ne le lâche pas du regard.

– Un peu des deux, comme vous avec Ciano.

Un silence entre eux maintenant. Le déjeuner est délicieux. Dulles ne lésine pas sur la dépense, il a un but à atteindre. Hildi se demande lequel.

– Personne d'autre ? insiste-t-il.

– Mon frère. Nous sommes très proches. Tant que les lignes de téléphone fonctionnent, nous nous appelons tous les jours. Il est dans une situation difficile.

– Pour quelles raisons ?

– Werner fait partie du QG d'Hitler. Il ne peut quitter le bunker, et il est recherché par la commission alliée sur les crimes de guerre.

Dulles roule une boulette de mie de pain entre ses doigts. Hildegarde n'est pas une prise facile. Sous des airs avenants, elle est aussi froide et rigide que du métal. Une vraie major SS.

– Qu'a-t-il fait ?

– Il a coulé un bateau de la douane dans le port de New York.

Dulles tressaille.

– C'est lui qui commandait le sous-marin ?

– Oui. Les agents de la douane ont tiré les premiers, et il n'a eu d'autre choix que de répondre.

– Comment pouvez-vous en être si sûre ?

– Parce que j'y étais.

– Pardon ?

– Lui avait pour mission de m'emmener à New York, moi d'y accomplir la mienne. Il m'attendait pour me récupérer.

– Je suppose qu'il est inutile de vous demander de quelle mission il s'agissait…

– En effet.

Il lui ressert un verre du vin, et vide le sien d'une traite.

– Quand votre frère pourra quitter le bunker, on trouvera une solution.

– Merci. Mais il y a aussi sa compagne et leur fille de quatre ans.

Il hoche la tête.

– Vous connaissez le réseau Odessa ?

– Il est mythique ! Spécial blanchiment et reconversion à l'étranger, n'est-ce pas ? Ils m'ont d'ailleurs proposé leurs services.

– Vous avez accepté ?

– Non, je préfère le Vatican.

Dulles l'observe. Il est satisfait de son choix. Elle est implacable, entêtée, et déterminée.

– Vous savez que j'appartiens à l'OSS et que ma mission ne va pas tarder à prendre fin avec les soubresauts de la guerre. L'OSS va être remplacé par un nouveau service, bien plus puissant, et dont le siège sera près de Washington. Le directeur aura rang de secrétaire d'État et sera en liaison constante avec le président.

– Vous voulez parler de la CIA ?

Il ne masque pas sa surprise.
– Comment êtes-vous au courant ?
– L'espionnage, c'est mon métier, monsieur Dulles.
Il se racle la gorge.
– Je vais en être le premier directeur, et je cherche des agents de qualité. Voulez-vous travailler pour moi ?

Berlin

Hitler va avoir cinquante-six ans. C'est son dernier anniversaire. Tous le savent. Il ne tient pas à le fêter, mais depuis douze ans, le *Führergeburtstag*, c'est comme Noël. Dans l'antichambre, les hiérarques ont laissé à l'entrée leur fervent désir de s'enfuir de Berlin et affichent un air réjoui de circonstance. En tête, Fegelein, le récent mari de Greta, la sœur d'Eva Braun. Hitler l'a nommé général, ce qui a fait beaucoup ricaner. Congratulations et serrements de main, la poignée d'Hitler est molle.

Werner trouve que le Führer ressemble à un spectre maudit à la Shakespeare. Ce fantôme retrouve à l'étage Goering, Himmler, Goebbels, Ribbentrop et consorts. Sur la table, le livre d'or. En 1942, il y avait douze pages de signatures, aujourd'hui, cinq paraphes indéchiffrables. Mieux vaut que personne ne puisse les lire, se sont dit les signataires. Quelqu'un descend du jardin au-dessus du bunker et annonce :
– On entend des tirs d'artillerie en périphérie !

Les Russes ! Goering, le premier, s'empresse de quitter les lieux sous prétexte de devoir préparer la contre-offensive dans les Alpes bavaroises. Personne n'est dupe. Hitler se rencogne dans son bureau avec Eva Braun. Elle lui parle mariage, et il accepte enfin. Le regard de Werner croise celui de Nicolaus von Below, l'aide de camp d'Hitler. Ce jeune officier ne croit plus en rien, mais reste jusqu'au dernier moment par loyauté. Pourtant, son plus cher désir serait de retrouver sa femme et son enfant à la campagne.

– Quand on pourra enfin partir, je te ferai signe, dit-il à Werner. Je connais plusieurs itinéraires pour quitter la ville par les égouts.

Werner le remercie. Mais il a un plan pour partir. Il a entendu le pilote personnel du Führer lui proposer de l'évacuer. Hitler a refusé. Du coup, Werner lui a demandé ce qu'il comptait faire. Hans Baur lui a répondu qu'il lèverait quand même le camp. Avec ceux qui voudront l'accompagner.

– J'ai une femme et un enfant, a expliqué Werner.

– Pas de problème, a répondu Baur.

Dans la grande salle de conférences qui ne sert plus à rien, c'est le bal des maudits. Puisqu'il est interdit de sortir, autant s'amuser ! La table a été repoussée dans un coin, on a déniché un tourne-disque et la musique résonne dans le bunker. Du rock'n'roll, du foxtrot. L'alcool coule à flots. Militaires en grand uniforme et femmes en robe de cocktail s'agitent au rythme de la musique américaine, verre à la main. Cette dernière fête est aussi celle de la plus absolue des libertés. Il fait chaud, la lumière est tamisée, et les peaux sont humides. Les corps se cherchent. Dans les coins sombres, des froissements de tissus et des odeurs de stupre.

Werner en profite pour s'éloigner. Il a trouvé un téléphone qui fonctionne encore et peut désormais parler librement. Les écoutes n'existent plus, il n'y a plus personne pour enregistrer. Il parvient à joindre Hildi en Suisse. Sa sœur lui raconte son déjeuner avec Dulles, elle va essayer de contacter un réseau qui œuvre en Autriche.

– Je vais m'installer à Innsbruck. Je t'attendrai là-bas. Je te donne le numéro de l'auberge. Quand pourras-tu me rejoindre ?

Pour l'instant, il ne peut pas prendre le risque de quitter le bunker sans autorisation. Le général Fegelein, le beau-frère d'Eva Braun, l'a fait, et les SS ont débarqué chez lui. Ils l'ont trouvé ivre, avec une femme qui n'était pas la sienne, et surtout une valise remplie de livres sterling et de dollars. Il a aussitôt été ramené au bunker, jugé en trois minutes avant d'être abattu d'une rafale dans le couloir.

– Le Führer va bien finir par nous autoriser à partir, poursuit Werner. À ce moment-là, je pourrais peut-être prendre un avion, et venir avec Lisbeth et Helga.

– Je serai là, répond sa sœur. Je serai toujours là.

Puis elle ajoute :

– Dulles m'a proposé d'entrer dans la prochaine organisation américaine de l'espionnage. Ce sera lui le patron.

– Tu as accepté ?

– Oui.

Il joint ensuite Lisbeth, qui s'est installée dans son appartement.

– Prépare-toi. Prends un minimum d'affaires, je vais bientôt venir vous chercher.

– Inutile. Les Goebbels partent s'installer au bunker et m'ont demandé de les accompagner. On sera là ce soir avec Helga.

Au carrefour des frontières

Les Luchaire sont à Bregenz. C'est encore en Allemagne, au bout du lac de Constance. L'Autriche est à l'est, la France à l'ouest. Au sud, c'est la Suisse. Ils n'y entreront pas, les journalistes Gentizon et Enfière l'ont déconseillé à Jean. Ceux qui sont parvenus à passer en Suisse, comme Laval, Marion et Déat, ont été invités à repartir illico sous peine d'être arrêtés et remis aux Français. Reste le Maréchal. Il a le droit de traverser, pas celui de s'attarder. Les Luchaire le voient passer dans une grosse voiture noire. Il a décidé, paraît-il, de regagner la France en passant par la Suisse pour répondre de sa politique.

– Il est fou de risquer sa vie, commente Jean Luchaire. Même si à son âge elle ne vaut plus grand-chose…

La voiture s'arrête. Pétain en descend et fait quelques pas sans prêter attention à la petite foule amassée sur les côtés. Il porte un manteau kaki de voyage, à ses côtés la maréchale a le visage défait. Tous ôtent leur chapeau devant lui, mais il ne rend pas leur salut à ceux qui ont cru en lui au point de risquer leur vie. Cette rencontre silencieuse entre Pétain et ses affidés dure quelques instants. Puis il remonte dans la voiture, direction le poste-frontière. On dit que les formalités seront brèves, car il est attendu et que tout a été préparé pour son arrestation.

Les Luchaire repartent au milieu d'un cortège de collabos. Devant, la Delahaye où se trouvent les Laval et Abel Bonnard, homosexuel notoire surnommé Gestapette. Leurs voies se séparent rapidement. Dans la fuite, c'est chacun pour soi. On s'évite, sauf à apprendre d'un autre la bonne combine pour passer. Sur les conseils de Pavolini, Luchaire, qui a retrouvé sa carte d'identité italienne, passe par le col de l'Arlberg, en Autriche. Ils franchissent le Brenner, où Hitler et Mussolini se sont souvent rencontrés, avant d'arriver enfin en Italie. Merano est en vue. Ornella l'y attend.

Berlin

L'armée Steiner n'existe plus. Ce sera donc la VIIe armée Wenck qui va secourir le bunker. Soixante-dix mille hommes, quinze divisions composées d'élèves officiers et de cadets. Hitler y compte. Autour de lui personne ne dit rien. Il publie sa dernière déclaration. « Celui qui approuve les instructions qui affaiblissent notre persévérance est un traître. Il doit être fusillé ou pendu. » Les Goebbels viennent d'arriver. Leurs six enfants courent partout, et les soldats passent leur temps à les rabrouer. Magda ne dit plus rien. Ce n'est pas le jour pour les gronder.

Aussitôt arrivée, Lisbeth se jette dans les bras de Werner. Elle est inquiète, elle a un mauvais pressentiment. Elle ne veut plus voir les Goebbels, ne plus être près d'eux. Werner lui trouve un coin où s'installer avec leur fille.

– Dès qu'on aura l'autorisation de partir, on filera avec Below et Baur, le pilote. Ne t'inquiète pas, on va s'en sortir. Tiens-toi prête.

– Nous n'avons plus que toi.

– Et moi, je n'ai plus que vous, dit-il avant de l'embrasser et de la serrer contre lui.

Le bruit se répand que Goering a trahi. N'a-t-il pas annoncé que, puisque Hitler est hors d'état de manifester sa volonté, il prendra en main la destinée du Reich ? Bormann convainc Hitler que c'est le manège d'un traître, et ce dernier finit par donner l'ordre de l'arrêter. Mais la nouvelle n'intéresse plus personne. Magda Goebbels fait bande à part, elle erre dans le bunker et fond en larmes dès qu'elle aperçoit l'un de ses enfants. Lisbeth se cache, elle entend Magda la réclamer, mais refuse toujours de s'en approcher, et garde Helga près d'elle.

Hitler exige des nouvelles de l'armée Wenck. Personne n'ose lui avouer qu'elle n'arrivera pas. Ce qu'il en reste est bloqué par les Russes à une demi-heure de Berlin. Il paraît, selon la radio anglaise, que l'aviation américaine effectue un raid sur l'Obersalzberg, anéantissant la dernière option de repli. D'autres bruits courent. On dit que Goering a fait sauter Carinhall, qu'il a lui-même appuyé sur le détonateur et que tout est parti en fumée.

Hitler sort féliciter les habitants de Berlin engagés dans le Volkssturm, et distribue des croix de fer aux gamins des Jeunesses hitlériennes qui s'apprêtent à affronter les chars soviétiques avec leur Panzerfaust. Personne ne leur dit que, comme ils n'appartiennent pas à une unité régulière, les Russes auront le droit de les fusiller sans procès. Pendant ce temps, Eva Braun sert le thé aux secrétaires du Führer, son éternel sourire aux lèvres. Quand Speer, l'architecte du régime, passe lui faire ses adieux, elle lui offre une coupe de champagne glacé. Elle vit ses heures de gloire, Hitler tout à l'heure lui a enfin promis le mariage ! En attendant, elle annonce de sa jolie voix modulée qu'elle ne craint pas la mort. Et va jusqu'à confier à Traudl Junge, la secrétaire du Führer : « Je veux être un joli cadavre. » Mais comment faire ? Une balle dans la bouche détruirait son visage. On risquerait de ne pas la reconnaître, alors qu'à l'évidence la photo de son corps sera prise par les Russes ou les Américains, et figurera dans les livres d'histoire. Il reste le poison. Il paraît que les officiers ont reçu du cyanure. Elle ne doute pas que le moment venu, Hitler lui en offrira.

Au matin, un Fieseler-Storch parvient à atterrir près du bunker, sur une piste aménagée par Hans Baur, le pilote du Führer. Sortent du petit avion Hanna Reitsch et Ritter von Greim. Cette pilote d'essai de la Luftwaffe est une star. On ne compte plus ses exploits, et elle est la seule femme de l'empire nazi à arborer la croix de fer, remise par Hitler. Von Greim, son amant, est général d'aviation. Tout à l'heure, leur avion a été pris pour cible par les mitrailleuses russes. Von Greim a été blessé au pied et Hanna a aussitôt pris le manche, et a réussi l'atterrissage sur la piste de fortune. Elle vient chercher Hitler pour le faire sortir de Berlin à bord de son appareil. Il la remercie, la félicite pour son exploit, mais refuse. Le Führer ne fuit pas. En revanche, il autorise ceux qui le souhaitent à le faire. Les Junkers de la légion Condor vont les emmener loin de Berlin. Une liste d'élus est dressée, on se bat pour y figurer. Ceux qui restent passeront par les égouts. Werner n'a pas postulé, il s'est mis d'accord avec Baur, le pilote, et Below. C'est avec eux qu'il partira quand la piste sera libre, cette avenue encore sous contrôle allemand dont on a enlevé les réverbères pour permettre aux avions de décoller.

Baur tente une dernière fois de convaincre Hitler. Il propose plusieurs pays où s'installer. L'Espagne ? Un pays arabe ? Les cheiks ne cessent de louer la manière dont le Führer traite les Juifs.

Hitler secoue la tête et invite Baur dans son bureau. Il lui offre un tableau représentant Frédéric II, le grand roi de Prusse pour lequel il a toujours une dévote admiration.

– Je l'ai payé trente-quatre mille marks[1] en 1934.

Un inconnu vient d'arriver. C'est le bourgmestre de Berlin, qui va célébrer le mariage d'Hitler et d'Eva Braun. Le Führer a rompu tous ses serments et il est donc libre de se marier. Ses deux témoins sont Goebbels et Bormann. Hitler a épinglé sur sa veste l'insigne d'or du parti, sa croix de fer de première classe et la médaille des blessés militaires, toutes deux obtenues lors de la Première Guerre mondiale. Eva, radieuse, porte une jolie

1. Quatre cent mille euros environ.

robe bleu foncé, agrémentée d'une cape de fourrure. Aujourd'hui, c'est elle, l'Allemagne ! Le bourgmestre n'en revient pas de pareil honneur. Il lit les textes de loi sur le mariage, notamment ceux sur les origines parfaitement aryennes des époux, et le fait qu'ils sont exempts de maladies vénériennes. Ça dure dix minutes. Les mariés répondent oui, et Eva Braun s'appelle désormais Eva Hitler. Magda Goebbels manque de s'évanouir. Traudl Junge sert le reste de Piper-Heidsieck, puis s'éclipse. Elle doit mettre au propre les testaments politiques et personnels du Führer. Il les lui a dictés tout à l'heure en sténo. Goebbels est bouleversé. Il vient d'apprendre qu'Hitler l'a nommé chancelier, et refuse de survivre à son maître. Finalement, tous contresignent les testaments en tant que témoins. Below aussi.

Puis Below retrouve Werner. Mais où est Lisbeth ? Elle a disparu. Werner prend Helga dans ses bras et part à sa recherche.

– Attendez-nous ! l'implore Werner. Je ne pars pas sans elle.

Au même moment, des cris retentissent du côté des Goebbels. Les trois se précipitent et assistent, médusés, à une empoignade entre Magda et Lisbeth.

– Tu dois m'aider, sale juive !

– Pas question ! hurle Lisbeth. Je ne t'aiderai pas à tuer tes enfants ! *Schweinerei*[1] !

Les six enfants dorment de l'autre côté de la porte. Magda leur a administré de puissants somnifères. Maintenant, c'est le poison ! Les deux femmes s'étripent.

– Mes enfants, mon mari et moi, ne vivrons pas dans un monde qui n'est pas national-socialiste ! Aide-moi ou je te dénonce comme juive ! crie Magda.

– Je m'en fous !

1. Saloperie.

Werner attrape Lisbeth par le bras et la tire en arrière. Magda se précipite dans la chambre et referme aussitôt la porte à clé.

– On y va !

À la suite de Below, Werner fuit avec Lisbeth et Helga.

Dans le bureau d'Hitler, un coup de feu. Werner donne un coup de pied dans la porte. Eva gît sur le canapé, empoisonnée à la strychnine, le visage tordu par les convulsions de l'agonie. Hitler vient de se tirer une balle dans la tête.

Merano, Italie du Nord

Ornella a donné rendez-vous aux Luchaire au *Rosa*, une petite pension de famille. Dès qu'ils arrivent, elle emmène Jean faire un tour en ville. L'épouse ne s'en émeut pas, les enfants non plus. Ornella veut montrer Merano à Jean et lui faire comprendre dans quel genre de ville il se trouve. Au printemps 1945, Merano, dans le Trentin-Haut-Adige, est un lieu étrange. Surnommée il y a peu « le plus beau verger du monde », cette superbe station thermale est désormais une ville internationale où se retrouvent les proscrits d'Europe. Les Juifs qui ont fait le choix de la Palestine et auxquels il reste suffisamment d'argent pour payer le voyage, et les passeurs. Mais aussi d'anciens SS autrichiens ou allemands, d'ex-membres de partis fascistes arrivés depuis la Valteline, où il était prévu de créer un dernier refuge. Collaborateurs français, belges, hollandais, ex-gestapistes Lauriston, les valises remplies d'argent. Ceux qui ont fait fortune dans un régime aujourd'hui maudit. Il y a donc foule et cette foule se mélange. Les partisans, fusil au bras, indiquent aux collabos les meilleures adresses pour manger, et dans les salles des pensions de famille les anciens gardiens de camp se retrouvent à côté de survivants de l'holocauste. Ceux qui étaient à Milan racontent comment ils ont vu, pendus par les pieds aux poutres d'une station de carburant, *piazzale* Loreto, Mussolini et Clara Petacci, mêlés aux hiérarques fusillés à Dongo au bord du lac, dont Pavolini. On se récrie, on s'exclame, on se félicite ! Jean avec les autres. D'ailleurs, il a retrouvé son italien, qu'il a su parler avant le français.

Loin des siens, il déambule avec Ornella bras dessus bras dessous. De temps à autres, ils croisent un visage connu. À peine échangent-ils un signe discret. Ornella est heureuse d'être à Merano avec lui. Tous deux plaisantent en dévorant des glaces. Elle lui explique comment leur fuite vers Buenos Aires va s'organiser. Il faut d'abord rencontrer Rahn. C'est le dernier ambassadeur du Reich auprès de Mussolini, devenu l'homme des visas pour l'étranger. Ils se rendent donc villa Paolina. Rahn reconnaît Ornella, et l'embrasse chaleureusement. Il salue Jean qu'il a rencontré à Paris en 1941. Il leur sert l'une de ces formules dont il est coutumier :

– Voilà, chers amis, c'est fini… Sans autre honneur que l'honneur individuel… Je n'accuse personne, mais il me faut mettre en sécurité ceux qui sont menacés. Mon but, c'est de sauver des hommes.

Il remplit lui-même les visas pour toute la famille Luchaire. Jean s'est muni de photos d'identité. Rahn lui remet le tout dans une jolie enveloppe aux armes de l'Allemagne défunte en falsifiant les dates puisqu'il faut que les pièces soient rédigées avant la fin de la guerre. Ici et là passent de jolies filles, l'œil de Jean s'allume. Ça le change des dondons de Sigmaringen. Des couturières décousent et recousent les brassards et les insignes sur les manches d'uniformes. Arrivent les fascistes irlandais qui précèdent les mercenaires croates. C'est une pagaille organisée. On sert quand même le champagne aux amis.

Ornella frémit, elle a des souvenirs torrides du *Ritz* avec Jean. Rahn éclate de rire, il les fait accompagner à l'étage où il y a des chambres pour ça. Ils y passent l'après-midi. Cela fait longtemps pour l'un et l'autre qu'ils n'ont pas été à pareille fête. De l'autre côté de la cloison, un déserteur de l'Ordre noir butine une secrétaire. Un chien de guerre de la division Azul piétine dans le couloir avec une fille ramenée de la rue. Ornella et Jean ne sont pas pressés.

– Alors, lui demande-t-il, je pue toujours la mort ?

Elle a un rire un peu précieux. Ce n'est pas le moment de parler de ça, cela va devenir trop triste.

– Et si je venais en Argentine ? propose-t-elle.

Il n'y voit pas d'inconvénient, mais c'est loin.

– À propos, où faut-il prendre le bateau ?

– À Gênes. Les gens du Vatican t'expliqueront tout. Il y a un itinéraire à suivre en passant par des couvents. C'est ce que j'ai compris.

– Le Vatican s'intéresse à des types comme nous ? s'exclame-t-il, surpris.

– Il y est plongé jusqu'au cou. En réalité, il y a plusieurs réseaux. Il y a celui de la Croix-Rouge, mais le mieux, c'est celui du Vatican. Ils sont plus sérieux. J'y ai quelques relations, c'est pour cela que je me suis adressé à eux. Ils ont un évêque formidable, un Allemand, il s'appelle Hudal. Il connaissait bien Hitler, et on raconte que de temps en temps, il allait bavarder avec lui.

Il lui demande si elle a des nouvelles de la guerre en Allemagne, elle lui dit que Berlin est sur le point de tomber. En France, de Gaulle triomphe.

– Brasillach a été fusillé en février, enchaîne Jean. Je le connaissais bien. Le même sort m'attend s'ils m'attrapent.

– Ils ne t'attraperont pas. Ici, c'est une ville libre. Tu t'en es aperçu, non ? Les Américains se foutent de toi. Dans quelques jours, une semaine tout au plus, tu vogueras vers l'Argentine.

Il rentre en fin de journée au *Rosa*. Sa famille l'attend.

– Je craignais que l'on t'ait arrêté, siffle son épouse d'un air pincé. Mais visiblement, ce n'est pas ça...

Sans répondre, il balance sur la table leurs faux papiers et leurs visas. Sa femme se détend, sa fille Corinne l'applaudit.

Berlin

Il est presque minuit. Ils sont cinq à emprunter les souterrains de la chancellerie jusqu'à la sortie la plus à l'est. Below l'aide de camp, Baur le pilote, Werner, Lisbeth et Helga. C'est Below qui a pris la tête. Il connaît parfaitement l'itinéraire. Mais parvenus à la surface, c'est l'enfer. Berlin est dévastée. Tout n'est que décombres et poussière. Des cadavres partout, des immeubles soufflés par les bombes, des câbles au sol, certains grésillent encore. Il ne faut surtout pas s'en approcher. Lisbeth couvre de sa main les yeux d'Helga. Mais c'est trop dur, elle la confie à Werner. La petite noue ses bras autour de son cou et chuchote à son oreille :

– *Vati*, où on est ?

– C'est une promenade de nuit, murmure Werner. N'aie pas peur.

Tout le quartier de Potsdamer Platz est en train de brûler. Le ciel embrasé donne l'impression d'être un dôme dans lequel se reflètent les flammes dans un mélange de fumée et de brume. L'incendie a ses puanteurs. En plaquant un mouchoir sur le nez de sa fille, Werner se demande si la surface de la ville n'est pas plus dangereuse que le bunker. Below tend le bras pour désigner la Hermann-Goering Strasse jusqu'à la porte de Brandebourg qui s'infléchit sur la gauche dans le Tiergarten. Impossible de gagner le hangar où se trouve l'avion d'Hitler. Il faut faire un détour par la Siegessäule, la colonne de la Victoire qui commémore les guerres gagnées contre le Danemark, l'Autriche et enfin la France en 1870[1]. Le grand abri, là où se trouve l'avion, c'est derrière. Below explique le chemin. Il ne part pas avec eux, il va tenter sa chance en passant par la Kriegsakademie. Les adieux sont brefs, accompagnés de vœux de bonne chance. Il confie à Werner le mot de passe au cas où il y aurait des barrages, puis s'éloigne dans la nuit.

On fait une courte halte. Baur explique que, dans l'abri, l'avion est derrière un rideau métallique, et qu'il lui faudra rouler lentement jusqu'à la sortie qui donne sur cette avenue privée de lampadaires, où Hanna Reitsch a pu atterrir et redécoller.

– Le problème, ajoute-t-il, c'est l'état de l'abri. Il ne faut pas surtout qu'il y ait du monde réfugié à l'intérieur.

Baur porte toujours sous le bras, enveloppé dans du carton, le tableau de Frédéric II offert par Hitler. Le ciel est strié d'obus qui sifflent au-dessus de leurs têtes, avant d'exploser du côté du bunker. Le cortège reprend la route, Baur en tête maintenant. Des voix soudain, ce sont des Hitlerjugend, armés des fameux Panzerfaust, ces bazookas qui se portent à l'épaule, très efficaces contre les chars, paraît-il. Tous, le visage maculé de poudre, montrent avec fierté un cadavre de T34 qui brûle encore au loin.

– On s'y est mis à trois pour l'avoir, dit celui qui semble être le chef, mais c'est mon frère qui a tiré le coup décisif direct dans

1. Elle est toujours dressée aujourd'hui, à la gloire de la Prusse.

la tourelle. On sait qu'ils vont revenir, on les attend. Où allez-vous ?

– On va essayer de faire décoller un avion, annonce Baur.

Le jeune réclame le mot de passe. Werner s'empresse de le lui fournir. Puis le jeune lève le bras pour le salut nazi. Werner a la tentation de lui dire qu'il se bat pour rien, qu'Hitler s'est suicidé et que le bunker est vide, mais le jeune le devance.

– On sait qu'on est foutus. Ce n'est pas nous qui allons arrêter les armées russes. Demain, on sera tous morts. Comme eux, dit-il en désignant un immeuble à demi écroulé. Les Français de la division Charlemagne.

Soudain, il s'écarte, montre un gamin, manifestement le plus jeune de tous, treize ans maximum. Lui aussi porte la croix de fer.

– Lui, c'est Kurt, mon frère. C'est lui qui a tiré sur la tourelle du T34. Prenez-le avec vous si vous pouvez. Il n'a nulle part où aller s'il reste vivant. Nos parents ont été tués la semaine dernière dans un bombardement.

Werner et Baur se regardent. Peuvent-ils embarquer un passager supplémentaire ?

– Plus on est de fous, plus on rit, lance Baur. Monte !

Kurt embrasse son frère et dépose son Panzerfaust. Il n'en aura plus besoin. Werner lui demande de se placer derrière lui.

– Qui c'est ? demande Helga.

– C'est Kurt, répond Lisbeth.

Helga s'en satisfait et ne pose plus de questions. Ils repartent vers l'abri. Au bruit des canons se mêlent ceux des chars non loin. Ce sont les SS de la division Charlemagne. Qui aurait prédit que les derniers défenseurs de Berlin seraient des Français ? Il faut marcher avec précaution. Werner a pris Helga dans ses bras. Derrière lui, il entend les pas de Kurt et de Lisbeth. Baur s'arrête brusquement. Il désigne un point invisible parmi les incendies.

– L'abri est là.

À l'entrée, on devine des silhouettes qui s'agitent. Des réfugiés qui surveillent les alentours. Beaucoup de femmes et d'enfants. Baur explique que le garage de l'avion est enterré et que pour l'atteindre, il va falloir grimper sur le toit et soulever la grille qui permet de descendre dans la remise. Quand ils seront à bord, il faudra relever le rideau en fer et rouler jusqu'à la sortie.

– À ce moment-là, poursuit Baur, le boulevard nous servira de piste de décollage. Et je ne vous cache pas que ce sera l'instant le plus périlleux.

– Pourquoi ? demande Lisbeth.

– Parce que la piste risque d'être encombrée et qu'on devra zigzaguer entre les obstacles. Et pour décoller, il faut de la vitesse… Et la piste ne fait que quatre cents mètres environ, ce qui est un peu juste. Il faudra être en l'air avant d'atteindre le bout. Mais on va tenter le coup.

Il se tourne vers Werner.

– Il y a un poste de mitrailleur. Tu pourrais l'occuper ?

– Bien sûr. Les bandes sont déjà installées, je suppose ?

Baur acquiesce et ajoute que le plein a été fait, et qu'il a même ajouté deux réservoirs supplémentaires sous les ailes.

Ils progressent, courbés, sur le toit de l'abri. Surtout ne pas se faire repérer. La nuit s'éclaire au rythme des explosions et leurs silhouettes doivent se détacher. Personne ne leur tire dessus. On aurait dû garder le Panzerfaust, songe Werner. Enfin, ils parviennent à la grille. Elle est lourde. Werner et Baur s'y mettent à deux pour la soulever, mais elle bouge à peine. Il faut tenter de la faire glisser. C'est plus facile, mais ils doivent s'y reprendre à plusieurs fois. Tout autour d'eux, des explosions, les chars T34 et SU122 contre les Panzerfaust, des cris de victoire ou de douleur. Sous la trappe dégagée par la grille, un trou noir. Une corde pend, fixée à un crochet.

– Je descends le premier, annonce Baur.

Il empoigne la corde et s'enfonce dans le trou. Cela dure plusieurs secondes, une minute peut-être. Puis il secoue la corde. Il a atteint le sol. Werner fait signe à Lisbeth, qui descend à son tour, puis il montre la corde à Kurt. Le gamin esquisse un sourire angoissé, il n'a pas prononcé un mot depuis qu'il les suit. Werner lui rend son sourire.

– Un tireur d'élite comme toi est largement capable de descendre le long de cette corde. Ne t'inquiète pas.

Kurt fait un signe de tête et entame la descente.

– À nous, lance Werner en souriant à sa fille.

Il la tient par la taille.

– Tu noues tes bras autour de mon cou, et surtout tu ne lâches pas. D'accord ?

Elle acquiesce et à peine les pieds accrochés à la taille de son père, les bras refermés sur lui, elle pose un baiser sur sa joue. Ce geste d'amour, à cet instant, Werner en pleurerait.

Au sol, une torche est allumée. Baur et Kurt retirent la bâche qui recouvre l'avion. Lisbeth, déjà à bord, leur fait signe à travers le hublot. Baur s'installe à son poste de pilotage et montre à Werner la place du mitrailleur. Il vérifie que la bande de cartouches coulisse bien, puis sort pour relever le rideau de fer. Celui-ci s'élève en grinçant. Baur met les quatre moteurs en route, les hélices commencent à tourner. L'avion peut passer maintenant. Werner s'empresse de grimper à bord, referme la porte et la verrouille. L'avion roule à l'intérieur de l'abri. Baur allume les phares.

Des cris retentissent. Autour d'eux, les réfugiés leur font signe, les implorent de les laisser monter à bord. L'avion pivote vers la sortie. En face, le boulevard qui sert de piste d'envol, mais il y a des silhouettes sur le trajet de l'avion. Baur ne ralentit pas et le fracas des moteurs retentit dans l'abri. Les réfugiés s'écartent de justesse en lançant des injures. Lisbeth ferme les yeux et serre fort la main de sa fille. Pourvu que Baur parvienne à les faire décoller ! Il actionne la manette de gaz, et l'appareil s'engouffre sur le boulevard. Soudain, des coups de feu. Lisbeth, Helga et Kurt se couchent au sol.

– Et merde ! lance Baur qui vient de repérer un char à l'extrémité de l'avenue.

Sa tourelle pivote en direction de l'avion. C'est un gros engin, probablement un T34. Il y en a partout dans Berlin. Il paraît que Joukov en a fait venir des trains entiers depuis Moscou. Un homme émerge de la tourelle, Werner tire aussitôt une rafale, puis deux. L'homme s'engouffre dans le char, mais Werner continue de tirer. L'avion fonce toujours, pleins gaz maintenant. Les balles ne peuvent rien contre le char, qui roule vers l'avion. Baur redresse l'appareil juste au moment où le char se rapproche dangereusement. Le train d'atterrissage frôle la tourelle, mais l'appareil s'élève doucement. Tous poussent un soupir de soulagement. En dessous, la guerre de Berlin continue à faire rage. Les Russes foncent vers le bunker, les Jeunesses hitlériennes se font massacrer et les légionnaires français se battent comme des fous. On n'entend plus rien du vacarme du sol, l'avion continue à monter.

– Innsbruck, toujours ? demande Baur dans le micro.

– Toujours, répond Werner.

L'avion vire sur l'aile, Berlin a disparu. On ne voit plus rien en bas, Lisbeth se relève, Helga aussi. Kurt gémit. Des projectiles ont traversé le plancher de la carlingue. Il pleure en répétant qu'il ne veut pas mourir. Werner défait de son col la croix de fer avec les feuilles de chêne et les épées, il se penche sur l'enfant et l'accroche à sa chemise, juste au-dessous de la croix remise par Hitler. Kurt voit la croix et ses doigts agrippent la main de Werner.

– Je te décore au nom du Führer, souffle Werner, de l'ordre de la croix de chevalier de la croix de fer avec feuilles de chêne et épées.

Merano

Ornella aurait dû quitter la ville depuis longtemps, elle n'était venue que pour accueillir les Luchaire et les guider dans leurs démarches. Mais elle n'a plus envie de partir. Elle s'est installée dans un hôtel de luxe au centre-ville. Le matin, elle croise de vagues connaissances, parfois des amis ou des relations de son mari. Lui est resté à Rome. Flanqué de ses avocats, il tente de sauver sa peau en faisant croire qu'il n'a jamais rien partagé avec les Allemands, ou si peu. Menacé de prison, il finit par concéder juste de quoi encourir des amendes qu'il n'a pas l'intention de payer. Ornella s'en moque. Qu'il advienne de lui ce qu'on voudra. Elle n'a pas l'intention de lever le petit doigt, d'autant plus qu'elle s'est débrouillée pour se faire attribuer la moitié des biens du ménage. Mais le problème n'est pas le mari, non, le problème c'est Jean Luchaire, dont elle est retombée amoureuse. Quelle plaie ! Pourquoi a-t-elle autant besoin des hommes ? Elle se récrie, lutte contre ses sentiments, mais l'homme la bouleverse, l'émeut. Il n'est plus le grand patron de presse, l'ami des puissants et le maître des femmes. Aujourd'hui le voici pauvre. C'est elle qui paye son séjour au *Rosa* et qui lui glisse des liasses de lires pour qu'il aille faire des courses. Sa simplicité nouvelle, son humanité la touchent.

Elle se démène, relance les curailles du Vatican. Ce n'est pas la peine d'y avoir ses entrées si on n'en fait pas profiter les amis. L'évêque Hudal fait ce qu'il peut, la sauvegarde des fascistes, c'est sa mission divine. Il l'a déjà dit à Pie XII, qui le soutient sans trop le proclamer. On attend les billets. Tout est prêt, sauf les titres de transport. Un bateau vient d'arriver dans le port de Gênes. Les billets doivent être récupérés sur place. Départ imminent des futurs émigrants pour Buenos Aires. La nouvelle est sur toutes les lèvres. Proscrits allemands, italiens, français et autres s'agitent pour hâter leur voyage jusqu'à Gênes afin d'embarquer. Luchaire et Ornella profitent des derniers après-midi au creux des draps de la chambre, villa Paolina.

En ville, de nouvelles rumeurs. Les gens de la Libération ne veulent rien lâcher. Partout, des affiches, dans les rues et sur les places. Les militaires, anciens de la Waffen-SS, sont sommés de se présenter dans les quarante-huit heures sous peine d'être passés par les armes sitôt identifiés. Luchaire n'est pas concerné, mais par sécurité, il choisit de se signaler auprès de l'officier américain. On le dirige vers le responsable des partisans italiens. Pedro Bellini delle Stelle, aristocrate florentin qui commande les unités de partisans du Haut-Adige, l'écoute et prend note de ses déclarations. Luchaire s'en va, persuadé de s'en être tiré. Il ignore qu'il vient d'avoir affaire à l'homme qui a arrêté Mussolini et Clara Petacci. Du coup, les Luchaire ne se cachent plus et ne remarquent pas les traqueurs de collabos français qui arpentent les rues, en uniforme de GI américains agrémentés d'un coq et d'une croix de Lorraine. À ceux-là, il faut des résultats et du butin. On leur a remis une liste de collabos, et Luchaire y figure en première ligne, ainsi que sa fille Corinne, bien connue pour ses amants allemands.

Ils débarquent un matin au *Rosa* et exigent que Jean et Corinne les suivent à la sécurité militaire. Après une vérification auprès du consulat, Corinne est provisoirement libérée. Jean, lui, est arrêté. Ornella, qui a remué en vain ciel et terre, le voit embarquer dans un fourgon. Direction la prison San Vittore à Milan. De là, il est transféré à Nice. La nouvelle se répand. Fin de la « maison Luchaire ». Dans la presse, on lessive ! Un certain Albert Bayet, président de la presse française, veut former une nouvelle génération de journalistes. Le dossier de Jean Luchaire s'étoffe. Tout y passe, la fuite à Sigmaringen, un aveu à elle seule, les poches pleines d'argent, les femmes, la maîtresse fasciste, une princesse qui descend de Léon X, *La Tour d'argent* et le *Ritz*. Il échoue à Fresnes, section spéciale, lieu-dit « quartier des fauves ». Le journal *Défense de la France* étale ce titre en une : « Jean Luchaire en prison ! »

Innsbruck

Dans l'avion, c'est Lisbeth maintenant qui est penchée sur Kurt. Elle a acquis au Lebensborn quelques notions de secourisme, et examine le corps de l'enfant. Elle aperçoit deux orifices, l'un dans le dos, l'autre dans la poitrine. Donc la balle est ressortie. Hans Baur lui indique où trouver le matériel de secours. Elle n'y connaît pas grand-chose, mais déniche de la morphine, des bandes et des produits pour soutenir le cœur, et les lui administre en espérant que cela suffira. Le problème, c'est l'hémorragie. Elle a beau panser Kurt, il ne cesse de s'affaiblir. Son esprit erre entre un coma nauséeux et la conscience traversée de douleurs. Parfois, il s'éveille et demande où il se trouve.

– Combien de temps jusqu'à Innsbruck ? demande Werner.

– Deux heures encore, répond Baur.

– La radio fonctionne ?

– Je crois, essaye.

Werner tripote les boutons et finit par obtenir la station d'Innsbruck. Il transmet un message à l'intention de l'hôpital.

– Nous transportons une personnalité grièvement blessée par balle. Hémorragie en cours. Il faut une ambulance sur le terrain.

– S'agit-il du Führer, d'Adolf Hitler ?

Il est tout aussi périlleux de garder le silence que de répondre. Hans Baur et Werner se consultent du regard. Même si Vienne est occupée par les soviétiques, l'Autriche reste un haut lieu du nazisme. Pas question de mentir sinon Kurt pourrait le payer cher à l'arrivée.

– Notre blessé est un adolescent, biaise Werner. C'est le fils du Führer, qui nous a prêté son avion personnel pour l'exfiltrer de Berlin.

– Qui est la mère ? demande la radio.

– Mme Eva Hitler, née Braun.

– Quelle est l'immatriculation de votre avion ?

Baur énonce les chiffres et les lettres de l'immatriculation. Un silence. Il faut encore du temps.

– Quel est le nom du jeune homme blessé ?

– Kurt Braun. Les parents se sont mariés hier soir dans le bunker de la chancellerie.

Werner demande que l'on prévienne *Frau* Hildegarde Beetz, il donne le numéro de téléphone.

– Message transmis, dit la radio d'Innsbruck.

Werner éteint le poste, il retourne dans la cabine. Kurt est conscient, Lisbeth croit savoir qu'il doit rester éveillé le plus possible. Le coma, c'est la mort.

– Une ambulance nous attend au sol, le rassure Werner. Tu vas t'en sortir.

Kurt ferme les yeux et les rouvre. Il a compris. Helga, assise à ses côtés, lui chante une comptine.

– Innsbruck est en vue, annonce Baur, je cherche le terrain.

Il finit par le trouver. Une ambulance attend à l'extrémité avec deux militaires sur des motos.

– N'oublie pas, tu t'appelles Kurt Braun, dit Werner. Essaie de t'en souvenir…

L'avion atterrit en hoquetant sur cette petite piste d'aéro-club. L'ambulance vient à la coupée. Ils sont deux brancardiers et un médecin en blouse blanche. On transfère Kurt à l'intérieur, le médecin est très impressionné par les deux croix de fer sur sa chemise.

– Le Führer l'a décoré en personne, explique Werner. Il faisait partie des Hitlerjugend. C'est un tueur de chars.

Le médecin hoche la tête.

– Il sait qui est son père ?

– Je n'en suis pas sûr, il vaut mieux que personne ne le sache, même si le nom d'Eva Braun n'est pas connu du public.

– Son groupe sanguin est tatoué sur son bras, on va le transfuser et je vais l'opérer.

Il revient vers Werner.

– Comment va le Führer ?

– Mal, mais il tient le coup, répond Werner qui n'est plus à un mensonge près.

L'ambulance file avec les motards, sirène allumée. Lisbeth et Helga descendent l'échelle. Werner serre chaleureusement la main d'Hans Baur. Il les a sauvés.

– Où allez-vous maintenant ?

– Madrid. Des amis m'attendent là-bas. Vous voulez venir ?

– Je ne peux pas lâcher le petit. J'ai promis de m'en occuper.

– Bonne chance alors.

Une voiture est arrivée. Hildi en sort et court vers l'avion.

– Ce sont Lisbeth et Helga ?

– Oui.

Elle les embrasse toutes les deux, prend Helga dans ses bras et l'élève vers le ciel.

– Je suis Hildi, ta tante.

Puis, se tournant vers Werner :

– L'enfant, c'est vraiment le fils d'Hitler ?

Werner sourit.

– On l'a récupéré sur les barricades à Berlin. Il était prêt à se faire tuer comme les autres. Quand son frère a compris qu'on avait un avion, il nous l'a confié. Kurt a reçu une balle au décollage. On ne le lâchera pas.

– Vous avez bien fait.

Fresnes

Corinne Luchaire est de nouveau arrêtée. Elle arrive à Fresnes quelques jours après son père. Elle va y passer trois mois. Les autres femmes de la famille sont incarcérées au camp d'Écrouves en Meurthe-et-Moselle. Par « radio cachot », cette communication entre détenus à travers les murs des cellules, elle assiste au départ de Laval pour son exécution. Elle l'entend tituber après sa tentative de suicide, il est très affaibli et soutenu par ses avocats. Corinne va avoir vingt-quatre ans, et elle est mère d'une petite Brigitte, née de son amant allemand qu'elle n'aime plus. Tous les grands collabos sont là, de Darnand à Marion, en passant par Brinon. Corinne veut plaider l'innocence. Avec sa fille dans les bras, elle obtient de rencontrer son père, qui lui parle de Dieu et veut, avec vingt-cinq ans de retard, épouser sa femme religieusement après leur mariage civil en

1920. Les journaux surnomment Corinne « la star du cirque Luchaire ». On lui prête Goering, puis Goebbels comme amants. Quand elle obtient sa liberté, elle est accueillie par une tante, rue d'Assas, qui essaye, sans y parvenir, de la convaincre d'écrire à son père, qu'elle risque de ne jamais revoir. Mais elle ne sait que lui dire. Elle fume et elle tousse, sans égard pour la tuberculose qui la guette.

Jean mène à Fresnes la vie d'un futur condamné à mort. Ornella, qui est arrivée à Paris, tente de le rencontrer, mais n'y parvient pas. Ils s'écrivent beaucoup, elle lui déclare son amour, lui ne parle que de Dieu. Sa nouvelle lubie. Il veut se racheter par sa conversion. Un curé, nanti d'une grande réputation de confesseur, s'est juré de sauver son âme. Un traître en moins, un élu de plus ! Jean souligne cette phrase trouvée dans le Sermon sur la Montagne : « Bienheureux ceux qui souffrent de persécution par la justice. »

Intelligence avec l'ennemi. Le crime est le même que celui de Brasillach. La tarte à la crème de la période. Quand on ne sait pas de quels faits précis on veut accuser un collabo, on lui colle l'article 75. Mais de quelle intelligence s'agit-il ? Du partage de fastes mondains ? Et l'Allemagne peut-elle encore être considérée comme une ennemie après que le gouvernement de Pétain a eu signé l'armistice, après avoir reçu tout pouvoir du Parlement en juillet 1940 ? C'est ce qu'il explique à son juge, qui en prend soigneusement note. Mais tout ceci ne sert à rien. On reproche à Luchaire non pas d'avoir fait, mais d'avoir été. Il choisit ses avocats. Un vieil ami, Joisson, assisté de Simone Lair, sa collaboratrice, et Floriot. Ornella, à défaut de rencontrer son amant, fait le tour des cabinets, confie des messages, sollicite des augures. Elle a l'impression étrange d'avoir déjà vécu ces événements. C'était deux ans plus tôt avec Ciano.

S'ouvre enfin le procès du « Führer de la presse française », comme l'écrivent sans vergogne ceux qui furent ses confrères. Ornella, grâce aux avocats, a une place dans un coin de la salle. Quand Jean paraît, elle tente de lui faire un signe, mais il ne la regarde pas. Le président est flanqué de quatre jurés issus de la Résistance. Quand Jean lève la tête vers la tribune de presse, il retrouve des visages connus, mais aucune connivence sur ces traits figés. Il a déjà été rayé de tous les organismes de presse, surtout ceux qu'il présidait. Comme journaliste, il n'existe plus.

Les avocats s'emploient à récuser deux jurés qui ont annoncé vouloir faire justice aux traîtres. Ils n'y parviennent pas. Le président donne lecture d'articles dont Jean Luchaire est l'auteur, il aimait l'Allemagne et détestait les communistes. C'est une vocation. On entend le président prononcer la phrase rituelle : « Messieurs les jurés apprécieront. » L'accusateur s'appelle Lindon et a déjà plusieurs têtes à son tableau de chasse. Celui qu'on surnomme « Lindon le terrible » est intelligent, impitoyable, cultivé[1].

– Je vais vous prouver que Luchaire fut successivement ou tout à la fois un traître, un vendu et un ennemi. Fielleux et germanophile, vous l'êtes avec passion, opportuniste et antirépublicain avec frénésie. Je demande le châtiment suprême. Prêtez l'oreille à la voix des vivants comme aux soupirs des morts, et lavez la France de cette souillure !

Il fait chaud, même au cœur de l'hiver dans cette salle bondée. Joisson, prudent, plaide coupable, l'homme égaré.

– Il faut arracher les haillons de la guerre civile. Ne rendez pas une justice implacable, mais imparfaite.

Floriot se lève. Il est le clou du spectacle.

– Luchaire est un homme qui a été sincère. Il a cru que faisant apparemment des choses sans importance, il pouvait de

1. Son fils Jérôme deviendra avec Minuit un grand éditeur.

façon souterraine rendre des services importants. C'est un crime qu'on n'expie pas devant un peloton d'exécution.

Le délibéré dure près de deux heures, c'est plus long qu'à l'habitude. Pour Brasillach, une demi-heure avait suffi. À la question muette d'un journaliste, un juré incline la tête. Luchaire comprend que c'est la mort qui a été choisie. Le président l'annonce déjà, Joisson lui prend la main. Ornella éclate en sanglots. La fin commence.

Innsbruck

Tous les jours, Werner, Lisbeth, Helga et Hildi rendent visite à Kurt à l'hôpital. Au bout de trois semaines, il obtient l'autorisation de partir, et tout le personnel l'accompagne jusqu'à la sortie. Il marche lentement mais avec vaillance. Médecins, infirmières, aides-soignants, tous ont été conquis. L'esprit de vengeance n'a pas encore atteint cette station hautement nazie.

Passer la frontière avec l'Italie n'est pas très difficile. Surtout depuis qu'Hildi a été recrutée par l'OSS. Dulles met à sa disposition les toiles d'araignée qui permettent aux futurs migrants d'échapper aux poursuites.

– Votre frère, *dear* Hildegarde, figure sur la liste des criminels de guerre. Cette affaire de sous-marin à New York et de navire des douanes coulé dans le port ? Ça n'est pas du massacre de Juifs, cela ! C'est un acte de guerre.

Hildi acquiesce. Elle fait avec Dulles le tour des réseaux d'entraide et de fuite vers Gênes. Le mieux, c'est le Vatican.

– Un seul problème, dit-elle, mais qui n'est pas irrémédiable. Il faut être baptisé.

L'ont-ils été dans l'Église protestante dans laquelle ils ont été élevés ? Ils n'en ont évidemment aucun souvenir et encore moins de preuve. Lisbeth, Helga et Kurt, jamais.

Ils rencontrent le prêtre Johann Corradini, un Germano-Italien qui est sous les ordres du prince-évêque Geisler. Ils ne sont pas les seuls à recevoir en urgence des cours de théologie. Ils sont dans une situation de baptême *sub conditione*. C'est le cas lorsque l'on doute que le baptisé soit en vie, ou que l'on soupçonne un défaut d'intention de la part du célébrant ou du baptisé, ou si la formule du baptême a été largement corrompue lors du premier baptême, ou encore si l'eau baptismale n'a pas touché le corps du baptisé.

Mais l'application des conditions est très large. En un mot, le droit canon est respecté s'il s'agit d'un nazi, car il ne peut avoir été correctement baptisé. Pour le clergé italien la « moisson d'âmes » chez les SS est décisive. Bref, Corradini les baptise tous. Les voici catholiques. On les embrasse, on leur souhaite la bienvenue dans la communauté, et on leur remet le précieux certificat de baptême. La voie est ouverte. Il faut, pour les convertis, arriver à Gênes. La Croix-Rouge fournit les moyens de transport, le Vatican l'hébergement et l'OSS l'argent. Ils sont une brassée dans cette situation et se sont tous déjà rencontrés. Werner est connu comme un héros de la guerre maritime, Kurt est félicité dès qu'il montre la croix de fer reçue du Führer.

Mais les limiers de la commission sur les crimes de guerre sont lancés. Ils sont à Innsbruck, à Merano, à Bolzano. C'est une course entre les fugitifs et les poursuivants qui dévalent le Tyrol et le Haut-Adige vers la mer. On sait qu'en Ligurie, les agents du comité de Libération arrêtent et fusillent à bout de bras. Le temps presse, la Croix-Rouge fournit les visas argentins, mais il manque les titres de transport. C'est le consulat d'Argentine à Gênes qui s'en occupe. Il ne faut pas se faire remarquer. C'est la recommandation de l'évêque Hudal, ami de Pie XII et disciple nazi. Un jour, visitant un couvent, dernière étape avant Gênes, il met la main sur l'épaule de Werner et se penche à son oreille.

– Inutile de réveiller les chiens qui dorment, chuchote-t-il.

Enfin, Hildi, qui chaque matin va prendre des nouvelles des billets, revient triomphante, brandissant les fameux titres de transport fournis par le consulat argentin.

– Il faut embarquer sans attendre ! Le bateau est dans le port. Il partira dans la journée.

Elle ajoute :

– Il y a eu un scandale à Bolzano. Les Italiens sont furieux de servir de plateforme à l'émigration des nazis. Il paraît que des camions de carabiniers vont bloquer le bateau, arrêter l'équipage et les passagers !

Tous se précipitent dans un véhicule de la Croix-Rouge. Sur les flancs, la croix blanche des Suisses. Cela ressemble à une énorme ambulance, le chauffeur a compris qu'il faut se hâter, il actionne la sirène et fonce vers le port. Un embouteillage. Il monte sur le trottoir parmi les sifflets des agents de la circulation. Le port, enfin. Il faut trouver le quai. On entend en ville de nouvelles sirènes, ce sont celles des carabiniers. L'équipage de *L'Aigle de Buenos Aires* embarque les derniers passagers et va replier la passerelle. Werner attrape Helga et se précipite vers le bateau, Kurt et Lisbeth courant à ses côtés. Aucun d'eux n'a le temps d'embrasser Hildi. Ils parviennent à monter à bord de justesse. Les moteurs du bateau chauffent déjà, la chaudière crache sa fumée. On relève la passerelle. Le bateau s'écarte du quai à l'instant où surgissent les carabiniers. *L'Aigle de Buenos Aires* s'éloigne, passe entre les phares. Les carabiniers ne peuvent plus rien faire, et sur le bateau, tous entonnent l'« Engeland-Lied », le chant populaire de la Luftwaffe, aussitôt suivi du « Horst-Wessel-Lied », le vieux chant nazi. Lisbeth et Werner se taisent, mais Kurt chante avec ferveur. Il les connaît par cœur.

1946

Fresnes

En ce temps, il faut un mois maximum pour rejeter les recours d'un condamné à mort. Luchaire connaît ces délais, il sait qu'ils ont été encore allongés depuis Brasillach, condamné le 19 janvier 1945, exécuté le 6 février suivant. Il faut dire que la cour de justice ne chôme pas. La cour de cassation non plus.

Luchaire écrit à Corinne, sa préférée[1]. La lettre est belle. « Je veux qu'on dise de toi : "Elle est magnifique" et non : "Elle est inconsciente." Mon petit, je veux que tu sois magnifique… »

Il écrit à Ornella. « Pour les amants dans mon genre, seules comptent deux maîtresses, la première et la dernière. J'ai oublié la première, enfin presque. Elle ne valait pas cher à l'époque et moi non plus. Tu seras donc l'ultime femme, celle qui n'avait rien à gagner, et plutôt tout à perdre avec un homme comme moi. Tu n'as pas hésité, je garde ton souvenir, il est lumineux, il m'accompagnera demain ou après-demain dans le grand

1. Entretien de l'auteur avec Monique Luchaire en 2013.

passage... » La lettre en italien passera par les avocats, la censure ne doit rien savoir.

Il écrit à son confesseur, celui qui lui a fait connaître Dieu. Il écrit à sa femme pour lui demander pardon et la remercier. En un mot, il prend congé du monde. Ne lui reste désormais que ses souvenirs. S'est-il trompé en choisissant l'Allemagne ? Certainement. Abetz, l'ambassadeur, le vieil ami, y est-il pour quelque chose ? Lui aussi y croyait. « Nous y croyions tous, se rappelle Jean. On ne voyait que ce qu'on voulait. Déjà l'affaire des Juifs, proscrits, chassés, arrêtés, déportés, aurait dû m'alerter, même si j'ignorais, si je ne pouvais imaginer le sort qui leur était réservé. Mais peu importe. Tout esprit un peu éclairé avait le devoir de s'alarmer, et aussitôt de rompre tout lien avec le régime auteur de cet infâme projet. J'ai agi par légèreté, insouciance, et disons-le, une bonne part de lâcheté. C'est cela que l'on va faire payer à l'esprit faussement éclairé que j'ai été. »

Quant à la mort, elle ne tarde pas. Apparaît l'avocat général Lindon au seuil de sa cellule brusquement ouverte à l'aube du 22 février 1946.

– Votre recours en grâce a été rejeté. C'est le moment d'avoir du courage. Vous serez fusillé dans une heure.

On défait ses chaînes de condamné à mort, on lui ôte la tenue réglementaire avec le pantalon à boutons sur les jambes, on lui rend ses affaires élégantes, celles qu'il portait pour le procès. Le costume est bien taillé, d'un bel anthracite, les chaussettes de fine laine, les mocassins épais comme la mode l'exige. Il a cette coquetterie de replacer sur sa poitrine la pochette assortie à la cravate. On lui offre un déjeuner qu'il ne refuse pas, on lui laisse les mains libres tandis qu'il parcourt les corridors. Les avocats sont là, sauf Floriot, sans doute trop occupé à préparer le procès du docteur Petiot qui va bientôt s'ouvrir. Floriot est réputé pour avoir horreur de ces moments-là. Il a donc dépêché Charles Libman, son collaborateur. L'ami

Joisson est venu, assisté de Simone Lair. On entend les coups répétés sur les tuyaux des conduites d'eau, le seul moyen des prisonniers pour accompagner le condamné. Parfois, les détenus chantent « Ce n'est qu'un au revoir », mais pas ce matin-là. Luchaire monte dans le fourgon. Dans un coin de ciel, le jour naissant.

– Je crois qu'il fait beau, murmure Luchaire. C'est bien. Autant mourir par une matinée de soleil.

Au fort de Châtillon, le cercueil, ouvert, gît dans l'herbe, obscène.

– S'il vous plaît, demande Jean à Simone Lair, regardez-moi pendant qu'on me tue. Je souhaite partir sur un dernier regard de femme.

Deux rangées de soldats. Il marche jusqu'au poteau sans cesser de fumer. Il meurt la cigarette aux lèvres.

Le lendemain, Monique Luchaire, la jeune sœur de Corinne, toujours hébergée avec elle chez leur tante, rue d'Assas, la voit entrer dans la salle de bains, l'air détendu comme si elle revenait de faire les courses.

– À propos, dit-elle à Monique, la radio annonce que ton père a été fusillé hier matin[1].

Rome

Ornella prend le train pour Rome. Tout un pan de sa vie vient de s'achever pour la deuxième fois dans le feu d'un peloton d'exécution. Même si l'affaire de Ciano et celle de Luchaire

1. Entretien de l'auteur avec Monique Luchaire en 2013.

sont sans rapport l'une avec l'autre, elle s'interroge sur sa propre destinée. Porte-t-elle malheur à ses amants ? Doivent-ils forcément périr liés à un poteau ? C'est vrai qu'ils se ressemblent, Ciano et Luchaire, les deux pusillanimes, ambitieux, charmants, inconséquents, de ces hommes gentils, brillants souvent, éblouissants parfois, mais qui ne voient jamais au-delà de leur immédiate séduction. Elle se souvient d'avoir lancé à Jean Luchaire : « Tu pues la mort ! » Mais n'est-ce pas plutôt elle, qui pue la mort ? Puis elle se reprend. Elle n'a jamais rien provoqué, mais a une prédilection pour ce genre d'hommes, ceux qui sont les auteurs de leur propre malheur. Ciano, dans le seul but d'impressionner ses amis, a émis un vote mortel, Luchaire s'est complu dans la passion maudite d'une Allemagne invincible, alors qu'à ce moment-là la guerre se retournait. Je n'ai été que la spectatrice des événements, se répète Ornella. J'ai aimé ces hommes et ils me l'ont rendu. Mais la douleur persiste, celle pour Ciano, celle pour Luchaire. Elle relit la lettre que celui-ci lui a adressée avant de mourir. « Tu seras donc l'ultime femme », lui écrit-il. Et toi mon dernier amant, lui répond-elle par-delà les nuées qui les séparent désormais.

Quand le train arrive en gare de Rome, elle trouve son mari qui l'attend au bout du quai. Il a maigri, les traits sont tirés, mais cela lui rend le visage qu'il avait quand ils se sont rencontrés. Il s'approche d'elle et l'embrasse sur la joue.

– J'ai lu les journaux français, dit-il. Je me suis informé et j'ai appris que tu arrivais aujourd'hui.

Elle le remercie, un peu surprise.

– L'État m'a tout pris à force de redressements et d'amendes. Je suis ruiné. Je n'ai rien vu venir.

– Tu es vivant, lui renvoie-t-elle, c'est ce qui compte.

– Je ferais mieux de renoncer à l'argent maudit, et toi à certains hommes, avoue-t-il.

Elle garde le silence, puis pose un baiser sur ses lèvres et dit :

– Je le crois aussi.

Paris

L'exécution de Jean Luchaire a entraîné le renvoi du procès de sa fille Corinne devant la chambre civique. Elle ne perd rien pour attendre. Il y a autant de monde, si ce n'est plus, qu'au procès de son père. L'audience a lieu le 4 juin. Elle a enfilé des bas fumés et porte un joli tailleur, mais ce sont ses seuls ornements. Son visage est brouillé par l'angoisse et l'épuisement. La tuberculose est là, et lui a valu les sanatoriums à la chaîne pendant toutes les années de guerre, Sigmaringen compris. Parmi ses amants, de beaux officiers de la Wehrmacht ou peut-être un seul, le père de sa fille Brigitte. Mais il y avait aussi Ciano, que le procureur lui lance à la figure. Elle proteste :

– Ce n'étaient que des relations purement mondaines.

Personne n'a envie de croire « cette volaille de cinéma au regard vicieux », comme l'écrit un journaliste. Le juge se régale d'exposer cette vie de débauche. Le chroniqueur de *Combat* écrit quand même qu'« il y a quelque chose de répugnant à voir fouiller la vie privée d'une femme quoique discutable que son passé puisse être ». Il stigmatise « l'atmosphère de sous-entendus et d'allusions grossières qui met le public en joie. L'accusation semble confondre Corinne Luchaire avec la France pour prouver qu'en se vendant elle-même, elle trahissait son pays ».

Corinne tousse de plus en plus fort, de plus en plus souvent. Elle boit un verre d'eau. Ça s'arrête. Mais que lui reproche-t-on ? Pas d'écrits, pas de déclarations fracassantes, ni trahison, dénonciations, assassinats, appartenance à un parti politique, aucun propos antisémite. Rien ! Mais elle a couché ! Un Allemand, c'est sûr, deux peut-être. Ciano, pourquoi pas ? Elle n'a tourné aucun film durant l'Occupation.

Elle prend dix ans d'indignité nationale. Son nom est déjà effacé du générique de tous ses films. La voici radiée de tout. Elle repart, chancelante. *France-Soir* écrit : « Pour sa dernière représentation, Corinne Luchaire n'aura connu qu'un succès moyen. » Cette crevarde est encore jolie, mais ne tournera plus jamais. Elle a vingt-cinq ans, il lui en reste moins de quatre à vivre.

Buenos Aires

15 mars 1946. Il fait plutôt beau. Il est dix heures du matin dans la salle du conseil d'administration de la *Deutsche Schule* à Buenos Aires. Les fenêtres ont été laissées ouvertes sur la baie. Autour de la table, les neuf administrateurs et la directrice, *Frau* Schenk. Présente depuis trente-cinq ans, elle est aussi sérieuse que compétente, elle sait tout sur la ville, l'école et ses habitants. Les administrateurs se répartissent entre les anciens, ceux qui ont acquis la nationalité argentine depuis longtemps, parfois leurs parents avant eux, et les récents, les frais émoulus de la dernière vague de migrants. Certains ont des noms d'emprunt et de bonnes raisons de quitter l'Europe en catastrophe, mais tous ont en commun le fait d'être riches. Très riches. La *Deutsche Schule* vit principalement de leurs substantielles contributions,

en plus des frais élevés de scolarité. C'est de loin le meilleur établissement scolaire de la ville, et probablement d'Argentine. Les professeurs appartiennent pour la plupart à l'université. Les cours sont d'abord dispensés en allemand pour les nouveaux venus, puis passent très rapidement à l'espagnol. Aux nouveaux d'acquérir la langue grâce à des cours accélérés et intenses. Si au bout d'un an ils ne peuvent pas suivre les cours dans la langue du pays, ils sont priés d'aller chercher ailleurs. La *Deutsche Schule* est aussi, surtout, une école de l'excellence.

Autour de la table, les administrateurs en demi-cercle. Au centre, *Frau* Schenk. Sur le revêtement en bois foncé, une enveloppe ouverte.

– *Herr* Burckhardt, commence *Frau* Schenk de sa voix sucrée, nous sommes tous très heureux de vous voir, et très curieux de vous rencontrer tant votre flatteuse réputation vous précède.

Elle se tourne alternativement à droite et à gauche pour montrer qu'elle s'adresse à tous les administrateurs, y compris à ceux qui viennent d'arriver.

– Il faut dire, messieurs, que Werner Burckhardt est docteur en histoire de l'art de l'université de Berlin, auteur d'une thèse qui fait autorité sur les faux dans la peinture européenne. Et il a fait carrière dans notre Kriegsmarine, où il commandait des U-Boote, avec un nombre appréciable de navires alliés envoyés par le fond. Il a été blessé lors de la bataille des Ardennes, et appelé au grand quartier général du Führer. À Rastenburg, puis à Berlin.

Elle a son sourire mondain.

– J'espère n'avoir rien oublié de votre parcours, cher *Herr* Burckhardt, sauf votre grade…

– Le Führer m'a nommé *Brigadeführer* mais ceci n'a servi qu'une journée, le dernier jour du IIIe Reich, dit Werner.

Cette énumération l'agace, mais il ne veut rien montrer. Son regard ne quitte pas l'enveloppe au centre de la table. Les administrateurs échangent des coups d'œil. *Brigadeführer*, c'est un grade de général SS. Tous le savent, certains ont le même, mais atteindre cette position à moins de trente ans, c'est du jamais vu.

– Puis-je connaître votre affectation, cher camarade ? demande l'un d'entre eux.

– J'étais en attente, comme on dit. Les circonstances de la guerre n'ont pas permis de m'attribuer d'unité. D'ailleurs, en cette période, il n'y en avait plus de disponibles.

Frau Schenk toussote, puis s'empare de l'enveloppe. Elle l'ouvre et la vide sur la table. Il s'en échappe une croix de fer, brillante donc récente, et une croix de chevalier avec feuilles de chêne et épées. Elle les pousse en direction de Werner.

– Je crois que ces prestigieuses décorations vous appartiennent. Elles ont été trouvées sur Kurt Braun, votre jeune protégé, il vous les avait empruntées, je suppose. Il voulait les montrer aux camarades. Je dois dire qu'elles ont produit un certain effet ! Si c'est aussi votre cas, notre réunion, au moins sur ce point, n'aura plus d'objet.

– Absolument pas. Ces deux décorations, Kurt les a reçues de la plus régulière des manières, même si je déplore qu'il les ait apportées au sein de l'école, où elles n'ont rien à faire.

Les administrateurs se regardent. Celui qui avait déjà questionné Werner reprend la parole, il porte, épinglé au revers de son veston, l'insigne du parti nazi.

– Pourriez-vous m'expliquer, cher camarade, comment un si jeune adolescent peut avoir reçu de pareilles décorations, surtout la seconde ?

Cette fois, tous les administrateurs fixent Werner. Il reconnaît certains visages qu'il a croisés dans le passé. Tous étaient des SS.

– La première, la croix de fer, a été remise à Kurt ainsi qu'à ses camarades de la Hitlerjugend par le Führer lui-même. Kurt a une photo de l'événement. Il me l'a confiée. La voici.

Il l'extrait de sa poche. Le cliché passe de main en main. On y voit les jeunes alignés en rang, devant Hitler qui les décore. Kurt en tête de file avec ses cheveux blonds et son Panzerfaust accroché à l'épaule. Hitler sourit et lui caresse la joue. Au second plan, on reconnaît Artur Axmann, le chef des Jeunesses hitlériennes. La photo revient entre les mains de Werner, qui la range dans sa veste.

– Et la croix de chevalier avec épées et feuilles de chêne ? Ne me dites pas que c'est le Führer qui l'a remise au jeune Kurt Braun.

– Non, c'est moi qui ai décoré Kurt. Il venait d'accomplir un exploit héroïque. Celui de tirer un obus en plein dans la tourelle d'un char russe avec son Panzerfaust. Quand je suis arrivé, le char flambait encore.

– Quel type de char ?

– Le T34, la vedette russe. Nous avions les Tigres, eux les T34. Ceux qui étaient à Koursk s'en souviendront.

L'un des administrateurs fait un signe d'approbation. Il pilotait un Tigre à Koursk avec Manstein. Les T34, il connaît !

– Nous avons réussi à fuir Berlin dans l'avion de Baur. Below, l'aide de camp de Hitler, a préféré tenter sa chance à pied. Quand nous avons décollé sur l'avenue qui mène à la porte de Brandebourg, nous avons dû subir des tirs. Seul Kurt a été blessé par une balle qui a traversé le plancher de la cabine. Nous avons tous cru qu'il allait mourir. Alors j'ai ôté ma propre croix de fer et je l'ai décoré comme j'en avais le droit, puisque j'étais moi-même titulaire de cette décoration. Heureusement, il a survécu.

Du regard, *Frau* Schenk fait le tour des administrateurs, la plupart d'entre eux sont émus par ce récit.

– Aviez-vous l'autorisation de quitter le bunker ? demande un autre.

Werner hoche la tête, il explique que le Führer avait déjà donné l'autorisation à ceux qui le souhaitaient. Lui avait attendu Baur et Below, auxquels Hitler voulait parler. Il raconte l'affaire du tableau de Frédéric II que le Führer a acheté trente-quatre mille marks. Baur a transporté ce tableau jusqu'à la fin. Il est très fier de l'avoir reçu.

– Après, achève-t-il, Below a encore dû rester pour la cérémonie du mariage et la remise du testament du Führer que l'on était en train de dactylographier.

– Qui s'est occupé de transcrire le testament ?

– Traudl Junge, la secrétaire du Führer, sur cette machine spéciale avec de grosses lettres. Bormann, Goebbels et Below ont contresigné le testament pour l'authentifier. Il y avait trois exemplaires. Hitler n'a rien gardé. Il n'avait plus rien à faire sur cette terre.

Le questionneur insiste. C'est la première fois qu'il entend ce qu'il est advenu au bunker et à ses occupants avant l'arrivée des Russes.

– Que voulez-vous dire à propos du Führer ? Personne ne l'a revu après l'arrivée des Russes. Il a pu leur échapper et gagner l'Argentine… Il se trouve peut-être même ici, tout près de nous !

– Hitler s'est suicidé, ainsi qu'Eva, déclare Werner.

– Qu'en savez-vous ?

Werner raconte comment en quittant le bunker il a ouvert la porte du bureau d'un coup de pied, et a vu Eva étendue sur le canapé, avec sur le visage les traces des convulsions de l'agonie. Il donne ce détail.

– Elle ne voulait pas de pistolet. Hitler avait préparé du poison, il en avait distribué à ceux qui en voulaient. Goebbels l'a utilisé, ainsi que Magda et leurs six enfants.

Un silence de plomb. Quand Werner parle des enfants de Goebbels, *Frau* Schenk couvre son visage de ses mains.

– Les Russes ont publié les photos des enfants, dit-elle, je ne voulais pas y croire. Il n'y avait personne pour empêcher cette horreur ?

– Ma compagne Lisbeth a essayé. Elle était leur gouvernante. Elle s'est battue avec Magda qui voulait qu'elle l'aide à verser le poison dans leur bouche pendant leur sommeil. Horrifiée, Lisbeth a refusé, puis Magda s'est enfermée avec eux.

– Et Hitler ? demande un autre.

– Il était sur le canapé à côté d'Eva, son pistolet à la main. Il s'était tiré une balle dans la tempe droite.

Le questionneur revient à la charge. Il s'appelle Rudolf Schulz, il est titulaire de l'insigne du parti en or. Il a la tête de l'emploi, on devine un nazi acharné.

– En arrivant à Innsbruck, vous avez dit au médecin que Kurt était le fils d'Hitler. C'est lui qui l'a opéré. Nous sommes en rapport avec lui, et il a reconnu Kurt sur la photo de l'école.

Werner lève les yeux au ciel. Le mensonge est évident, il le reconnaît volontiers. C'était le seul moyen de le convaincre d'intervenir d'urgence. La vie de Kurt était en jeu.

Frau Schenk reprend la direction du débat.

– Vous certifiez, demande-t-elle à Werner, que Kurt est votre protégé, qu'il appartenait à l'Hitlerjugend et n'a aucun lien de sang avec Hitler et Eva Braun ?

Werner comprend à cet instant que c'est là le véritable motif de la réunion. Kurt est-il le fils du Führer ?

– Je le certifie, en effet. D'après ce qui figure sur son acte de mariage, Eva est née en 1912. Elle a connu Hitler en 1929, quand elle était l'employée du photographe Hoffmann à Munich. Elle est devenue sa maîtresse en 1932, l'année qui précède l'accès au pouvoir. Si elle avait attendu un enfant, cela se serait vu. Par la suite, elle a habité au Berghof à Berchtesgaden.

Personne n'a jamais rencontré aucun enfant qui serait le sien. Nous savons d'ailleurs qu'Hitler n'en voulait pas.

Rudolf Schulz ricane.

– Je me demande, cher camarade, comment vous avez pu obtenir des renseignements aussi précis sur la compagne du Führer !

– Par ma sœur, Hildegarde, qui était la maîtresse de Ciano. Celui-ci les tenait d'Edda, sa propre épouse, qui avait rencontré Eva à plusieurs reprises au Berghof. Elles avaient noué une profonde amitié. Je n'ai aucune raison de mettre ces informations en doute.

Frau Schenk secoue la tête. Elle est convaincue.

– Revenons à Kurt. C'est un excellent élève, il apprend l'espagnol à toute vitesse, et tous ses professeurs sont très contents de son travail.

Elle regarde Schulz.

– Le sujet de Kurt est clos. Quant à vous, professeur Burckhardt, vous enseignez l'histoire de l'art à la *Deutsche Schule* avec, je dois le dire, un certain succès. Votre livre sur les faux en Europe a été réédité en plusieurs langues. Il fait autorité et nous avons reçu plusieurs propositions d'universités étrangères vous concernant. Je vous en parlerai si ces propositions se précisent. Je clôture la séance.

Tous les participants se dirigent vers la porte de la salle du conseil d'administration. Certains serrent chaleureusement la main de Werner, il est l'un des derniers à avoir vu Hitler vivant. D'autres sont regroupés autour de Schulz. Celui-ci veut retenir Werner par le bras.

– Cher *Brigadeführer*, commence-t-il.

– La Wehrmacht n'existe plus, encore moins la SS, l'interrompt Werner, et je n'aurai aucune fonction dans la prochaine armée allemande. Tout le reste n'est que souvenirs, rien de plus. En Argentine, j'ai commencé une nouvelle vie avec Lisbeth, que je viens d'épouser, notre fille Helga, et Kurt, que nous venons d'adopter. La guerre est finie, *Herr* Schulz, heureusement !

– Je voulais vous dire que nous sommes plusieurs, ici, et dans Buenos Aires, à être persuadés que Kurt est le fils du Führer. Nous avons lu les déclarations de ce médecin de l'hôpital d'Innsbruck.

Werner s'arrête, il écarte la main de Schulz sur son bras.

– Ne comptez pas sur moi pour renforcer cette fausse hypothèse. J'ajoute que si Kurt était le fils d'Hitler, je ferais tout ce qui est en mon pouvoir pour le détourner de cette ascendance funeste dans son propre intérêt. Mais le problème ne se pose pas.

– Ce choix ne vous appartient pas, rétorque Schulz, c'est celui de l'Allemagne et des héritiers du Führer.

– Dont vous êtes, je suppose.

– En effet.

Les deux s'écartent. Werner rejoint Kurt à l'entrée de la *Deutsche Schule*. Lisbeth et Helga l'attendent derrière les grilles, et ils repartent tous ensemble, en famille. Schulz de son côté chuchote avec ses amis. Il paraît que ce Burckhardt est recherché par les Alliés pour une histoire de sous-marin. Il va se renseigner.

*

Lettre au procureur de la République d'Amsterdam

Buenos Aires, le 20 mars 1946

Monsieur le procureur,

Je réponds à votre lettre sollicitant mon témoignage écrit dans l'affaire concernant M. Han Van Meegeren.

Vous m'expliquez que ce dernier fait l'objet d'un procès pénal dans lequel vous lui reprochez d'avoir collaboré avec l'Allemagne nazie, particulièrement avec le maréchal Goering, en faisant commerce de tableaux de Vermeer, vendus à ce dernier. Vous citez, à cet égard, les œuvres Le Christ et la femme adultère *ainsi que* L'Annonce faite à Marie.

S'agissant du premier tableau, je ne peux rien vous en dire. L'opération a eu lieu en 1937, à une époque où je ne connaissais pas Van Meegeren. En revanche, pour le second, je puis attester que cette œuvre est un faux extrêmement difficile à détecter, réalisé par Van Meegeren lui-même sur un sujet classique auquel Vermeer était cependant étranger. J'ai participé à la transaction effectuée auprès de Goering. Il a choisi ce tableau sur ma recommandation ainsi que sur celle de Bruno Lohse, son autre agent. Nous étions, M. Lohse et moi-même, parfaitement informés de la réalité de la situation. Le prix a été payé sous la forme de tableaux contemporains, qualifiés d'« art dégénéré » et entreposés au Jeu de Paume. Ces tableaux étaient destinés à être détruits par le feu. J'ai moi-même, avec M. Lohse, porté le faux Vermeer à Goering à Rastenburg où il se trouvait en sa qualité de maréchal du Reich.

Mais il y a mieux. Préalablement à cette vente, Van Meegeren a réalisé un faux Vermeer sous mes yeux. Il s'agit du tableau La Jeune Fille au verre de vin *dont l'original était entre les mains du marchand d'art Samuel Wildenstein, que je connaissais bien pour m'être fiancé avec sa fille Claire. Cet original de Vermeer a été préempté, c'est-à-dire volé, par l'ERR dont je faisais à l'époque partie. C'est ainsi que j'ai substitué le faux à l'original. Mme Rose Valland, aujourd'hui en charge de récupérer les œuvres volées par les nazis, m'a assisté dans cette opération de substitution, et peut en témoigner. L'original a été restitué par mes soins à M. Wildenstein. Il était la propriété de sa fille Claire, qui s'est malheureusement suicidée en 1943 dans les locaux de la Gestapo Lauriston au cours de son interrogatoire. Je confirme donc l'extrême talent de M. Van Meegeren dans la confection de faux Vermeer à destination de l'ex-maréchal Goering. À toutes fins, j'indique que Van Meegeren a également fabriqué un faux* Christ chez Emmaüs*, certifié par l'expert Bredius pour sa vente au Boijmans Museum au prix de cinq cent vingt mille florins avant la guerre.*

Je reste à votre disposition.

Croyez, monsieur le procureur, en l'assurance de mes sentiments distingués.

Werner Burckhardt

P.J. : Photo de ma carte d'identité comportant ma signature

Buenos Aires

– Werner, tu aurais une minute, s'il te plaît ?

– Oui, que se passe-t-il ? demande Werner en regardant l'adolescent.

– J'aimerais te parler de quelque chose qui est arrivé à l'école.

Werner fait signe à Kurt de refermer la porte derrière lui et de s'asseoir. Il est touché que le garçon vienne le voir. Ils ont tissé des liens proches de ceux d'un père et de son fils. Chaque marque de confiance de l'adolescent lui va droit au cœur.

– Je t'écoute.

– Depuis que tu t'es rendu au conseil d'administration de l'école, certains me parlent de façon étrange.

– Qui ?

– Des camarades. D'après ce que j'ai compris, ce sont tous les enfants de ceux qui t'ont posé des questions.

– Que te veulent-ils ?

– Que je leur parle d'Hitler et d'Eva Braun. Ils prétendent que je suis leur fils caché.

– Tu ne l'es pas.

– Je le sais ! Je me souviens très bien de mes parents. Mon père avait une épicerie, et ma mère l'aidait au magasin.

Des larmes se mettent à couler de ses yeux.

– Je me souviens aussi parfaitement de leur mort… Ils ont été tués lors d'un bombardement. On y a échappé, mon frère et moi, parce qu'on n'était pas dans le magasin à ce moment-là. Mais c'est nous qui les avons trouvés et enterrés. Après, nous sommes entrés dans la Hitlerjugend.

Werner l'encourage du regard à poursuivre son récit.

– J'ai beau expliquer que je ne connaissais pas Eva Braun et que je n'avais rencontré Hitler qu'une seule fois, quand il m'a décoré de la croix de fer, personne ne me croit. Le pire, c'est un certain Schulz.

– Qu'a-t-il fait ?

– Il m'a interpellé sur le trajet entre l'école et la maison, il m'a fait monter dans sa voiture.

– Et après ? demande Werner, de plus en plus inquiet.

– Il m'a répété ce que me demandaient les copains. Il veut que je fasse une déclaration à la presse, que je dise à tous que je suis le fils d'Hitler. Eux s'occuperont du reste. Ils veulent que je sois leur porte-drapeau. Quand le moment sera venu, ils me confieront le pouvoir.

Werner se lève, il pose la main sur l'épaule de Kurt.

– Tu y crois ?

– Bien sûr que non ! Mais Schulz est revenu à la charge plusieurs fois.

Il s'arrête, puis reprend :

– Il y a autre chose. Quand on est arrivés ici, j'ai écrit à mon frère. Il vient de me répondre. Il a mis du temps parce qu'il était à l'hôpital. Il souhaite reprendre l'épicerie, et me demande de le rejoindre.

Werner ne s'attendait pas à ça. Il essaie de réfléchir rapidement. Que faire ? Si Kurt reste en Argentine, les nazis ne le lâcheront pas. S'il retourne en Allemagne, il aura une carrière difficile alors que les études qu'il suit sont prometteuses.

– Que veux-tu faire ?

– Je n'en sais rien. C'est trop compliqué… Je vous aime, toi, Lisbeth et Helga. En même temps, j'ai peur de ces types et j'aime aussi mon frère. Je le croyais mort et voilà qu'il est vivant et me demande de rentrer en Allemagne. Je ne sais pas quoi faire…

Werner hoche la tête.

– Je comprends. C'est un choix difficile. Laisse-moi te poser une question. Que penses-tu du nazisme ?

– Pour être honnête, je ne sais pas trop quoi en penser. J'ai été élevé dedans et je croyais tout ce que l'on me disait. Aujourd'hui, je vis avec vous, et vous n'êtes pas nazis…

– Non, répond Werner, en effet. J'ai fait mon devoir de soldat allemand mais je n'ai jamais été nazi. Un jour, je te raconterai jusqu'où est allée mon opposition à Hitler.

Il attend un instant.

– Et les Juifs ? demande-t-il brusquement.

Kurt garde le silence, puis :

– Autour de moi, on disait qu'ils ne valaient rien, qu'ils étaient le mal, qu'il fallait les supprimer.

– Tu le croyais ?

– Évidemment.

– Lisbeth est juive.

– Lisbeth ? Mais elle a grandi dans un Lebensborn ! Ce n'est pas possible…

– L'année dernière, une enquête a révélé qu'elle avait reçu de son père une fausse identité. En réalité, elle s'appelle Horowitz. Cela a été un choc pour elle, tu imagines. Tout ce en quoi elle croyait était bouleversé, toute sa vie, chamboulée.

– Lisbeth, juive… Et Helga, qu'est-ce qu'elle est ?

– Une *Mischling*, une sang-mêlé puisque je suis son père. Pour les nazis, ça ne changeait rien. Une seule goutte de sang juif suffisait à « infecter » le porteur.

– Mais j'aime Lisbeth !

– Alors tu aimes les Juifs.

– Oui, s'ils lui ressemblent.

Puis, se rendant compte de ce qu'il vient de dire, il sourit.

– C'est idiot ! Ils ne peuvent pas tous lui ressembler. Mais cela n'a aucune importance.

Werner sourit.

– Parles-en avec Lisbeth quand vous aurez un moment tous les deux. Elle te racontera elle-même son histoire.

Kurt hoche la tête.

– Et pour la proposition d'Herbert ? Tu ne m'as pas donné ton avis… Que ferais-tu à ma place ?

Werner fait un signe de dénégation.

– Je ne suis pas à ta place, Kurt. Je ne peux pas choisir pour toi. Mais en fait, je pense à une troisième solution.

Kurt rive son regard au sien.

– Si Herbert en est d'accord, nous pourrions le faire venir ici pour vivre avec nous. Qu'en penses-tu ?

L'adolescent, ému, se jette dans ses bras.

*

Latham et Collins
Publishers
18, Bond Street, Londres
457, 110e Rue, New York

Cher monsieur Burckhardt,

Notre maison est spécialisée dans l'édition d'ouvrages d'art, et d'une manière générale dans tout ce qui touche à l'art. Il en existe peu aux États-Unis dans cette spécialité, et nous sommes probablement numéro un sur ce marché.

À ce titre, nous avons suivi le procès à Amsterdam de M. Han Van Meegeren, accusé d'avoir entretenu de coupables relations avec le nazi Hermann Goering en lui vendant des tableaux volés aux Juifs français. C'est ainsi que nous avons entendu la lecture de votre témoignage à l'audience, confirmant la déclaration de Van Meegeren sur le fait qu'il s'agissait de ses propres faux. De ce fait, le tribunal a demandé à l'accusé, sous la surveillance d'experts, de réaliser un faux Vermeer pour prouver qu'il était bien le génial faussaire qu'il prétendait être. L'expérience a été concluante. M. Van Meegeren a peint un magnifique Vermeer et a été acquitté. Malheureusement, comme vous le savez sans doute, M. Van Meegeren est décédé peu après.

Vous-même avez été interviewé par plusieurs journalistes européens et américains, et tout en refusant de rappeler en détail cette période aujourd'hui close, vous avez donné vie à votre participation en ajoutant quelques précisions que Mme Rose Valland, interrogée elle aussi, a confirmées de son côté.

Il se trouve que les articles de presse ont eu un certain retentissement dans le monde de l'art. Enfin, votre qualité d'historien de l'art, renforcée par votre thèse, authentifie votre témoignage, si besoin en était.

Nous souhaiterions vous proposer d'écrire un ouvrage dans lequel vous pourriez raconter en détail cette incroyable histoire. Nous pensons qu'un tel récit pourrait non seulement rencontrer un large succès aux États-Unis, mais aussi dans le monde entier.

Vous seriez rémunéré à des conditions dont nous sommes prêts à débattre. De manière à vous prouver le sérieux de notre proposition, nous vous annonçons, dès réception de votre accord, l'envoi d'un chèque de cinquante mille dollars à valoir sur votre rémunération future.

Dans l'attente de votre réponse que vous pouvez nous adresser par l'intermédiaire de notre agent à New York, croyez, cher monsieur Burckhardt, à notre entière considération.

Buenos Aires

Dans la luxueuse hacienda de Rudolf Schulz, une quinzaine d'hommes sont installés autour du propriétaire des lieux. Tous portent une croix de fer à la poitrine. Les visages sont graves. Certains sont couturés de cicatrices, plusieurs ont perdu un membre dans les combats. L'un est borgne et porte un œil de verre. Sur la table, des bocks de bière. Au centre, les *Noticias de Buenos Aires* ouvertes à la page d'un article relatant l'arrivée récente d'Herbert, grâce à un des professeurs de la *Deutsche Schule*, le professeur Burckhardt, père adoptif du frère d'Herbert. Tous ont vu les photos, celle d'Herbert à son arrivée en Argentine, ainsi que celle où, avec Kurt, le

Panzerfaust à l'épaule, ils sont décorés par Hitler. Schulz prend la parole.

– Chers camarades, je crains que la publication de cet article, et surtout de ces photos, mette un terme à notre rêve. Ce gamin, Kurt Braun, si tant est que ce soit son vrai nom, n'est pas le fils secret du Führer.

Un brouhaha accueille ses paroles. Cela fait un an que le Reich est tombé, Hitler est probablement mort ainsi qu'Eva Braun. Nombreux sont ceux qui se sont enfuis de leur pays. Pour ceux qui n'en ont pas eu le temps ou qui n'ont pas réussi à partir, les procès se multiplient. Les camps sont pleins, la commission alliée dispose de moyens illimités. Nuremberg, la ville phare des nazis, où se déroulait chaque année de gigantesques manifestations, accueille le procès le plus retentissant du monde. Celui des principaux dirigeants nazis. Des peines de mort seront requises, certainement obtenues et sûrement exécutées. Déjà, en Pologne, des responsables de camp ont été pendus sur les lieux mêmes de leurs crimes. Berlin, divisée en quatre secteurs, n'est plus qu'un champ de ruines. La reconstruction n'est pas encore commencée et risque de durer des années.

– Chers camarades, chers amis, reprend un autre. Nous avons bénéficié, en nous abritant ici, d'une chance plus grande encore que celle que nous imaginions. Le monde entier est contre nous. Après avoir été les plus puissants, il nous faut désormais nous faire oublier. Contrairement à ce que pensait Magda Goebbels, il est tout à fait possible de vivre en dehors d'un monde national-socialiste. Il était bien inutile d'empoisonner ses six gosses pour prouver sa fidélité à Hitler !

Il se tait, chacun médite ses propos. Tous se félicitent d'avoir échoué dans l'Argentine de Perón, indéfectible soutien du Führer. Sa femme Eva, Evita, comme on dit ici, a quelque chose d'Eva Braun. Cela leur suffit. Ils vont se lever, la réunion s'achève. Schulz demande encore la parole.

– Ce Burckhardt, qui a fait rechercher ces deux adolescents, n'arrange pas nos affaires. Avez-vous la moindre idée de qui il est ? demande-t-il à la cantonade.

– Un prof d'histoire de l'art, répond l'un d'entre eux.

– Celui qui a escroqué Goering en lui vendant de faux Vermeer, dit un autre.

– Bien fait pour Goering, ajoute un troisième. C'était un voleur ! Dans son château de Carinhall, il paraît qu'il y avait plus de mille trois cents tableaux volés !

– Il les a pris aux Juifs, donc ce n'est pas du vol ! rétorque quelqu'un.

Schulz attend que les discussions se calment.

– Je ne parle pas de cela. Non, d'après ce qu'on m'a dit, ce type est en passe de devenir célèbre grâce à tous ces faux, et…

– Certes, le coupe l'un des hommes. Qu'est-ce que ça peut nous faire ?

– À nous, rien. Mais ça peut intéresser la commission des Alliés qui le recherche pour crimes de guerre…

L'un des assistants fait remarquer qu'il vaudrait mieux éviter ce sujet. Schulz fait un signe de dénégation.

– En janvier 1942, un sous-marin allemand a coulé un bateau de la douane dans le port de New York. Vingt-cinq morts !

– Et alors ?

– Il était en mission de guerre !

Schulz secoue la tête.

– Rien ne l'obligeait à couler un bateau de la douane. Du coup, les Alliés le recherchent. Celui qui commandait ce sous-marin, je le sais de source sûre, c'est Burckhardt ! Le salaud qui a escroqué notre Goering !

*

Au même moment, chez les Burckhardt, Lisbeth est assise face aux deux garçons. Helga joue dans sa chambre, et Werner corrige des copies dans son bureau. Tous trois sont installés sous la véranda. Il monte des jardins une douce odeur de pluie, les gouttes glissent le long des tiges des fleurs comme des larmes d'enfant. Lisbeth raconte aux deux adolescents son histoire, les temps heureux au début, puis son père qui disparaît. On lui dit qu'il est mort, elle ignore comment. Sa mère travaille dans une administration. Un jour, c'est elle qui meurt. Une maladie, dont elle a oublié le nom.

– Et après ? demande Kurt.

– Après, le Lebensborn, j'ai douze ans ou un peu plus. On me dit : « Tes parents maintenant, c'est notre Allemagne. »

– Et tu l'as cru ?

– Évidemment ! Et c'était vrai. Ça ne valait pas mes vrais parents, mais je n'étais plus seule. L'Allemagne s'occupait bien de nous, on l'appelait le *Vaterland*, ce n'était pas un hasard.

– Tu n'étais pas juive à ce moment-là ? s'enquiert Herbert.

– Si, mais je ne le savais pas encore.

C'est l'enquêteur qui a tout découvert. Il connaissait son père, il l'avait rencontré quand il avait eu recours à lui comme faussaire pour lui fournir une fausse identité.

– Lui-même était juif, dit-elle. Il m'a révélé la vérité mais a rendu à Goebbels un rapport en sens contraire. J'étais irréprochable.

– Il ne l'a pas su, Goebbels ?

Elle explique qu'il l'a appris, que le train dans lequel se trouvait l'enquêteur a été bombardé et que le dossier de Lisbeth a été retrouvé sur lui.

– Goebbels m'a remis le dossier. C'était son cadeau de Noël.

Les deux frères frémissent, ils ont vaguement entendu parler de cette histoire de Juifs gazés, mais ne l'ont pas crue. Chez eux, on ne s'occupait pas des Juifs. D'ailleurs, à Berlin il n'y en avait plus. La guerre, les bombardements et les voisins tués au front en Russie occupaient déjà suffisamment les esprits.

– C'est une bombe qui a tué nos parents, dit Herbert. Tout y est passé, la maison, le magasin. On les a retrouvés sous les poutres. Il a fallu les enterrer à la va-vite. Entre-temps, les Russes avançaient. La Hitlerjugend nous connaissait. On y est allés. Il y en avait d'autres comme nous.

– On a appris à se servir d'un Panzerfaust, reprend Kurt. La tourelle d'un char T34 est en fonte. Le reste, en acier renforcé. C'est sur la tourelle qu'il faut tirer, parce que sur l'acier, les obus rebondissent. Et la tourelle pivote très vite, donc on a peu de temps pour viser.

Le T34, il le connaît par cœur. Le T34, c'est sa passion. Un silence maintenant.

– Pourquoi Goebbels n'a rien fait contre toi ? demande Herbert à Lisbeth.

– Parce qu'il attendait de moi que je lui rende un service en retour.

– Lequel ?

– Je ne l'ai su que plus tard, lorsque Magda m'a demandé de l'aider quand on était dans le bunker.

– Qu'est-ce qu'elle voulait que tu fasses ?

Elle les fixe tous les deux.

– Que je l'aide à tuer ses enfants pendant leur sommeil.

– Et tu l'as fait ? demande Kurt.

– Bien sûr que non !

– Qu'est-ce que ça t'a fait d'apprendre que tu étais juive ?

– J'ai failli devenir folle ! Puis, je l'ai peu à peu accepté. Je n'avais pas le choix, mais cela a été un sacré choc.

– Et maintenant ?

– Maintenant, j'en suis heureuse.

Les deux garçons se lèvent et la prennent dans ses bras.

– Regardez, lance Kurt. Il ne pleut plus. On voit à travers les nuages des bouts de soleil, comme dit Helga.

Tous trois éclatent de rire.

Nuremberg

Ornella Corbucci témoigne au procès des dirigeants du IIIe Reich :

– J'ai rencontré le comte Ciano au début des années 1930, mais nous ne sommes vraiment devenus proches qu'à partir de l'année 1937.

– Vous voulez dire qu'à cette époque, vous êtes devenue sa maîtresse ? demande le procureur américain chargé de Ribbentrop.

– Oui.

Ribbentrop arbore un sourire méprisant. Qui est cette Italienne ? Les autres accusés restent de marbre sur leurs bancs. Tous détestent Ribbentrop, et depuis longtemps. Un « imbécile coiffé », comme ils disent. Il sera sûrement pendu mais son sort ne les intéresse pas vraiment. En réalité, chacun ne s'inquiète que de sa propre vie, même s'ils feignent de faire cause commune derrière Goering qui exerce sur tous son ascendant naturel et donne parfois l'impression de mener les débats. Mais Ribbentrop ? Pouah !

Dans la grande salle du tribunal, on s'agite sur les bancs de la presse : elle n'est pas mal, cette Italienne ! Une fasciste sûrement, mais bien balancée, et quelle allure ! Il paraît que c'est une princesse qui descend d'un pape. Voilà de quoi nourrir un joli compte rendu d'audience.

– Combien de temps a duré votre liaison ? demande le procureur.

– Elle a pris fin en 1941, je crois. Mais nous sommes restés amis.

Des sourires dans la salle. La réputation de séducteur du comte Ciano n'est plus à faire.

– Le comte vous a-t-il parlé d'un journal qu'il tenait ? Où il racontait ce qui se déroulait sur la scène internationale, ses contacts avec les autres ministres des nations étrangères ?

– Bien sûr. Il arrivait parfois qu'il l'écrive devant moi. Il notait toujours les événements de la journée tant qu'ils étaient encore frais dans son esprit.

– A-t-il écrit sur son homologue allemand, l'accusé Ribbentrop ?

– Oui. Et les deux se détestaient.

– Ciano était un traître ! s'écrie Ribbentrop.

– Accusé, vous n'avez pas la parole. Vous l'aurez suffisamment tout à l'heure, ainsi que votre avocat, tranche le président d'audience. Poursuivez, monsieur le procureur.

– Madame Corbucci, vous souvenez-vous de ce qu'écrivait le comte Ciano dans son journal à propos de l'accusé ?

Ornella se tourne légèrement et fixe Ribbentrop sur son banc. Elle sait que tout ce qu'elle dit en italien est aussitôt traduit dans les différentes langues admises au procès de Nuremberg, l'anglais, le français, l'allemand, le russe, et que Ribbentrop entend.

– Je ne peux pas me souvenir de tout, parce que je n'étais pas présente à chaque fois, mais aussi parce que son journal fourmillait d'informations. Parfois, quand les événements l'avaient vraiment marqué, il relisait à haute voix ce qu'il venait d'écrire. Notamment en août 1939, quand il est revenu d'une réunion des puissances de l'Axe. Il avait pour mission d'œuvrer pour la paix. Le problème, d'après ce que j'ai compris, était celui de la

Pologne. La réunion avait eu lieu à Salzbourg. Le comte décrivait une ambiance dramatique. Il n'avait même pas pu donner son point de vue. Ribbentrop voulait la guerre à tout prix, et repoussait toute autre solution. Ciano s'est alors rendu compte que les Allemands se moquaient de son opinion. Entre lui et Ribbentrop, l'ambiance était tellement glaciale que pendant le déjeuner, ils n'ont pas échangé le moindre mot. Même chose le lendemain devant Hitler.

– Quand exactement a eu lieu cette réunion ?

– Aux alentours des 11 et 12 août, je crois. Ciano est rentré à Rome le lendemain. Nous étions ensemble quand il a transcrit son souvenir sur son journal. Il l'a relu à haute voix et il était très ému. Il s'est tourné vers moi en répétant : « Il a décidé de frapper et il frappera. Rien ne peut l'arrêter. »

– Accusé Ribbentrop, quelles sont vos observations sur la déposition du témoin à propos de cette partie du journal du comte Ciano ?

Ribbentrop se lève, il a une moue de mépris.

– On m'a déjà posé cette question, et je vais répéter ce que j'ai déjà dit : la réunion avec Ciano ne s'est pas déroulée comme cette femme le rapporte. J'étais ouvert à toute solution de paix envers la Pologne.

Il fixe Ornella.

– Ce journal est un faux, madame ! La scène qui y est décrite n'a jamais existé. Je n'ai jamais eu un tel échange avec le comte Ciano.

Un silence maintenant. Les autres accusés s'amusent beaucoup. Pour une fois, il n'est pas question de massacres de Juifs ni d'exécutions sommaires de prisonniers alliés. Mais tous connaissent Ribbentrop, c'est un menteur invétéré. La presse aussi tend l'oreille, les journalistes couvrent de notes leurs carnets. Le procureur brandit les cahiers sur lesquels Ciano a écrit son journal.

– Reconnaissez-vous ces cahiers ? demande-t-il à Ornella.

– Tout à fait. Ces cahiers sont ceux sur lesquels Galeazzo écrivait son journal.

– Des faux ! s'écrie Ribbentrop en tapant sur le pupitre devant lui. Ce sont des faux !

Ornella est pâle, elle regarde Ribbentrop, puis se retourne vers le procureur.

– Je peux même vous dire que lorsque le comte a écrit : « Il a décidé de frapper et il frappera ! », il a donné un coup de poing sur son bureau. Il tenait encore le stylo avec lequel il venait d'écrire. En heurtant la table, une goutte d'encre a laissé une tache sur le papier. Le comte et moi en avons ri. Il a même dit : « Cette tache est comme mon sceau sur le journal. » Elle doit toujours y être.

Le procureur feuillette le cahier, trouve la page et la montre à la cour. Une tache à demi effacée figure bien sur le texte manuscrit. Les journalistes demandent l'autorisation de prendre des photos.

– L'avocat de l'accusé Ribbentrop a-t-il des questions ? demande le président.

– Pas de question, répond l'avocat.

Ribbentrop regarde ailleurs.

– Regardez-moi en face, Ribbentrop ! s'écrie Ornella.

– Témoin Corbucci, votre témoignage est terminé. La cour vous remercie, vous pouvez vous retirer.

Buenos Aires

C'est l'anniversaire d'Helga. Arrive un paquet expédié à l'adresse de Werner par Hildi. Il est déposé sur une console à l'entrée de la maison avec son abondant courrier parmi lequel des revues d'art. La petite défait l'emballage, croyant à un cadeau pour son anniversaire. Un tableau apparaît.

– Maman, regarde !

Lisbeth découvre avec surprise le portrait d'une jeune femme au regard intense. Elle pousse la porte du bureau et montre la toile à Werner. Sur ses traits, une émotion qu'il ne parvient pas à dissimuler. Il contemple la toile longuement.

– C'est Claire ?

– Oui.

Elle jette un coup d'œil au portrait. La femme est jolie, mais il y a autre chose dans son regard, dans son expression. On y remarque une tension, une force, une intelligence que le pinceau a su saisir. Quand on rencontre ce visage, on ne peut pas l'oublier.

– Qui a peint ce tableau ?

– Van Meegeren, le faussaire de Vermeer. C'est Claire qui le lui a demandé pour me l'offrir quand je suis parti en mission. Je ne pouvais pas l'emporter dans le sous-marin. Je l'ai confié à Hildi, elle me le renvoie.

Lisbeth se tait. Elle connaît l'histoire de Claire et sa fin dramatique. Elle sait aussi que Werner l'a profondément aimée, et qu'il l'aime encore. Qu'elle-même ne lui inspirera jamais un sentiment aussi fort. Elle pourrait être jalouse, mais elle ne dit rien. Elle se souvient de la bague et de la montre Patek. Maintenant, en plus, elle sait à quoi Claire ressemblait. Mais Claire appartient à un autre pan de la vie de Werner, se répète-t-elle silencieusement. Une vie dans laquelle il trompait Goering avec les faux Vermeer et dans laquelle Claire faisait de la Résistance. Lisbeth ne sait rien de l'histoire de l'art, Lisbeth, c'est une fille du nazisme, de la guerre.

– Comment as-tu expliqué à ta fiancée qu'un historien de l'art comme toi pouvait tirer des torpilles ?

– Quand j'ai connu Claire, j'achevais mon service militaire dans la Kriegsmarine. C'est là que j'ai appris tout ce que je sais des sous-marins. À cette époque, c'était comme un jeu. Je n'y accordais aucune importance. Ce qui comptait, c'était ma thèse. J'avais obtenu une dérogation pour achever mon travail à Paris. Quand la guerre a éclaté, j'ai été obligé de rentrer. Les sous-marins, c'étaient surtout les jeunes, des étudiants comme moi. Prien cherchait un second pour son U47. À la sortie des épreuves, il était major, et moi second. Il m'a choisi. On s'entendait bien.

Il n'avoue pas qu'il a aimé la guerre à bord de l'U-Boot, qu'il a aimé Prien, ainsi que tous les membres de l'équipage. Que de devenir un héros après Scapa Flow, c'était grisant.

– Je n'ai jamais adhéré au système nazi. Après la mort de Claire, j'ai fait partie des comploteurs qui voulaient tuer Hitler avec Stauffenberg et les autres. J'ai eu de la chance, une chance folle de ne pas me faire prendre.

Elle hoche la tête, cela, elle le savait déjà, depuis qu'elle avait trouvé une copie de l'appel qui annonçait la mort du Führer. Elle demande encore :

– Tu te rends compte de ce qui nous est arrivé ?

Il ne répond pas. Elle l'embrasse. Elle l'aime pour deux.

New York

L'avion de Buenos Aires vient de se poser à New York. Parmi les passagers qui se pressent au bureau d'immigration et à la douane, Werner, Lisbeth et la petite Helga ouvrent de grands yeux. Kurt et Herbert ont tenu à être du voyage. L'ambiance est plutôt joyeuse, Werner est invité aux États-Unis par son éditeur Latham et Collins, avec lequel il vient de signer un gros contrat. De l'autre côté de la barrière d'accès, Hildi agite le bras. Près d'elle, un petit bonhomme grassouillet et souriant. C'est le représentant de l'éditeur à New York. Il se raconte dans la presse que c'est lui, le véritable artisan du contrat. Lui-même est un spécialiste en histoire de l'art. Cet Anglais enseigne à Oxford et dirige en même temps le département international de la maison d'édition. Il a expédié le contrat à Werner. Depuis, Werner a reçu de nombreuses invitations de différentes universités. Il a terminé la rédaction de son livre où il raconte ses premiers pas au sein de l'ERR et sa rencontre du fameux faussaire Van Meegeren, chez les Wildenstein. Des extraits de ces chapitres ont déjà été publiés dans la presse. Tous les commentaires sont enthousiastes, Werner doit faire la une du magazine *Time*. Bref, on lui prédit une carrière magnifique. D'aucuns souhaiteraient qu'il s'engage en politique, mais il refuse tout. Seule l'histoire de l'art l'intéresse désormais, il veut bien raconter les circonstances qui l'ont conduit à croiser le fer avec les nazis, rien de plus. Ce sera l'objet de l'un des débats qui l'attendent. Son passé de commandant de sous-marin n'est que rarement évoqué, même s'il ne l'a jamais caché. Peut-être écrira-t-il un jour là-dessus.

Il y a une longue file d'attente devant les bureaux de l'immigration. Les fonctionnaires examinent soigneusement les passeports et les documents d'entrée sur le territoire. D'abord Lisbeth et Helga, enfin les deux frères. Werner passe le dernier, il tend son passeport puis son visa. À cet instant, l'officier d'immigration lève les yeux sur lui, vérifie la conformité entre son visage et la photo. Puis il ouvre une chemise où il y a encore une photo et le nom de Werner.

– Un instant, monsieur.

Il presse un bouton devant lui. Une porte s'ouvre dans son

dos. Deux agents en sortent, en brandissant chacun une carte du FBI.

– Monsieur Werner Burckhardt, vous faites l'objet d'un mandat d'arrêt pour crime de guerre. Veuillez nous suivre.

L'un fait le tour du guichet, empoigne Werner par un bras, rapproche l'autre et relie les deux par une paire de menottes. Un flash ! Les journalistes tiennent leur titre !

*

Au tribunal, il y a foule. Au premier rang, la table de la défense avec Werner mal rasé, le col douteux, la cravate chiffonnée. À côté de lui, Jim Hawkins, son avocat. Quand Werner a été arrêté et conduit dans les locaux de police, Hawkins s'est présenté à lui.

– Mais je ne vous connais pas, lui a répondu Werner.

– Celui qui m'envoie vous connaît, il m'a missionné pour votre défense et a réglé d'avance mes honoraires.

Werner n'a pas eu le temps de poser davantage de questions. Il a été interrogé toute la journée. Il a confirmé avoir mené en janvier 1942 une mission dans le port de New York consistant à déposer, puis à récupérer deux agents chargés d'une action dans la ville.

– Ce n'est pas ce que l'on vous reproche, lui a asséné le chef enquêteur. Ce qui fait l'objet de l'accusation, c'est le tir de deux torpilles à l'intérieur du port qui a eu pour effet de couler le bateau de la douane. Vingt-cinq personnes au total ont péri, atteintes par l'explosion ou noyées. Reconnaissez-vous que vous commandiez l'U333 ?

– Je le commandais, en effet.

– Est-ce vous qui avez donné l'ordre de tirer ces deux torpilles ?

– C'est bien moi.

– Avez-vous conscience que l'ordre que vous avez donné a entraîné la mort de vingt-cinq citoyens américains ?

– Tout à fait. Mais je n'avais pas d'autre choix. L'U-Boot était en surface. Mes agents venaient de rentrer, je m'apprêtais à repartir lorsqu'une sentinelle sur le bateau de la douane nous a repérés et a aussitôt donné l'alerte. Elle s'est mise à tirer sur nous. Une seconde mitrailleuse a été mise en action. Le sous-marin a été atteint par plusieurs projectiles. Il fallait arrêter les tirs. J'ai donné l'ordre de torpiller le bateau de la douane. Je pense qu'un commandant américain aurait agi de la même manière.

– Il y avait plusieurs personnes sur le quai au moment du torpillage. Aucune d'elles n'a remarqué que des mitrailleuses avaient commencé à tirer.

– C'est pourtant ce qui s'est passé.

– Vous ne le prouvez pas !

Werner a commencé à s'énerver. Son avocat a posé sa main sur son bras pour qu'il se calme.

– Pourquoi voulez-vous que mon client coule ce bateau, alors que sa mission est accomplie, s'il ne subit pas de tirs depuis la passerelle ?

– Aucune importance, a rétorqué l'enquêteur-chef. Les motifs de votre client sont ignorés, mais c'est à lui de démontrer que les tirs de mitrailleuse ont précédé l'envoi de torpilles. Vous vous expliquerez au tribunal, monsieur Hawkins.

Un silence. On a apporté à Werner un sandwich et une tasse de café.

– Que va-t-il se passer maintenant ?

Jim Hawkins a levé les yeux au ciel.

– Vous allez comparaître demain pour la fixation de votre caution. Ne vous faites aucune illusion. Avec vingt-cinq morts... elle sera fixée à un tarif trop élevé pour être payée.

– Et après ?

– L'audience.
– Quel est l'enjeu ?
– La peine de mort.

C'est ainsi que Werner se trouve à côté de Jim Hawkins dans l'enceinte du tribunal criminel de New York. L'huissier annonce :

– L'audience du juge Ned Robertson est ouverte. État de New York contre Werner Burckhardt. Veuillez vous lever.

L'audience est brève. Le procureur rappelle en quelques mots les termes de l'accusation. Compte tenu des enjeux, une caution de cinq cent mille dollars est indispensable. Werner est atterré.

– Si vous payez, explique le juge, vous serez libéré, et placé sous notre contrôle. À défaut, vous attendrez votre procès en prison. L'audience préliminaire est close.

Soudain, un homme jaillit du public et s'approche du greffier.

– Je paye la caution, annonce-t-il immédiatement, et par chèque certifié.

Il libelle le chèque et le remet au greffier. Le procureur est sidéré, on entend des bruits de protestations dans la salle. Le greffier montre le chèque au procureur qui le vérifie aussitôt et demande que l'on appelle la banque. Le juge Robertson ne bouge pas. Il en a vu beaucoup pendant sa carrière, mais jamais dans une affaire où la peine de mort était encourue. Jamais non plus une caution d'un pareil montant n'a été payée aussi vite. Le greffier revient, il fait un signe d'approbation.

– Vous êtes libre, monsieur Burckhardt, annonce le juge Robertson, jusqu'à l'audience du jugement d'ici un mois. La police surveillera que vous demeurez dans le lieu qui va vous être indiqué aux conditions habituelles jusque-là.

Werner se lève, étourdi. Jim Hawkins lui tend la main.

– On va se revoir, monsieur Burckhardt, pour préparer votre défense.

Lisbeth tombe dans les bras de Werner. Elle veut l'embrasser, les deux frères lui serrent la main. Derrière eux, l'homme du chèque miracle. Werner le reconnaît, il était à l'aéroport. Il se dirige vers lui, tend sa main.

– Je veux d'abord vous remercier. Mais expliquez-moi qui vous êtes. Je ne vous connais pas.

– Et pourtant, dit l'homme au chèque, je suis le représentant de votre éditeur Latham et Collins. Nous nous sommes déjà croisés à l'aéroport, monsieur Burckhardt, et nous nous sommes déjà parlé pendant la guerre.

– Excusez-moi, dit Werner, rappelez-moi dans quelles circonstances car je n'en ai aucun souvenir.

– Je suis Timothy Minchinton, enseignant en histoire de l'art à Oxford et directeur général de votre maison d'édition. Quand nous nous sommes parlé, vous commandiez l'U65 et moi le *HMS Marlborough*. C'était par radio. Vous m'avez communiqué les coordonnées du naufrage du *HMS Cromwell* de manière à ce que je puisse secourir les naufragés de ce bateau que vous veniez de couler.

*

Central Park, au cœur de Manhattan, avec ses chemins touffus, ses arbres immenses et ses zones d'herbes sauvages. Les enfants qui se poursuivent en jouant aux Indiens, les mères et les nurses sur des bancs qui se racontent leurs vies. Au bout, les hôtels les plus prestigieux de la ville, les vastes trottoirs et les appartements de luxe. Sur un chemin tortueux et désert à cette heure, un homme fait sa promenade quotidienne, vêtu d'une tenue de sport avec une casquette au nom de son club de golf. C'est un homme mûr, mais visiblement très en forme, qui court à foulées régulières. Ce trajet, l'homme le parcourt tous les matins. Avec, à chaque fois, une pause sur le même banc, au détour du chemin. Un banc sur lequel il reste un quart d'heure, même en hiver, quand la neige recouvre tout et qu'il époussette sa place de la main. Il s'en approche, ralentit déjà, puis grommelle. On lui a pris sa place ! Une femme en pantalon et bottines, avec un béret sur la tête, est assise sur son banc.

Il hésite. Après tout, il pourrait s'asseoir à côté d'elle. Il y a largement de la place pour deux. Mais il tient à sa solitude, et n'a pas la moindre envie d'un échange oiseux imposé par courtoisie. Que faire ? Le prochain banc est plus loin, et c'est un homme de rituel. Il s'en approche. La femme tourne aussitôt la tête vers lui.

– Bonjour, William. Je vous attendais.

Lui s'arrête, abasourdi.

– Vous ? Je ne croyais pas vous revoir un jour…

Elle hoche la tête.

– J'imagine… Je sais que notre dernière rencontre ne vous a pas laissé le meilleur souvenir. J'en suis navrée, mais je n'avais pas le choix. J'étais en mission. Vous savez ce que c'est.

Il ne répond pas. Il ne parvient pas à détacher ses yeux d'elle. Elle l'a toujours fasciné. Il pensait à elle comme à celle dont il aurait volontiers partagé la vie. Jusqu'à ce qu'elle débarque dans son appartement, accompagnée de l'autre brute et dérobe les plans secrets de l'US Navy, avant de filer dans un sous-marin qui avait coulé le bateau de la douane. Il avait gardé de cet événement un sentiment profond de honte. Jamais il n'aurait dû avoir accès à ces documents. C'est sa faute si ces hommes ont péri dans l'Atlantique. Comme dans une partie de dominos, il est le premier élément qui a fait basculer tous les autres. Et puis, il était persuadé qu'elle était morte, que le sous-marin avait été atteint par des grenades.

– Ça me fait plaisir de vous revoir, dit-elle de sa voix suave.

– Que puis-je pour vous, Hildi ? Je suppose que votre présence n'est pas due au hasard.

Elle a un sourire. Celui qu'il trouvait irrésistible. Il est troublé.

– Nous sommes du même bord maintenant. J'ai obtenu la nationalité américaine et je travaille pour le gouvernement. Votre pays est devenu le mien.

Elle exhibe une carte. Il reconnaît le sigle de ce nouvel organisme de renseignement qui vient d'être créé, la CIA.

– Toujours espionne donc…

Il s'installe à ses côtés. Elle porte le même parfum. Les effluves font rejaillir des émotions qu'il avait oubliées. Complexes, déroutantes, séduisantes. Un mélange de cette course-poursuite en pleine nuit jusqu'au pont, et cette attirance qu'il a ressentie pour elle dès l'instant où il l'a rencontrée.

– Je pensais que vous étiez morte…

– Vous l'espériez ? demande-t-elle à brûle-pourpoint.

Il a un sourire.

– Pour tout vous dire, je le regrettais… J'ai toujours eu un faible pour vous.

– Et Martha ? Comment va-t-elle ?

– Ma charmante épouse est partie vivre dans le Sud, auprès de sa famille, et j'attends des nouvelles de son avocat. Je dois dire qu'elle ne me manque pas.

Hildi fait un signe de tête.

– J'en suis désolée.

– Qu'attendez-vous de moi ?

Hildi exhibe un nouveau document, c'est une lettre signée d'Allen Dulles, le patron de la CIA.

– Tout d'abord, je veux que vous sachiez que j'ai obtenu de ma hiérarchie l'autorisation de vous approcher et de me livrer à une petite enquête pour savoir ce que vous étiez devenu.

Il lit la lettre, c'est clair. Elle a l'autorisation d'agir auprès de lui.

– Si vous acceptez ce service, je vous en serai extrêmement reconnaissante. Si vous le refusez, je le comprendrai et vous ne me reverrez plus.

Elle le scrute maintenant, elle lui envoie son regard, celui comme un rayon qui lui fait chaud.

– Vous avez lu les journaux, vous savez sans doute qu'on a retrouvé le commandant du sous-marin. Werner Burckhardt va être jugé pour crime de guerre. Vingt-cinq Américains sont morts. S'il ne parvient pas à prouver qu'il n'a fait que se défendre car les agents de la douane ont tiré les premiers, il sera inculpé. Il lui faut un témoin. Simpson et Andrews sont morts. Il ne reste plus que vous.

– C'est votre mari ?

– C'est mon frère. Il passe devant le tribunal la semaine prochaine. Acceptez-vous de témoigner que les mitrailleuses de la douane ont tiré en premier ?

Buenos Aires

On est au milieu de la nuit, à quelques dizaines de kilomètres de Buenos Aires. Ils sont deux à avoir parcouru la distance jusqu'à la villa de Schulz, au milieu des terres où paissent des bœufs et des moutons, cette villa immense, somptueuse, avec les cavaliers qui montent la garde en tournant toute la nuit. Les deux ont laissé la moto sur le bord du chemin, dissimulée sous un tas de feuillages. Ils continuent à pied. Le premier porte son Panzerfaust à l'épaule, l'autre c'est Kurt. Ils arrivent, maintenant. Le dernier cavalier vient de passer. Il sera de retour dans une heure. Kurt et Herbert le savent, cela fait plusieurs jours qu'ils espionnent les lieux. Ils progressent vers le rempart qui entoure la villa, surmonté de fil de fer barbelé.

– Tu es sûr ? chuchote Herbert.

– Sûr, répond Kurt. Le père de mon copain travaille dans cette banque où Schulz a son argent. Il a vu passer le virement. Regarde !

Il exhibe le bordereau de virement au nom de Schulz. Cinquante mille dollars versés depuis le compte de la ville de New York via la commission des Alliés pour la recherche des criminels de guerre. En marge, on lit : « Affaire Werner Burckhardt. »

– OK, murmure Herbert, convaincu. J'ai bien fait de ramener ce Panzerfaust.

Il a raconté à son frère comment il avait fait pour le passer à la douane, démonté en cinq parties. De toute manière, personne ne lui a rien demandé. Le Panzerfaust est entré en Argentine discrètement. Herbert savait qu'il fallait le prendre avec lui. Le Panzerfaust leur a sauvé la vie à plusieurs reprises. Pas question de le laisser à Berlin !

Herbert ouvre son sac, prend la tête avec l'obus et la visse sur le canon. Il a renforcé la charge. Ils escaladent le mur, Kurt sert de support, et Herbert grimpe sur ses épaules. Une fois en haut, il stabilise l'arme.

– Tu la vois ? demande Kurt.

La villa est éclairée par un projecteur qui l'illumine toutes les trente secondes. C'est une très belle demeure au cœur du ranch.

– Ne t'inquiète pas. Je l'ai en ligne de mire, répond Herbert.

Il attend le retour du projecteur, il vise une dernière fois. Cent cinquante mètres environ. Il presse la détente. L'obus explose au cœur de la maison, au rez-de-chaussée. Des flammes partout, des sirènes et des hurlements. Les enfants sont dehors avec la femme de Schulz. Lui est en bas, vêtu de son pyjama, les cheveux brûlés, gesticulant.

– On se tire ! dit Herbert en sautant à terre et remettant l'arme à son épaule.

Ils courent tous les deux maintenant, récupèrent la moto. Le Panzerfaust est balancé au fond d'un puits. Personne ne le retrouvera.

– La villa vaut plus que cinquante mille dollars ! s'écrie Kurt.

New York

Werner reste silencieux devant la fenêtre. Demain c'est son procès. Lisbeth s'approche de lui, Helga joue dans un coin.

– Je sais que tu es inquiet. Sache que je suis avec toi, même si je ne compte pas pour grand-chose. Nous sommes tous là, Hildi, Helga, Kurt, Herbert et moi, nous t'accompagnons en pensée.

Il l'enlace. Il veut lui expliquer deux ou trois détails qui n'en sont pas, notamment cette procuration générale sur tous ses comptes bancaires, la gestion de ses droits d'auteur, bref tout ce qui lui appartient au cas où il serait condamné.

– Je ne veux pas que tu sois démunie. Tu auras de quoi vivre un moment.

– Et toi ? demande-t-elle. C'est toi qui comptes.

Il a un geste désabusé. L'affaire se présente mal. Rien ne démontre que les mitrailleuses de la douane ont commencé à tirer avant qu'il envoie les torpilles. Hildi s'échine à trouver des témoins, mais il ignore le résultat. Son contrôle judiciaire lui interdit de la rencontrer.

– Un historien de l'art poursuivi parce qu'il a commandé un sous-marin de guerre, qui l'aurait cru ?

Il parle de la guerre. Quand il était étudiant, il avait négligé les événement mondiaux, Hitler, et surtout ces persécutions contre les Juifs, plus graves, plus importantes que tout le reste.

– L'extermination des Juifs est une tache qu'il faudra des siècles pour effacer. Ce qui distingue cette guerre de la précédente, ce sont ces massacres dans toute l'Europe. Je n'y ai pas prêté attention quand j'ai connu Claire, mais au retour de la conférence de Wannsee, j'ai compris.

Il évoque les destins bouleversés par le nazisme, celui de Lisbeth évidemment. Elle le coupe.

– Je m'y suis faite, j'y trouve même des avantages. J'apprends l'anglais, je me suis mise à lire. Il y a toute une partie de mon esprit qui était endormie et qui se réveille.

Elle a un rire.

– Figure-toi que je lis aussi tes livres d'art, à commencer par ta thèse sur les faux dans la peinture européenne. J'ignorais que ces sujets existaient.

Il l'écoute avec attention. La guerre a transformé en proscrits ces hommes politiques, ces écrivains qu'on a fusillés en France parce qu'ils avaient collaboré avec l'occupant, ces femmes qui avaient couché avec des militaires allemands. D'autres, comme Rose Valland, qui sont devenues des héroïnes.

– Et moi, poursuit-il, j'avais dans l'idée de faire une carrière consacrée à l'histoire de l'art. J'aurais fini par avoir une chaire dans une université allemande ou française, ou même américaine. À la place, j'ai appris à commander un U-Boot et à couler des bateaux. Le pire, c'est que j'ai bien aimé l'ambiance de la guerre. Ça me plaisait, ces combats. Même dans les Ardennes, j'ai aimé ça. C'est une partie de moi-même que j'ignorais.

– Tu aurais tiré sur le bateau de la douane s'il n'y avait pas eu de mitrailleuses ?

– Non, bien sûr que non. Les tireurs américains ne se sont pas rendu compte du risque qu'ils prenaient. Ils ne me laissaient aucun choix. Dans ces moments-là, on ne réfléchit pas, on utilise des réflexes de combattant.

Il s'arrête un instant.

– Je suis quand même responsable de la mort de vingt-cinq personnes.

C'est elle qui l'interrompt.

– Ce n'est pas toi le responsable, c'est le commandant du bateau de la douane. Il aurait dû arrêter le tir de la première mitrailleuse au lieu d'en faire intervenir une seconde.

– Merci, dit Werner.

Il la serre dans ses bras. Elle le surprend toujours. Ce n'est plus une fille du Lebensborn, de la chair à officiers nazis. Elle a raison, son esprit était endormi et il s'est réveillé.

– Lisbeth Horowitz, prononce-t-il avec tendresse.

*

L'audience du tribunal criminel touche à sa fin. Les principaux témoins ont été entendus. Tous ont rapporté la scène où les espions sautent dans le dinghy, poursuivis par la police, puis plongent à l'eau. À partir de cet épisode, les versions divergent. On se souvient de cris, de coups de feu sans savoir qui tirait, puis il y a eu cette énorme déflagration. D'aucuns se rappellent qu'elle a été précédée du sillage de deux torpilles, évidemment tirées par le sous-marin. Puis ces deux explosions, l'une aussitôt après l'autre, confondues presque. Le bateau de la douane s'est enflammé, l'avant puis l'arrière, avant de sombrer aussitôt dans les eaux boueuses et noirâtres du port. Cela a duré deux ou trois minutes, des cris encore puis plus rien. Un silence terrible tandis que les débris remontaient à la surface, les cadavres aussi. Il n'y a eu aucun survivant.

Werner a répété que le tir des torpilles avait été précédé par celui des mitrailleuses depuis le pont du bateau de la douane, la première actionnée par la sentinelle qui déclenchait l'alarme en même temps, l'autre depuis la passerelle, où la seconde mitrailleuse avait été installée. On a bien récupéré l'épave et retrouvé les mitrailleuses. Ont-elles tiré ? Personne n'a pu le dire. Le procureur de l'État de New York a dès lors soutenu que Werner ne prouvait pas que le tir, s'il avait existé, avait bien précédé le déclenchement des torpilles et en était la cause. L'affirmation de Werner n'aurait été confortée que si l'on avait retrouvé le sous-marin avec sur la coque les traces des impacts. Mais le sous-marin gît au fond de l'Atlantique Nord, personne ne sait où exactement. Les navires de la Kriegsmarine, alertés par l'appel d'un bateau anglais qui avait repéré les naufragés, avaient coulé peu après le sauvetage des naufragés, au cours d'une autre mission, avec leur journal de bord. De même que le bateau de la marine royale. À l'époque, les bateaux qui traversaient l'Atlantique étaient destinés à sombrer au fond de la mer à plus ou moins brève échéance. À l'endroit supposé où l'U-Boot a coulé, les fonds sont de trois mille ou quatre mille mètres, les épaves n'ont jamais été recherchées. Bref, le procureur en conclut qu'aucune preuve n'a été apportée que l'U333 ait été atteint par les tirs des deux mitrailleuses.

À voir l'expression sur le visage des jurés, on comprend que leur conviction est faite et que le commandant de l'U333, si sympathique soit-il avec ses diplômes en histoire de l'art et la vente de faux Vermeer à Goering, mérite bien la peine de mort réclamée par le procureur. C'est alors que le dernier témoin appelé par la défense est appelé à la barre. William Phillips, diplomate, qui était présent lors des événements.

– Où vous trouviez-vous exactement ? demande le procureur.

– Sur le quai, je venais de sortir de la voiture de police qui poursuivait les deux espions allemands. Ces derniers pagayaient à bord d'un dinghy en direction du sous-marin qui les avait sans doute amenés et qui était là pour les recueillir.

– Vous avez vu ce sous-marin ?

– Absolument. Son immatriculation était peinte sur la coque : U333. C'était un navire allemand, il n'y avait aucun doute là-dessus.

– Et les deux espions, vous les connaissiez ?

– Oui, malheureusement pour moi et pour mon ami Andrews, dont la carrière au sein de la Navy a été ébranlée par ce drame. Il m'avait apporté des plans ultra-secrets, des projets de l'US Navy, précisément contre les sous-marins allemands. C'était une faute de sa part, l'enquête l'a prouvé, ces plans n'auraient jamais dû sortir du coffre de son bureau. Mais il voulait avoir mon avis, j'étais un ancien de la marine moi aussi.

– Vous avez raconté que les Allemands avaient espionné votre téléphone et surpris les conversations entre vous sur ces plans qu'il devait vous apporter le soir du réveillon.

– C'est cela. Nous avons examiné ces plans ensemble. Je les avais approuvés. C'est à ce moment que les deux espions ont débarqué chez moi, ils s'étaient fait passer pour des invités qui devaient nous rejoindre.

– Et après ?

– C'est allé très vite. L'homme, dont on a su par la suite que c'était le fameux Skorzeny, celui qui devait, deux ans plus tard, délivrer Mussolini, a menacé Mme Andrews de lui tirer une balle dans la tête si les plans n'étaient pas remis à la femme qui l'accompagnait.

– Connaissiez-vous cette femme ?

– Je l'avais rencontrée à Rome, elle était diplomate à l'époque où j'exerçais mes fonctions d'ambassadeur dans la capitale italienne, juste avant la guerre.

– Que s'est-il passé par la suite ? demande le procureur.

– Il y a eu une course-poursuite dans les rues de New York, très encombrées à cause de la fête du nouvel an. J'ai suivi cette course à bord d'un véhicule de police avec Andrews et Simpson, vice-gouverneur de New York, qui était l'autre invité.

– Les espions vous ont-ils tiré dessus ?

– Je ne crois pas qu'ils aient tiré. En tout cas, je ne m'en souviens pas, mais à un moment donné, ils sont descendus de leur voiture, une Cadillac si je me souviens bien, et ont poursuivi à pied vers le port. L'un d'eux a lancé une grenade sur la voiture de police qui nous précédait. Cette grenade a produit son effet car cette voiture de police a été détruite, il y a eu des morts parmi les policiers.

– Qui a lancé la grenade ?

– Skorzeny.

– Et après ?

– La poursuite a continué, eux à pied, nous en voiture. Mais les espions avaient pris de l'avance. Du quai, ils ont sauté dans le dinghy qui les attendait.

– Vous êtes descendus de la voiture à ce moment-là ?

– Nous étions tous descendus. Simpson était fou de rage. Quand on est arrivés sur le bord du quai, j'ai vu le dinghy et le sous-marin qui attendait les espions. Il y avait un homme dans le kiosque et d'autres debout sur la coque.

Phillips s'interrompt. C'est le moment crucial de sa déposition sous la foi du serment. On lui apporte un verre d'eau. Dans le public, il y a Lisbeth, Minchinton et Hildi au second rang.

– Qu'avez-vous vu ? Décrivez la scène avec précision, demande le procureur.

– Là encore, tout est allé assez vite. Le dinghy n'avait pas atteint le sous-marin qui était au centre du port, à cent mètres environ. C'est alors que les mitrailleuses se sont mises à tirer.

– Quelles mitrailleuses ?

– Celles qui se trouvaient sur le pont du bateau de la douane. La sentinelle venait de donner l'alerte. Il criait : « Il y a un sous-marin allemand dans le port ! » Les autres ne l'avaient pas vu, ils faisaient la fête à l'intérieur, mais ils sont accourus quand la première sentinelle s'est mise à tirer avec la mitrailleuse du pont. La seconde sur la passerelle s'est mise à tirer elle aussi.

– Sur qui tiraient ces deux mitrailleuses ?

– D'abord sur les espions dans le dinghy. Je ne sais pas s'ils ont été touchés, mais la femme qui tenait la serviette avec les plans l'a lancée sur le pont du sous-marin. La serviette est tombée à l'eau, Skorzeny l'a aussitôt repêchée et renvoyée vers les marins allemands, qui l'ont récupérée. C'est à ce moment que les deux espions se sont jetés à l'eau et sont passés sous la coque du sous-marin pour remonter de l'autre côté.

– Et les mitrailleuses ? demande encore le procureur, ont-elles continué à tirer ?

– Tout à fait, on m'avait passé des jumelles et je surveillais la scène. Le bateau de la douane avait allumé des projecteurs, on y voyait très bien. Le sous-marin a été atteint, on distinguait les impacts des balles sur la coque. C'est à ce moment-là, enfin une ou deux minutes après, que les torpilles sont parties et que le bateau a explosé. Entre-temps, le sous-marin avait déjà plongé.

– Ces torpilles étaient-elles des actes de défense de la part des marins du sous-marin allemand ?

– Cela me paraît évident. Ils étaient déjà touchés et craignaient de l'être de nouveau. Ils devaient absolument mettre fin à ces tirs.

Le procureur demande une suspension. Il doit consulter sa hiérarchie. L'audience est reprise au bout d'une demi-heure.

– Avez-vous d'autres questions ? demande le président.

– Pas de nouvelles questions.

Il se tourne vers le président.

– L'accusé a prouvé que l'envoi des deux torpilles sur le

bateau de la douane était un acte de défense. J'abandonne l'accusation !

Le président appelle Werner à la barre.

– L'accusation est abandonnée, vous êtes acquitté des charges retenues contre vous. Vous êtes libre dès cet instant. J'ordonne la restitution de la caution.

Paris

– Je sais, Werner, dit Rose Valland, que vous avez dû subir à New York un procès éprouvant. Mais vous avez été finalement lavé des accusations portées contre vous.

– N'en parlons plus, dit Werner, c'est ce procès qui vous a permis de me retrouver.

Ils sont dans le bureau de Rose Valland au Louvre. Elle porte les décorations qui lui ont été décernées à la Libération. Grâce à son catalogue, on a pu remettre la main sur une partie importante des tableaux volés. Elle est en uniforme de capitaine de l'armée de Lattre de Tassigny.

– J'ai de vous le meilleur souvenir, poursuit Werner. À la réception de votre télégramme, j'ai accouru à Paris. Qu'attendez-vous de moi ?

Ils ne le montrent pas, mais tous deux sont très émus de se revoir. Tout à l'heure, ils iront revoir la salle du Jeu de Paume où les Allemands avaient entreposé les œuvres interdites.

– Goering comparaît avec les autres dirigeants nazis au procès de Nuremberg. Parmi les accusations figure celle d'avoir volé les œuvres appartenant aux Juifs. D'après ce que je sais, il entend se défendre en soutenant qu'il a payé les œuvres et que lui-même a sauvé des Juifs. Le procureur qui s'occupe de cette partie du procès est un Français. Accepteriez-vous d'aller témoigner à Nuremberg sur ce qui s'est passé ? Notamment sur les faux que vous lui avez vendus ?

– Évidemment. Que le procureur m'appelle et je viendrai.

– Cela vous fera un procès de plus, lui dit Rose Valland en souriant. Vous passez de l'un à l'autre.

– Le temps des procès est venu pour les nazis encore vivants. J'ai appris que l'une des maîtresses de Ciano, qui avait protégé son journal, a témoigné contre Ribbentrop. Moi ce sera contre Goering. Chacun le sien.

Nuremberg

Un mois plus tard, Werner se retrouve une nouvelle fois devant un tribunal. Celui-ci est chargé de juger les crimes de guerre et les crimes contre l'humanité reprochés aux vingt et un accusés. Le parquet l'a cité en qualité de témoin de l'accusation portée contre Goering. Cet énorme procès concernant les principaux dirigeants encore vivants de l'Allemagne nazie a commencé le 20 novembre 1945, il est prévu pour durer jusqu'en octobre 1946. La procédure suit la forme des Anglo-Saxons : il y a quatre juges, un Anglais, un Américain, un Français et un Russe, quatre procureurs, chacun avec ses suppléants et ses assistants. Le Britannique Geoffrey Lawrence préside l'audience. Le procureur Jackson, un Américain, dirige l'accusation. La convocation de Werner concerne la spoliation des Juifs à Paris. Il explique comment, à la demande de Goering, il a dû quitter la Kriegsmarine pour entrer à l'ERR à Paris.

– J'étais à ce moment fiancé avec une jeune femme juive, Claire Wildenstein, je connaissais bien ses parents, avec lesquels j'avais sympathisé en tant qu'historien de l'art. Tout ceci se passait avant la guerre et lorsque celle-ci a éclaté, je me suis bien gardé de faire état de nos fiançailles.

Il raconte comment il a pu substituer un faux Vermeer à l'original que Goering avait choisi, *La Jeune Fille au verre de vin*.

– Quoi ! explose Goering. Mon Vermeer est un faux, vous l'avez volé et remplacé par un autre !

– Tout à fait, rétorque Werner. L'original a été restitué à la famille Wildenstein.

Goering s'effondre sur sa chaise.

– Vous-même m'avez certifié, ainsi que Lohse, que l'œuvre que j'avais acquise était authentique.

– Nous vous avons menti, répond Werner. Lohse n'a pas encore été entendu, mais je vous le déclare. De toute manière vous ne l'avez pas acquis régulièrement, ce tableau, puisque vous ne l'avez jamais payé. C'était du vol pur et simple, destiné à rejoindre vos collections personnelles à Carinhall.

Goering a beaucoup maigri. Il porte une vieille tenue défraîchie de la Luftwaffe, sans insigne ni décoration.

– Vous êtes un salaud ! Je vous faisais confiance.

– Vous avez eu tort. Mais il n'y a pas que *La Jeune Fille au verre de vin*.

– Quoi d'autre ? demande l'avocat général Gerthoffer, le Français qui soutient l'accusation de spoliation.

Werner se retourne vers Goering.

– Il y avait aussi une Annonciation prétendument de Vermeer, en réalité peinte par le faussaire Van Meegeren. Celle-là, nous vous l'avons portée à Rastenburg. Un très beau tableau, une œuvre exceptionnelle. Vous étiez d'accord là-dessus.

Goering ne répond pas. On peut lui reprocher d'avoir organisé des massacres, œuvré pour la guerre et ordonné des expériences à l'eau glacée sur des prisonniers soviétiques dans l'intérêt des pilotes de la Luftwaffe, il s'en moque. Mais les œuvres spoliées, le fait qu'on l'ait trompé sur leur origine, il ne le supporte pas. Il se penche sur son pupitre, pointe son doigt sur Werner.

– Vous soutenez que mon *Annonce faite à Marie*, peinte par Vermeer, est un faux, alors que celui-là, je l'ai payé !

– En effet, je le soutiens. Mais vous ne l'avez pas plus payé que les autres !

– Je l'ai payé en donnant des tableaux pour le prix !

– Des tableaux classés comme « dégénérés » dans le musée du Jeu de Paume et destinés à être brûlés. Des œuvres majeures, de style moderne, volées aux Juifs. Ce n'est pas cela, payer !

Werner s'arrête un instant, puis reprend en pointant son doigt sur Goering.

– Ce tableau, *L'Annonce faite à Marie*, a été retrouvé avec les autres, mis à l'abri dans un tunnel au fond d'une mine de sel. Mme Rose Valland, aujourd'hui capitaine de la Ire armée du général de Lattre de Tassigny, attachée à la conservation du musée du Louvre, en a dressé le catalogue. Elle est reconnue comme une héroïne du front de l'art. Elle a risqué sa vie en rédigeant cet indispensable document. Vous aviez installé à Carinhall pas moins de mille trois cent soixante-seize chefs-d'œuvre – moins les faux, je vous l'accorde. Pour ma part, je ne me suis occupé que des Wildenstein avec ma fiancée. Elle s'est suicidée quand elle a été torturée par la Gestapo Lauriston. Elle avait vendu le vrai Vermeer pour payer l'évasion de ses parents.

L'interrogatoire de Werner s'achève. Il a tout dit ou presque. Goering se tait maintenant, il est avachi sur son banc. De toutes les humiliations qu'il a subies et qu'il subira encore jusqu'à la fin du procès, celle-là est probablement la pire.

La cour remercie Werner. Le voici en dehors de l'enceinte du palais de justice, parmi les ruines de Nuremberg. Lisbeth et

Helga sont là ainsi que Kurt et Herbert. C'est fini, tous repartent ensemble car un avion les attend pour les États-Unis, où Minchinton a trouvé pour Werner un poste de professeur assistant à Harvard, la grande université de Boston. À leur arrivée, Hildi les attend, rayonnante et flanquée de l'ambassadeur William Phillips.

– Je veux encore vous remercier pour votre témoignage, dit Werner. Vous avez dit la vérité et vous m'avez sauvé la vie.

Phillips a un sourire, Hildi est accrochée à son bras.

– En famille, on ne se remercie pas.

FIN

Remerciements

Pour écrire ce roman, je me suis inspiré, sans que cette liste soit exhaustive, des ouvrages historiques suivants :

Jean Luchaire par Cédric Meletta, aux éditions Perrin ; *Corinne Luchaire , un colibri dans la tempête* par Carole Wrona, aux éditions La Tour verte ; *Louis-Ferdinand Céline à Sigmaringen* par Christine Sautermeister, aux éditions Écriture ; *Histoire navale de la Seconde Guerre mondiale* par Craig L. Symonds, chez Perrin ; *Les nazis en fuite* par Gerald Steinacher, chez Perrin ; *Tuer Hitler. Confessions d'un officier antinazi* par Rudolph-Christoph von Gersdorf, chez Tallandier ; *Le front de l'art* par Rose Valland, aux éditions des Musées nationaux ; *Le marché de l'art sous l'Occupation* par Emmanuelle Polack, chez Tallandier ; *Le catalogue Goering* par Jean-Marc Dreyfus, chez Flammarion ; *Hermann Goering* par François Kersaudy, chez Perrin ; *Diario dell'ultima notte* par Mauro Mazza, aux éditions La Lepre ; *La spia che amò Ciano* par Gaetano Alfretta, chez Rizzoli ; Galeazzo Ciano*, Diario, 1937-1944*, aux éditions Castelvecchi.

Enfin, je souhaite remercier pour leurs précieux conseils et leur documentation : Denis Mondon, Regis Cayrol, Mme Arendt Seconda et Gilles Antonowicz.

DU MÊME AUTEUR

Rendez-vous à Naples
Albin Michel

Rhapsodie italienne
Albin Michel

Une jeunesse italienne,
prix Jean Carrière 2014, Anthema.

Retour à Palerme,
Aubéron.

Ciao bella,
Aubéron.

Faena,
Singulières.

Les vies parallèles,
Lacour.

Retour des dieux,
Lacour.

Rendez-vous après la guerre,
Lacour.

Le scribe de César,
Huguette Bouchardeau.

Les haines vigilantes,
Lacour.

Le retour de Mathilde,
Huguette Bouchardeau.

Les guetteurs d'orage,
Lacour.

Les passions mitoyennes,
Jean-Claude Lattès.

Un notable affranchi,
Herme.

Femmes obscures vers la maison carrée,
Lacour.

Le jeu de Jan,
Fanval.

Le manipulateur,
Trévise.

Procès pour une amante défunte,
Trévise.

L'audience solennelle,
Grand Prix de littérature policière 1982, Trévise.

Retrouvez toute l'actualité des éditions Albin Michel
sur notre site albin-michel.fr
et suivez-nous sur les réseaux sociaux !
Instagram : editionsalbinmichel
Facebook : Éditions Albin Michel
Twitter : AlbinMichel

Composition : IGS-CP
Impression : Imprimerie Floch, mai 2023
Éditions Albin Michel
22, rue Huyghens, 75014 Paris
www.albin-michel.fr
ISBN : 978-2-226-47890-0
N° d'édition 25213/01 – N° d'impression : 102571
Dépôt légal : juin 2023
Imprimé en France